Careless

C. Daly King

Corpse

論創海外ミステリ
Ronso Kaigai MYSTERY
141

いい加減な遺骸

C・デイリー・キング

白須清美◎訳

論創社

Careless Corpse
1937
C.Daly King

目　次

プログラム

作品番号四　第四番　死響曲《タナトフォニー》

第一楽章：ソナタ
序　奏
提示部
展開部
再現部

第二楽章：主題と変奏
主　題
フーガ
追迫部

演奏者

ノーマン・トリート：億万長者
テレンス・トリート：上海から来たノーマンの弟
マリオン・トローブリッジ：『ニューヨーク・デイリーメッセージ』の音楽評論家
エリック・スターン：コンサートピアニスト
ミルガ・ボーグ：エリックの妻、メトロポリタン歌劇場のオペラ歌手
マドプリッツァ：ヴァイオリニスト
アレーム・ゴムスキー：前衛的作曲家
パンテロス（本名トーマス・クロック）：ダンスとリズム担当
マーティン・M・ブラー：コロンビア大学音楽教授
L・リース・ポンズ博士：統合心理学者
マイケル・ロード：ニューヨーク市警警視
ウィリアム・ホーナー：ウェストチェスター郡大陪審長
ジョン・マントン：ウェストチェスター郡地区検事長
ハードブロウ部長刑事：ウェストチェスター郡地区検察局の刑事
マルコ刑事：ハードブロウの部下
フィン巡査：ピークスキル警察署の巡査
セイルズ：ノーマン・トリートの船頭
カーター：ノーマン・トリートの執事

いい加減な遺骸

あの音楽にある種の（公式化できない）意味があると今も信じているルイーズに、この本を捧げる

本書の登場人物および出来事はフィクションであり、実在の人物あるいは住所とは一切関係ない。

第一楽章　ソナタ

序　奏

午後六時、タクシーはどこにも見当たらなかった。ポンズ博士は頭を突き出し、やや前のめりになって、五十七丁目を荒れ狂う吹雪に立ち向かっていた。顔は痛いほど冷え、アルスターコートに包まれた体は奮闘のために熱くなっていた。そんな不快な状態の中、煌々と明かりをともした贅沢なプラザホテルは、まだ家を出たときと同じくらい遠くにあるような気がした。激しい吹雪に向かって歩いているため、帽子のひさしの下からときおり前を見るしかない。それでも、一瞬視界に入るのは、たいてい冷たく湿った雪景色ばかりだ。目は遠隔受容器といっただろうか。博士は苦々しく思いながら、濡れた顔を、やはり濡れた手袋で拭った。それでも、今のところ人にぶつかったのは一度しかない。五番街に入ろうと角を曲がったとき、通行人に衝突したのだ。「まったく！」小声で謝った後で、ポンズ博士は悪態をついた。「何でまた、こんなところまで出てくる気になったんだろう」今ごろは快適なアパートメントで、西欧諸国で最も優れた心理学者のグループによる小冊子を読んでいるはずだった。彼らは自分たちが提示した問題を半分も解いておらず、その残念な状況を隠す気もないようだったので、文章は難解で、いくらか混乱してもいた。それでも、最新の情報についていくために理解しておかなくてはならない。六時十分前、博士はしぶしぶその書物を脇に置き、マイケル・ロードにこちらに来てもらえないかと、プラザホテルにもう一度電話した。しかし、ロード警部はまだホテルに着いていなかった。

そこで、彼は身支度をして出かけた。外の悪天候、例の一月の吹雪に気づいたときには遅かった。それにもちろん、ロードの伝言に好奇心を刺激されていた。アパートメントの電話交換手が、午後の早い時間にこんな走り書きのメモをよこしたのだ――〝今夜、六時にプラザホテルへ来てください。その時間でないと体が空かないのです。とても大事な用件です。ロード〟署名の下に、いかにもいいわけがましくこう書かれていた。〝あなたの助けが必要なのです〟

どういう意味だろう？　考えている時間はなかったが、そのメモだけで十分だった。心理学者としては、仲間の冒険、あるいは災難に興味があったし、いささか古い文明に属するごく普通の人間としては、マイケル・ロード警部といれば何かが起こりそうだと認めざるをえなかった。個人的には、ちょっとした刺激以上の危険はなかったし、彼にも耐えられる程度の追跡の興奮があった。

特にはっきりした理由もなく、ロード警部の事件に巻き込まれたさまざまな思い出が、ポンズ博士の頭にいっせいによみがえった。このニューヨーク市警の警察官と初めて会ったのは、ロンドンで開かれる心理学会の総会に向かう〈メガノート〉号の船上だった。誰が何といっても、ポンズにとっては楽しい旅だった。もう何年も前のことだが、今も忘れられない。次に会ったのはトランスコンチネンタル特急で、サボット・ホッジズという銀行頭取が驚くべき死を遂げたとき。そして最後は、まだ一年も経っていないが、西部へ向かう途中だった。そのときは、飛行機の上で偶然ロードに会い、またしても機上で殺人に遭遇した。あの最後の墜落、暴力的な旅の結末は決して忘れないだろう。

ポンズにいわせれば、ロードは船上では健闘したし、列車では大活躍をした。しかし、飛行機のときはそうはいいきれない。結果と事件の解決には何も問題はないように思えるが、どこか疑問がつきまとう。それが何なのかポンズにははっきりとわからなかったが、ほんの少しピントがずれているように感じるのだ。とはいえ、ロードはその事件での働きが認められ、昇進しようとしていた。それはめったにない成功と考えるべきだ。

ポンズはますますきつく帽子をかぶった。気がかりな疑問が、凍えるような風と同じくらい強く彼をさいなんだ。これまでは、ふたりの旅は偶然の産物だった。今回またロードが旅に出ることになり、自分に同行を求めているとしたら？　駄目だ。ポンズは厳しく否定した（その考えがとても魅力的に思えたせいだ）。そんな願いを聞いてはいけない！　ハリウッドから戻ったばかりだし、来週にはトリートの家に行き、最低でも二、三日は滞在しなくてはならない。これ以上、家族の顔を見ずにいるわけにはいかないのだ。マイケルが何といおうと、ひざまずいて頼もうと、聞く耳は持たんぞ！　一瞬、すでにそう頼まれたかのような強い印象に駆られ、ポンズは反論の言葉をまとめなくてはと思った。こうして、彼は未来を予測するというありがちな誤りを犯していた。事実はもちろん、それとは正反対だったからだ。

少なくとも、目的地には近づいていた。大雪の向こうにプラザホテルの明かりが見えてきた。ポンズ博士は五番街に面した広い階段を上り、日よけの下で大型犬のように身震いした。「ぶるる！」彼は叫んだ。「ふうっ！」顔と目にかかった雪を払い、帽子を勢いよく振って積もった雪を降ろす。それから満足げにため息をつき、回転ドアに向かった。彼は誰よりもうまく天候と戦ったが、決して楽しんでいるわけではなかった。全身雪に覆われ、顔を真っ赤にしたドアマンは、体の脇に手を打ちつけ、悪天候によって生まれた同志めいた笑みを浮かべて後をついてきた。

博士が中に入り、手袋を外してコートを脱ぎ始めたとき、真っ先に目に入ったのはマイケル・ロードだった。ロビーの中央にある、背が高く狭いテーブルのひとつにもたれ、長い脚の先を交差させている。驚いたことに、彼はイヴニングにホワイトタイというでたちで、煙草の上で眉間にしわを寄せているさまは、二十九歳という年よりもずいぶん老けて見えた。やがてロードが顔を上げ、部屋を横切って彼のところへ来た。

「こんな日にお呼びしてすみません、博士」ロードは一瞬だけ笑みを浮かべた。「しかし、八時にディナーの約束があり、今夜ここを出る前には決断しなくてはならないものですから、これしか方法がなかったのです」

ポンズはいった。「まったくひどい。吹雪の真っただ中だ」ロビーを見渡す。「前に来たときと違っているようだ。クロークはどこにある？」

ロードは彼をクロークに案内した後、ペルシアンルームへ向かった。レストランは混んではいないもののまずまずの入りだったが、隣のカクテルアレイはすでに人が引き始めている。オーケストラがカリオカを演奏する中、二人はカクテルアレイの端の席へ向かった。人目につかないテーブルを、ポンズの連れはひと目で気に入ったようで、急いでそこへ収まりたい様子だった。ウェイターが後からついてくる。

「ライウィスキーのハイボールを頼んでもらえるかね、マイケル?」ポンズは腰を下ろしながらいった。彼の椅子は、その巨体のために急に小さくなったように見えた。「いや、気にしないでくれ。マンハッタンをもらおう」

「何でもお好きなものを」相手はウェイターに目をやった。「わたしにはダブルのダイキリを」

ポンズは抵抗するようにきしむ椅子に深く腰かけ、レストランを眺めた。高級ホテルにはほとんど興味がなく、足を踏み入れたこともめったにない。しかし、その光景は見ていて楽しかった。夕方の人ごみは若者ばかりで、見るからに楽しい時を過ごしているようだ。テーブルに囲まれた狭いダンスフロアには少なからぬ人がいた。博士自身、向こうの部屋から聞こえてくる軽快な音楽に乗せて、無意識のうちに目の前のテーブルを叩いていた。それから、友人に向き直った。

「さて、マイケル、何の用だね?」

相手は明らかに、単刀直入な質問を避けているようだった。答える代わりに彼はこういった。

「帰ってこられてからほとんどお目にかかっていませんね、博士。オペラでちょっと顔を合わせただけで。ハリウッドでのお仕事は上々でしたか?」

「まあまあだね。苦労の甲斐はあったよ。しかし、戻ってこられて嬉しいよ。この冬には、本腰を入れて研究を再開したい」

「そのようですね」

「ああ。コーネル大学へ行き〝バーガー〟装置について学んだ。来週にはハドソン川の上流にあるトリートの家に何日か滞在する予定だ。何かの実験をやっているらしくてね。詳しくは知らないが、重要なものに違いない。そんなわけで、また仕事三昧に逆戻りだ」

「トリート？」ロードは考え込むようにいった。「どこかで聞いた名前ですね」

またしてもポンズは、友人がわざと話をそらし、急に呼びつけた理由を話すのを先延ばしにしようとしているのではないかという気がした。しかし、彼は答えた。「その可能性は大いにある。ときどきニュースになるのでね。割と最近、オクターヴの普遍則なるものの中間研究結果を発表している。たぶんそれを見たのだろう。

トリートは」博士は間を置いてから続けた。その間にロードがきっかけを見つけるのを期待したが、そうはならなかった。「驚くべき人物だ」いいだろう、とポンズは思った。こちらが話す役になろう。恐らく彼には肩の力を抜く必要があるのだ。いきなり話せないことなのだろう。博士はそう考えて肩をすくめ、話を続けた。

「ノーマン・トリートはハーバードの同窓だ。もう長いつき合いだよ。彼は百万長者だ。億万長者といってもいい。実際にはどれだけ金を持っているのかもわからない。マイケル、きっときみも、彼を面白い男だと思うだろう。実に面白い男だ。なぜなら、彼は本当に――子供っぽいからだ。そうとも、彼は子供なんだ。四十をとうに過ぎていながら、性格も生活様式も、われわれのほとんどが、そうだな、十八歳のときに夢見た――そして固く信じている――ままなのだ。はっきりとして、迷いなく、目標に向かって一直線、決して妥協しない。もちろん、相続した遺産のおかげでそのようなことができるのだが。とはいえ、遺産を相続しても、結局は愚かでつまらない人間になる連中もたくさんいる。近ごろは金に関して愚にもつかないことがいわれる傾向がある。金を持つことでどれほど人間が変わるか、あるいは、金のないことでどれほど人間が変わるか。そんなものを信じては駄目だ。こういった類の話は単なる無知か、もっと多いのは薄っぺらで安っぽい改革のプロパガンダに過ぎない。金では、人の本質は何も変わらないのだよ。ふむ、さて」ポンズ博士は続けた。「トリートはまだ大学生のうちに〝純粋科学〟に取りつかれた。知識のための知識に一生を捧げようと決めたのだ。彼はすでに金持ちだった。大学院に残って研究を続け、物理学の博士号を取った。それから腰を落ち着けて、常々やりたいと思っていた研究を始めた。というより、始めるつもりだったといったほうが正しいだろう。彼にわかったのは、学内政治や大学の人間関係、学部の方針というものがあり、大学で研究するには、一定の期間に明確な流行を追わなくてはならないということだった。

トリートの頭にあった研究は、流行に当てはまるものではなかった。つまり、そこまでということだ。彼と学部長との面談が噂になったのを覚えているよ。学部長は、すでに役立つ人材となっていた彼を引き留めようとした。彼はこういったそうだ。〝学部長、ぼくは学会での名誉などどうでもいいのです。名誉がほしければ、自分でやればいいでしょう。ぼくは研究する価値があると思ったことだけをやりたいのです〟と。

たぶんこの通りではないだろうが、かなり近いことをいったのではないかと思う。いずれにせよ、彼はハドソン川の上流に土地を買い、研究所を建てて、必要な設備やほしい設備を整えた。むろん、ゼネラル・エレクトリック社やベル研究所とは比べものにはならないが、一流大学の設備に引けを取らなかったはずだ。彼はそこで、ええと、かれこれ十七年間研究に励んでいる。過去には驚くべき成果も挙げている。あまりに驚くべきものだったので、学界では不評だった。事実、物理学会は数年前に彼を追放しようとしたが、そのときの彼は容赦なく敵と戦った。この男はわざわざ攻撃を招いているのではないかと、たびたび思ったものだ。なぜなら、彼は完膚なきまでに反撃したからだ。奇妙なものだ。何の下心も持たず、ただ注意深く事実を述べるだけで、たやすく自分を守れるのだからね」

単なる義理で友人の話に耳を傾けていたロードは、ダイキリのグラスを掲げた。「乾杯」ポンズも同じようにグラスを上げ、がぶりと飲んだ。「ああ、体にしみ渡る」彼は叫んだ。「あの吹雪の後ではね。もう一杯もらおうかな、マイケル」

「ええ、ここのは素晴らしいですからね。この街で、これほどうまいカクテルを見つけるのは難しいですよ」ロードもダブルの酒を飲み干し、指を鳴らした。「同じものを」それからシガレットケースを開き、相手に勧めると、いつものピードモントに火をつけ、その間ずっとテーブルの向かいのポンズを見ていた。さてさて、本題を切り出すつもりだな、と博士は思った。

「しかし、その人は物理学者なのでしょう？」相手はさりげなく尋ねた。「なぜあなたが、彼の実験に立ち会うのです？　心理学的な成果は望めないんじゃありませんか？」

「ああ、普通はそうだ。しかし、彼の実験は常に興味深く、ときには実に魅惑的だ。彼の想像力は広範囲に及んでいる。〝実用〟の可能性を追求して細かいところをつつくのではなく、物ごとを広く追いかけるのだ。わたしの理解が正しければ、彼が現在やっていることの重要性は、いくら誇張しても大げさにはならないだろう。そして、この研究には音楽も関係している。したがって、わたしの研究にも役に立つかもしれない」

「音楽？　音楽と心理学にどんな関係があるんですか？」

「大いに関係があると思うよ、マイケル。多くの音楽家がそのことを理解していれば、ずっとよい音楽家になれるはずだ。しかし、彼らを責めるのはお門違いだろう。仮に彼らが教えを乞いに来たとしても、ほとんどいってやれることはないのでね。われわれの研究は、まだ始まったばかりなのだ」

「音楽というのは、何より耳と感覚に関係する芸術なのでしょうね？」

「そうだな」ポンズは落ち着き払っていった。「感情と、それを引き出す適刺激は、心理学においてある程度大きな意味を持つといってもいいだろう。しかし、耳に関しては間違っている。音楽は感覚であり、空気の物理的な性質と関係ないのと同じくらい、耳とも関係ない。空気もまた、その刺激を伝える媒体だがね。確かに、耳とそれに関連するメカニズムは刺激を伝えるのに不可欠で、空気も同じだ。しかし感覚というのは空気の中で起こるわけでも、耳の中で起こるわけでもなく、脳中枢で起こるのだ」

博士はふと言葉を切った。追加したカクテルが運ばれてきたからだ。「ここのカクテルは素晴らしいが、来るまでに相当時間がかかるらしい。今のうちに、おかわりを注文しておいたほうがいいだろう。急いで飲むこともなさそうだし」彼は注文した後、飲み物に専念した。それからグラスの脚を回しながら、オーケストラの音楽に耳を傾けた。

一分も経たないうちに、彼はまたロードに向き直った。しかし、今回は決意を固めていた。

「いいかね、マイケル。きみはわたしの助言がほしいといって、緊急に呼び出した。確かにこうしているのは楽しいが、時間はどんどん過ぎてゆく。いったい何の用でわたしと会いたいのだ？　それとも、個人的な問題で、助言されるまでもなくすでに結論は出ているのか？　それならそういってくれれば、このまま楽しめばいい。しかし、本題に入ろうじゃないか」

「ええ」マイケル・ロードはゆっくりといった。「実は個人的な問題なのですが、結論は出ていません。あなたの意見が聞きたいのです。わたしは行き詰っています。なぜなら、正直いって、少なからず恥ずべきことだからです。どうすればいいのかわからないんです」彼は突然、言葉をほとばしらせた。「このいまいましい昇進について！」

「何か手違いでもあったのかね？」ポンズは少し驚いていった。そんな話だとは思ってもみなかった。「すでに決まったことだと思っていたが。現に、発表されたのをこの目で見ている。あとは任命式というのか、きみの商売で何というか知らないが、その手続きを待つだけだったはずだ」

「そうです。手続きは明日の朝、行われる予定です。取り消されることもなく、行われるのは間違いありません。それが問題なんです！」

「しかし――」ポンズはいった。「それでは何が何だかわからない。きみは仕事で出世したいのだろう。昇進を望んでいたはずだ。きみが昇進したくないというのを、本気で信じろというのかね?」

ロードは酒を飲み、左手でテーブルを叩き始めた。質問に答える代わりに、別の質問をする。

「あなたはご存じでしょう、博士? わたしの昇進はカッター事件での活躍の結果だと。表彰状にもはっきりとそう書かれています」

「きみはその事件で懸命に働いたじゃないか。難しい事件だった。今も思い出すと少々惑わされる。それに、きみはひどい怪我を負い、最後には撃たれさえした。しかも犯人を突き止めた。警察は大満足といっていいだろう。当然だ」

「ええ」ロードはいった。「十分な〝証拠〟さえあれば、署はいつも満足ですよ。特に、その〝証拠〟によって不利になるのが死者であればね。正式な裁判よりも、検死審問のほうがはるかに楽でしょうから」

友人の声が、急に予想もしなかった苦い響きを帯び、ポンズははっとした。そのため、演奏の合間のしじまの中、彼は小さなテーブルの向こうを驚きの目で見ているしかなかった。

「というのは」ロードが続けた。「われわれがとらえ、現在も犯罪者として警察の記録に載っている人物は、まったくの無罪だからです」

「え?」ポンズは叫んだ。「待ってくれ。きみが告発した男は、カッターを襲った男に間違いない。きみはそれを証明したじゃないか。そして、その後の相手の行動を見れば、犯人であることに疑いの余地はない」

「ええ、確かに、やつはカッターを襲いました。そして、わたしがそれを暴くと、自暴自棄になった。しかし、カッターを殺した真犯人は、まったく別の人物だったのです。かといって、わたしが告発した男に罪がなかったわけではありません。われわれ全員を殺そうとして、射殺されたあの男にね。しかし、こうなるとわたしの役割はすっかり違ったものになってしまいます。そうじゃありませんか?」

「それは本当なのか、マイケル?」

「ええ。昨日、決定的な証拠を手に入れました。今回は僥倖《ぎょうこう》に恵まれたわけですが、とにかく手に入れたのです。わたしは完全に真犯人を告発することができます……。このことを知っているのはわたしだけです。それと、あなたです」

「そうなると」ポンズはおもむろにいった。「その人物を裁判にかけなくてはならない」

「いいえ、裁判にかけることはできません。犯人は死んでいます」

「ああ」ポンズはつぶやいた。「ふむ……きみの直面している問題がわかりかけてきたようだ」

「あなたならどうしますか?」ロードは低い声で訊いた。「今度こそはっきりさせましょう。わたしはカッターの命を守るよう指示され、それに失敗しました。カッターは殺されました。それだけでなく、彼の死は、大いにわたしの不注意によるものでした。さらに続いて、間違った男を告発してしまった。そいつも犯罪者で、カッターの死を願っていたのは確かですが。そんな失態の結果、飛行機に乗っていた全員をもう少しで死に追いやるところだったのです……。そして今、そんな一連の輝かしい活躍のために、昇進という栄誉に恵まれようとしているのです」

彼は言葉を切ったが、手は相変わらず拍子を取っていた。オーケストラが、いきなり陽気なタンゴを演奏し始めた。

「しばらく考えさせてくれ、マイケル」ポンズはいった。「どうやら、事情がわかったような気がする」

彼らはしばらく黙って座っていた。隣室から聞こえる明るい音楽は、ふたりの真剣な表情と対照的だった。ウェイターがポンズのカクテルを運んできて、空のグラスを下げていった。マイケル・ロードは新しい煙草に火をつけ、ようやく心の重荷を少しだけ下ろした安堵の面持ちで煙をくゆらせた。

やがて、心理学者が口を開いた。「今さら、きみが真犯人として突き止めた人物の名を明かしたところで、どんな正義が下されるだろうか?」

ロードはゆっくりといった。「何も思いつきません。その男は、とうの昔に自殺しました。犯罪が露見したと勘違いしたのでしょう。実際には安全そのものだったのに。ネヴァダ州で死んだその男こそ、わたしにいわせれば第一級の犯罪者に違いありません」

「だったら、わたしなら忘れてしまうね」ポンズはきっぱりといった。「昇進を受け、その件についてはそっとしておくだろう」

オーケストラの演奏が続く中、相手はその提案を一分以上考えていた。とうとう、彼はいった。

「わたしには決められません。署からは一カ月の休暇ももらえそうなのです。こんなふうに褒賞を受けたくありません」

「きみは自分の職務をひどく真面目に考えているようだ」

「ええ。あなただってそうでしょう?」

「ああ」ポンズは認めざるをえなかった。「とはいえ、あまり気にし過ぎるのもよくないと思う。今は、昇進なんて十中八九は運次第だ。きみは十四年間、当然するべき昇進を待ってきた。仮に手違いでも能力のある人間が昇進するのは、あらゆる点でいいことだと思う。こんなことはそうはない」

「それはどうでしょうね」

「ところで、マイケル、お仲間のダローは本部長を辞めたんだろう? 統合された群れというのか、何というか知らないが、その連中はきみを悩ませる新しい上司を送り込んだのか?」

「ええ。フィンドリーという男で、元鉄道会社か何かの人間です。今は会社の威光でずいぶん幅をきかせていますが、わたしにいわせれば、この辺りが関の山でしょう」

「そら見たことか!」ポンズは大声でいった。「またしても政治的なごたごたに逆戻りだ。なぜきみが、おびただしい悪徳政治家のことで気を揉まなくてはならないのか、まったくわからんね。もらえるものは何でももらっておきたまえ。きみのことなど、連中は何とも思っていないと請け合おう」

「それは的を射た意見だと思います。たぶん——」

ポンズはそこを徹底的に突くことにした。「いいかね、マイケル、わたしから見れば、きみは自分の選んだ職業で、人並み以上に能力がある。そして、その職業は、共同体にとって何より大切なものだ。きみが好きで、しかも人々が必要としている仕事に、このチャンスを生かしたほうがずっといい。署を運営している政治家どもにはもったいない、現実離れした忠誠心のためにそれを辞退し、役にも立たない情報を提出するよりはね……。この助言を聞いたほうがいい。これがわたしの意見だ」

「合理的な意見だと思います」ロードは認めるしかなかった。「現に、これが他人のことなら、わたしもあなたの意見に大賛成です……。まあ、今すぐここで決めなくてはならないことではありません。本部長とその部下が、今のところわたしもそのひとりですが、ここで非公式の夕食会を開くことになっているのです。今夜遅くには、市のダンスパーティに出かける予定です。昇進を受け入れないなら、夕食会がお開きになる前に本部長に伝えなくてはなりません。それが最後のチャンスです。受け入れると決めたら、何もいわなければいい……。助言に感謝します、博士。忌憚のないご意見を聞かせてもらいました。それについては、真剣に考えさせていただきます」

「馬鹿なことをいうんじゃない」ポンズはぶつぶついった。「助言を聞いて、昇進を受けたまえ」

彼のほうは、カクテルをひと口飲み、ふたたびオーケストラの陽気な演奏に耳を傾けた。どんな歌詞がついているかは知らないが、メロディは間違いなく恋歌だ。マイケル・ロードは身じろぎもせず、彼をじっと見ている。ポンズは話題を変えた。

「飛行機で一緒だったあの女性はどうしてる？　フォンダ・マンだったかな？　何度か会っているんだろう」

ロードはそっけなくいった。「ええ。二週間前、彼女は長髪のミュージシャンと駆け落ちし、結婚しましたよ」

相手がかえって憂鬱さを深めたのを見て、心理学者はこの新しい話題はまずかったと気づいた。同時に、話題にしてよかったとも思った。

ポンズ博士は煙草に火をつけ、話を続ける前にカクテルを飲み干した。「マイケル、きみは彼女を真剣に愛していたんだろう。誰が見てもわかる。たぶん、今も愛しているんじゃないか」

「ええ」ロードは、何とか事務的に話していた。「恋しくてたまりません」

「それはどんな苦痛よりもつらいものだ。なるほど、きみが辞職などという馬鹿なことを考えている理由がわかったぞ。つまり、この先どうなろうと知ったことじゃないというわけか」

「その通りです。ただ、少しも興味の持てない仕事を投げ出して何になるのかはわかりません。犯罪者なんてどうでもいい。半年も後になって、カッター事件の真相にたどり着いたのを除けば、この一カ月ろくな仕事をしていません。しかも、仕事をしようがしまいが構わないという気分なのです」

「きみに必要なのは」ポンズがきっぱりといった。「褒賞の休暇をもらうことだ」

「何のために？　休暇で何をしろというんです？」

「うむ、すぐにはっきりとは思いつかないが、今のきみは自己判断ができない状態だ。ちょっと考えて、きみの心の準備ができるころには何か提案しよう……。ああ！　そうだ！　真っ先にできることがある。金曜日から一週間、一緒にトリートのところへ行こうじゃないか。実験に興味が持てるかどうかはわからないが、音楽界の名士だけを集めたパーティが開かれる予定だ。そのうち何人かは気の置けない間柄だ。彼らは実にどうでもいい事柄を、世界の運命や文化の未来がそれにかかっているといわんばかりに議論する。まるで違う惑星にいるような気がするぞ。それとも」ポンズは不意にいった。「こんな状況では、音楽家の集団には我慢できないかね?」

ロードはかすかに笑みを浮かべた。「悪くありませんね、博士。フォンダをさらっていった長髪のミュージシャンを好きにはなれませんが、今のところ楽器を壊したりはしていません」

「まあ、真面目に考えてみてくれたまえ。マイケル、今のきみに必要なのはがらりと環境を変えることで、トリートの家はそれにうってつけだと思う。堅苦しいか、くだけているかはともかく、普通のハウスパーティを考えているとすれば間違いだ。今まで見たこともないものになるだろう。普通なら、名士ほど一緒にいて退屈な人間はいない。しかし、それが集まると、誰もがわれこそは一番の名士であることを見せつけようとし、揃いも揃って奇妙な業界用語を使いたがる——きみも案外、興味を惹かれると思うよ。本気で来てほしいんだ」

「でも、わたしはそのトリートという男を知りません。勝手に押しかけて、週末を過ごすなんてことはできませんよ」

「そんなことは考えなくてもいい。彼とは旧知の間柄だ。電話を一本かけて、連れがいるといえばいい。家は広いし、部屋もたくさんある」

「ところで、その家はどこなんです? 何と呼ばれているんですか?」

「ああ」ポンズはくすくす笑った。「トリートは面白い男でね。二十年近く前にその家を買った。

もちろん完全に近代化しているが、元々はオクラホマで油田を掘り当てた、才覚はあるが無粋な人物が、一八九〇年代にニューヨークに来て建てたもののようだ。急に大金持ちになった彼は、本物の金持ちらしく、どこかに屋敷を構えなくてはと考えたのだろう。ハドソン川のピークスキル付近に浮かぶ島を気に入り、それを買い取って、驚くばかりの大邸宅を建てたのだ。外見は封建時代の城に似ているので、それを狙ったと思うだろう。しかし、この悪夢のような建物が本物の城に似ているのは、ハドソン川が巨大な堀の代わりをしていることだけだ。見ればきっと感心するだろう。トリートはその醜さが美しさの域に達していると考え、もとの欠点そのままに外見を注意深く保存した。オクラホマの男がつけたフランス語由来の名もそのままにね」

「かなり趣味が悪そうですね」ロードは正直にいった。「何という名前なんですか？」

「むろん、一八九〇年代の人々が、必要以上に独創性を持っているわけではないことは理解しておかなくてはならない。億万長者の半分は、自分の屋敷を無憂宮《サン・スーシ》と名づけている。くだんの石油成金も、最初はその名を選んだが、少しばかり女っぽいと思ったようだ。彼は剛健なアメリカ人であり〝外国人〟とは違うのだ。彼はどこからかフランス語の辞書を手に入れたに違いない。〝サン〟が〝無い〟という意味で〝スーシ〟が〝心配〟であることを知った。そこで、不屈のアメリカ人である彼は、それと同じ意味を持つ英語の名前をつけ、すっかり満足したというわけだ。彼は自分の城にこう名づけた――〝ケアレス〟と」

「不注意《ケアレス》と呼んだのですか？」ロードが訊いた。

「さよう。ケアレスと呼んだのだ」

提示部

マイケル・ロードは舌平目と小エビの料理をひと口食べ、素晴らしいと思った。純粋な味覚の喜びに、漠然とした安心感を覚える。あたかも、とても深いところで、自分が現実の存在であることを思い出させてくれるようだ。食感と匂いと味が、予測もつかない宇宙の中で唯一揺るぎない、普遍的なものであるかのように。というのも、それはロードが今まで見たこともない、奇妙で非現実的な晩餐会だったからだ。

もちろん、背景も関係あるだろう。広々とした食堂は五十人以上がゆったりと座れる大きさで、背の高い枝付き燭台が七つ、円テーブルの周囲に点々と置かれ、見えるのはプールのように広がる真っ白なリネンとクリスタルと銀食器、周囲の闇に浮かぶシャツの胸ばかりだった。末席にいるロードには、プールが大きな湖ほどにも見えたが、部屋に比べればそのテーブルもちっぽけなものだ。しかし、それはグランドセントラル駅のコンコースで食事をしているようなものだった。背後には何もなく、壁も存在せず、ただ薄暗いがらんとした空間にいる気がする。執事が適当な間を置いては現れ、また消えてゆき、見えるのは遠くのサイドボードや配膳台の上の明かりだけだ。その明かりも蠟燭の灯で、ほかに部屋を照らすものは何もない。

席についているのは三人の婦人と六人の紳士だったが、テーブルは十一人掛けのため、左右対称の配列にはなっていなかった。テーブルの上座の左右をふたりの女性で固め、両方の側面（側面といえればの話だが）に三人ずつ男性を配するという意図があるのは明らかだ。上座の真向かいには席は設けられていなかったが、その左右には、もうひとりの女性と男性が座っている。最後の男性が、ほかならぬロード自身だった。上座であることがわるのは、その二十五フィートほど後ろで、巨大な石造りの暖炉が闇に溶け込んでいるためだ。城主は不在で、暗がりを見透かすこともできないロードは、客の配置に少し戸惑っていた。

その配置は驚くべき性質のものだった。大きなテーブルを挟んで、彼のほぼ反対側に座るふたりの婦人のうち、左にいるのはミス・トローブリッジだとわかったが、今のところは名前しか知らなかった。シンプルだがよく似合う、黒いイヴニングドレスを着ている。もうひとりの婦人はミルガ・ボーグで、メトロポリタン歌劇場のソプラノ歌手だ。彼女はカルメンとタイスを混ぜたような驚くべき装いだった。少なくともロードが思いついたのはそれだけだ。顔つきや体つきは、豊かな胸を除けばやや角ばっていて、燃えるような赤いドレスによっても引き立てられていなかった。

ミス・トローブリッジから見て右隣にいるのは、エリック・スターンだ。ブロンドのノルウェー人ピアニストで、ミルガ・ボーグの夫である彼は、その場にふさわしい正装に身を固めていた。しかし、パンテロスと呼ばれているらしい隣の紳士は、プラムのような濃い赤紫のディナージャケットに青いズボン、芸術家がデザインしたようなゆったりと垂れた黒ネクタイといういでたちだった。しかし、襟にたくし込んだネクタイは、まるでマフラーのように見えた。その紳士とロードとの間に座っているのは、繊細な顔と美しい体つきをした若い女性だった。襟ぐりの大きく開いた緋色のイヴニングドレスには、鮮やかな黄色の、流れるような袖がついている。黒髪にはめた簡素な輪を飾る宝石は、本物のダイヤモンドにしては大きすぎた。

彼女はロードの左隣にいた。右隣はアレーム・ゴムスキーだ。だぶだぶのドレススーツは、恐らく見間違いだろうが、ロードにはしみがついているように見えた。その隣は城主の弟のテレンス・トリートで、ホワイトタイの正装には一分の隙もなかった。そして、その隣がポンズ博士である。今のところは譲歩を見せ、ディナージャケットの正装に着替えている。しかしその譲歩は、イヴニングシャツにまでは及んでいなかった。柔らかい折襟の下で黒ネクタイが曲がり、しなやかな白いシャツはといえば、カフスボタンではなく普通のボタンで留められていた。それから一巡して、ポンズ博士の右隣に座るミルガ・ボーグに戻ってくる。

ロードは隣の女性をちらりと見た。上品に食べてはいたが、すっかり食事に夢中になっている。九時四十五分という遅い時間を考えれば、無理もないことだった。ヴァイオリンの名人マドプリッツァだとマイケルは思った。彼らの名前は、ほかのあらゆるものと同様、奇妙だった。名前のことでは、マイケルはすでに苦い経験をしていた。

二時間半前に城の主階段を下りていたマイケルは、後ろにオペラ歌手がいるのに気づいた。オペラ好きの彼にはすぐに相手の顔がわかった。彼女がピアニストのエリック・スターンと結婚していることも知っていた。いい機会だと思い、自己紹介したマイケルは、彼女をミセス・スターンと呼ぶ大間違いをしてしまったのである。彼は徹底的に思い知らされることになった。彼女はミセス・スターンとも、マダム・スターンとも呼ばれていなかった。ミス・ボーグとすら呼ばれ

ディナーテーブル

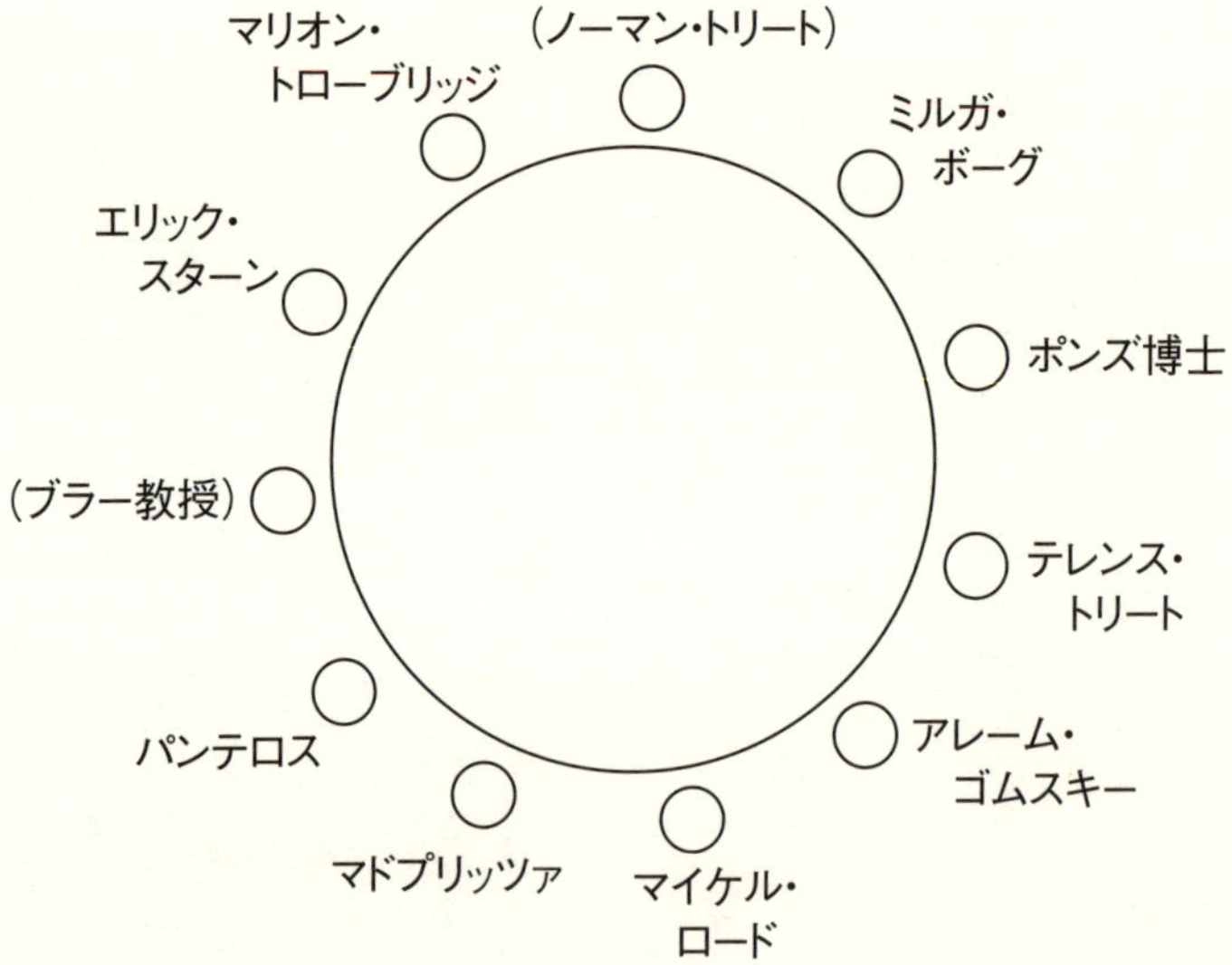

（ノーマン・トリート）
ミルガ・ボーグ
ポンズ博士
テレンス・トリート
アレーム・ゴムスキー
マイケル・ロード
マドプリッツァ
パンテロス
（ブラー教授）
エリック・スターン
マリオン・トローブリッジ

なかった。彼女はボーグ以外の何者でもない。ただのボーグだった。同じように、今隣に座っているのはマドプリッツァだ。それは奇妙な感じで、慣れることができなかった。初対面の相手に、いきなりルースやジェーンと呼んでくれといわれるようなものだった。

ロードははっと驚き、話しかけられているのが自分でないと知ってほっとした。

高い、張り詰めた声で、左隣の女性がこういったのだ。「わたし、叫んでしまうわ」その口調は本気に思えた。

彼女に話しかけられたパンテロスは、相手を横目で見て、うめき声をあげると、食事を続けた。マイケル・ロードは、どぎまぎするような言葉が今度は自分に向けられるのではないかと恐れ、この人たちが従っている礼儀作法がいかなるものであろうと、これまで自分が慣れ親しんできたものとはまるで違うと思った。彼もまた、食事を続けることにした。

会話のほとんどない、静かな会だったが、空腹であることや互いにあまり親しくないことは理由のひとつに過ぎないとロードは気づいていた。テーブルの反対側では、ミス・トローブリッジが低い声でエリック・スターンに何やら話しかけている。しかし、聞き取れたのはショスタコーヴィチという名前だけだった。ほかに話をしている者は誰もいない。隣ではマドプリッツァが震えるため息をついたが、それ以上、自分の意思を伝えようとはしなかった。

テーブルの上座近くにはロードの友人がいた。ボーグからはほとんど話を振られず、反対隣のテレンス・トリートも同じようなものだった。しかも、すでに魚を平らげてしまった彼は、膝の上で両手をおとなしく重ねていた。ポンズ博士はこんなことを考えていた。〝突然の死は、この無関心なうぬぼれ屋たちさえも震え上がらせるのだな〟

それから二品が運ばれ、貪り食われ、残りが下げられた。すでに三杯のワインが注がれ、特に誰も遠慮している様子はなかったが、客たちが酒に酔った気配はなかった。ロードは彼らの態度にますます戸惑っていた。もちろん、彼らは非常に変わっていた——少なくとも彼にいわせれば。しかし、彼が理解する限り、死んだ男はここにいる人々とそう大したつき合いはしていなかったはずだ。この異様な集まりに一緒に呼ばれたに過ぎない。もちろん、誰もが彼の名を聞き、その評判も耳にしているだろう。マイケル・ロードも、コロンビア大学音楽学部の学部長、マーティン・M・ブラー教授のことは知っていた。とはいえ、ただ名前を知っているに過ぎない。ここにいる人々について、名前と顔以上のものを知ることはたぶんないだろう。

それに、これもまた連れの話から知ることのできた範囲では、城の別の場所でポンズとノーマン・トリートができる限りの蘇生術を施したものの、教授はピークスキルから城へ来る途中で倒れ、島に着いたころには亡くなっていたらしい。ロードは午後、ポンズ博士とここへ来たときのことを思い出した。先週の吹雪の後で、零度の気温と強風が続いていた。ベアーマウンテン・ブリッジの向こうでは、ハドソン川は本格的に荒れ、五マイルの距離を渡る小さな船と乗組員の両方を揺さぶった。狭い船室は修羅場と化していたに違いない。死者は死そのものだけでなく、最期を迎える場所の不安定さにも苦しめられたことだろう。それはどこか侮辱を加えられているように思えた——非道ともいえる感がある。

それにしても、この病的な想像は何だろう? ほかの人々が彼の気に障っているに違いない。知る限り、教授は倒れてすぐに息を引き取ったようだ。それにどのみち、ここにいる人々はその場面を見ていない。それが肝心なところだ。テレンス・トリートを除けば、悲劇が起こったときには、彼らはモーターボートに乗ってもいなかったのだ。したがって、この遅い夕食の雰囲気をどう説明すればよいのだろう? いったい、なぜ彼らはばつが悪そうにしているのか? まるで被害者が体調を崩すことを願っていて、その願いがあまりにも徹底的に実現したため、うろたえ、ショックを受けているかのようだ。馬鹿なことを考えるな。ロードは自分にいい聞かせた。目を覚ますんだ。この連中に催眠術をかけられているだけだ。

左隣の娘が、今度は彼に向かって身を乗り出した。小さく、かろうじて聞き取れる声は、かすれそうなほど高かった。「わたし、叫んでしまうわ! あの空席をどけてくれなければ――」

目を覚ませ。ロードは自分に向かって厳しく繰り返した。そして相手には、できるだけなだめるような口調でいった。「でも、空席はふたつあるでしょう。どっちがそうなのか――」

「あっちよ!」彼女は自分の左側、エリック・スターンとパンテロスの間の、手つかずの食器類を差した。「紫でしょう、濃い紫!」

「何ですって?」ロードは面食らった。

「見えないの? わたしには見えるわ。ほかのみんなにも! あなたは鈍感なのよ!」彼女はあえぐような、すすり泣くような声をあげて、目の前の皿に戻った。

ロードは一瞬、彼女を驚きの目で見た。これまで『不思議の国のアリス』に必要以上に感銘を受けたことはない。お話を書いてとせがんだイギリス人の少女には、素晴らしい物語に違いないが、彼はイギリス人の子供ではない。熱狂的なファンに向かってそう指摘したこともある。彼は気づかれないように肩をすくめ、ワイングラスに手を伸ばした。

やれやれ。見たこともないものを見せてやろうといったポンズは、まさしくその通りのことをしてくれた。濃い紫色の幻覚を見るような娘を、どう考えればいいのだろう？　ほかの連中もだ。今回の出来事がなければ、それほど変ではないのかもしれない。しかし、こんなに間接的な影響しかない出来事に、これほどあからさまな反応を見せる理由は謎だった。ほとんどが興奮しているか、ふさぎ込んでいるか、苛々していた。テレンス・トリートと、彼ほどではないがトローブリッジという女性とエリック・スターンだけが、常識的な人間のようにふるまっていた。パンテロスは順調に食事を続けていたが、わざとらしいくらい食べるのに集中していた。彼は食事中、一度しか顔を上げなかった。反対隣に座っているゴムスキーは、余計なことは考えまいとしているかのようにむさぼり食べ、ときおり肩をすくめるようなしぐさで体を揺すっていた。ポンズの向こうのミルガ・ボーグは、唇をまっすぐに結んで座っている。全員の中で彼女だけが、ほとんど食事に手をつけていなかった。

前代未聞の出来事があったわけではない。人が死ぬのはいつものことだ。ロードにしても、暴力で死んだ人間を何人も見ている。銃で撃たれ、歩道で身もだえするのを。女性が殺されるのも一度見た。しかし、その場面を思い出すくらいのことはするが、この場で繰り広げられているような取り乱し方をしたことはない。しかも幸い、暴力でも犯罪でもなく、ただの自然死なのだ。

信じられない。大の大人が――。

隣でマドプリッツァが半ば腰を浮かせ、叫んだ！

耳をつんざくような叫び声は、確信に満ちた本質的な感情の強さによって、甲高く響き渡った。

驚きに満ちた沈黙の中、テレンス・トリートが、はっきりとした冷静な声でいった。「座るんだ、愚かなヒステリー女め」


ノーマン・トリートは、暖炉の反対側の壁にある両開きのドアから現れ、ドアを閉めた。しばしたたずみ、晩餐のテーブルのありさまを見る。あたかも、彼がドアの外に控えていて、マドプリッツァの叫び声を合図に入ってきたかのようだった。

彼は夜会服を着ていた。背は高く、髪にはすでに白いものが混じっている。有能で思慮深そうな顔は、常に自分の求めているものをよく知っており、手に入れてきたことをうかがわせる顔でもあった。

彼は、テーブルと自分との間に驚いたように立っている執事に手振りで合図した。「カーター、すぐにミスター・スターンの隣の食器を片づけてくれ。ここに座る客はもういない」彼は静かに、自分の席であるテーブルの上座へ向かい、椅子にかけ、後ろにいる使用人に穏やかにいった。「スープとローストだけでいい。そこから始めよう」それからようやく、驚くべき顔ぶれの客たちに注意を向けた。

「みなさん」彼は切り出した。「わが家での最初の夕食に、席を外していて申し訳ありませんでした。いたしかたのないことですが。もちろん、この驚くべき出来事は、誰の責任でもありません。ご存じの通り、友人のブラー教授が、恐らくピークスキルからボートでこちらへ向かう間に病に倒れ、テレンスがボートを船着き場へ入れたころには息を引き取っていたようです。それ以来、わたしはポンズ博士を除いて誰とも顔を合せなかったので、経緯をお聞きになりたいことでしょう。

お話しすることはあまりありません。ボートが着いてから、ポンズ博士とわたしはできる限りの手を尽くしました。教授が倒れた原因がわからなかったため、まだ望みがあるとさえ思ったのです。わたしは船頭と一緒に彼をピークスキル病院へ運びました。今、帰ってきたところですが、残念ながら努力の甲斐はありませんでした。ブラー教授は、担当医に死亡を宣告されました。それを知って、わたしはみなさんのところへ戻るのが自分の義務だと感じました。彼の死で、これからどんなことになるかを確かめもせず引き返してきたのです。わたしに何もできないのはわかりきっていたので。朝になったら病院へ戻り、必要な措置を取りたいと思います。

ブラー教授は古い友人であり、当然、この思いがけない死にわたしはショックを受けています。しかし、ほかのみなさんにとっては、単なる知り合い程度に過ぎないでしょう。いうまでもなく、ここにいる誰よりも、わたしはこの悲劇を無念に感じています。しかし、気の毒な友のために何もできない以上、できる限りこの出来事には目を向けずにいようと提案したいのです。わたしとしては、とにかく、生者への義務を果たすために最大限の努力をしようと思います」

スピーチの間、城主はテーブル全体を見回し、誰かひとりに注意を向けることはなかった。しかし、彼らの立場をわきまえさせる、どこか遠慮のない指摘の効果はすぐにはっきりと表れた。ふたたび腰を下ろしていたマドプリッツァは食事に戻り、テレンス・トリートはポンズ博士に低い声で何やら話しかけていた。そしてテーブルの上座では、マリオン・トローブリッジが城主に向かっていった。

「ミスター・スターンとわたしは、ショスタコーヴィチの話をしていたの。ミスター・スターンは第三交響曲の『メーデー』が、以前の作品番号十、第一交響曲に比べて目覚ましく進歩しているという意見だったわ」

「ああ」ノーマンはふと笑顔になっていった。「きみは、マリオン？」

「そうは思えないわね。わたしはまだ、宣伝活動家よりも音楽家の声のほうに興味があるわ。ただ美しく、職人らしく、人間の心を表現するだけでは不十分で、有権者や経済学者への言及がなくてはならないなんて――そんな考えは嘆かわしいと思う。もちろん『十月革命』は聴いたことはないけれど、聴きたいという気にもならないわ」

　エリック・スターンは身を乗り出し、ほとんど訛りを感じさせない英語でいった。「しかし、わたしにいわせれば、両立はできるはずです。すぐにわかることですが、わたしは共産主義者ではありません。その理屈に親近感は持てません。それでも、こうした考え、あるいは姿勢までもが、音色となってわれわれの前に提示されるというのは実に面白いと思います。ショスタコーヴィチの初期の作品は、それほど卓越したものではありません。しかし、この最新の交響曲は、確かにきわめて興味深いといえましょう」

「おわかりでしょうけれど」ミス・トローブリッジがいった。「わたしたちは賛成できないわ。人間性にきわめて乏しく、それを代表してもいない、知性や政治へ狂信の表現が音楽の正しい機能だと思えない。それは間違いだと感じるし、現に間違いだと思うわ。音楽の本質に比べたら、そんなものは単なるごまかしで、余興のようなものよ。音楽とは人間の内面にある現実の声だと、わたしは心から思っているわ。あこがれや、恐れや、悲しみや、切望の声だと。人間のほんの一部の貧弱な声ではなく、その人すべての声よ。社会的議論のための演壇ではなく、普遍的な人間の表現手段なの。確かに、曖昧なことが多いのは認めるわ。でもときに、本物の表現の美しさとしてはっきりと表れるの」

ノーマンはいった。「マリオン、きみはなかなか能弁だね。わたしは両方に賛成といわねばならないでしょうね。本物の音楽は、ボルシェビキ主義者の政治要綱のような目標と目的を持たねばならぬという、ミスター・スターンの意見はもっともです。そして、ショスタコーヴィチの音楽に見られるようなこうした目標が、政治的なものであるというのも賛成です。本物の芸術の品格にふさわしくないのが、ボルシェビキ主義者なのか資本主義者なのか、あるいは何なのかはともかくね。ショスタコーヴィチの目的が具体化されているという事実に異論はありません。現に、こうした明確さは不可欠だと思います。しかし、彼の目的が、芸術家であるという自負とまったく一致しないというのには反対です」

ロードはそれ以上聞かなかった。ゴムスキーがテレンス・トリートと話しており、会話が一般的なものになっていたからだ。「いいや、それはぼくがこの前ここにいたときよりもひどい文明化への口実だ――信じられない――もう帰ってくるものか」と、城主の弟がいうのが聞こえた。

ポンズはボーグと何やら話していた。悪夢のような雰囲気は急速に薄らいだ。今では芸術に興味を持ち、現代史に通じた人々の、ありふれた晩餐会になっていた。彼はノーマン・トリートの客あしらいのうまさに感謝した。

そして〝そうだ、自分も役目を果たさなければ〟と思った。そこでマドプリッツァのほうを向き、話しかけてみた。「素敵な髪飾りですね。何という宝石ですか？」

マドプリッツァは彼をきっと睨んでいった。「わたしはヒキガエルだから、いつでも頭に宝石をつけるのよ（『お気に召すまま』二幕一場の台詞より）」

ロードはあきらめた。

場は客間に移った。そこは一同が後にした食堂と同じくらい変わった部屋だった。この部屋も広く、壁の半分の高さまで木製の鏡板が巡らされ、その上は円天井と、タペストリーを飾った石造りの壁になっていた。ここでも大きな暖炉が一方の端を占め、明かりは間接照明と、天井からふたつ下がった電気式の大きな錬鉄性のシャンデリアによってもたらされていた。スタンドも二台あった。

ロードはほっとして、友人が近づいてくるのを見た。彼が立っているのは、薪が赤々と燃える暖炉のそばだ。ほかの人々は小さなグループに分かれ、なごやかに談笑しているようだった。

「さて」ポンズがいった。「気に入ったかね、マイケル？」

「いやはや、どう考えていいかわかりません。わたしは――その――」

「興味を惹かれているように見えたがね」

「夕食のときに隣に座っていたきれいな女性は、頭がどうかしているみたいでしたよ」

ポンズ博士はくすくす笑った。「いやいや、マイケル。もっと単純なことだよ。欲求行動というやつさ。ふりをしているだけだ」博士は近づいてくるオペラ歌手に気づいた。「やあ、ボーグ、ちょっとこっちへ来ませんか？」

女性は振り向き、いぶかしげな顔をした。ポンズは進み出て、彼女の煙草にうやうやしく火をつけた。

「どうやら」ポンズはいった。「友人のロードが、あなたの名前のことで災難《コントルタン》をこうむったようですね。しかし、彼が天才と会うのに慣れていないのはおわかりでしょう。許してやってください。ボーグ、あなたは芸術家として、寛大な心を持てるはずです」

彼女はふたりに輝くような笑みを向けた。二十年前、いや十年前にはとびきりの美人だっただろうとロードは思った。「あら、とんでもない。ちっとも気にしていないわ――ちっとも。とても素敵な青年ね。それに、警察官にこんなに感じのいい人がいるとわかって嬉しいわ！」

それから、不意に続けた。「まったく、エリックにはあの馬鹿げた楽器にかかずらってほしくないものだわ。彼の才能を駄目にしてしまう。ヴォードヴィルの小細工をするにはもったいないほど偉大なのだから」彼女はそういいながら、もう一度笑みを浮かべ、ふたりから離れてゴムスキーとマドプリッツァに近づいていった。

ケアレス城

一階見取図

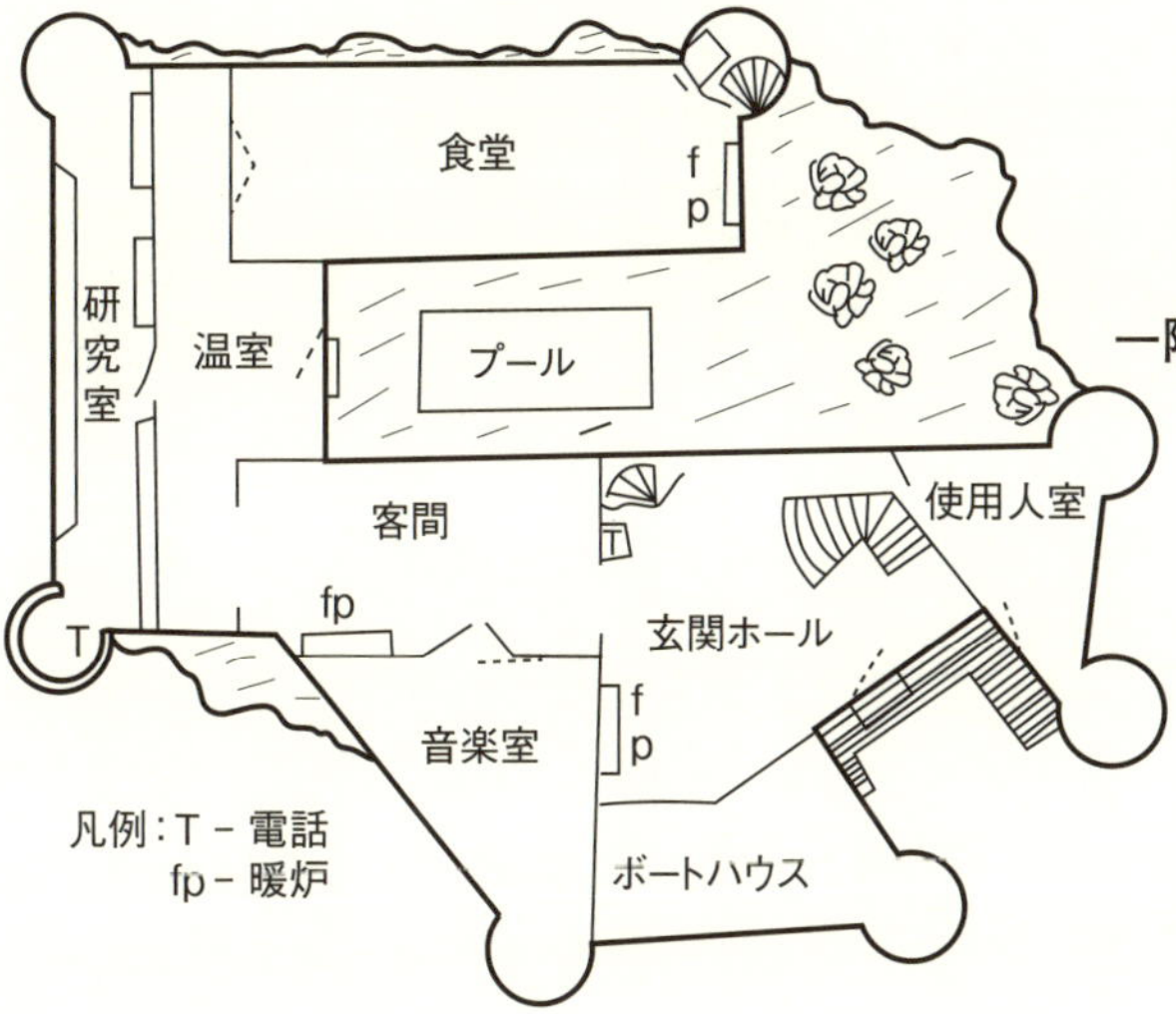

「わかっただろう」彼女が声の聞こえないところまで行くと、ポンズが無作法にいった。「ちょいとお尻を撫でてやることさ、ああいう手合いを扱うにはね。しかし、あまり強くやってはいけない。さて、そのヴォードヴィルの楽器とやらを見てみようじゃないか」

彼は先に立ってスターンとノーマン・トリートのところへ行った。ふたりは長テーブルに広げた手書きの楽譜の上に屈んでいる。ちょうどピアニストの言葉の最後が耳に入った。

「――難しさです。ときには楽句をまるごと書き換えなくてはなりません。それに、この髪の毛に混乱させられます」

「それは忘れて結構です」トリートがいった。「あなたが使うことはありません。いずれにせよ、鍵盤を叩かなくても振動するので」彼は目を上げ、ようやく新顔に気づいた。「ミスター・スターンは」彼は説明した。「わたしの実験装置で演奏するために楽譜を移調してくれているのです。めざましい仕事ぶりですよ。あと半日もすれば完成するのでしょう?」

「ええ」スターンは心もとなげにいった。

「この装置は何だ、ノーマン?」ポンズが訊いた。「ここへ着いてから見たこともなければ、話に聞いたこともない」

「見たことがない?」スターンが熱っぽく叫んだ。「ああ、楽器ですよ。ピアノを超えたピアノです。〝平均律〟の問題が起きることがない。わたしはこれを非平均律ピアノと呼んでいます」

自分にできることを探そうと思い、ロードは尋ねた。「ピアノの〝平均律〟とは、何のことですか?」

「共通の誤差をできる限り少なくしてすべての音階を弾くことができ、どんな状況でも誤差に気づかれないようにするよう、いくつかの音をわざと変えるシステムです。しかしもちろん、実際にはどの音階も純粋でないことを意味します。実用のために妥協しているのですよ。すべての音階を純正調で演奏するには、理論上はそのオクターヴに五十三の鍵盤が必要になります。ところが、ここには二十七しかありません――確かに数は多いが、無理ではない数です――なのに、音調は純粋で正しい。どうしてそんなことができるのかわからない――この髪の毛と関係あるとしか考えられません」

「髪の毛は結果に関係しています」ノーマンが認めた。「それは間違いありません」

「ああ、これぞ音楽です！　ときおり聴くことができても、常に違うと感じていました。古い曲も、この楽器によって新たな意味を得ることでしょう。調律は完璧で純粋だ！　移調を終えるのが待ちきれない。これから一時間ほど取りかからせてもらいます！」スターンは楽譜をまとめ、どこか外国人らしいお辞儀をして、テーブルの周りにいる人々を後にした。

「どうやら驚くべきピアノを発明したようだな」ポンズがいった。

「本来は研究装置なのです」城主が答えた。「このピアノ部分は、全体の三分の一に過ぎません。音の振動の法則、放出と取込を示すためのものです。これを正確に調律するのは、もちろん研究室ではたやすいことです……。最近では、装置のこの部分に特に興味を持つようになってきました。そこでマリオン、つまりミス・トローブリッジに、この人たちを呼び集めるよう頼んだのです。音を作り出す専門家である音楽家が、この音の法則をどう利用するか知りたくて。今のところ、彼らはこうした法則を何も知らないようですし、利用の仕方を間違っているように思います。まだはっきりとはいえませんが」

「どうやら、心理学的な法則も絡んでくるようだな」ポンズがいった。ふたりは議論を始め、間もなくロードは部屋を横切り、たまたまひとりでいたミス・トローブリッジのところへ向かった。彼女は愛想のよい人物に見えたが、共通の話題はほとんどなかった。ほかの客たちが来たので、彼はまた、ぶらぶらとその場を離れた。

しばらくのち、彼はボーグの隣に座っていた。ポンズを除けば、これまで会話を交わした人の中で、多少なりともロードと共通点がありそうなのは彼女ひとりだった。オペラに足しげく通う彼はオペラ歌手のことをよく知っていたし、友人の助言を頭にとどめ、注意深く彼女の意見を引き出しては、それに同意した。彼女はこのハンサムな好青年を心から気に入ったようだ。使用人に呼び出されて部屋を出ていたノーマン・トリートが戻り、暖炉に近づいていったとき、彼女はロードの手を優しく、だがしっかりと握っていた。

部屋に入ってきたトリートは、不安そうな顔をしていた。「みなさん」彼はいった。「残念な報告があります。今、ピークスキル警察から電話がありました。ブラー教授の死が毒物によるものと断定されたのです。そのようなわけで、今夜、警察官がボートハウスを捜査にきます。明日の朝には、全員に事情を聞きたいとのことです。何かの間違いだとわたしは確信しています。いずれにせよ、誰も亡くなる前の彼と会ってすらいないわけですから、事情聴取など不愉快な厄介ごと以外の何物でもないでしょう。しかし、とにかくお詫びします」

ロードは部屋にいる人々の驚いた表情を見回し、隣の女性に視線を戻した。ボーグの唇は、またしてもまっすぐに引き結ばれていた。

ロードは、彼女の手に力がこもるのを感じ、自分も握り返した。「あなたの警察に対する意見が変わらなければいいのですが」彼はいった。

展開部

「ええ、まだ会ってはいませんが、話を聞いたところでは、教養ある紳士とはいいがたいようですね」ノーマン・トリートは客間の暖炉にもたれ、客たちを見た。ほとんどが身を寄せ合い、思い思いの態度で朝食後の煙草をふかしている。彼は隣にいるマイケル・ロードをいぶかしげに見た。「彼は真っ先にわたしに会いたいと力説しているようです」

「うーん」ロードはうなるようにいった。「それは当然でしょうね。しかし、今回は間違いです。誰よりも先に、わたしが会いましょう。いっておきたいことがあるので」

トリートは問いかけるように眉を上げた。

「ここに集まっているような人たちについては、多少経験がありますからね、ミスター・トリート。彼がピークスキル警察から来た普通の警察官なら、仕事を始める前にいくつか耳に入れておいたほうがいいと思いまして」

相手は同意するようにうなずき、かすかな笑みも浮かべた。「わたしもそんなことを思いました」彼は認めた。「どうぞ、行って話してください」

ロードは客間を横切り、ノックもせずに東側にあるドアを開けた。音楽室に入り、ドアを閉める。

その部屋は、今出てきた客間の半分ほどの広さで、細長く、奥に向かって先細りになっていた。突き当りは弧を描き、城の四隅に造られた尖塔の一部になっている。天井は高く、半分ほどの高さの衝立が部屋を仕切っていたが、その上から部屋の広さがわかった。衝立の前にはカードテーブルがふたつ置かれ、それぞれにがっしりとした男が座っていた。ひとりは鉛筆を削り、そばの敷物に削りくずを落としていた。もうひとりは火のついていない葉巻をくわえている。どちらもありふれたビジネススーツに身を包み、目立たぬように苦心していた。そこにはあと二脚椅子があったが、ほかに家具はなかった。

葉巻の男が顔を上げた。「ちょうど呼びにいこうと思っていたところですよ。この衝立の向こうには、いったい何があるんです?」

「見当もつかないな」ロードはいった。「この部屋に入るのは、生まれて初めてなので」

「この部屋に入るのは初めてとは、どういう意味です? あなたはミスター・ノーマン・トリートじゃないんですか?」

「ああ、そうじゃない。わたしは――」

「おいおい、どういうこった?」テーブルの向こうの男は葉巻を口から取り、ベストの袖ぐりに両の親指をかけて、喧嘩腰にふんぞり返った。「ここを仕切っているのは誰だと思ってる? とにかく、あんたは誰なんだ？」

案の定だとロードは思った。この男は周囲の環境に気圧されながらも、これまでピークスキルの人間が足を踏み入れたことのない億万長者の島で、自分が一番の権力者だと思っている。それでも、見知らぬ環境にわずかに不安を感じているものだから、無意識に強面に見せようとしているのだ。彼が常に強面でいるのは間違いない。しかし、ここでそれを強調しても何にもならないことをロードは知っていた。この男を操れるかもしれないし、操れないかもしれない。試してみる時だ。

彼は短く、威厳を持っていった。「仕切っているのはそっちだ。それも、やりすぎなほどにね。わたしはニューヨーク市警のフィンドリー本部長の下で働いているロード警視だ。これが名刺だ」彼は堅苦しい印象の名刺をテーブルに放り、わざとらしく相手に背を向け、窓に近寄って外を眺めた。

たっぷり十秒してから戻ってきたとき、男はまだ彼を見ていた。依然、態度を決めかねていることが顔に出ている。「ところで」ロードは訊いた。「きみは何者だ？　話している相手をはっきりさせたい」

「ハードブロウ部長刑事です。ウェストチェスター郡地区検察局の」

「なるほど。ホワイト・プレインズから来たわけだ。ジム・ダンディは知っているかい、部長刑事？」

「ダンダパウロスですか？」上役の名を聞いて、刑事は魔法のように表情を明るくした。「洒落者ですね、ダンディは」

「ああ。地区検事長も知っていたと思う。ええと――マントンだったかな?」

「そうです。彼が来るはずだったのですが、今日の午後は大きな事件で大陪審に出なければならなかったもので。特別に召集されましてね。それで、わたしが来たわけです」

「邪魔をするつもりは少しもないんだ、部長刑事」ロードは続けた。「ここではきみが権威だ。ありがたいことに、権限を持っているのはわたしではなくきみだ。しかし、わたしは昨日の昼間から滞在しているので、ここにいる人々を相手にする前に、少しばかりコツを教えておいたほうがいいと思ってね」

「もちろんです」地区検察局から来た男は、まるで別人のようになっていた。「内情を知らせていただければありがたい。あなたが入ってきたとき、あんな口のきき方をするつもりはなかったのですが、どのような方かわからなかったものですからね。こっちはジム・マルコ刑事で、記録係として来てもらっています。おかけください、警視。どうぞ楽にしてください」

別のテーブルの男が会釈し、ロードは腰を下ろした。

「どんな連中なんです?」ハードブロウは尋ねた。

「わたしの助言を聞くなら、わたしが入ってきたときのような態度を取れば何も聞き出せないだろう。ああいうのは通用しない。貝のように口を閉ざしてしまうだろう」

「金があるからといって、何でも好きなようにはできませんよ」

「それは違う。トリートは金持ちだ。たぶん弟も。そして、彼が怒れば金にものをいわせることは、わたしもきみもよくわかっている。しかし、ほかの人たちはそれほど金持ちではないと思う。彼らは芸術家だ。とても有名な芸術家——歌手やピアニストだ。こういった場所には何度も来たことがあるが、あんな人たちは見たことがない。半分はヒステリックで、あとの半分はよくわからない」

「変な連中なんですか？　頭がおかしいとか？」

「わたしには、少し変わって見える」ロードは認めた。「ひとりかふたりは、わたしが代わって質問したほうがいいかもしれない。つまり、口を出しても構わなければの話だが。ただ、わたしにせよきみにせよ、彼らから何かを聞き出せるとは断言できないが。悲鳴をあげて部屋を飛び出しかねない人物ばかりなのでね」

「彼らは質問の答えを握っているのです。彼らがあなたを知っているなら、あなたにここにいてもらい、話してもらったほうがよいでしょう」手を組んでも悪いことはないと、ハードブロウはにわかに気づいたようだ。「わたしは構いません。ご協力に感謝します」

「ありがとう。もちろん、彼らのほとんどは、こっちが怒らせない限り敵意を持ったりはしないだろう。その理由がないからね」

「わたしもそう思います。被害者は、ここに着く前に事切れていました。それでも、何者かに毒殺されたことには間違いありませんし、彼の友人なら何か手がかりを与えてくれるかもしれない。もちろん、そのうちひとりは彼とボートに乗っていたのですから」

「ああ、城の所有者の弟、テレンス・トリートだね。わたしはまだ話していないが」ロードは慎重にいった。「彼がボートを操縦していたと聞いた」

「ええ、そうです。彼を最後に呼ぼうと思っています――ほかの情報をありったけ手に入れた後でね。ほかには何か？」

「あとひとつだけ。ポンズという人物がいる。ポンズ博士だ。彼とは長いつき合いで、何度か事件で手助けをしてもらっている。彼のいうことは無条件で信用して構わない。早めに彼の話を聞き、基礎を作っておくことを勧めるよ」

「わかりました」ハードブロウはテーブルに身を乗り出した。「では始めましょう。ジム、トリートを呼んでくれないか？ 弟ではなく、ここの所有者のほうだ」

マルコは立ち上がり、客間に入っていった。しばらくして、ノーマン・トリートを部屋に入れると、慎重にドアを閉めて席に戻った。彼の目の前のテーブルには、ノートが広げられていた。

ロードは立ち上がった。「こちらはウェストチェスター郡地区検察局のハードブロウ部長刑事です。わたしは彼に同席を求められましたが、あなたに異議があれば、もちろん喜んで退席します」

「とんでもない、ミスター・ロード」トリートは部長刑事のほうへ頭を下げた後、ほほえんで空いている椅子にかけた。「わたしとしては、あなたがいてくれるのは大歓迎です。ほかの人たちも同じでしょう」彼は手振りで相手に座るよう促し、ハードブロウに向き直った。「事件を解明するのに役に立てることがありましたら、何なりとおっしゃってください」彼は重々しくいった。

「ゆうべのピークスキルからの知らせを、まだ信じられない気持ちです。ブラー教授は古い友人なので、とても動揺しています」

「ええ。では初めに」ハードブロウがいった。「ブラーのことをお聞かせ願えますか?」

「彼のことならいくらでも話せます。長年のつき合いでしたから。かいつまんで話すことにしましょう。彼は生涯、音楽を研究してきました。三十年前からコロンビア大学音楽学部で教鞭を取り、十年前からは学部長を務めてきました。恐らく、音楽史にかけては今日のアメリカで一番の権威でしょう。既婚者ですが、奥さんは数年前に亡くなっています。息子がひとりいて、西部のどこかでやはり教師をやっています。わたしはここで、ある——音楽的実験をしており、彼を参加者の一員として招きました。参加者のほぼ全員が、プロの音楽家です。このことが何か関係あるならいっておきますが、友人であることを抜きにしても、彼の助言を仰げないのは大変残念です」

「彼の奥さんの死に、不審な点はありませんでしたか?」

「肺炎を不審なものといわない限りはね。それが死因でした」

「なるほど。では昨日のことに参りましょう。教授は、あなたのボートでここへ来たのですか?」

「ええ」

「〈ヴァルレ〉号で?」

「〈ヴァルレ〉号でです」

「ボートは何艘お持ちなのですか、ミスター・トリート?」

「モーターボートは一艘です」城主はいった。「すでにお調べになっているはずですよ。ほかに、帆走カヌーと小型ボートを持っています。どちらもボートハウスにあるので、ご覧になっているでしょう」

「それで全部ですか?」

「そうです」

「では、ミスター・トリート、お聞かせください。なぜ教授は昨日、あなたが呼んだほかの人たちと一緒に来なかったのですか?」

トリートは一瞬驚いたようだったが、すぐに答えた。「しかし、みんな一緒に来たわけではないのです。わたしは朝、ニューヨークから船で来ました。ミス・トローブリッジと、エリック・スターン夫妻と一緒にね。着いたのは昼食のずっと前です。それから、船頭のセイルズに、ピークスキルの埠頭でほかの人たちを迎えさせました。彼らがいつ来たかはわかりません。ミス・トローブリッジが来てから、ずいぶん長いこと待ちました。セイルズが列車まで迎えにいき、ひとりを連れてくると、また別のひとりを迎えにいくという調子で……。ちょっと考えさせてください。思い出せる限りでは、アレーム・ゴムスキーとマドプリッツァが午後の早い時間に着きました。パンテロスは三時か三時半ごろ、ひとりでやってきました。それからここにいるロード警視は、ポンズ博士と一緒に四時から五時の間に来ています……。おわかりでしょうが、このことが気の毒な友人の死とどのような関係があるのか、わたしには本当に理解できません」

「人ひとり殺されたのですから、できる限りの情報を集めたいのです」

城主はあきらめたように肩をすくめた。「わかりました。続けてください」

「弟さんが来たのはいつです？」ハードブロウが不意に尋ねた。「それはまだ聞いていませんが」

「来たのではないからですよ。弟は上海に住んでいます。十日前からわたしの家に滞在していますが、一昨日はわたしと一緒にニューヨークへは行きませんでした。ミス・トローブリッジとわたしは、水曜日に行きました。わたしはそこで一泊したのですが、弟はこの島にいました。ですから、昨日はすでにここにいたわけで、来る必要はないのです」

「昨日ずっとここにいたということは、その気になればボートに細工ができたわけですね？」

「質問の意味がまったくわかりませんが」ノーマン・トリートは冷たくいった。「わたしが知る限り、誰もボートに〝細工〟などしていません。あなたの部下が不器用に扱って、傷つけでもしていない限りね。いずれにせよ、弟は昨日は一日じゅう島にいて、ボートはずっと使われていたのですから、手を触れる機会はほとんどなかったでしょう。それから〝ボートに細工〟というのはどういう意味なのか、はっきりと教えてくれませんか？」

「気になさらずに。とにかく、彼は一度、それに乗ってピークスキルへ行ったのですね？　教授を乗せてきたのは船頭ではなく、弟さんだったのでしょう」

「そうです。彼は午後の遅い時間に船を出しました。六時過ぎに」

ハードブロウ部長刑事はふたたび葉巻をくわえ、そっと歯でいじりながら、不釣り合いな狡猾さでいった。「それは妙じゃありませんか？　……ねえ、妙じゃありませんかね？　どうしてまた、ほかの人たちと同じように、教授を船頭が迎えにいかなかったんです？」

「妙なことなどありません」トリートは強い口調でいった。「何ひとつね。弟は外国の特別な銘柄の煙草を吸うのです。それが切れそうになったので、ピークスキルへ行って速達便で届いていないか見ようとしたのです。ボートの操縦ができる人間なら誰でもそうでしょうが、弟もボートを操るのが好きでした。わたしに異議がなければ、彼がその役を買って出ようといっただけの話です。異議はありませんでした。実をいうと、セイルズにはここにいてほしかったので、弟に行ってもらうのはありがたかったのです。セイルズは優れた整備士で、ボートだけでなく車の運転も得意です。もちろん、車はピークスキルの車庫に置いてあります。それに、実験装置の組み立てに、彼の手伝いが必要でした。わたしはテレンスに、岸でブラー教授を探すようにいい、ご存じの通り弟は教授を連れてきました。ボートで島に戻り、亡くなっているのを見つけるまで、教授の具合が悪くなったことすら知らなかったのです。そして、ただちにわたしを呼びました」

「教授の具合が悪くなったのを知らなかったと、どうしてわかるのです？　あなたはそこにいなかったのでしょう」

「もちろん、弟に聞いたからですよ。ここへ来る間、弟は操舵室を離れることができず、船室からは何の物音もしなかったということですから、知りえたはずはありません。明らかに教授は突然の発作に見舞われ、自分でも何が起こっているかわからないうちに息を引き取ったのです」

「急死だったのは確かです。しかし、病気ではなく、殺されたのです。いや、ちょっとお待ちください」ハードブロウは、相手が割って入ろうとするのを制して続けた。「ボートにはいつも、コーヒーの入った魔法瓶を乗せているのですか？」

「いいえ、なぜです?」トリートは戸惑ったようだった。「ああ、なるほど。昨日はひどく寒かったし、あなたがたもご存じのように、船室は風雨をしっかりと妨げるものの暖房がありません。わたしはお客様がコーヒーを飲みたくなったときのため、魔法瓶を置いておきました」

「それから、船室の隅の戸棚にスコッチがひと瓶ありました。かなりの量が入っていますね」

「スコッチは」トリートは薄く笑っていった。「いつも置いてあります」

「コーヒーはどこから来たものですか?」

「厨房だと思いますが」

「いいえ、どこで手に入れたものかということです。そもそもの入手先は? かなり苦いコーヒーですよね?」

「かなり苦いコーヒーだとすれば」トリートは答えながら、捜査の合間に部長刑事が魔法瓶の中身を味見したに違いないと考えた。「弟が持ち込んだものでしょう。訪ねてくるときはいつも、何袋かお土産に持ってくるのです。彼のために特別に作られたものです。非常に美味ということですが、普通のアメリカ人の舌には強すぎるでしょうね」

「すると、コーヒーも弟さんのものなのですね? さてさて」ハードブロウは葉巻を口から取り、がらりと違う声音でいった。「今のところはこれで全部です、ミスター・トリート。もちろん、当面は誰も島を出てはならないことは理解してもらえますね」

ノーマン・トリートは立ち上がり、短くいった。「そのようなことは理解できませんね、刑事さん。実際、あなたに逮捕されない限り、わたしはすぐにここを発ちます。ピークスキル病院へ行き、友人に何が起こったかを知りたいので。その後は、彼のためにいろいろな手配をするつもりです。ボートはたっぷりと時間をかけて、存分に調べたでしょう。船やわたしを引き留めたければ、あなたの責任でおやりください」

部長刑事の好戦的なしかめ面が一変した。「わかりました。今は引き留めません。マルコ刑事がボートまでご一緒し、部下と話をつけます。ただし、あなたに同行させていただきます」ロードは警察官がとっさに計画を変えた理由を察し、その機転に心の中で称賛を送った。

「それについては異存ありませんよ」トリートは出ていこうとした。

「ちょっとお待ちを」ハードブロウがいった。「マルコが供述書をまとめ次第、サインをもらいたいのですが」

「まさか」相手はきっぱりといった。「こんな馬鹿げた取り調べも気に入らないし、あなたのやり方も気に入りません。弁護士の助言と同意がない限り、サインなどお断りです。お望みなら、わたしを警察署に呼び、サインを求めても構いません。しかし、必ず弁護士が立ち合うと請け合わない限り、時間の無駄です。別の状況なら、サインどころかどんな質問にも一切お答えしませんから」彼はきびすを返し、部屋を出ていった。

「急げ」ハードブロウは助手に鋭くいった。「やつがボートに乗るまで、ぴったりくっついているんだ。ほかのやつらにひとことも声をかけさせるな。それから、やつが戻るまでボートハウスを封鎖しておけ」

マルコが慌てて立ち上がり、部屋を出ていくと、検察局の男はロードに向き直った。「ずいぶん高慢な男じゃありませんか？　あまり協力する気はなさそうだ」

ロードは少し戸惑いながらかぶりを振った。「それはどうかな。今のところは賛成も反対もできない。わたしには質問によく答えていたように見えたが、最後になって指図されたものだから、怒ってしまったんだろう。いいか、ここにいる人たちには、腫れ物に触るように接しなくては」

「できれば」しばらくして、ロードがいった。「この件についてわかっていることを教えてほしい。わたしは何ひとつ事情を知らないんだ。現状では、わたしもトリートと同じく、きみの質問のほとんどに意味が見出せない。それで、彼がさほど怪しく見えなかったのもある。きみのいいたいことが彼に通じたとは思えない」

「たぶん通じなかったでしょうね」ハードブロウは認めた。「しかし、彼の弟が関わっていないとすれば、残りの人々がどう関わっているのかわかりません。ただ手探りで、何かが出てこないか試すだけです。

わかっていることをお話ししましょう」彼は続けた。「細大漏らさずにね。死亡診断書を出そうとした病院の医師が、何かが変だと気づいたんです。さらに調べると、中毒症状があった。医師は警察に通報し、警官が駆けつけたわけです。手短にいえば、ゆうべ検死解剖が行われ、故人の胃から大量の毒物が発見されました。それとコーヒーが。あの苦さならどんな味も隠せることから、コーヒーに毒が入っていたのではないかと考えられました」

ロードが尋ねた。「コーヒーが苦いことが、どうしてわかった？　分析でもしたのか？」

「ああ、医師がそういったのです。しかし、わたしは信じませんでした。しばらくの間胃に入っていたようなコーヒーについて、はっきりしたことはいえないでしょう。しかし、もっといい証拠がありましてね。ゆうべ呼ばれたピークスキルの警察官が、ほとんど全部を飲んでいたんです……。今朝、教授がそれを飲んで中毒死したと聞いたときの、そいつの顔を見せたかったですよ」

「なのに、その警察官は何ともなかったというのか？　悪影響はなかったと？」

「ええ。とはいえ警察官というのは鉄の胃袋の持ち主ですからね」

ロードはほほえんだ。「するとと、魔法瓶は除外してよさそうだな。ところで、警察官が開けたとき、魔法瓶にはどれくらい入っていたかわかっているのか？」

「ふむ。ほぼ満杯だったという話でした。一杯分だけ減っていたそうです。いずれにせよ、試してみました。八杯分が入る魔法瓶で、警官はそのうち七杯を夜の間に飲んだとのことです。相当苦かったそうですが、全員がベッドに入っていて、ほかに何も飲み食いできなかったのだということでした」

「では、それは除外しよう」ロードはきっぱりといった。「最初にコーヒーに毒が入っていて、ブラーの死後にトリートが無害のコーヒーとすり替えたとしても、ちょうど七杯分を量って入れるような機会もなければ、意図もなかっただろう。しかし、船頭には確かめたんだろうね」

「ええ。セイルズという男ですね。彼は行きも帰りもトリートはコーヒーを見向きもしなかったと断言しました。戻ってきてから、セイルズは警察が来るまでずっと、ボートハウスでボートを見張っていました。彼はそういいましたが、嘘をついているかもしれません」

「わたしはそうは思わない。トリートが昔からの親友を毒殺しようというのは、すぐにはぴんと来ない。トリートのことはよく知らないが、かなりの知性の持ち主のようだ。仮にそのような計画を立てたとしても、なぜボートの上でやった？　ここならもっといい機会があるし、被害者に接する人間も多く、容疑者が増えるじゃないか。とにかく、ほかに何もなければ別だが、有望な手がかりとは思えない」

「わたしもそう思います、警視。わたしが怪しいと睨んでいるのはテレンス・トリートです。もちろん共犯の線もあります。ほかの連中は、ブラーに近づくチャンスがなかったように思えます。ああ、マルコ。やつは出かけたか？」

「ええ。誰にも声はかけずに。これから出かける、戻れそうなら昼食に戻るといっただけで。出がけに、あなたへの皮肉をいっていましたよ」

「ほう？　そのうち後悔することになるかもしれないぞ。……さて、警視、あなたのお友達を、ちょいと呼んではどうでしょう？」

「すぐにね。その前に、まだ知りたいことがある。ブラーは何からコーヒーを飲んだ？　わかるかい？」

「わかりませんが、想像はつきます。ゆうべボートを調べたとき、船室の床に割れたカップが落ちていました。誰も片づけようとしなかったようです。むろん、中身はなく、分析はできません。しかし十中八九、彼はそれでコーヒーを飲み、倒れた拍子に落としたのでしょう。割れたカップがわざと置かれたなら別ですが」
「おやおや」ロードはにやりとした。「自分からわざわざ事を難しくすることはないよ。ポンズを呼ぼう」

ポンズ博士は部屋に来たが、話せることは驚くほど少なかった。彼のほうではかなりの興味を持っているようだったが、質問はしなかった。ハードブロウがどのような男か、さして苦労もせずに見て取れたし、目下のところわかっていることは、マイケル・ロードが教えてくれるだろう。彼が音楽室にいたのは、ほんの短い時間だった。

要点をまとめると、彼の証言から、教授の遺体が島にある間、彼がずっとノーマン・トリートと一緒にいたことがわかった。ポンズが階段を降りていると、テレンス・トリートの叫び声で起こされた使用人が、玄関ホールを突っ切ってノーマン・トリートを呼びに研究室へ向かったという。そしてポンズは、城主と船頭とともに船着き場へ行った。そこから、彼らはブラーの遺体を研究室へ運んだ。ポンズはできるだけ詳しく調べたが、彼は医師ではなく心理学者だ。男が死んでいるのはわかったが、中毒死とまでは気づかなかった。教授をピークスキル病院へ運ぶというのは、ポンズの提案だった。彼らはふたたび教授をボートに乗せ、操舵室の長椅子に寝かせた。そのほうが船室より暖かいとトリートが判断したのだ。さらに、教授の体がひどく冷たかったので、毛布でくるんだ。最初に船着き場に着いたときを除けば、ノーマン・トリートはボートの船室に入っていない。彼は、壁の戸棚に置かれていたコーヒーの魔法瓶には決して近づかなかったとポンズは断言した。ボートが船着き場を離れたときには、セイルズが舵を握り、トリートが教授のそばに座って、荒れた海のせいで遺体が転げ落ちないよう見張っていた。

　続いてポンズは城に戻り、病院に電話して、ボートがピークスキルに着いたときには救急車が来ているよう手配した。

　ポンズは、ブラー教授のことをずっと前から知っていた――少なくとも二十年以上は。親しい間柄でなく、知り合い程度だ。彼に恨みを持つ人間がいるとは思えない。彼はトリートがその役割に当たるかどうか徹底的に調べてみた。ふたりは親密で、ポンズがブラーを知る前から仲のよい友人だった。ふたりが敵対する理由は考えられなかったし、むしろその逆だった。

「女性関係は?」ハードブロウが訊いた。

「馬鹿馬鹿しい」ポンズはいった。「ブラー教授は七十代で、すでに女性への興味は失っていただろう。ノーマン・トリートも決して女好きではない。彼らの共通の関心は、純粋に科学的なものだ」

　ポンズ博士が出ていくと、ハードブロウは顔をしかめ、葉巻をくわえ直してつぶやいた。「何も出ませんでしたね。次はどうします?　ゴムスキーですか?」

　ロードがうなずき、マルコが立ち上がった。しかし、すぐに戻ってきた。「彼は来ようとしません」警察官は短くいった。

「来ようとしないとはどういう意味だ?」ハードブロウはぱっと立ち上がった。その巨体はすみずみまで威圧的だった。「すぐに連れてくるんだ!」

「待って」ロードがいった。それから、助手に向かって「なぜ来ようとしないんだ?」と尋ねた。

「ある女性が、彼と一緒に来たいというのです。ひとりでは嫌だと。彼はその女性が一緒でなければ来ないといいます。どうすればいいのか」彼は問いかけるように上司を見た。

「その女性とは?」ロードが訊いた。

「マダム・何とかです」マルコがいった。「美人でした」

「うん。マドプリッツァか。部長刑事、わたしなら一緒に呼ぶだろう。昨日の夕食でゴムスキーの隣に座ったが、彼は食事の間ひとことも口をきかなかった。確か、非常に前衛的な作曲家だったと思う。マドプリッツァはヒステリックな女性だ。ひとりずつ相手にするのは無理だろう。わたしには考えがあったのだが、ふたり一緒のほうが、何か得られるかもしれない」

ハードブロウはうめくように「いいでしょう」といい、また腰を下ろした。「お好きなようにしてください。ここは何なんだ——精神病院ですか?」

「あと二分もすれば、そう思うだろね」ロードはいった。


「ああ、わたし、知らない」マドプリッツァが叫んだ。「知らないわ! どうしてわたしを苦しめるの?」

ロードは彼女に二度、自分の椅子を勧めたが、彼女は連れの男にしがみつき、ロードは椅子の背に手を置いたまま、それに寄りかかっていた。

ハードブロウ部長刑事は、彼女には何も訊かないまま、ただ驚きの目で見ていた。「何を困っているんです？　誰もあなたを傷つけやしませんよ。質問に答えてくれますね？」

「でも、わたし、何も知らないの」マドプリッツァはいい張った。「信じてちょうだい。まったく何も知らないの」

「お友達のほうは知っているかもしれない」ハードブロウはゴムスキーのほうを向いた。「あなたは、ブラー教授のことで何かご存じですか？」

ゴムスキーはきっぱりといった。「あいつは豚だ」それから自分で訂正した。「豚だった」

「やめてくれ！　ここは幼稚園じゃないんですよ。彼が豚だというのはどういうことです？」

「頭の固い野郎だ。新しい世代にとって用済みになった音楽にこだわる老いぼれさ。やつにそんなものしか残されていないなら、利口なやつは耳を貸さないだろう。和声学だの、対位法だの、旋律の響きだの――ふん！」ゴムスキーの声には、苦々しく吐き捨てるような響きがあった。

「やつが何を知っている？　何も知るものか！　それに、やつは死んだ。芸術《アート》にとっては幸いだ」

「アートとは誰です？」ハードブロウが訊いた。「ああ、いや。わかりました……。つまり、あなたはあの老人をそれほど好きではなかったということですね、ゴムスキー？」

「おれは芸術家だ。あの男は大嫌いだった。過去の遺物に何の用がある？」

ハードブロウは聞き流した。「あなたは実に頭がいい、ミスター・ゴムスキー」彼はへつらうように身を乗り出した。「その老いぼれを、どうやって始末したんです？」

作曲家は何もいわなかった。ハードブロウはやにわに立ち上がり、小さなカードテーブルの前にそびえ立つと、大きなこぶしで天板を叩いた。「さあ、白状しろ！」彼は怒鳴った。「おまえが殺したんだ。たった今、やつが大嫌いだといったな？　白状するか？　警察署の地下室へ連れていってやったほうがよさそうだな。そこでならしゃべる気になるだろう！　さあ、どうやって――」

　部長刑事は途中で言葉を切った。何かに刺されたように突然口を閉じる。マドプリッツァが悲鳴をあげていた。ゆうべとおなじくらい見事な叫びだ。しかも、音楽室は食堂よりも小さかった。始めたのと同じくらい唐突に、ハードブロウは啖呵を切るのをやめた。彼はふたたび腰を下ろしていった。「さあ、さあ、お嬢さん」なだめるようにいう。「いってみただけですよ」

「ああ」マドプリッツァはしゃくり上げた。「ああ」連れの男を守るように、その体に腕を回す。「彼は殺していないわ。教授は新しい音楽にまったく共感しないの。新進の音楽家について、意地の悪いことばかりいうのよ。ゴムスキーのことさえも。教授は口が悪いから、彼は嫌っているの。芸術にとっては……。でも、本当にいい人だったわ。彼は青かった《ブルー》」

「は？」ハードブロウが興味を取り戻した。「なぜ憂鬱だった《ブルー》んです？」

　女性は二度ほど息を詰まらせてからいった。「そうじゃない。青は彼の色よ――死ぬまでは。やがて赤が混じって、紫になったの」

「なんですって？」

「それにあなた！　あなたは茶色だわ。薄汚い茶色。ああ、見てられない。いや、いや！」彼女はまた泣き出し、ゴムスキーの上着に顔を隠した。

「いい加減にしてくれ！」ハードブロウは顔を拭った。「気違いどもめ！」嫌悪感をあらわにいう。「ふたりとも、ここを出ていってくれ」

「いっただろう」ロードは、死んだ男がゴムスキーについていったのと同じくらい意地悪な口調でいった。「彼らは変人なんだ」

「変人？　変人だって？　わたしにいわせりゃ天邪鬼ですよ。ああ、地区検事長が担当してくれりゃよかったのに。ほかの連中も、こんな感じですか？」

「マドプリッツァほどではないだろうね。とにかく、きみの色に意見する人はいないだろう。しかし、真面目な話、わたしが先に質問して、訊き出せることを訊いたほうがいいと思わないか？その後で、ほかに訊きたいことがあれば、わたしが彼らを落ち着かせてから質問するというのは。彼らは警察官には慣れていないのでね」

「すぐにそうしてください、警視」ハードブロウはほっとしたようにいった。「どっちにしても、次の人はお任せしますよ。誰を呼びますか？」

ロードはしばらく頭の中で客たちの顔を思い浮かべた。「ボーグを」

オペラ歌手が入ってきた。ロードがすぐさま紹介すると彼女は礼をいい、勧められた椅子に優雅に腰を下ろした。暗い色調の、注文仕立ての美しいスーツに身を包み、別に羽織るものを持っている。とても洗練された、国際人らしい落ち着きをそなえていた。ホワイト・プレインズから来た警察官と助手に対する態度は、上品さと謙虚さがちょうどよい具合に調和したものだった。

彼女が組んだ脚の上でスカートを直すと、ただちにロードは始めた。「ハードブロウ部長刑事は、職務としてブラー教授の死の状況を調べています。わたしは多少なりともここに呼ばれた人たちと顔見知りなので、予備的な質問をするよういわれました。残念ながら、わたし自身の説明は、ほとんど彼の役には立ちませんでした。あなたの助けで、この奇妙な事件に何らかの光が当たることを期待しています」

「喜んでお手伝いしたいところだけれど」ボーグはほほえんで肩をすくめた。「わたしに何ができるかしら？　教授はここへ来る途中、船で中毒死したと聞いたわ。ただの伝聞だし、わたしには信じられない。彼は何の毒で亡くなったの、ミスター・ロード？」

「まだわからないのです」自分に限っていえば、それは嘘偽りない答えだということに、彼はふと気づいた。「部長刑事は急いで駆けつけたものですから。彼は、教授についてどんな情報でも知りたがっています。トリートの友人との関係や、彼に深い恨みを持つ人物に心当たりがあるなど、何でもよいので聞かせてください。今のところ、島にいる誰ひとり、彼の死に直接関係していないと思われますので、遠慮なく聞かせてくださって結構です」

女性は同じことを繰り返した。「お手伝いしたいのはやまやまだけれど、できないわ。あの人については、世間一般に知られていることしか知らないの。ブラー教授とは、社交の場でも仕事の上でも会ったことはないわ。ときどき顔写真を見たことはあるけれど、顔を見ても彼だとわかるほどの知り合いではないの」彼女は優雅なしぐさで両手を広げてみせた。「殺されたとすれば、敵がいたのかもしれない。でも、わたしは何も知らないわ。彼と親しい人すら知らないもの」

ハードブロウが口を挟んだ。「ゴムスキーは？」ボーグは彼を見て、また笑みを浮かべた。

「ゴムスキー。名前は聞いたことがあるけれど、会ったのは初めてよ。彼は芸術家よ——それほど偉大ではないと思うけれど。彼が教授と知り合いだったかどうかは知らないわ」

「聞いたことがありませんか？」ロードが訊いた。「現代主義に関して、ふたりが対立していたことを」

「あいにく、そういうことに関心を持つほど暇ではないの。意見が食い違うこともあるでしょう。あったと思うわ」

ロードは少し間を置いた後、残念そうにほほえんだ。「あなたから聞けることはなさそうですね。いずれにせよ、ご協力ありがとうございました、ボーグ」彼は相手の椅子に近づき、彼女が立ち上がるときに支えた。

ボーグはいった。「ごめんなさいね。エリックならもう少し力になれるでしょう。彼はブラー教授を知っているようだから」彼女は室内に笑顔を向け、威厳を持った静かな足取りで出ていった。

ここは笑顔だらけだ。ロードはそう思いながら、表情を元に戻した。

ハードブロウがつぶやいた。「お上品なもんだ」

エリック・スターンはいった。「彼のことは多少は知っていますが、仕事の上だけです。ミス・トローブリッジのお茶会で、一度会ったのを別にすれば。彼が、城主のミスター・ノーマン・トリートと懇意にしているのは知っています。しかしわたしは、音楽を通じてのつき合いしかありません。その点では彼はきわめて保守的で、新しい動向のほとんどを遠慮なく批判していました。過激といっていいくらいに。この五十年間に本物の音楽が作られたことを認めようとしませんでしたし、彼の意見を聞けば、ワーグナーやリスト以降の作曲家は二流に過ぎないと考えているのがわかります。ベルリオーズの時点で、すでに衰退が始まっていたと。

もちろん、彼の意見の大半は作曲についてです。そして、わたしも過激だと思います。あらゆる芸術には分派がなくてはなりません。こうした動きは、わたしには活力を示しているように思えます。そしてときに、こうした実験が発展し、成熟して、一時的なものにとどまらない多大な貢献をするものです。わたし自身は古典主義者かもしれませんが、新しい動向は大いに興味を持って見ています。ああ、情熱、音楽というのは情熱なのです。

彼の死と職業的な立場には関係があるとは思えません。裏に嫉妬がからんだ犯罪というものは存在しますが、わたしは計画的犯行とは思っていません。ええ、そんなことを考えた自分を笑うでしょう。

ゴムスキーについてはほんの少ししか知りませんし、彼の作品をプログラムに取り入れようとは思いません。といっても、彼はほとんどピアノ曲は書きませんが。耳障りな音に満ちた、非常に過激な作品です。しかし、彼が誰かを毒殺するはずはないと思います。彼はひたすら語るでしょう――口だけです。何があったかほとんど知りませんが、わたしの意見を聞きたければ、これは犯罪でも何でもなく、何らかの事故だったのではないかと思います。

ほとんどお役に立てず申し訳ありません。しかし、わたしの知っていることや、推測できることは、これで全部です」

マリオン・トローブリッジは、黒髪の頭を下げ、膝の上で控えめに手を重ねて、見るからに考えている様子で座っていた。やがて顔を上げると、マイケル・ロードに目を据えたまま、率直な態度で話し始めた。

「おっしゃる通り、ミスター・ロード、あなたは手探りをしているようね。役に立つようなことがあるかどうかわかりませんが、この集まりについては、ほかの人たちよりも多くを教えることができます。なぜなら、わたしが手配したからです。

ご存じかもしれませんが、わたしとノーマンは昔からの友人です。ずっと前に、ブラー教授が引き合わせてくれたのです。ノーマンは独身で、わたしもそうでしたから、何度もこの島で半ば公認の女主人役を務めてきました。わたしたちに関する噂話には、お互い関心はありませんでしたし、実際そんな噂話も、とうの昔に立ち消えになっていました。わたしはノーマンを心から尊敬しています。特に彼の精神と、科学的な仕事をしながらも、文化や芸術、音楽への関心を持ち続ける能力を。

いつもなら招待客は彼が選びますが、今回はわたしに頼んできました。というのも、彼はどちらかといえば変わった人たちを望んでおり、プロの音楽評論家であるわたしは、そうした人物を彼よりも多く知っていたからです。もちろん、教授を呼んだのは彼自身です。それに、あなたのお友達のポンズ博士も。ほかの人たちはわたしが呼びました。ノーマンは音楽ときわめて密接に結びついた実験を行おうとしており、できるだけ多くの立場から見てほしかったのです」

その説明からさほど有益な情報は得られなかったが、ロードは尋ねた。「それで、あなたはどのような立場の人たちを集めたのですか？」

「もうご存じでしょう、ミスター・ロード。ブラー教授は厳格な古典主義者の代表です。ボーグはもちろん、長年オペラ歌手をやっていますから、教授が最も高く評価するオペラ作家に興味を持っています。エリック・スターンは中間的な立場です。彼が演奏する曲目は、たいてい伝統的なもので、ちなみに今シーズンのニューヨークでは素晴らしい演奏を聴けると思いますが、自分の演奏以外では、現代主義のさまざまな試みに大いに関心を寄せています。マドプリッツァとゴムスキーは、極度に前衛的な改革主義の代表です。いわゆるプロレタリア芸術でさえ、彼らにとっては保守的過ぎるというのです。彼の曲はほとんどマドプリッツァのために書かれたもので、ふたりは不安定ながらも成功を収めています。彼らはあまりはっきりとものをいう人たちではありません。それで、ふたり一緒に呼んだほうがいいと思ったのです。

ほかに誰がいたかしら？　ええと。ああ、パンテロスね。彼は音楽家ではありませんが、解釈的なダンサーで、まさに一流です。実は、彼のことは後から考えついたのです。二週間前、たまたま演奏会で彼に会い、その場の思いつきで招待しました。いずれにせよ、彼の芸術は象徴的解釈に深く関わっていますし、この週末にノーマンが興味を持っていたのは、音楽の象徴的な面でした。パンテロスを呼んだのは、彼が象徴化の専門に違いないと思ったからです。

わたしはといえば、音楽に対する立場は、ほかの人たちよりも総合的だと思います。ノーマンはわたしの意見を知り尽くしています。でも、わたしがここにいるのは主に自分の楽しみのためです。それに、彼の楽しみでもあればと願っています。ミスター・ロード、あなたはポンズ博士の友人としていらしたのでしょう。あなたがここに来たのに、特別な理由があるのかどうかはわかりませんが、半公認の女主人としてあなたを歓迎します……。あなたは——ちょうどいいときにいらしたようですから」

彼女は言葉を切った。話が終わったのを察したロードは、こう指摘した。「まだひとり、説明してもらっていない人がいますね、ミス・トローブリッジ？」

「そう？」女性は戸惑ったように鼻にしわを寄せた。「誰かしら？」

「テレンス・トリートのことをまだ聞いていません」

「ああ、でも、彼がここにいるのは、わたしとは何の関係もないんです。わたしの知る限り、たまたま彼がいるときに、この集まりが開かれただけのことです。彼はお兄さんに会うために上海から来ているのです。ここへ来たのは何年かぶりで、次に訪ねてくるのは何年も先になるでしょう。彼はめったにアメリカへは来ないようです」

ハードブロウの厳しい声が割って入った。「トリートの弟について、何かご存じですか？　教授が亡くなったとき、彼は教授とふたりきりでした」

「それには何の意味もないと思います。教授を連れてきたのが彼だというのも、ただの偶然でしょう。テレンス・トリートのことはよく知りません。今回初めて会ったのです。わたしには辛辣な人のように見えました。言葉を交わしたとき、彼はアメリカが嫌いだとはっきりいい、音楽にもあまり興味がなさそうでした。不愉快というより、辛辣な人といえるでしょう」彼女はそう繰り返した。「でも、彼さえよければ、わたしは好きになれると思います。ノーマンのことが好きですから。テレンスはとても裕福で、ほとんど上海で過ごしています。ノーマンのお金も、そこにあるふたりの土地から来ているのはご存じでしょう。でも、テレンス・トリートと教授の間に何らかの関係があるとは思えません。知り合いではなかったでしょう」

「それで、お話は全部ですか？」

マリオン・トローブリッジは、ボーグそっくりのしぐさで両手を広げた。「そのようですね」彼女は認めた。「具体的な質問があれば別ですが。わたしはこの集まりの背景を、できる限りお話ししました。ここにいる人たちにしても、ほかの誰でも、ブラー教授を殺そうとする人がいるなんて想像もできません。何かの間違いだと信じています」

しばしの沈黙の後、彼女は立ち上がった。「もちろん、わたしはここにいます。後から、またお話しできることがありましたら、喜んで戻ってきます」

そこでロードも立ち上がり、部屋を横切って、彼女のためにドアを開けた。

「これほど話を聞き出せない連中は見たことがない」ハードブロウがぶつぶついった。「全員に聞いたほうがいいな。パンテロスだか何だか知らないが、そいつを呼んでくれ、マルコ」

ダンサーはきびきびした足取りで、後になってハードブロウが〝おしゃべり野郎〟と描写した雰囲気で入ってきた。彼の服装を見て、部長刑事はすぐさま顔を曇らせた。今朝のパンテロスは白いシルクのブラウスに、前の晩と同じ芸術家のネクタイを締めていた。下はビロードの黒いズボンで、右脚だけに太く赤い線が入っている。小さな室内履きがズボンの裾から覗いており、目に見えるのはそれで全部だった。

ハードブロウはおずおずとロードを見た。

ロードは、声に出していわれたようにはっきりと彼の意図を察し、いった。「おかけください、パンテロス。わたしたちに協力してくれますか？　ブラー教授を知っていますか？」

「いいえ」彼は愛想よく答えた。「とても残念ですが、知りませんね」

ほかの質問に対しても、この最初の答えとほぼ同じだった。彼はマリオン・トローブリッジとマドプリッツァ（〝ミス・トローブリッジはとてもいい人です〟）以外は、ここに来るまで知らなかった。なぜここに呼ばれたかもわからなかったが、喜んでやってきたという。確かに音楽のことを多少は知っているが、それほど詳しくはない。自分の芸術に没頭していて、明確な意見を持っているのはダンスに伴う音楽だけだ（〝ダンスに全身全霊を傾けながら、ほかの芸術に時間を割くことはできません〟）。

話が続く中、ロードは相手の態度が一変していることに気づかずにはいられなかった。昨日の夕食のときには、彼は口数も少なく、不機嫌といっていいほどだった。それが今では、見るからにおしゃべりになっている。そして、それはただのおしゃべりだった。この奇妙な殺人事件で、何らかの意味を持つ要素を見つけようとしている男たちにとって、重要な貢献は何もしていない。五分が経ち、ハードブロウが猛烈に葉巻を噛み、今にも口汚い言葉を吐き捨てるか、あるいはもっと悪いことになりそうになったところで、ロードはいきなり話を打ち切った。

パンテロスは高い声でいった。「本当に、行かなきゃいけませんか?」

「頼むから」ハードブロウが叫んだ。「そうしてくれ!」

ダンサーが飛び上がり、部長刑事の無作法さに驚き、不満そうな一瞥を投げて、転がるように出ていくと、ロードはゆっくりと立ち上がった。「あの男は変だ。ゆうべは——」

「え?」ハードブロウは驚いたように彼を見た。「わたしは変だとは思いませんよ。あのなよなよした態度には吐き気がする。ホワイト・プレインズに来たら、逮捕して留置所に入れてやる。頭を冷やしてもらうためにね!」

「結局何の情報も得られずじまいだ」ハードブロウがいった。「もうちょっとで、あの男を殺すところだった。マルコ、テレンス・トリートを呼んでくれ」

彼はたっぷり十分間、戻ってこなかった。そのころには、部長刑事は声に出して悪態をついていた。これでは手がかりになりそうな唯一の証言も台無しにしてしまいそうだとロードは思った。しかし、自分にはどうしようもないのがわかっていた。口出しすれば、ますます悪いことになるだろう。

その結論にたどり着いたとき、テレンスがぶらりと入ってきた。背が高く、痩せた男は落ち着き払って、早くも尊大な態度を取っている。朝の光の中では、彼の顔はゆうべの記憶よりも険しく見えた。顎の辺りの筋肉が引き締まっている。明らかにノーマン・トリートよりも若々しい顔立ちで、兄ほど用心深く抜け目のない表情ではなかった。健康そのものなのが見て取れる。今までの享楽的な生活のかすかな名残りを除いて、すべてが排除されれば、こういう健康的な顔になるのだろうか？　いずれにせよ、ロードにはその顔が、ほんの少し変化しただけでとことん向こう見ずなものになるだろうという気がした。

「いったいどこにいたんです？」ハードブロウがいった。「わかりませんか——」

トリートはそれにには何の注意も払わず、相手の先を見た。「この件にあなたがどう関係しているんです、ミスター・ロード？」

ロードはほほえんだ。「何の関係もありません、ミスター・トリート。正式にはね。知っての通り、わたしはニューヨーク市警の本部長の下で働いています。ハードブロウ部長刑事に同席を求められていますが、わたしにはそんな権限はありません。もちろん、出ていけというならそうします」

相手はしばらく戸惑ったようだったが、やがて肩をすくめた。「そういうことなら歓迎しますよ。人数が多いほうが賑やかでいい。ぼくは——」

「おい、いったい何様の——」

「いいかい」彼はハードブロウを鋭く見た。「あんたや、あんたのお仲間がぼくに会いたければ、そっちじゃなくこっちの都合に合わせてもらおう。まあいい。せっかく来たんだ。質問があるなら何でもしてくれ」

一瞬、部長刑事は抑えきれない怒りに息をのんだ。すぐにも逮捕して刑務所に入れてやりたい。

いつもなら何のかんのと理屈をつけることもできたし、ましてやこれは公務執行妨害だ。しかし、ここにはロードもいた。彼がホワイト・プレインズにどれほど影響力があるのか、この島でどこまで味方してくれるのかはっきりしていない。もしロードが相手側への忠誠にかなり重きを置いたとすれば――。部長刑事はためらい、そのまま時が経った。しかもいまいましいことに、ここを出る前に何らかの収穫を得なくてはならない。彼は強い怒りを滲ませた声で、質問を始めた。

「ブラーとは、どれくらいの知り合いだったのですか?」

「全部で五分くらいだ。駅から埠頭へ行く間の」

「彼が好きでしたか?」

「何ともいえないな。アメリカ人の大半は好きじゃない。彼がどんな人物かを知る時間はなかった」

「アメリカ人が嫌いなんですか?」

「ああ。やつらは無知で、ひとりよがりで、言葉でいえないほどしみったれている」トリートは質問者をまっすぐに見ながら答えた。

部長刑事が敵意を隠そうともせずに相手を見返したので、ロードは慌てて割って入った。「本題に戻りましょう。最後に教授を見たのはいつです、ミスター・トリート?」

「生きているのを最後に見たのは、彼がボートの船室に乗り込んだときだ。出航前のことだよ。出航してからは、ぼくはまっすぐに操舵室へ向かった。島に着き、船室のドアを開けたときには、彼は倒れて死んでいた」

「ここに着くまで、船室には一切入らなかったのですね？　そして、着いたときには彼は死んでいた？」

「その通り」

「ボートには、あなたたちふたりきりだったんですか？」ハードブロウが訊いた。

「ああ」

「船室の中を見なかったのに、どうしてそれがわかるんです？　中に誰かいたかもしれないじゃありませんか」

「ありえない」トリートがいった。「ここに着いてから、ぼくに見られずにボートを離れるのは無理だ」

「では、あなたのコーヒーについて伺います」

トリートは驚いたような顔で、短くいった。「どんなことを？」

「あなたは特別製のコーヒーを持ち込んでいますね？」

「ああ。この国で一度に百万個の缶に詰めて売るような代物を飲もうとは思わないからね。それを買う百万人の人間とよく似ている」

「ほう？　あなたのコーヒーはひどく苦いですよね？」

「きみらにはそうかもしれない。でも、ぼくはそう思わない」

「それで、どうやって」ハードブロウは尋ねた。「教授を迎えにいくときに、その特製コーヒーを持っていったんです？」

「教授を迎えるのは第一の目的じゃなかった。それに、コーヒーがボートにあったのかどうかも知らなかった。あったとして、なぜかはわからない。ぼくは家政婦じゃないのでね」

「実に鼻持ちならない方ですな、あなたは」ハードブロウがぶつぶついった。トリートはすぐさま席を立った。氷のように冷たい声でいう。

「何という名前か知らないが、あんたが一瞬でもこう考えるなら――」彼は最後までいわず、二歩でドアに向かった。それから、誰も何もいえずにいるうちに、また振り返って彼らを見た。

「知っていることを話しに来たのだから、終わりまでいっておこう。ぼくはブラー教授とピークスキル駅で会い、埠頭まで一緒に歩いた。彼は船室に入り、ドアを閉めた。ぼくは一緒に入らなかったので、そのときの船室の様子はわからない。ぼくはボートを出し、操舵室で舵を取ってここまで来た。操舵室と船室の間のドアは閉まっていて、ここへ来るまで開けられることはなかった。さらに、船室からは何も聞こえなかった。着くまでずっと、騒ぎも、ドアのノックも、その他どんな物音もなかった。海はひどく荒れていて、ぼくはボートを操縦するのにてんてこ舞いだった。三秒でも舵を放せば、体勢を立て直す前に風で横倒しになってしまっただろう。船室でブラーと親交を深めるどころか、船室のドアを開ける暇があったと思うなら、この事件と同じくらい船のことを知らないと見える。島に着いて、ボートをつないだ後、ぼくは後部甲板から船室のドアを開けて彼を発見した。いえるのはそれだけだ。ぼくの個人的なことやコーヒーの好みといった問題については、必要ならば喜んでこういおう。そいつはあんたたちには関係ないと」

いいたいことをいうと、テレンス・トリートはきびすを返し、部屋を出ていった。

「手に負えないやつですね」それまでの数分間、せっせとメモを取っていたマルコが、手を止めてつぶやいた。部長刑事は、かつてこの島で聞かれたことのない冒瀆的な言葉を開陳しながら、ところどころでそれを強調するようにしかめ面を見せた。

ロードはいった。「まずいことになったが、今はどうしようもない。彼は供述をしており、情報隠しだと責めることはできないだろう。喧嘩腰で、精一杯扱いにくい態度を取っている。どの程度知っているのかわからないが、今のところ、彼は安全そのものだ。これ以上質問しても、すでにいったことを繰り返すだけで、それ以上でもそれ以下でもない答えになるだろう。そして、できる限りきみを不愉快にさせようとするだろうね。彼の兄が匂わせた弁護士病の発作を起こすかもしれない。今の彼は敵意を持っているし、敵意を持った証人を相手取るだけの証拠を、われわれはまだ持ち合わせていない」

「口汚いことをあれこれ抜かしやがって」ハードブロウはいった。「アメリカ人は嫌いだと？おおかた下品な中国人だのモンゴル人だのという、上海にいる連中が好きなんだろうよ。くそいまいましい――」

「ところで」ロードが遮った。「モーターボートの見取り図か設計図はあるかい、部長刑事？船室は来るときにしか入らなかったし、ろくに見ていなかったもので」

「ありますとも。見取り図が。マルコが今朝描いてくれました。写真もいずれ手に入るでしょう」ハードブロウはポケットからかなり大きな紙を出し、広げ始めた。

ロードは部長刑事の隣に椅子を動かし、カードテーブルに図面を広げた。「ふむ」彼はいった。

「単純な造りだな。操舵室、船室、後部甲板の三つだけとは」

「後部の椅子は全天候型のものです。床に折り畳むこともできます。今はそうなっています」

「エンジンは？」

「一部は操舵室の下、一部は船室の下です。操舵室の床に跳ね上げ戸があり、必要なときにはそこから下りて整備することができます。ディーゼルエンジンで、船室の下の両側に燃料タンクがあります」

「よくできた見取り図のようだ」ロードはいった。「ええと、船室は後部甲板から階段を一段下りたところにあり、操舵室は船室から五段上がったところ。船室への出入口はその二カ所だけ。操舵室にも二カ所の出入口がある。ひとつは船室に、もうひとつは右舷甲板に通じている。寝台はふたつ。ああ、覚えている。中央にテーブル。右舷にある戸棚というのはどれかな？　乗っていたときには気がつかなかったが」

「前にあるのが小型冷蔵庫と一口コンロです。もうひとつが、戸棚兼クロゼットのようなものになっています」

「安全な側にということか。昨日、これらの収納には何が入っていた？」

「われわれが来る前に手がつけられていなければ――セイルズは手つかずだと断言しましたが――クロゼットには防水コートが二枚ぶら下がっていて、戸棚には問題の魔法瓶と未開封のウィスキー、グラスがひとつありました。それからタオルが二枚。角の小さな洗面所には、石鹸とタ

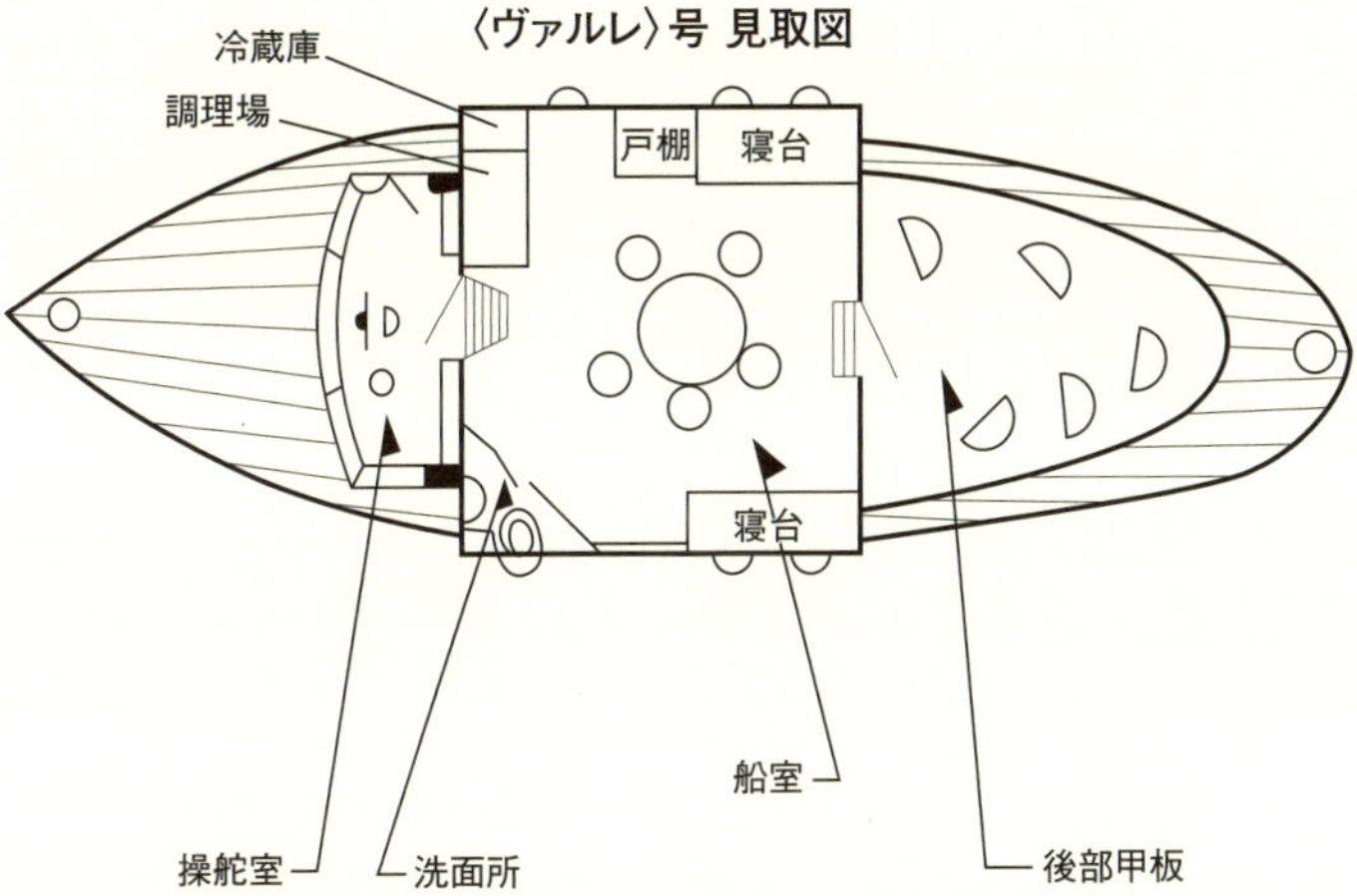
〈ヴァルレ〉号 見取図
冷蔵庫
調理場
戸棚
寝台
寝台
船室
操舵室
洗面所
後部甲板

オルしかありませんでした。寝台の下のロッカーに入っていたのは、寝具類だけです」

「その戸棚に、薬品の類はなかったか？　なかった。ああ、ちなみに冷蔵庫には何が入っていた？」

「何だと思います？」ハードブロウはわずかに嫌悪感を漂わせながらいった。「氷ですよ。トレイに入った角氷だけです」

「あまり役には立たないようだな」

「何の役にも立ちやしませんよ。わたしがやったように、船を隅々まで探してみればわかります。操舵室にも何もありません。船を操縦する舵と、海図と旗の入った収納ベンチがふたつ。それだけです」

「どうやら、ボートは事件と何の関係もないようだ。飲むものがなければ、船の上で誤って何かを飲むこともできない」

「コーヒーは飲めます。ええ、実際に飲んでいます」

「そうだ、あのコーヒーを置いたのが誰なのか、それもまだわかっていないんだろう？」

「いいえ」ハードブロウはいった。「わかっています。ノーマン・トリートの一行が乗ってきた船をセイルズが引き継ぎ、また出航しようとしたとき、あのトローブリッジという女性が玄関から呼び止めたそうです。しばらくして、彼女は魔法瓶とカップを持ってきました。ほかの人たちが寒がるといけないから載せておくようトリートにいわれたといってね。彼女はそれを船室に置きました。それから彼女は船を降り、セイルズが船を出したのです」

「ブラー教授が来るまで、誰ひとりそれを飲まなかったのはおかしいと思わないか？　不思議だ」ロードは考え込んだ。「わたしに限っていえば、そんなものがあるのも知らなかった。誰も教えてくれなかったのでね。知っていたら、飲んだかもしれない」

ハードブロウがきっぱりといった。「この辺りに嘘つきがいなければ、誰も教えることも、教わることもなかったようです。セイルズは忘れていたといいますし、あのテレンスとかいう男も、船にあったことは知らなかったといっています。それが本当なら、彼は教授にそのことを教えられなかったはずです。そうだ」彼はだしぬけにいった。「そんな状況で、どうして教授はそれを飲んだんでしょう？」

ロードは一瞬考え、返事をした。「そこから証明できることは、あまりなさそうだ。これまで訊き出したことからいって、ノーマン・トリートとブラーは親しい友人だ。ブラーは何十回となくボートに乗っただろうし、中には寒い日もあっただろう。過去の経験から、戸棚に温かいコーヒーが入っていることを知っていたのは間違いない。そこを探してみるのはごく自然なことだろう。そして、彼はそれを飲んだ。船には割れたカップしかなかったことと、ミス・トローブリッジがカップをひとつ置いてきたことも一致する。そこにコーヒーがあることをテレンス・トリートが知らず、ブラーに何もいわなかったのが事実である可能性はきわめて高いだろう。ブラーのほうでは、知らせてもらうまでもなかったのだ」

「あのコーヒーは実に怪しいと思いますがね、警視」

「どうかな。ただの偶然ということもある。そこが問題なんだ。本当にコーヒーに毒が入っていたのかどうかはわからない。ただ彼が毒を飲み、さらにコーヒーも飲んだことがわかっているだけだ。同時に飲まれたのではないかもしれない。もちろん同時だったかもしれないが、今のところその説は、コーヒーがたまたま異常なほど苦かったという事実だけに基づくものだ。その線で捜査をするには、あまりにも頼りない根拠だ」

「たぶん」ハードブロウはしぶしぶ認めた。「何かを誤って飲んだのでしょう」

「いいや、違う。わたしもそのことを考えたが、それは不可能だ。事故にすれば簡単だが、あそこには彼が口にするようなものは何もなかった。きみがそういっただろう。話を聞く前は、見た目は頭痛薬だが本当は違うものが入っている瓶があったかもしれないと思っていた——そんな類のことをね。だが、救急箱もないし、毒薬の瓶が紛れ込むというのも筋が通らない。船上のほかのすべてが、思った通り異常なかった。第一、毒薬の瓶や箱があるというのは信じがたいことだ。それに、彼がなぜそれを飲み、しかも飲んでから倒れるまでに、わざわざその容器を捨てたかについて説明するのは、さらに難しい。わたしにはさっぱりわからない」

「このテレンスという男がやったのは、人が生まれるのと同じくらい確実ですよ。何とかしてコーヒーに細工し、あの男を殺す方法を考え出したんです。そして、実行に移した」

「いいや」ロードはゆっくりといった。「テレンス・トリートがやったとは思えない。できたかもしれないというのは認めよう。しかし、やる機会がなかった。いいかい、彼が嘘をついていたとしよう。だとしても、教授がピークスキルの埠頭でカップにコーヒーを注ぐはずがない。ひとつには、そこは寒くなかったからだ。出航するときにテレンスにできたのは、せいぜい彼に魔法瓶のことを知らせ、飲みたければどうぞと告げることくらいだ。しかし、魔法瓶に毒が入っていなかったことはわかっている。そして、埠頭を発ってからは、テレンスは一瞬たりとも操舵室を留守にすることができなかった。その点は彼のいう通りだろう。あの夜はずっと海も荒れ、風も吹いていたのはわたしも知っている。船の操縦は得意ではないが、それでも舵を放せばボートがあおられ、沈没する可能性が高いのはわかる。つまり、コーヒーが注がれる前にやったのではないし、注がれた後ではできなかった」

「彼の兄がこうしたかもしれないと、あなたがほのめかした方法でやったんでしょう。魔法瓶に毒を入れ、後で中身を安全なものとすり替えるのです。ええ、そうしたに決まっています」

「それは無理だ。荒れた海の上をここまで来るのは大変だ。彼は船着き場に入るまで舵を離せなかっただろう。船をつけ、つないでから船室に入るテレンスを、使用人のひとりが見ている。彼はすぐに出てきて、教授の様子がおかしいと叫んだそうだ。ノーマン・トリートが呼ばれてくる間に、テレンスは毒入りコーヒーを捨て、新しいものを持ってきて、ちょうど一杯分を除いた量をふたたび魔法瓶に入れなければならない。続いて、新しいコーヒーが入っていた容器を処分する必要がある。城の厨房から持ってきたとすれば、別の魔法瓶かポットだろう。これらすべてをやる時間はない。事前に準備し、ぎりぎりまで単純かつ短時間でできるようにしたとしても、それでも時間が足りない。そして、魔法瓶に適切な量がきっちり残っていたことが重要だという、わたしの指摘の要点を伝えておこう。それは、こうした悪事を行う際には、必ずといっていいほど起こるミスなのだ。個人的には、それがこのトリックが成功しないことを証明していると思う」

ハードブロウはぶつぶついった。「だからどうなんです？　あの老人が自殺したとおっしゃるんじゃないでしょうね？」

「まさか。週末に出かける途中で自殺するような人はいないさ。自殺をするなら、家を出る前にやるだろう。いいや、このことで、何者かが彼が家を出る前、もしくはピークスキルへ行く途中で毒を盛ったということに絞られるのだ。そして、もしそうだとすれば、それは彼に知られずになされたに違いない。また、彼がボートに乗るまで、毒が作用しているのは明らかにならなかった……。ところで、どのような毒が使われたか聞いていなかった。それはわかっているのか？」

「青酸です、警視。シアン化水素酸でした」

「何だって！　それはほぼ即効性だ。長くても一秒以内に効き目が出る……。これは難問だ！」

再現部

ハードブロウ部長刑事が無駄足を踏みに島に来た日の夜。夕食が済んだところで、ぞろぞろと食堂を出た男性は誰もが上機嫌で、先に退席した女性たちも同じくくつろいだ様子に見えた。

彼らが客間に入ってきた最初の混乱の中、ロードは城主が部屋を横切り、自分のほうへ来るのを見た。トリートは玄関ホールへ向かおうとしているようだったので、ロードは後に続いた。そのため、城の表玄関にある大きなノッカーを叩く音が、居間の端のアーチに差しかかっていた彼の耳に大きく響いた。こんな時間に誰だろうと、彼はしばし立ち止まった。階段のそばまで来ていたトリートも振り返り、すでに下男が開けようとしているドアのほうへ向かった。

中背の男が入ってきた。がっしりした、屈強そうな男だ。手を借りて分厚い毛皮のコートを脱ぐと、その下にはくだけた晩餐会用のスーツを着ていた。鉄灰色の髪を後ろになでつけ、ごつごつした顔は、今は冷たい風のせいで赤くなっている。

ロードは広い玄関ホールを素早く横切り、手を差し出した。「ご機嫌よう、検事。以前お目にかかったことがありますが、覚えていらっしゃらないでしょうね。ニューヨーク市警本部長の部下、ロード警視です」

「とんでもない、覚えていますとも」地区検事長の声は太く、轟くような響きを持っているが、今はそれを抑えている。「また会えて嬉しいですよ。昇進おめでとう。あのカッター事件は大手柄でしたね」

ロードは不意を突かれたが、何とかやり過ごした。「ありがとうございます」声がうわずるのをごまかすように、咳払いをする。「ミスター・トリートに会ったことはおありですか、ミスター・マントン?」

「今、自己紹介したところです」相手がいう間も、トリートは使用人に指示を出していた。「暖炉のそばにテーブルと椅子を用意してくれないか。コーヒーに、葉巻に……。コーヒーは召し上がりますか、ミスター・マントン? それとも、ポートワインは……? お飲みにならない? わかりました、ジョーンズ、ウィスキーを持ってきてくれ。スコッチとアイリッシュだ。好きなほうを選ぶから」

三人は暖炉のすぐそばにそれぞれ腰を落ち着けた。

「もちろん」トリートは指摘した。「ここへはブラーの死の件でいらしたのでしょう。来ていただいてよかった。何が何やらさっぱりわからないのですが、このままにしておこうとも思いません。今朝、送り込まれてきたような人たちには我慢なりませんが、あなたと協力できれば、私立探偵を雇うよりもずっといい。さっきもいったように、このままにしておきたくはありませんからね」

「ええ」マントンはうなずいた。「わかります」彼の態度は、先発隊として来た部下とはまったく違っていた。彼が今の政治的な地位に上りつめたのは、さまざまな状況や相手に自分を合わせる才能を伸ばしたからにほかならないだろう。今回の遠征でディナージャケットを着ることは、ゴルフクラブで正装する必要がないのと同じように、彼にはいわれなくてもわかっていることなのだ。自分の分野では、彼は有能で経験豊富な男だった。そして、内心では漠然と、世間を騒がす殺人事件の犯人を起訴することが、一介の地区検事長が州知事のような大物政治家になるための道筋であると知っていた。これまでマーティン・M・ブラー教授の名は聞いたことがなかったが、急いで調べ、ひとかどの著名人であることを知った。マントンがじきじきに城を訪れたことを、抽象的な正義のためと考えるのは、馬鹿正直な民主主義的誤りだろう。彼にとって死者は、政治的な出世の可能性を秘めた道であり、それ以上でもそれ以下でもない。しかし、彼はチャンスを決して見逃さない男だ。地区検事長マントンがこの島へ来た唯一の目的は、抜け目なく得られる情報はすべて手に入れるためだった。

彼は続けた。「今朝、部下が越権行為をしたと聞いて残念です。わたしが来るべきでしたが、身動きが取れなかったもので。部下の話では何も発見できなかったということでした。情報が得られるとばかり思っていたのに何も出ないとなれば、物事はなかなかうまく進まないものでしてね。これがきわめて重大な事件だということはおわかりでしょう、ミスター・トリート。わたしが検事である限り、ウェストチェスター郡で殺人を隠すことはできません」

「誰も隠そうなどとしていません」トリートは反論した。「それに、たぶんあなたよりもわたしのほうが、事を重大に受け止めているはずです。死んだのはわたしの親友なのですから。しかし、何をお話しできるでしょう?　彼はわたしのパーティに加わるために出発しました。今も信じられませんが、彼がここへたどり着く前に致死量の毒を飲んだことが病院で確認されました。彼と会ったのは弟だけで、弟がこの件にかかわっていると考えるのは、まったく馬鹿げた話です。わたしも、そして間違いなく客人も、喜んで協力します。とはいえ、自分たちでも何が起きたか想像もつかないのに、何ができるでしょう?」

マントンは穏やかにいった。「このことはわかっていただかなくてはなりません。つまり、弟さんはあなたと特別な関係にあるかもしれませんが、法に関する限り、彼もほかの人と変わりません。状況を直視すべきです。彼はブラーが即効性の毒を飲まされた、あるいは自ら飲んだとき、唯一その場にいた人物です。何らかの罪を告発する証拠もありませんし、告発しているわけでもありませんが、あなたには、この死と弟さんとの関係を調査するのがわたしの義務であることを、ご理解いただかなくてはなりません」

「どうやらわたしは、そのような考えは時間の無駄だと請け合うことくらいしか、お役に立てそうにありませんね」検事がかすかに肩をすくめたのを見て、トリートは苛立ったように続けた。「いいですか、これは何も、弟に有利な情報を個人的に知っているからではありません。テレンスも含め、場合によっては誰にだって人殺しはできると思います。しかし、これは明白な事件です。テレンスが知らない人間をいきなり殺すなんて、絶対にありえません。そんなことをする理由など考えられない。それに、ここへ来る間ずっとボートの舵を取っていたという弟の言葉を信じたのは、ひいきでも何でもありません。自分の経験から、あの天候では、常に舵を握っていなければならないのはわかります。さもなければボートはここまで来られなかったでしょう。弟には動機もなければ、実際に機会もなかったのです。時間の無駄だといったのは、個人的な理由でなく、そういう意味です」

「あなたは今朝の事情聴取のときに同席していたのですよね、ミスター・ロード」検事は第三の男にいった。「恐らく、捜査もされているでしょう。あなたの意見も、ミスター・トリートと同じですか？」

「そうですね」ロードは考えた。「船の経験はあまりありませんし、もちろん、そのボートを操縦したこともありません。しかし、わたしの意見では、昨日そのボートを操縦してここまで来たとすれば、舵から手を離せたとしてもほんの一瞬だったでしょう。そこまでは同意見です。操縦者が後ろに手を伸ばし、船室のドアを開け、そこにいる男に丸薬あるいはその他の形状の毒物を与えることができたかどうかは判断がつきかねます。しかし、検事、わたしはありそうにないとしかいえません」

「たぶん何らかの理由で乗客が操舵室に入り、毒を飲まされたんでしょう。それを妨げる理由は聞いていませんが」

「もちろんそれは可能です」トリートがいった。「しかし、ご自分がどんなことを仮定しているか考えてみてくれませんか？　テレンスが、わたしの知る限り生まれて初めてのことですが、致死性の毒を持ち歩き、機会があったと見るや赤の他人に飲ませたというのですよ。たとえそうだったとしても、毒を入れるものがありません。船上には水も、ミネラルウォーターもなかったのですから」

「コーヒーがあります」

「ええ」トリートはゆっくりといった。「それも不思議なのです。ブラー教授があの特製コーヒーを、ひと口以上飲んだというのが理解できないのですよ。ご存じの通り」彼は説明した。「教授はかなりの甘党でした。普通のコーヒーにも角砂糖をいくつも入れるような人でしたから、それより苦いものには耐えられなかったでしょう。それに、船には砂糖もありませんでした。実際、魔法瓶に入っていたのがテレンスのコーヒーだったことも、わたしは後になってから知ったのです」

マントンはきっぱりといった。「それは問題ではありません。どんな理由があろうと、教授がカップ一杯、あるいはそれに近い量のコーヒーを飲んだことには間違いはないのですから……。

それで思い出しました、ミスター・トリート。あなたはブラーのことを、昔からの親友だとおっしゃいましたね。だったら、弟さんが彼と会ったことがないなんてことがありますか？　わたしには妙に思えますが」

「そう思われるかもしれません」相手は認めた。「しかし、そうではないのです。テレンスとわたしは上海で生まれました。わたしはアメリカで教育を受け、弟はイギリスで学業を修めました。彼は上海に戻り、わたしはここにとどまりました。その後、わたしが中国へ行ったのは一度きりで、弟がここへ来たのはたったの三回です。平均して六年から八年ごとに。ですから、弟が昨日まで友人のブラーに会うことがなかったというのはありうる話なのです。それが真相です。必要とお考えなら、確認してもらっても構いませんよ……。ところで、ミスター・マントン、ぜひお聞かせ願いたいのですが、わたしはあなたに協力したほうがよいのでしょうか、それとも、あなたの疑惑を考慮して、独自に探偵を雇って真相を解明したほうがよいのでしょうか」

しばしの沈黙の間、地区検事長は考え込むようにハイボールに口をつけた。それから、証言台に立った証人に親しげに声をかけるときのような、打ち解けた口調でいった。「この殺人事件を調査し、解決するのがわたしの務めです。しかし、ここへはあなたがたをスパイしに来たわけではありませんから、弟さんに関して率直に申し上げましょう。今の段階では、誰に対しても不利になるような推測をしてはいません。わたしは情報がほしいだけなのです。ミスター・テレンス・トリートについては、あなたから聞けそうなことをすべて聞いたのは間違いありません。当然、われわれは違った角度から見なければならず、その点であなたの協力を歓迎します。あらゆる助けを借りるのは、わたしの義務であるだけでなく望みでもあります。あなたがお友達のブラーのことで力になりたいというお気持ちは、まったく真摯なものだと思いますし、あなたと協力できれば嬉しく思います」

「いいでしょう。今のところは、その原則で行きましょう……。ミスター・マントン、ぜひ教えてほしいのですが、わたしの客人から聞いたこと以外に、これまでにどんなことがわかっていますか」

「ごくわずかなことしかわかっていませんが、もちろん、まだ初日ですから。こちらへ来る前に報告書を見ました。教授は年老いた家政婦と、その夫である執事と暮らしていました。当然、彼の家族についてはよくご存じでしょうね。彼がニューヨークからピークスキルへ来るのに乗ってきた列車が判明し、彼がそれに乗るのにちょうどよい時間に家を出たことがわかりました。グランドセントラル駅までの車の移動にも、何ら異常はありませんでした。タクシーの運転手が見つかり、午後に事情聴取を受けています。列車の中で何か異常なことが起こったかもしれませんが、それは今のところわかっていません。また、出かける前は、教授は一日じゅう家にひとりでいたそうです。主に力を入れたのは、彼に深い恨みを持つ人間がいたかどうかを探ることですが、今のところ、そのような人物を知っている者すら見つかっていません。職業上の論争はあるでしょうが、それが高じての殺人とは考えられません。どうやら完全に行き詰ってしまったようです」

「結局のところ、事故として扱われる可能性はあるのですか？」ロードが考えを口にした。「どの手がかりも有望には思えません。彼が一見無害なもの――たとえば消化剤だと思い込んで錠剤を持ち込んだということも十分考えられます。彼が勘違いをしたか、家の者が毒薬とすり替えたかして。船上で、彼は機を見てコーヒーでそれを飲み、あのようなことになったというのは」

「そのような毒が見つかったのですか？」マントンが訊いた。

トリートが答えた。「いいえ。彼は消化剤の類は決して飲みませんでしたし、それをポケットに入れて持ち歩くような人ではありません。ポケットに入れるなら、角砂糖のほうがずっとありえますよ。さて――」

検事はロードのほうへ身を乗り出し、グラス越しに低い声でいった。「この家には詳しいですか？　誰かが上のバルコニーで盗み聞きをしているようです。つかまえられるか見てきてくれますか？」

すぐさまロードは席を立った。玄関ホールは広く、階段は反対側にある。彼は階段に駆け寄り、一度に三段ずつ上って、上階の三方を囲むがらんとしたバルコニーに出た。しかし、ちょうどそこで、何者かが寝室へ向かう通路の曲がり角を素早く移動するのが目に入った。彼の視界には腰から下しか映らなかった。だが、それ以上追いかけようとする足を止めたのは、かかとの高い小さな室内履き、非常に美しい足首とふくらはぎ、そして黒いレースのネグリジェの裾が揺れるのを確かに見たからだ。

ロードはその場に立ったまま、夕食後に客間を横切ったとき、そこにいた人物を思い出そうとした。どうしても思い出せない。実をいえば、少しも気に留めていなかったのだ。部屋の反対側にいた城主に追いつこうと、脇目も振らず部屋を横切ったからだ。たった今見かけた美しい足が、使用人のものでないのは間違いない。したがって、彼が観察していた女性客のひとりだろう。誰のものかはすぐにわかるはずだ。客間に下り、そこにいないのが誰か確かめればいい。だがもちろん、客間にいなかった女性が立ち聞きをしていたという証拠はない。証拠はともかく、自分でも信じられなかった。あの女性は必ずしもバルコニーから来たのではなく、単に部屋から部屋へ移動していただけという可能性もある。

しばらく考えて、今来た道を引き返そうとしたとき、目の端に入ってきた人物がロードの注意を惹いた。廊下は明るく、すぐにボーグだとわかった。彼女が見事な黒いディナードレスを着ているのも見て取れたが、黒いレースのネグリジェでないのは間違いない。

その場で待っているロードに、彼女はほほえみながら近づいてきた。「あら、ミスター・ロード、下へ行くところ？　一緒に連れていってくださらない？」

彼は腕を差し出し、相手はそれを取った。階段を下りながら、彼は何気なく尋ねた。「ところで、曲がり角のところで誰かとすれ違いませんでしたか？」

彼女はロードをちらりと見た。「いいえ、誰も見ていないわ。自分以外には。つまり、化粧台の鏡に映った自分ということ。どうして？　誰かをお探し？」

ふたりの顔はほぼ同じ高さにあり、ボーグはいつものように礼儀正しさを装ってはいたものの、その言葉を口にしたときには間違いなく笑っていた。ロードの顔は近すぎて、彼女の目も笑っているのか、声だけなのか判断がつかなかった。唇や頰の筋肉には表れていない。しかし、確かに笑っていた。そして、その下にはっきりと、女と男の関係を意識していることがうかがわれた。まるで、廊下のもっと奥で会っていれば、彼が腕を差し出すよりもみだらな反応をすると考えているのではないかと思うほどに。ボーグのほうで、そんな普通ではない態度を取ることがありうるだろうか？　それとも、本当は部屋を出たときに何者かとすれ違い、すぐ後からロードが来るのを見て、警官としてではなく男として追いかけてきた彼から逃げてきたと思ったのだろうか？　ボーグはただ、そのことを知っているが、口に出すのは控えておくと伝えたかっただけなのだろうか？

「いいえ」彼はいった。「あなたが来る直前に、誰かが角を曲がったのを見たような気がしたので、誰だろうと思って。好奇心旺盛なのがわたしの欠点のようですね」

「ときには、好奇心は大きな美徳になるわ」角を曲がって客間に向かいながら、彼女がつぶやいた。マントンとトリートが暖炉のそばのテーブルにいないことにロードは気づいた。ボーグをエスコートして行く先に、すでにいるのだろう。「でも」隣では豊かな声が続けていた。「ハウスパーティでは、好奇心はしばらく化粧箱にしまっておいたほうがいいでしょうね。そうじゃない、お友達《モナミ》？」

「ごもっともです」彼は認めた。それから、優しくいい添えた。「ただ、あなたへの関心まで抑えつけろといわれないよう願うばかりです」

「あら、心にもないことはいわないわ」そんな遠回しな誘いとともに、ボーグは彼の腕を強く握り、伏せたまぶたの下から笑みを向けると、客間の入口で彼から離れた。

彼は辺りを見回した。ノーマン・トリートも地区検事長もいない。事態をはっきりさせようとさらに注意深く見た彼は、この部屋にいる女性がボーグただひとりであることにふと気づいた。つまり、二階で逃げていった人影を見たときには、ここには女性はひとりもいなかったのだ。

自分の考えを確かめるために階段を見ておこうとぼんやり考えながら、ロードはぶらぶらと玄関ホールに戻り、誰もいない暖炉の前に立った。こんなことをしているのは、何よりも習慣のせいだ。小さなことで大騒ぎしているのだ。両手をポケットに入れ、バランスを取りながら彼は考えた。興味を惹かれたわけではなく、習慣でいつものように推理しているに過ぎない。何かの犯罪が行われたと確信するにはほど遠かった。その男が、どうして中毒死したかは見当もつかないが。それに、仮に犯罪だったとしても、幸いそれを解決するのはわたしの仕事ではない、くそっ、何を気にすることがある？　どうでもいいじゃないか！　彼は急にホールを横切り、反対側の大きなドアを開けて、外に出た。

目の前では、左右にケアレス城の高い壁が延びていた。右手にはボートハウス、左手には使用人部屋に直接通じる入口がある。壁と壁の隙間から、黒々とした川が見えた。今は白波も立っておらず、指のように伸びる水の先では、小さな入口湾の内側から左に向かって桟橋が造られていた。ここでも水は黒く、ボートハウスの斜溝の揺らめく光だけに照らされていた。夜は澄み切って寒く、壁に囲まれたこの場所には風もなかった。人影はない。マントンのボートは桟橋を離れ、ボートハウスの中にしっかりとつながれている。ボートハウスの広い出入口から船尾がはみ出ていた。トリートの船頭と客の船頭は、おしゃべりを交わしているのだろう。マイケル・ロードはたったひとりだった。

彼は階段に立ち、背後のドアを閉め、城壁の間に輝く明るい星を見上げた。今ごろフォンダ・マンはどこで何をしているだろう。もう一度彼女に会うことがあるだろうか。なぜだか、二度と会うことがないとは信じられなかった。彼女の青い目を見ることも、その目が彼の瞳を見ることもないという思いには、死のような避けがたさと信じがたさがあった。

フォンダ以外にも、美しい女性は知っている。それはわかっていた。たとえばコラリー・リーケ＝ライアンズだ。彼女は〈メガノート〉号の寄港を待たずに、シェルブールとサウサンプトンの間でノースンスと結婚した。エドヴァンヌ・ホッジズ。エドヴァンヌとは変わった名前だ。それにグレタ・ダロー。彼の上司の娘。亡父の友人であるその上司の下で、彼の刑事人生は始まったのだ。ふむ、グレタか――そうだな。コラリーのほうがフォンダより美しいと思う人もいるかもしれない。とはいえ、まともな感覚の持ち主なら、フォンダの魅力をとうてい否定できないだろう。彼女は単なる美しさ以上のものを持っていた。ふたりの間には、とても親密で個人的なものがあった。決して忘れることのできない、強く永続的なものが。これまで出会った誰ひとり、彼に公務に背く行為をさせることはできなかった。彼女のためならその覚悟ができた。そして、また同じことをするだろう。自ら進んで。

彼は階段を下り、桟橋の端で足を止めた。黒いさざ波が寄せ、ときおり小さな黒いしずくとなって水面に散った。

こんなところでフォンダのことを考えているのはよくない。子供っぽいことだ。しかし、そんな賢人ぶった自分が、フォンダのことをとことん考えずにはいられない自分よりも子供っぽくないといえるだろうか？　怪しいものだ。それでも、こんなふうにぼんやりしていても仕方がない。仕事をすべきだ。仕事をしながら時が過ぎ、自分の心の痛みが少しはやわらぐのを待つしかない。そうすべきだとわかっていたが、できなかった。この奇妙な人々や、ホワイト・プレインズから来た連中の世話をするんじゃなかったのか？　教授の死という異常な出来事が目の前に投げ出され、その解明を助けるふりをしたが、半分も集中していないのはわかっていた。バルコニーの女を追うなんて、馬鹿馬鹿しい！　正直なところ、マーティン・M・ブラー教授がどんなふうにあの世へ行こうと知ったことではない。もちろん、知ったことであろうとなかろうと、取り組まなくてはならないが。

背後で、城の大きなドアが音もなく細く開いた。漏れた明かりがロードの物思いを邪魔する前に、ドアはふたたび閉じた。背後の壁よりも黒々とした背の高い人影が、彼の後ろに忍び寄った。

彼が出会ったすべての女性の中で、奇妙なことに、ボーグが最もフォンダを思わせた。オペラ歌手と著名な外科医の姪に共通点はほとんどない。ボーグは彼よりも二十歳は年上だろうし、フォンダに似ているところはどこにもなかった。かつては美しかったかもしれないが、今ではその面影はない。だがときおり、フォンダが決まって見せていたしぐさをした。自分は女で、相手は男であり、ふたりの間には生物学のように本質的で現実的なものがあると物語るしぐさだ。こういう関係を暗黙のうちに察知し、肉体的というより感情的にじらしてみせるところが、ボーグの中にフォンダを思い起こさせるのだ。フォンダはどれほど完璧にそれをやってのけたことか。どれほど——。

「水の中がそんなに面白いですか、警視？」

すぐ後ろから思いがけず声がして、ロードははっと飛びのいた。「何だって？　誰だ——」彼は闇の中、隣にテレンス・トリートが立っているのに気づいた。「ちっとも足音が聞こえなかった。どこから来たんです？」

「あのぞっとする連中から逃げてきたんですよ」トリートはのんきにいった。「そうしたら、あなたが水を見ていたものでね。容疑者はぼくから魚に変わったわけですか？」

「まさか。それに、今のところあなたを疑う正当な理由はありません……。ピードモントはいかがです？」

「アメリカ煙草？」相手はそういって、闇を透かして白い箱を見た。「やめておきましょう。そんな代物をよく吸えたものですね。よければ、ぼくのを試してみませんか」

ロードはいった。「ありがとう。何事も経験なので、いただきます」彼がマッチの火を煙草に近づけると、ふたりの顔が照らし出された。ロードは深く煙を吸い、吐き出した。「ああ、実にうまい。ただ、常用するには強すぎます。ぼくは一日八十本から百本は吸いますからね」

「ああ、なるほど。本物の煙草をそんなふうに吸うものじゃありません。二十本で十分です……」

ふたりは黙って煙草を吸った。ロードは何か感想をいおうとしたが、相手がそんなものを求めていないのに気づいて放っておいた。会話を続ける義理はない。

ふたりは煙草を吸い続けた。自然と、刑事の考えは隣の男と、彼が昨日の悲劇で演じた役割に移っていった。テレンス・トリートは、偶然巻き込まれたに過ぎないと思われるが、外部の犯行の可能性も残っているのは確かだ。ロード自身は、それとは逆の意見だったが。今も自分の考えにさほど興味を持てなかった。それを確かめるのに、おあつらえ向きに本人がいるというのに。確かめたほうがいいだろう。ロードはさして熱意もなく思った。さて、どう切り出そう？

しばらくして、彼は咳払いをした。「もちろんあなたも、教授の死にどこか妙なところがあるのは認めるでしょう。ここだけの話、本当はどう思われますか？　ボートにあなたたちふたりのほかに誰もいなかったのは間違いないのですか？」

テレンス・トリートは煙草をはじき、それは長い弧を描いて水に落ちていった。ジュッという小さな音を立ててそれが消えると、彼はつぶやいた。「ここだけの話、腑に落ちないというのが本当のところです。ボートには彼を毒殺するような人物は乗っていなかったし、彼は自殺するような男には見えなかった。現に、埠頭へ向かう間ずっと、ノーマンの実験について滔々《とうとう》としゃべり、装置やそのほかのものを見るのが待ちきれない様子でした」

「しかし、埠頭に着いたとき、船室の中に誰かが隠れていなかったとどうしていい切れるんです？」ロードがさらに訊いた。

「なぜなら、そのときに潜んでいれば、後になって姿を見たに違いないからですよ。ぼくが自分でボートを押したので、そのときに飛び降りた者がいなかったのもわかっています。それからすぐに荒れた川に船を出しました。ブラーが飲み物を飲むまでに、数分はあったでしょう。船に乗ったとたんに、誰かが毒入りのカップを差し出すことはできないでしょうからね。そのころになって、飛び降りるのは自殺行為です。たとえ救命胴衣を着ていても。ぼくたちがここに着くまで、逃げるチャンスはありません。そういうことです。そして着いたとき、ブラーとぼくのほかには誰もボートには乗っていませんでした」

「しかし、ボートは調べなかったのでしょう?」

「もちろん。でも、不可能なことですよ。ボートにはほかに誰もいなかった。ぼくが最初にボートを出し、つないだのもぼくです。ぼくが船室に入ったのはほんの一瞬です。誰かが飛び降りれば、船室を出たときに見たでしょう。どこにも隠れる場所はありません」

「お兄さんを呼びにいかせたとき、あなたはその場に残っていたのですね?」

「ええ。それに、調べていたわけではありませんが、船の中を歩きました。あなたの気が済むようにいっておきますが、操舵室に入るときに後部甲板を見ても誰もいませんでした。操舵室も見ましたし、船室の中も見ました。もちろん、船に乗るときに前部甲板も見ています。操舵室のエンジンハッチは閉まっていて、上から閂《かんぬき》がかけられていました。ぼくがかけたのです……。これで満足ですか?」

「そういうしかないでしょう」ロードは認めた。「最後に、お兄さんとほかの人たちが駆けつけ、教授の遺体を上の研究室に運ぶまで、あなたはそこにいたのですよね。しかし、遺体をボートから運び出した後は?　この桟橋にいたのですか、それともお兄さんが引き返すまで船内にいたのですか?」

「どちらにもいませんでした。中に入り、玄関ホールで体を温めようと強いスコッチを飲んでいました。実際には、カーターに二杯持ってこさせ、みんながホールに戻ってきたときにも、ぼくはまだそこにいました。でも、それは重要なことじゃない。あなたのいう仮の人物が隠れていられるのはハッチの下だけです。もしそこに潜んでいたとすれば、優秀な警察のみなさんがボートの捜索をしたときに引きずり出されていることでしょう」

ロードはため息をついた。「その通りですね」といって黙り込む。そうなると、テレンス・トリートは完全に潔白に思える。魔法瓶に入っていた毒入りコーヒーが、到着後にすり替わったという説を本気にしたわけではない。だが今では、テレンスにさえもそれが不可能だったとはっきりした。兄が呼ばれてくる間では時間が足りない。その後、テレンスが玄関ホールにいたのはカーターが目撃している。ボートにほかの人間がいなかったかという質問の裏で、ロードが聞き出したかったのはそのことだったのだ。習慣として執事から裏は取るが、内心では、隣にいる男が本当のことをいっているのは間違いないとわかっていた。

テレンス・トリートは不意にポケットから手を出し、闇の中でロードに向き直った。「どうしてわざわざ、何もかも打ち明けているのかわかりませんが、あなたはほかの連中とは違ってきちんとした人に思えるからでしょうね。民主主義の巣窟に集まる安っぽい連中に、あなたがどうして我慢できているのかわからない！」

驚いたロードが返事をする前に、相手は彼を置いて、ぶっきらぼうに城の入口へと歩き去った。

ロードが客間の人々のところへ戻ろうとすると、マントン、ノーマン・トリート、ポンズ博士が、小さな集団となって音楽室から出てきた。彼はマントンに――恐らくそれ以上に城主に――城の二階での追跡が無駄に終わったことを報告しなければと思い、そちらへ向かった。しかし一行は足を止め、地区検事長がボーグに紹介され、ポンズはエリック・スターンと話をしていた。しかもマイケル・ロードの目の前にはミス・トローブリッジが立っていて、部屋の反対側にいる一行をじっと見ていた。まだロードには気づかない様子で、すっかり夢中になり、強く訴えるような目をノーマンの顔に向けていた。しかし、彼女はすぐにロードに気づいたので、彼が声をかけずに通り過ぎることはできなくなった。それに、彼女の真剣な表情に、ロードは自分で思った以上に驚いていた。

「煙草はいかがです、ミス・トローブリッジ？」彼は静かな声で誘った。「検事にはもう会いましたか？　彼が来たとき、あなたは二階にいたと思いますが」

たちまち彼女の顔から無防備な表情が消えた。そんな表情など浮かべたことがないかのように、素早くスムーズに消え失せていた。しかし、首筋が赤くなり、一瞬頬が染まるのを隠すことはできなかった。ロードはすぐに結論に飛びつくほど若くはなかったが、目の前にいるのがバルコニーで立ち聞きしていた人物ではないかと疑わずにはいられず、言葉の端から彼が知っているのを気取られたのではないかと恐れた。しかし、あの黒いネグリジェの女が本当に彼女だったとしても、彼が疑っているのがどうしてわかる？

「ありがとう」彼女は気さくにいった。「煙草は大好きよ」火を差し出したとき、ピードモントは彼女の唇にしっかりとくわえられていた。「検事長にはお目にかかっていないの、ミスター・ロード。でも、ぜひお会いしたいわ。ご一緒しません?」

ロードは先に立って部屋を横切り、彼女を紹介しながら、肩越しにマントンに向かって否定するように軽く首を振った。相手が偵察の結果を知りたがっているのがわかったからだ。

マントンは細心の注意を払って礼儀正しく挨拶した後、すぐにボーグの夫に注意を戻した。「ミスター・スターン」彼はいった。「明日の午後の仕事をキャンセルする理由はありません。土壇場になって人気番組を降りるのが、どれだけ大変なことかはよくわかっています。もちろん、演奏会が終わり次第戻ってくるとお約束していただかなくてはなりません。それから形式上、部下を同行させてもらいます」

ボーグが問いただした。「でも、そんなことが必要なの?」マントンがそうだとつぶやくと、彼女はいった。「ああ、もう我慢できない！　そんなふうに追い回されたら、あなたはきっと動揺してしまうわ、エリック。失敗して、実力が出せないに決まってる。しかも、今日練習したのは、全部あの――あのくだらない楽器じゃないの！」

「ああ」スターンは苛立ちを隠そうともしない口調でいった。「馬鹿なことをいわないでくれ。明日の演奏は、大金がもらえるから引き受けただけのことだ。有名人が聴きにくるわけでもないし、初めての演奏会でもない。いつものように、ただいつものように弾けばいいんだ。こんなのは、わたしがやろうとしていることとは比べものにならない。友人の作ったこの素晴らしいピアノで演奏することとはね」

「何たる愚かさ！」ボーグは叫んだ。「何たる愚かさ《クヴェレ・ベティーズ》！　練習を怠り、大勢の前でしくじるなんて」彼女は怒ったように目をきらりとさせた。「ねえ、ミスター・ロード、バーカウンターまで連れていってくださらない。この雰囲気で、喉がからから！」ふと気づくと、ロードは彼女に腕を取られ、少なからず驚きながらも彼女に同行せざるをえなくなっていた。目の端に、スターンが雄弁に肩をすくめるのが映った。

「本気で怒っているのですか？」彼は訊いた。「その必要はないと思います。マントンが同行させる人間が問題を起こすことはないと請け合います」

ボーグはぴしゃりといった。「お願いだから、もうその話はしないで。まったくいまいましい！　よければ、この後味を消すために冷たいシャンパンをいただきたいわ」

それから一時間近く経ち、地区検事長がそろそろ帰る段になって、ロードはようやく彼と話ができた。「ここで何かやっておきたいことはありますか？」彼は小声で尋ねた。「それと、部下は残していかれますか？」

「いいえ」マントンは静かにかぶりを振った。「この島に部下を残すつもりはありません。それに、今のところは誰も拘束しないつもりです。とはいえ、この人たちには当面わたしの管轄下にいてもらおうと思っていますが」

音楽がやみ、拍手喝采が部屋を満たすと、ノーマン・トリートは立ち上がった。数歩で、壁にかかった小さなタペストリーに隠されたダイヤルへ向かい、わずかな手の動きでその音を静めた。

続いて、言葉を急ぐかのように客人に向き直った。

「あいにく、演奏の前に、わたしがここで利用した受信の原理についてお話をする時間がありませんでした。今、前半をお聴きになったみなさんの中には、それについて少し聞きたい方もおられるでしょう……。わたしが非常に優れた受信機を持っているのは本当です。ゼネラル・エレクトリック社の技師に、この音楽室のために特別に造らせたものです。しかしそれだけで、今得ることのできた素晴らしい受信結果を説明することはできません。

われわれはみな、音や雑音が生まれる空間の大きさと形状が、その純粋さを大いに左右することを知っています。ひいてはその可聴性を。音楽室の形は、今日の午後にセイルズとわたしが配置した衝立や掛け布によって、体積空間がピアノから出る音にきちんと適合するように改造してあります。これらの音の大きさはラジオ装置によって、もちろん音楽家が意図した抑揚を尊重して、客観的に調整されます。ステージ上のマイクがミスター・スターンのピアノに近すぎる、あるいは遠すぎるときは、適切かつ自動的に、ここにある装置の設定によって修正されるわけです。昨日、この点についてエリックに相談する機会を持ち、われわれの決めた設定が彼の望み通りの結果を生み出すことを確認しました。

まず、ふたつの受信装置があるのがおわかりでしょう。ひとつ目はアンプやサウンドボックスなどがついたラジオ装置、ふたつ目が第二の、そしてより完璧なサウンドボックスの役割を果たす音楽室そのものです。というのも、そこは完全に囲まれ、外部への隙間が一切ないからです。仕上げに、お気づきの方もおられるでしょうが、この部屋には普通のドアのほかに引き戸があり、これを閉めると音楽室はほぼ遮音されます。もちろん、ここでもわずかな地面の振動はありますが、本土から離れた島の上では、よくある車の震動などからは一切免れます。当然ながら理想的な遮音室は、振動を最大限に吸収する素材で吊られたものです。しかし、わたしはそこまではしませんでした。

音楽室なら、ここよりも完璧に受信できたでしょう。といっても、その違いがわかるには並外れて鋭い耳が必要ですが。音楽室を使わなかったのは、客間のほうが快適だというほかに、ふたつの理由があります。ひとつは密閉された音楽室では息苦しくなり、第一部が終わる前に危険なことになる恐れがあるからです。もうひとつは、音楽室に人がいると空間容積が音響現象に影響を与え、それをまだ完全に調整できていないからです。一方この環境には魅力的な可能性があり、将来徹底的に研究したいと思っています」

トリートの話は続いたが、音響技術に取り立てて興味のないロードは、城主の熟達した社交性のほうに感心していた。彼が今、講義の真似ごとをしているのは、ノーマン・トリートにとってはごく簡単な初歩の初歩に違いない。しかし、二日前の夕食の最悪な瞬間に彼が客たちを誘導したように、今はスターンの演奏会の合間をこのような話で埋めることで、ボーグの態度がもたらすに違いない気まずさを未然に防いでみせたのである。

スターンは今朝出発し、今はニューヨークのラジオシティの公開録音で、大きな石油会社が主催する日曜コンサートを行っていた。そして、前の晩にロードを驚かせたボーグの不機嫌は、一夜にして明らかに本物の怒りに似たものへと発展していた。彼女は夫について栈橋にまで来て、最後まで自分の不安を正当化するように激しく叱責した。ロードには、取るに足りない聴衆を相手に自信たっぷりでいるスターンのほうが、よほど理性的に思えた。

それでも、たった今聴いた演奏会の前半で、スターンはミスをしていた。そうひどいミスではない。彼は非常に優れたピアニストだった。それでも、非常に速くてきらびやかなパッセージをうまく弾けず、別の曲では一度音を間違えた。ロード自身に、それがわかるほどの音楽的才能はなかったが、ボーグが部屋にいた全員に確信させたのだ。彼女はぱっと立ち上がり、ドイツ語の悪態を轟かせた――「最低だわ《フェアダムト・アッセル》！ いったでしょう、この演奏で彼の芸術は台無しになると！」マリオン・トローブリッジが、断固とした態度で「シーッ！」といった。その表情には明らかに怒りの色があった。彼女は演奏を楽しんでいるだけでなく、論文のためのメモを取っていたからだ。それでも、ボーグがぶつぶついうのをやめて席に戻るまでに、ほぼ一分が過ぎていた。ボーグはまだしかめ面をしていた。

ロードはノーマン・トリートが幕間にラジオ装置の説明という口実を持ち出したのは実に正しいと思った。そうでもしなければ、彼らはオペラ界のスターからはるかに不愉快な演説を聞かされることになっただろう。城主の態度は非の打ちどころがないほど礼儀正しかった。彼の装置、スターンが熱を込めて〝ピアノを超えたピアノ〟と呼ぶ装置は、これまでも、そして今も不和の種だった。ボーグはその事実を隠そうともしなかったし、ノーマン・トリートはそれを完全に無視していた。

ノーマンは時計を出し、それを見ていった。「もちろん、音楽は音楽室からこの部屋へ電気的に再送されています。それもまた、この部屋の空間容積に合わせて増幅されています。ここでは、ご覧のように衝立によってできるだけのことをしていますが、研究室のような掛け布もありませんし、大きさは音楽室と比べものになりません。それでも、音楽室の受信状態は非常によく、わたしたちには十分だと思われます……。どうやら、あと一分もしないうちに——実際には三十秒ほどで、第二部が始まるようです。もう一度装置を動かしましょう」

彼が客たちの横を歩いて、ふたたび暖炉のそばのお気に入りの場所まで来ると、アナウンサーの声が聞こえてきた。「——スターン演奏会の第二部が始まります。曲はベートーヴェンのピアノソナタ第二十九番『ハンマークラヴィーア』。ご存じの通り、最も非凡な、恐らくは最も——ミスター・スターンの登場です。今、ピアノの前に腰を下ろしました」

延々と続く拍手喝采が、彼らの耳に飛び込んできた。それは少しずつ静まっていき、不意に途切れた。ラジオシティの聴衆にとって最も重要な人物である司会が、片手を上げて制したのだろう。しばらくの沈黙ののち、澄んだピアノの音がトリートの居間に流れてきた。

すでにこの現象を知っていたロードだが、またしても見事な再現ぶりに驚かずにはいられなかった。性能のよいラジオの音は聴いたことがあり、それ以上のものは存在しないだろうと思っていた。特に機械的な仕掛けというものは、その改良の効果を見るまでは、どんな改良の余地があるかわからないものだ。彼は驚きとともにそう気づいた。今は、どれほど優れたものだとしても、ラジオを聴いているとは思えなかった。スターン本人が、ほんの数フィート先にいるとしか思えない。同じ部屋にいて、自分たちと芸術家の間にはいかなる送信機も介在していないかのようだ。

細長い客間を見渡せば、ピアノと演奏家が目の前にいるような気がするのは、決して想像力のなせるわざではない。そう考えずにいるほうが難しかった。その印象は想像力によるものではなく、直接的な聴覚によるものだったからだ。

音楽が流れ込み、見えない波となって部屋に広がり、徐々に濃淡を増すさまざまな音がノーマン・トリートと彼の客たちを包んだ。エリック・スターンが、彼の選んだ楽器の名手であるのは間違いない。そして、この本当に驚くべき曲の微妙な複雑さを解釈する名手でもあった。しかし、この曲のあらゆるカデンツァに同調する耳を持っているマリオン・トローブリッジは、あるパッセージで急ぐことに気づき始めていた。提示部ですでに感じ、展開部の間にはっきりとわかった。彼女はため息をつき、ほんの少し眉をひそめた。

ほかの人々の表情はさまざまで、ほとんど似たところはなかった。こうした機会を自分の情報や知識の肥やしとしているポンズ博士は、好奇心を隠そうともせずにそれに注目していた。マドプリッツァの表情はぼんやりとしていた。ポンズはそれを、彼女がこうした類の音楽を知らず、知ろうという努力もしていないと解釈した。彼女とパンテロスの差は歴然としていた。パンテロスにとってもほとんど意味をなさないが、彼はそれを掘り下げ、恐らく頭の中でひっくり返して、ダンスの表現の可能性を探ろうとしていた。一方ゴムスキーは、その表情が何かを意味するとすれば、古臭い作品の表現をあざ笑っていた。テレンス・トリートとその兄は、興味深い対照をなしていた。前者は明らかに、聴いていないふりをしながら実際にはずっと真剣に耳を傾けていたが、ノーマンは最初はポンズの他人に対する観察眼と張り合い、やがて音楽に集中しているふうを装ったが、間違いなく集中していなかった。

ポンズにはそのように見えた。ボーグはといえば、その集中ぶりに感心したことは間違いない。彼女は唇を結び、細心の注意を払って聴いていた。そして、マリオン・トローブリッジがかすかに顔をしかめるたび、彼女の顔には辛辣な笑みが浮かんだ。〝だからいったでしょう〟と苦々しくいうように。

演奏はそう長くはなかった。通常の独演会と違って、放送のため時間が限られているのだ。ソナタは曲の主要な部分である終盤に差しかかっていた。スターンが独自に解釈した結末のパッセージで幕を閉じようとしている。驚くべき音程と和音が、尋常でないテンポで演奏されるのは、戸惑いといってもよい効果をもたらした。喝采が最後の余韻を台無しにしないよう、トリートは部屋を横切り、ラジオを切った。

誰かがつぶやいた。「とんでもない曲だ。途方もない」

ボーグが「ひどい演奏だったわ。腕が落ちたものね」と断言し、ミス・トローブリッジがそれに鋭く反論した。

「ロンドンでブゾーニを聴いたときを除けば『ハンマークラヴィーア』をこれほどうまく弾くのを聴いたことがないわ。この演奏には、ひと握りの人間にしかできない表現がたくさんあった。でも」彼女は続けた。「エリックがもっとうまく弾いたのを聴いたことがあるわ。どういうわけか、今夜の彼の演奏には不安《マレーズ》が見られたし、明日には彼にそういわなくては」

「でしょうね」ボーグはいった。

演奏会は十時に終わり、部屋に引き揚げたロードは、しばらくしてポンズの部屋に通じるドアがノックされるのを聞いて驚いた。ちょうど明かりを消し、階下に戻ろうとしていたところだ。ポンズと彼は城の北西の角にある部屋を割り当てられていた。ポンズは尖塔のある角部屋だったが、共有の浴室がないのはここだけだった。そこで、彼とロードは、ロードの部屋の南側にある浴室を一緒に使い、ポンズはロードの部屋を気軽に横切って浴室へ向かうのだった。こうした理由から、部屋を隔てるドアは普段は開けっ放しになっていたので、それに注意を惹かれたロードは、たまたま閉まっていたことを一瞬不思議に思った。

「どうぞ」ロードはいった。

大柄な心理学者はドアを開け、自室からの明かりを受けて戸口に立った。「どこへ行くつもりかね？　これからの予定は？」

「特に考えていません。寝るには早すぎるので、みんなのところへ戻ろうかと思っていました。何か提案があるんですか？」

「ああ」ポンズはいった。「わたしの部屋には暖炉があって、杉の薪が使われているだけでなく、燃えるとてもよい香りがするのだよ。それに、酒とソーダがほしければ、ベルを鳴らせばいい。グラスもね。いい換えれば、きみと話がしたいのだ。わたしはバスローブ姿だが、きみもくつろいだ格好をして、しばらく有名人は有名人同士で褒め合っていてもらおうじゃないか。どうだろう？」

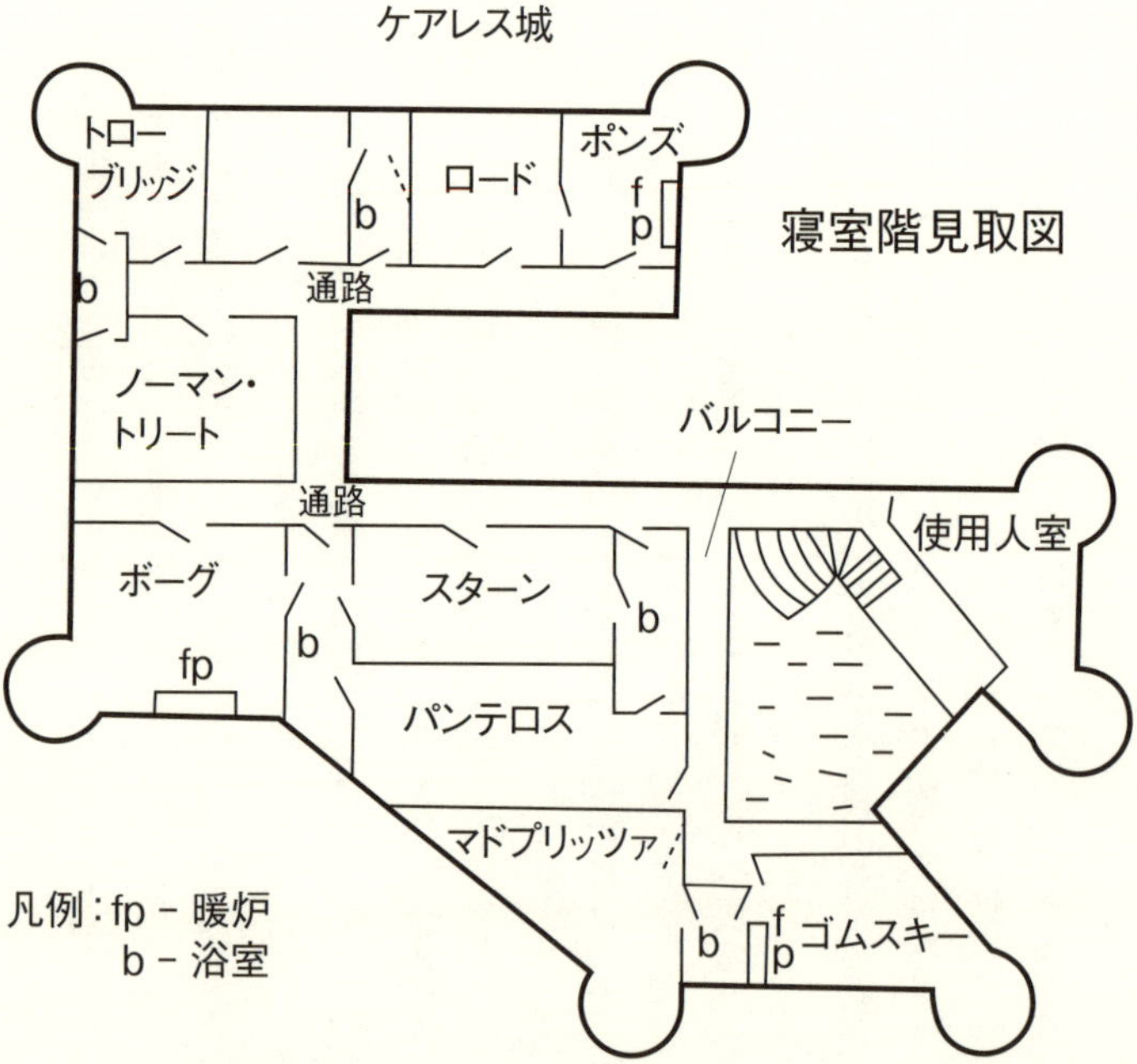
ケアレス城
寝室階見取図
トロー
ブリッジ
ポンズ
ロード
b
fp
通路
ノーマン・
トリート
バルコニー
使用人室
ボーグ
スターン
パンテロス
マドプリッツァ
ゴムスキー
凡例：fp － 暖炉
b － 浴室

「それは、お断りするには魅力的すぎる提案ですね。暖炉に火をくべ、ベルを鳴らしておいてください。わたしもすぐに行きます。わたしとしては、ミスター・スターンの才能についてつまらない口論が始まるのには耐えられません」

十五分後、ふたりは純粋な心地よさに浸っていた。ポンズはシルクのパジャマの上に、驚くほど贅沢なビロードのバスローブをはおり、そばのテーブルの上のアイリッシュウィスキーと氷に集中していた。かたやロードは、アンダーシャツと正装用のズボンの上にガウンを着て、ふんわりした肘掛椅子に座り、長い脚を暖炉のほうへ伸ばしていた。彼は新しいピードモントの箱を開けていた。外では、ときおり風が塔の周りでうなりをあげ、暖炉にくべた太い杉の薪に火が移り、かぐわしい暖かさが部屋を満たした。

「もちろん、マイケル――わたしがきみをここへ連れてきたのは、休暇のためだ。殺人が起こるなど予想もしていなかった。そして、わたしはこの事件に興味を持っている。特に、ごくわずかではあるが、ブラー教授のことは何年も前から知っているのでね。きみは内情を知る立場にいる。ここだけの話、どんな状況だね？」

「ええ、よりによってこんなもてなしを受けるとは」ロードはほほえんだ。「しかし、おっしゃる通りです。わたしは休暇中で、事件の担当者じゃありません。」

ポンズは鼻を鳴らした。「おやおや、あのハードタックだか何だかいう名の男が最初に来たときから、きみは事件の渦中にいるのだ。彼に頼っても無駄なのは、ぼんくらだってわかる」

「でも実際、博士、わたしはこの件に職業的な興味は一切ないんです。ハードブロウと一緒にいたのは、何よりトリートやほかの人たちへの礼儀からです。誰かが抑えていなければ、あの男はもっと大騒ぎをしていたでしょう。マントンも同じです。ただし、わたしのいうことを信じてくれるなら、彼のほうがまだましでしたが。彼らは、いわゆる外部の警察関係者の目があるところでは、がらりと態度を変えるものですからね……。それで結局、どうして殺人だと思うのです？　わたしは断じて納得していませんが」

「マーティン・ブラーのような男が毒で死ぬとすれば、彼が決して自分から毒をあおらないのを知っていて、妖精も信じないわたしとしては、殺人と結論づけるしかないのだ」

「わたしならこういいますよ。わたしが検死審問の陪審員席に座っていたら、偶発事故による死に一票投じます。納得はしないでしょうが、それに票を入れますよ」

「ほう？　問題は、わたしがきみほど詳しく事情を知らないことだ」ポンズはこぼした。「いいかね、これまでにわかったことを教えてもらいたいのだ。単なる好奇心ではない、個人的な興味がある」

ロードはいった。「わかりました。そうすべきなのはわかっています。どちらにしろ、あまり多くは語れませんが……。ブラー教授は金曜日、トリートのところへ出かけるまで一日じゅう家で過ごしていました。タクシーで寄り道をせずにグランドセントラル駅へ向かい、列車の出発に十分な余裕を持って着きました。ピークスキル駅で降りると、テレンス・トリートと落ち合い、ふたりで埠頭まで歩きました。ブラーはボートの船室に入り、トリートは操舵室へ行きました。旅の間、トリートは船室からは何も聞こえず、ドアも閉まっていたといいました。知っての通り、彼は悪天候で舵を離すことはできませんでした。ボートにはほかに誰も乗っていませんでした。到着後、船室を見たトリートは、ブラーが床に倒れて死んでいるのを発見しました。中毒死です。旅の間、彼はボートの魔法瓶からカップ一杯ほどのコーヒーを飲んでいます。コーヒーのほかにボートにあったのは、未開封のスコッチひと瓶と、冷凍庫のトレイに入った角氷だけでした。彼がコーヒーを飲んだカップは割れていました……。以上です」

「ふむ」ポンズはいった。「なるほど。実に難しい問題だ。知っていることは全部話してくれたね？」

「今のところは」

「それと、そうだ、きみは事故だと思っている。どういう意味だね？　ブラーが毒を持ち歩いていて、誤って飲んだと？」

「それに反する証拠はたくさんあります」ロードは認めた。「ノーマン・トリートによれば、ブラーは錠剤の類を持ち歩くことはなく、彼がポケットに入れる最も毒性のあるものは角砂糖くらいだろうということでした。それに、ボートに毒薬の入っていそうな救急箱はなく、現にボートが捜索されたとき、毒物は一切発見されませんでした。ですから、ブラーが船室で何かを見つけて飲んだとすれば、彼が後からその残りや、さらには容器を捨てたことになります。けれども、彼が飲んだ毒はきわめて効き目が早く、そんなことはできなかったでしょう。一方でその毒は、毒以外の印象を与えずに持ち歩くことはできないものです」

ポンズはうめいた。「わたしには事故と思えない。テレンス・トリートが到着後に船室に入ったとき、毒薬の瓶を投げ捨てたか何かしたと思わないかね？」

「おやおや、どうして誰も彼もがテレンス・トリートを怪しいと思うのでしょう？　あの男と教授が赤の他人なのは自明のことです。それに、ブラーに毒を渡す機会があったとは思えません。ましてや飲ませるなんて」

「確かに、機会についてはわからない。だが、誰も彼もがテレンス・トリートを怪しいと思う理由は教えられるよ。彼の性格は破壊的で、人々はよくはわからないながらも、それを感じ取っているのだ。ブラーと一緒にボートにいた唯一の人間だったからではない。彼の態度に破壊者であることを感じて、命を破壊する役目に選ぶのだ」

「そうかもしれません。それでも、もしわたしの事件だったら、そんなおおざっぱな根拠で容疑者を選んだりはしません。テレンス・トリートに人殺しができないとはいいませんが、問題はそこではありません。問題は、彼がブラー教授を殺したかということで、正直、彼がやったとは思いません」

「それに、彼には機会があったかもしれない」

「ええ、もちろん」ロードは苛立っていった。「わたしは見かけほど間抜けじゃありませんよ。それを説明する仮説も立てられます。どんな突飛な説でもいいというならね。つまり、こういうことです。駅から埠頭までの道すがら、テレンス・トリートはブラーに一錠の錠剤を渡し、ノーマンが来る途中にぜひコーヒーに入れて飲んでほしいといっているという作り話をします。そのコーヒーはテレンスのもので、ひどく苦いのですが、ブラーは甘党で知られています。彼が角砂糖を持ち歩いていることからもわかるでしょう。しかし、最近ノーマン・トリートが発明したこの錠剤は、苦いコーヒーを甘く美味しくするもので、ノーマンは友人に試してもらい、城に着いたらすぐに結果を聞きたがっているというわけです。そこでブラーは錠剤を受け取り、コーヒーに入れ、それを飲みます。あとはご存じの通りです。ブラーの運命もね」

「なるほど」ポンズはいった。

「ええ、問題は、すべて馬鹿げた話だということです。そもそも毒薬は液体ですから、錠剤でなく瓶に入っていなくてはなりません。瓶が見つからないということは処分されていなくてはならない。それに、動機の問題もあります。ノーマン・トリートが友人を殺すなんて誰にも想像できませんし、なぜテレンスがやらなくてはならないかもわかりません。彼らが本当に他人同士で、テレンスが教授と会ったことがないのは確かな事実に思えます。したがって、この説の要としては、テレンス・トリートは実は殺人狂であったと仮定しなくてはなりません。この説の一番の問題は、事実に照らせば完全に矛盾するということです。つまり、間違いなのです」

ポンズは譲歩した。「テレンス・トリートは破壊的な性格ではあるものの、殺人狂でないのは間違いない。そのような仮定が含まれる説はすべて除外することに賛成だ。一方、きみ自身のいったことから事故説も除外される。するとどうなる？　われわれが知る限り、結局ここにいる別の誰かが殺人を犯したということになる」

「どうしてそうなるのです？」刑事はいった。「テレンスがどうやったかわからないとすれば――現にわかっていませんが――ほかの人たちにはもっと不可能に思われます。ノーマンとミス・トローブリッジを除けば、誰もがブラーとはほんの顔見知り程度だといっていますし、わたしたち自身も知っているように、あの日は誰も彼に会っていません。彼が家を出る前には、みんなここに来ていたのですから。彼はここへ着く前に死んでいて、誰も彼と接触していない。どうやって、そのうちの誰かが彼を毒殺できるのです？」

「わからない。しかし、考えれば考えるほど、わたしには殺人の匂いがするのだ」

「わたしにはますます事故の匂いがしますよ」ロードは繰り返していった。「もちろん、薬棚で取り違えたというようなあからさまな事故に異論があるのはわかります。けれども、毒薬がどこから来たかを想像すれば、多かれ少なかれそういうことだったと思います」

心理学者は首を振った。「われわれは動機について十分知っているわけではない、マイケル。動機がないとはっきりしているわけではない。実際には、動機があるのかないのかもわからないし、あってもそれが何なのかわからない。動機が見つかれば、そこから注目すべき男または女を選び、注目することができる」

「そして、この世で最も完璧な動機が見つかったとしても、この島にいる誰かが、ハドソン川の真ん中に浮かぶボートに乗った男にどうやって毒を飲ませたのかを説明しなくてはなりません。その人物がボートに忍ばせたとしても、それをブラーに知らせる必要があります。そんなことがあれば、今ごろは明るみに出ているでしょうが、実際にはそれもありません。つまり、毒は目立つように置かれていなければならない。わたしたちがここへ来たとき、船室に怪しいものなど見当たらなかったのに、なぜブラーはそれに気づいたんです？」

「むろん、ブラーの直前に来た者が置いていったのだ。彼が入る前に、ほかの誰も船室に入らなかったということだ」

「なるほど。それで、ブラーの直前にここへ来たのは誰でした、博士？」

「さあな。きみは知っているのか？」

「ええ、知っています。その人物というのは、あなたと僕です」

「ふむ。どうやら今のところ、われわれは行き詰ってしまったようだ。正直にいって、どうやったのかまだわからない」

「いいえ」ロードは指摘した。「行き詰ったのはあなたです。わたしではありません。これはわたしの事件ではないし、本当のところ、どちらでも構わないと思っているのです」

ポンズは熱を込めていった。「きみは間違っている、マイケル。二日前にここへ来た連中には、このような事件の謎は解けまい。やつらに任せておいたら、迷宮入りになるだけだ。それを防げるのはきみしかいない。きみのためのチャンスだぞ、マイケル——カッター事件での失敗の埋め合わせをし、もう悩まずに済む絶好のチャンスだ……。さあ、もう一杯注がせてくれ」

飲み物を作って友人のところへ戻ると、ポンズは続けた。

「もうひとつ、いっておきたいことがある。この島には不穏な空気を感じる。冗談ではない。はじめはブラーの死が芸術家気質に影響したのだと思った。だが、それだけではない。なぜなら、それは薄れることがなく——ますます悪化しているからだ。エリック・スターンの演奏会を巡る騒動を見れば、わたしのいわんとしていることがわかるだろう。ここでは、個人同士の深刻なぶつかり合いが起こっていると思われる。それは根が深く、全員に影響を及ぼすほど重大で、マドプリッツァとマリオン・トローブリッジのような違ったタイプの女性をも短気で苛立った気持ちにさせている。あのふたりの両方が影響されるというのは、何か確固たるものが影響を与えているということだ」

「それであなたは、このことが教授の死と何らかの関係があると疑っているのですね？」

「いいや」ポンズは率直にいった。「そうではない。つまり、それほどはっきりとした疑いは抱いていない。ただの一過性の感情の嵐かもしれない。たぶんね。しかしわたしは、これがハリケーンではないかと恐れているのだ。……とはいえ」彼はため息とともにいった。「わたしが間違っているかもしれない。話しているうちに大げさになっているのだ。お互い、根拠のない意見で議論をしたくはない」

それでも二時間後、ロードが心理学者の部屋を出て自分のベッドに横になったときにも、ポンズの言葉が繰り返し彼の頭によみがえってきていた。眠りはなかなか訪れなかった。彼は横になったまま、最初はフォンダのことを考えたが、やがて頑として彼女を頭から締め出し、教授の死という明白な謎について考えた。

両方の部屋の明かりが消えた。ポンズの巨体が左右に寝返りを打つ音もやんだ。眠ったに違いない。暖炉の火が、開いたドア越しにまだちらちらと薄暗く光っている。今夜、ポンズがノックしたとき、なぜあのドアは閉じていたのだろう？　そう、わたしはブラーの事件で何かしなくてはならない――本当に何かしなくては。風は静まり返った川の上で低くささやき、塔の角を冷たく、陰鬱に吹いていた。ポンズの意見。本当に何か悪いことが起こっているのだろうか？　メンバーの間で、本当に悪いことが？　漠然とした、何ともいえない予感とともに、ロードはようやく落ち着かない眠りに落ちた。

第二楽章　主題と変奏

主　題

月曜の朝、マイケル・ロードは遅くまでベッドにいた。浴室で身を清めて戻ってくるポンズ博士の気配で目が覚めたが、彼はのんきに、だらだらと眠気を楽しんでいた。通りすがりに、ポンズは開け放した窓を彼のために閉めてくれた。それでも、部屋の寒さに変わりはなかった。ロードは、並外れて柔らかい枕の上で両手を組み、それに頭を載せる以外に体を動かさず、半分閉じたまぶたの下から明るい天井をのんびりと眺めていた。

完全に目覚めてはいない彼の頭は、夢うつつの中をあちこちさまよっていた。ゆうべ自分を悩ませた、あの漠然とした不安は跡形もない。しかし、彼の考えの下では、厄介な義務感がはっきりと形を取らずに渦巻いていた。

朝食が形式ばったものでないのはわかっていた。今もまだ——少なくとも十一時過ぎまでは——サイドボードの上の保温器で、温かいまま用意されているだろう。そして、誰がいて誰がいないかは、いつでも予測がつかないのだ。

　今、彼が眠い頭で考えているのは、このベッドで朝を迎えるのはこれで三度目ということだった。ポンズと彼は金曜の午後遅くにここへ来て、最初の奇妙な晩餐会に加わった。土曜日の朝にハードブロウがやってきた。ホワイト・プレインズ郡の地区検事長は土曜の夜に来た。日曜日には、ほとんど全員が寝坊した。実際、午前はないに等しかった。午後は静かに、そしてやや速く過ぎた。まだ客たちに溶け込んでいないロードは、少ししか会話に加わらなかったが。今、彼はそのことを思い出し、時間が経つのがどれほど速いことかと少し驚いていた。彼は――知っていたわけではないが――あと一日かそこらで捜査は終わると思っていた。たぶん水曜日には。そして今のところ、ノーマン・トリートは、この奇妙なハウスパーティを開いた本当の目的を明かせとはいわれていない。ロードは一瞬、そのことが何かを示しているのではないかと思った。

　ゆうべ――日曜の晩――スターンの演奏会が階下の客間で開かれ、反響を呼んだ。それから、ポンズとアイリッシュウィスキーを飲みながらのやり取りは深夜まで続いた。高級ウィスキーだったのだろう。古く熟成されていた。頭痛は少しもなく、だるくなることすらなく、彼はゆるやかで心地よい覚醒へと向かっていた。これだけのことをしてくれた城主に、感謝以外の気持ちを抱くのは難しい。マイケル・ロードは伸びをし、あくびをして、ようやくベッドを出た。

　およそ一時間後、階下へ向かう彼の心も、同じように浮き浮きしていた。客間と食堂を結ぶ長い通路に差しかかるまで、満ち足りた気持ちは続いていた。通路は居心地のよい温室に改造されており、鉢植えの椰子や座り心地のよい籐椅子が置かれ、城のふたつの翼に挟まれた凍ったプールを見下ろしている。ゴムスキーとボーグがそこにいた。互いに椅子を離して座っている彼らに、ロードは通りすがりに挨拶をした。ゴムスキーからは、礼儀にかなった「おはよう」という声が返ってきたが、歌手は心ここにあらずといった様子で、その表情から察するに、嫌なことで頭がいっぱいのようだった。彼女は返事もしなかった。しかし、ロードが仲間割れの問題にはっと引き戻されたのは、そのせいではなかった。通路の端まで来ないうちに、食堂から声が聞こえてきた。叫んでいるわけではないが、かなりの大声で、明らかにとげとげしかった。

さらに驚いたことに、部屋に入った彼は、そこにいるのがほかでもないテレンス・トリートとポンズ博士であることを知った。ふたりは大きなテーブルの一方の端に座っていて、朝食は終えているようだ。今は舌鋒《ぜっぽう》鋭く議論している。ロードは小さなトレイに、オレンジジュース、燻製ニシン、スクランブルエッグ、トースト、コーヒー、マーマレードを、数えきれないほどの皿から選んで載せ、彼らと少し離れたところに静かに座った。だがもちろん、声の届く距離だ。その間にも、テレンスは力強く主張していた。

「この国は、今や破滅に向かっているではありませんか！　税金をイギリス並に上げておきながら、それを何に使っていますか？　イギリスは財政のバランスを取り、国家をきちんと運営し、必要な経費をまかなうのに使っています。この国では最も腐敗した政治的賄賂に使い、赤字は増税分の二倍に膨らんでいるんですよ。地球を半周すれば、この国の最後の議会選挙を見ることができます。あなたがたの恥知らずな公共事業の賄賂とともにね。ほどこしを受ける共同体もあれば、受けない共同体もある。ちなみに、受けないのはきわめて少数ですが。

レニングラードの三流教授どものいう〝富の再分配〟をどう思います？　そんなものは、能力のあるものにないものを養わせる、薄っぺらな構想にすぎません。そして、そんなことを本気で始めた国はおしまいです。真面目にいってるんですよ。人々を牛耳るのに慣れた少数の人間が、軟弱な愚か者になり、目と鼻の先にあるものを見もせず、ましてや何とかするでもない。この国の政治家は、この点については十年前には考えられなかったほど卑劣で厚顔だ。やつらがやりたいのは、物乞いを恒久的な票田にし、能力のある者から貧困者へと流れる金を、民衆を腐敗させ私腹を肥やすのに使うことだけです」

「きみも知っているだろう？」ポンズが熱のこもった声で答えた。「われわれが本当の飢餓にとても近づいていることを」

「驚きませんよ。ワシントンの安っぽい政治家連中ならやりかねないでしょうね。政治的手腕というのは、豚を殺し、小麦を焼き払うことだと思っているのですから。どこであろうと、それが飢餓への早道ですよ……。先週、吹雪があったでしょう。土曜日の新聞で、タリータウンかどこかの窮状を読みました。公共事業局という、他人に食わせてもらう組織のひとつが、労せずして得た援助のお返しとして、そこの除雪の手伝いを依頼されたんです。彼らは道路清掃隊を手伝わないことに決めました。寒すぎて作業ができないからと。ワシントンから給与をもらっている彼らの地区管理者は、解散させられるのを拒みました。結局、町の権力者が特別会議を開き、彼らを使うのをやめ、町内の失業者にその仕事を与えると、彼らは一日半でやり終えたそうです。いいですか、公共事業促進局の誰ひとり、このことでかすり傷ひとつ負っていないんですよ。やつらは報酬をもらい、今ももらい続けています。連中がやるのは、仕事をほかの人間にやらせることだけです」

「彼らはそれほど馬鹿ではない」ポンズが、論理的というよりは怒りに任せて口を挟んだ。

「そうですか？　要点がわからないようですから教えましょう。どうしてこの町は、たくさんの失業者を抱えているんです？　なぜ彼らは、公共事業促進局の〝労働者〟にならないのでしょう？　答えは明らかです。彼らはほかの人々と同じくらい失業手当が必要だけれども、こうした袖の下のために自分を売ろうとしない人間がまだ少しはいるのです。彼らこそ本当の犠牲者です。そして、ほかの人間よりもずっと価値があります。彼らは公共事業促進局には入りません。ほかの人間の金で彼らを支える低俗な政治屋に票を売らないからです。要は、生まれながらの汚職屋が甘やかされる一方で、飢え死にしている人がいるということです。この国の現体制の症状のほんのひとつですよ。民主主義は凡人を甘やかすために利用されてきましたが、今や、とことん劣った者や寄生者しかかわいがってもらえません。ぼくにいわせれば、民主主義のいい結末だと思いますがね」

ポンズは怒鳴った。「それはいい過ぎだ。それにきみは、明らかに特権階級や貪欲な視点の持ち主を代弁している。この国で起こっていることが気に入らないのも不思議ではない。しかし、きみだってたまたまアメリカ人に生まれたのではないか？」

「いいえ、違います。アメリカ市民という身分は虚構にすぎず、今度こそ戻り次第変更するつもりです。ありがたいことに、ぼくは上海人なのです。年に十ドルの税金を中国政府に払い、それが支払いのすべてです。今度ずるがしこい議員に会ったら、そのことを教えてやるといいですよ。特に、ぼくがここで暮らしていたら、そいつが肥った前足を突っ込むために、年に六万五千ドルを支払うはめになったでしょうからね。

しかしぼくは、その議員や、ワシントンの豚小屋にいるお仲間が、厚かましくも法と呼ぶ愚行に支配すらされていません。ぼくは租界に支配されているのです。租界は十四人の評議会が管理し、ぼくはそれが決めた法の下で暮らしています。そして、評議会の委員は、百万を優に超す人々から選ばれたおよそ千人の有権者によって選出されます。寡頭政治とあなたはいうでしょう。昔のアメリカとよく似ています。アンドリュー・ジャクソンやリンカーンその他の扇動家が出てくる前のね。ただひとつの欠点は、もし逮捕されたら領事裁判所へ行かなくてはならないことです。しかも、今では評議会にはアメリカ人だけでなく、政治的な取り巻きがついてくるのです。それでも、このことは大目に見ましょう。さっきいったように、ぼくは戻り次第、自分の〝治外法権〟を変えるつもりです」

「何に?」ポンズはただした。「きみは別の領事裁判所へ行くだけではないか」

「もちろんそうです。でも、それはアメリカのじゃない。当然イギリスです」

「ほう、するときみは、あの連中のひとりになるのか? イギリスは、ここと同じくらい腐敗している。もっと偽善者ぶっているぞ。金の代わりに、何たら卿やどうたら公といったやつらは、社交上の優遇という賄賂を使う。最低のやらせだ――」

「イギリスにいたことは?」

「いいや」ポンズは白状した。「一週間足らずといったところだ」

「だと思いました。あなたの考えは、ひと昔前のブリトン人のように馬鹿げています。イギリスの裁判官を買収することはできませんよ。それに——」

何てことだ。コーヒーのおかわりを注ぎながらロードは思った。いったい何に巻き込まれてしまったんだ？ 近くにイギリス人がいなくてよかった。彼はどちらのほうが腹を立てているだろうと思った。毒舌家のほうか、守りのほうか。

「はっきりいって」テレンス・トリートは続けた。「アメリカ人は一度にふたつ以上のことを考えられないようだ。やってみるといい。有能な人間をわざと不当に差別し、怠け者や無能者を有能な人間の金で甘やかそうとする社会は、どれも衰退します。民主主義の完全に合理的な結末ですよ」

「きみは人間をもっと学ぼうとしたらどうだ？」

「あなたこそ」トリートは立ち上がりながらいった。「それと、もう少し社会学を学ぶといいですよ。僭越ながら、あなたは頭でっかちな能無しの理論家のようですからね」彼は急ぐでもなく、ぶらぶらとドアに向かい、出ていく前に最後に立ち止まって、間違いなくアメリカ製でない煙草に火をつけた。

ロードは何もいえずに、しばらくテーブルの端に残された友人の様子を見ていた。ポンズはひどく動揺している様子で、大きなタンブラーに入った水を二口で飲み干してしまった。おずおずと声をかけようとした刑事は、不意に現れたマリオン・トローブリッジに邪魔された。彼女は部屋の反対側の、暖炉に近い通用口から入ってきた。

彼女はそよ風のように入ってきて、ふたりに明るく挨拶した。ロードの表情を誤解したに違いない。たった今目にした口論にまだ驚いている彼を見て、マリオンはこういった。

「ああ、わたしがここにいなかったのは、厨房の様子をざっと見ていたからなの。わたしの非公認の義務のひとつよ。そうでもしないと、ノーマンに何があるかわかったものじゃないもの。彼は決して厨房に近づかないの。といっても、たまに確認するだけでいいのだけれど。ちょうど今、コーヒーが取り違えられたのを直してきたの。この前の金曜日、違う種類のものがボートにあったのを覚えているでしょう。昨日の夕食でも間違いがあったわ。使用人を監督する者がいないと、必ずこうなるのよ……。今、もう一杯お持ちするわ」

彼女はサイドボードに向かい、二人分のコーヒーを注いでテーブルに戻ってきた。「もう朝食は済ませたの」そう説明しながら、ロードが引いた椅子に腰を下ろす。

ロードはその隣に座った。「そう苦く感じませんが」彼はそういって、ほぼ空になっているカップを口に運んだ。「世界一苦いコーヒーということですが、気づかなかった」

「ああ、これはテレンスのじゃないわ。この家で普段買っているものよ。じゃあ、テレンスの特製コーヒーを飲んだことはないのね?」

「だと思います」

「だったら今夜飲むことになるわ。エリックがもう一度、ノーマンの楽器で『ハンマークラヴィーア』を演奏する予定で、テレンスは夕食後にみんなにコーヒーをふるまうというの。誰も特に飲みたいとは思っていないでしょうけれど、好意を無にするわけにはいかないものね……。あら、大変！　わたし、煙草を客間かどこかに置いてきてしまったみたい」

「これをどうぞ」ロードはいった。

「いいえ、大丈夫よ。わたしには少しきついと思うから。すぐに取ってくるわ」彼女は立ち上がり、止める間もなくきびきびと部屋を出ていった。

しかし、彼女が戻ってくるにはしばらく時間がかかった。その間、ふたりは黙って座っていた。ポンズには、これ以上誰かと話をする気はなさそうだった。やがて彼は立ち上がり、何もいわずに出ていった。マリオン・トローブリッジが、ドアのところで彼とすれ違った。

彼女の歩きぶりは、出ていったときとほとんど同じだった。しかし顔を上げたロードは、すぐさま彼女の表情ががらりと変わっているのに気づいた。頬は青ざめ、頬骨の辺りだけがピンクに染まっている。目は危険な光を放ち、怒りでぎらぎらしていた。

彼女はいきなり腰を下ろし、叫んだ。「あのボーグったら！　本当に嫌な女！　エリックを動揺させるためなら何でもするのよ。あんな人に我慢しているなんて、彼も信じられないほど馬鹿だわ。頑固な馬鹿女！　あの女は、自分が使いものにならなくなる前に、彼をすっかり駄目にしてしまう——すっかり！」

月曜の夜は、いつもより形式張った雰囲気だった。ケアレス城では夕食の席にかしこまった服装で臨むが、この夜は、エリック・スターンが、誰か——恐らくマリオン——に、今夜みんなに聴かせる演奏は、自分の経歴における記念すべきものになるだろうと告げたらしい。彼の妻が、ラジオシティでの公開演奏とハドソン川上での私的な演奏のどちらが重要かについて、どのような見解を持っているかはともかく、ピアニスト本人が後者のほうにずっと重きを置いているのは明らかだった。いずれにせよ、その意見を口にした後、彼は音楽室に閉じこもり、昼食を運んでいったマリオン・トローブリッジ以外の誰もその姿を見ていなかった。

午後のうちに、正装がふさわしいだろうという話が広まった。いついかなるときも、そのような服を持参することのないポンズ博士にとって、その試練はあまりにも過酷だった。それでも、窮屈なカラーをつけ、胴鎧のように硬くて着心地の悪いイヴニングシャツを着ることで、誠意を示していた。パンテロスは明らかに、男性のファッションに明確な信念を持っているようだ。彼が好む独特の服からそれがわかる。この夜、彼の服装に変化があったのは、オレンジ色のカマーバンドが追加されていることだけだった。

だが、女性たちができる限り着飾っていたのは間違いない。ボーグは非常に襟ぐりの深い、黒いビロードのドレスを着て、手持ちのイヴニングドレスがどれもこれもこの二晩に披露したような奇抜なものばかりではないことを見せつけた。長い真珠のネックレス——本物の真珠だが、小粒だった——が、唯一の装飾品だ。

マリオンはボーグに輪をかけて、ぎりぎりまで大胆なカットのドレスを着ていた。これもビロードで、深いブルーは彼女が動くたびに明かりを受けて光沢を放ち、入念に化粧した目の色とよく合っていた。小さなサファイアのイヤリングと左腕の華やかなブレスレットは、彼女を絵画のように見せ、夕食前に彼女が客間に入ってきたときには、誰もが声もなく息をのんだ。ノーマン・トリートが彼女の手を取って口元へ持っていき、何やらささやくと、彼女は嬉しそうに頬を染めた。マドプリッツァは、本来は女性たちの中でも群を抜いて美しかったが、けばけばしく調和の取れない色合いのドレスによって、自然な美しさをいつものように台無しにしていた。またしてもひと粒の宝石が黒髪で輝いていたが、ロードは二度とそれについて訊くまいと心に決めていた。

この日、彼はこの一時的な仲間をできるだけ観察していた。実のところ、心地よくくつろぎかけていた気持ちはぶち壊しにされていた。はじめはポンズとテレンス・トリートとの口論、そして直後のマリオン・トローブリッジのせいで。これらの出来事は、個人的な対立が潜んでいるというポンズの仮説に、新たな、より自然な様相を与えていた。そして、教授の死が謎という雲に包まれている一方、島で起こっている激しい対立が、ボートで起きた事件と何らかの関係がある可能性は常にあった。

ここには芸術家の奇矯さよりも奇妙なことがあると、だしぬけにロードは思った。いつもなら、普通でないことが起きると、簡単に奇矯という言葉で片づけてしまうのだが。つまらない衝突だからこそ、彼らが熱くなっていることに、もっと強い原因が隠れているのがわかる。城主の弟と心理学者は、政治的な議論で明らかに頭に血が上っていた。ポンズが冷静さを失っていることのほうにロードは驚いていた。友人がアメリカの政治家を総じてあまり尊敬していないのを知っていたからだ。ミス・トローブリッジの怒りも、同じく驚きだった。先ほどのボーグへの激しい怒りは、この歌手がノーマン・トリートの〝ピアノを超えたピアノ〟に対する不満を繰り返し述べたことの結果に過ぎないが、とうていふさわしい要因とは思なかった。

事態を公平に見ようと努力しながら、彼は広い玄関ホールを歩き回り、朝食後の煙草をひっきりなしに吹かした。この不和の原因はどこにあるのだろうと自分に問いかける。外面的には、ひとつはテレンス・トリートとポンズ本人との間にあり、もうひとつはトローブリッジとボーグの間にあった。さらに、歌手とその夫との間にも不和があった。そう、それに、改革者ゴムスキーと伝統の擁護者ブラー教授との仲違いも、教授の死によって終わったわけではない。彼はそのことを考えた。そして、人々の間をもっと自由に歩き回り、何がわかるか確かめようと心に決めた。

彼はひとりずつ選び、順に探し出して意見を訊いてみた。だが、彼らが話すことはほとんどなかった。ボーグは夫のだらしなさと、徐々に進歩的な音楽に傾倒し始めていることに不平をいった。テレンスはアメリカに対する持論を繰り返し、それをポンズが現役のアメリカ人として明らかな義務を避けていることと結びつけた。ゴムスキーはブラーがこれ以上害になることはないという事実を喜んでいるのを隠そうともしなかった。そして、スターンもまた、時間はかかるだろうがこの進歩についてくるだろうとつけ加えた。ノーマン・トリートは、マントンや警察に協力するのが賢いことかどうかを疑っていた。この三日間、彼らは何ひとつ成果を上げていなかった。深刻な対立があるという意見を彼はあざ笑った。「害のない喧嘩ですよ。ないほうが不思議だ」パンテロスは均衡の取れた感情についてあまり知性を感じさせない意見を述べ、マドプリッツァはやっとのことで数秘術の話をした。マリオンはボーグの職業的嫉妬を非難した。さらに、私的な嫉妬もあることを匂わせた。そしてロードに、スターンをわずらわせないでくれと頼んできた。彼は前回の成功よりもさらに記念すべき演奏にするよう、全精力を注いで練習しているのだと。

それでロードは、スターンと話す機会を逸した。しかしマリオンが楽しい話し相手を買って出て、午後の残りの時間を埋め合わせてくれた。

こうして午後は過ぎ、その後の夕食も同じくらい楽しいものとなった。誰もが満ち足りているようだ——それ以上に、お互いに愛想がよかった。ロードはボーグとスターンがテーブルを挟んで向かい合い、全体の雰囲気に合わせているのを目にした。どこかで衝突が起こっていたとしても、事実上の停戦状態だった。

夕食の間、スターンは今夜の提案についてほとんどしゃべらなかった。彼は「ハンマークラヴィーア」だけを演奏する予定だった。彼は皆に、最高の権威によれば、この作品はきわめて特異で、現存する楽器でその意味が十分に伝わるか疑問だといわれていると話した。だが、今では違う。トリートの驚くべきピアノで演奏すると、作品は新たな意味を持つのだ。作曲家の心の耳だけに聞こえていた、崇高で圧倒的な意味を。彼はノーマン・トリートとその客たちに、自分の次にこの印象的な体験をしてほしいといった。トリートは、本来実験装置の一部である楽器への賛辞をすぐに跳ねつけ、翌日には音楽室で見せるものについて議論したいといった。それは、科学史における最も革命的な物理実験になると信じていると。

デザートが運ばれ、食べ尽くされ、食事は終わった。一同は席を離れ、女性も男性も揃ってコーヒーの儀式のために客間へ向かった。テーブルからマドプリッツァをエスコートしたロードは、いつものように彼女の言葉に戸惑わされた。彼女は静かにいった。「音楽の力というものがあるのよ。理解できる人はめったにいないし、誰もコントロールできない。たぶん、わたしたちは今夜、それを耳にすることになるわ」それに応える言葉が見つからないまま、ロードは彼女を暖炉のそばの椅子に連れていった。ちょうどテレンス・トリートが小さな台に近づくのが見えた。その後ろでは、ミス・トローブリッジがすでに銀色のコーヒーメーカーを用意している。

テレンスは身を乗り出してマリオン・トローブリッジに話しかけた後、部屋にいる人々に向かって短くいった。「今夜はぼくのコーヒーを試していただきたい。現在、世界一高価なコーヒーですが、実はぼくは一銭も払っていません。以前、窮地から救った男がただでくれるのです。それに彼は、今ある分だけしか調合できません。最初はこの味が気に入らない人もいるでしょう。しかし、ゆっくりと飲んでみてください。数口飲めば、芳香とともに純粋な味が広がります。ほかの豆が及ばない、究極のコーヒーのエッセンスが。これを味わうことのできたひと握りの幸運な専門家は、並ぶもののない体験だと宣言しました。

もちろん、ブラックで飲まなくてはいけません。決して、砂糖その他の混ぜ物をしないように。また、後からお酒を飲まないように。砂糖に含まれる糖分は、きわめて繊細な芳香を損ねます。口に合わなくても、どうか試してみてください。本物のコーヒーと、コーヒーという名で売られているものとの大きな違いをわかってほしいのです。それを飲んでから酒を飲むと、味が完全に台無しになってしまいます。カーターが小さなパンと水を配りますので、それで喉を洗ってください」

スターンがやってきて、マドプリッツァの椅子のそばにある長椅子の、ロードの隣に座った。「コーヒーひとつで大騒ぎですね。わたしは飲んだことがありますが、本当に苦かった」彼は打ち明けた。「でも、礼儀として飲むことにしましょう」

「そんなにまずいのですか?」

やにわにピアニストは立ち上がった。「今すぐ演奏したい」彼は叫んだ。「この気分はそう長くは続かないだろう。でも今なら、ああ、今なら弾ける!」またしても芸術家の気まぐれに驚いているロードを置いて、彼はノーマン・トリートに駆け寄り、自分の意図を告げた。スターンはコーヒーと酒が終わるまで待ってもよさそうなものだった。テレンスが特別に用意したことを考えれば、そのほうが礼儀にかなっている。

しかし、彼はノーマンにこういっていた。「最初にいくつかのパッセージを練習したいのです。五分したらスイッチを入れてください」と、腕時計を見る。「ええ、九時二十分には用意ができます」

「コーヒーは」マリオンが台のところからいった。

「ああ」スターンはそちらへ向かい、小さなカップを受け取った。「いずれにしても、熱すぎて飲めません。持っていきましょう。練習中に冷めるでしょうから、ソナタを弾く前に飲みます」彼はきびすを返し、トリートとともに音楽室のドアへ向かった。トリートはそこで足を止め、スターンを部屋に入れて防音ドアを閉めた。

マリオンがコーヒーを注ぎ終え、カーターが配った。彼女は立ち上がっていった。「ノーマン、提案があるの。彼の練習を聞かせて。とても素晴らしい演奏だし、彼は一度しか弾かない予定でしょう。お願い、ノーマン、聞かせてくれない？」

トリートはほほえんで部屋を見回した。誰も反対しなかった。実際にはふたりほど賛同者がいた。「本当はやるべきではないが」彼はそういって、タペストリーの後ろにあるスイッチを入れた。客間の全員が静まり、会話はやんだ。沈黙の中、スターンが隣の部屋にある楽器の前に座る音がし、カップを置く小さな音までも聞こえた。

ロードは自分のカップに恐る恐る口をつけた。確かに苦く、自分の知っているコーヒーとはまるで違った味がした。ほとんどすべてのコーヒーにはチコリの根が混ぜられていると、どこかで読んだことがある。もちろんこれは純粋なコーヒーだ。そこに違いがあるのだろう。

そのとき、スターンが演奏を始めた。彼は難しいパッセージを選んでいた。速いテンポが、次第に一連の厳粛で内省的なコードに変わり、その合間を、曲の進行と不思議に結びついた高音が満たした。この曲に親しみのないロードは、どこにそのパッセージが出てくるのか知らなかったが、そんな考えは吹き飛んでしまった。豊かで複雑な音のすべてが、部屋を揺るがしていたからだ。

ほぼ二十四時間前、スターンは同じ曲をラジオシティで演奏していた。仲間たちの興味の典型となるものを探ろうとしていた刑事は、この曲には荘重な威厳があると思った。その効果は、のちに誰かが〝音楽的超越主義〟と称したのが馬鹿馬鹿しく思えたほどだ。その音色には、深く知的な思考をかすかに誘うものがあった。しかし今、その明確さはナイフのように曖昧さを切り裂いた。今、耳に流れてくるのは、曖昧な誘いではない。大いなる知識が音の中に明確に形作られていることが、はっきりと示されていた。確かに、何を語られているかは完全にわからなかったが、語りかけられているという事実は疑いようもなかった。

たっぷり一分以上、ロードは衝撃の大きさに打たれたように座っていた。手に持ったコーヒーカップのことも、それがもうひとつの新しい感覚をもたらしている事実もすっかり忘れて。やがて彼は、ずっと前に誰かが知られざる音楽の力について何かいったことを思い出した。それからコーヒーカップのことを。彼はひと口飲んだ――少しぬるくなっている。想像していたかどうかはともかく、それは常軌を逸した出会いだった。

その味は、彼が知っているどの味とも異なっていた。ほんの少し前に飲んだ最初のひと口とも違っている。鋭く、純粋で、高揚感を与える刺激は実に快く、詩的といっていいほどだった。次の瞬間、彼は自分が口にしている味と聞こえてくる音とが、まったく調和しないことに気づいた。それは、荘厳な大ミサの最中に歓喜のおたけびをあげるよりもなお不釣り合いだった。二度とこんな矛盾に巻き込まれまいとカップを下ろしたとき、音楽が不意にやんだ。

静寂の中、隣の部屋でスターンが椅子を引くかすかな音が聞こえた。それから人々が一斉におしゃべりを始めた。その声に興奮と緊張が表れている。ノーマン・トリートは目を潤ませ、はかり知れない感動に浸っていた。「わたしは初めて音楽を聴いた。間違いない。本物の客観的音楽の可能性だ」ロードの横で、マドプリッツァが目に見えるほど震えていた。ゴムスキーさえも一瞬心を奪われていたようだ。古臭い作曲家の傑作を聴いて、彼は唇をほんの少し開いて前を見つめていた。

徐々に、声は普段の大きさに戻っていった。ロードはまたコーヒーを口にし、マドプリッツァに何かありふれた言葉がかけられないかと考えていた。彼女はすっかり取り乱し、落ち着こうとしながらもできずにいるようだった。彼女はこの後すぐに、あのパッセージをもう一度聴くことになる。あのパッセージだけではない、ほかもだ。彼女は明らかに支えを必要としているが、どうやってそれを与えよう。誰だって、彼女に興奮のあまり叫んでほしくないだろう。少なくともロードはそうだった。彼はまたコーヒーを味わい、小さなカップをほぼ空にしながら、前にそれが引き起こし、今ではどういうわけか再現できないように思われる、驚くべき感覚を取り戻そうとした。

テレンス・トリートは、上げた手首を見ていった。「もう練習はしないだろう。もうすぐ九時二十分だ」

「あなたもほかの人たちと同じように、これがたぐいまれなものだと思いますか？」ロードは隣の女性のほうに身を乗り出していった。彼女は声が出せるかおぼつかなげに、かすかに首を振り、それから小声で早口にいった。

「あまりにも力が強すぎるわ。わたし――怖い」

「でも、ただの音ですよ、マドプリッツァ。確かに驚くべきものだが、わたしたちを傷つけはしませんよ」

「どうしてわかるの？」彼女はつぶやいた。「誰にもわからないわ。わたしは怖いの」

何とかして、このヒステリックな相手をなだめなくては、とロードは思った。そうしなければ、またひと騒動起こるだろう。どうすればいい？　さまざまな考えを浮かべては否定しているうちに、部屋の向こう側からノーマン・トリートの声がした。

「もう二十三分になろうとしている。今にも演奏が始まるでしょう。みなさん、どうぞお静かに」

すぐに沈黙が下りた。一同は静かに、期待とともに、ソナタの最初の一音が聞こえてくるのを待った。だが、沈黙は続いた。誰もが息を詰めてじっと待っているのが感じられるまでに。ロードには果てしない間《ま》のように思えた。ホテルの上の部屋で靴の片方が落ちる音がしてから、もう片方が落ちるまでの間のように。

ボーグが不意に大声でいった。「様子を見てきて」その声には不機嫌さが表れていた。「どうして始めないのか見てきてよ」

トリートが部屋を横切りながらいった。「彼の時計は合っていたはずだが。なぜ始めないのかわからない」

「やめて」マリオン・トローブリッジが懇願した。「あれほどの芸術家の邪魔をしないで、ノーマン。たぶん回復するのを待っているのよ。用意ができたら始めるに違いないわ。彼の素晴らしい演奏を台無しにしないで。お願い」

トリートはためらい、足を止めた。その態度から、彼女の願いを聞いたのは明らかだった。彼らはふたたび待った。音楽室の送信機からは何の物音もしない。スターンは楽器の前にじっと座り、最高の演奏のために心を落ち着けているに違いない。だが、それはほかの人々には次第に耐えがたいものになっていた。ロードは、この芸術家がわざと効果を狙っているのではないかと思った。皆が待ちわびる中で演奏し、強い印象を与えようと。それが目的だとすれば、間違いなく成功していた。

九時半近くなったとき、トリートがふたたび動いた。このときにはマリオンも不思議そうな顔をして、彼が断固とした足取りでドアに向かうのにも異議を唱えなかった。彼は防音壁を開け、中へ消えていった。

彼はすぐさま戻ってきた。入口のすぐ内側に立っているので、音楽室のまばゆい明かりが、死人のように白い彼の顔を照らし出した。

彼はロードを見て、手招きしながら、声に出さずに「来てくれ」と唇を動かした。

刑事は弾かれたように立ち上がった。走りかけ、歩みに変える。戸口の陰になって、ノーマン・トリートの姿は自分以外の誰にも見えないはずだ。

彼は音楽室に入った。城主が引き戸を閉める。ロードはピアノに似た装置を呆然と見た。なぜなら、エリック・スターンがいるはずの場所には、誰も座っていなかったからだ。

トリートの手が肩に触れ、彼は振り返った。スターンは窓のすぐ前に倒れていた。初めてこの部屋でハードブロウと会ったとき、ロードが外を眺めた窓だ。スターンは死んでいた。ロードは遺体の横に膝をついた瞬間にそれがわかった。顔を覗き込み、妙に冷たい肌に触れた。

刑事は立ち上がり、目の前の窓を見た。しっかりと掛け金がかかり、壊されてもいない。外から出入りできる隙間はなかった。それから、均衡の取れた空間を作るために部屋の一部を囲っていた掛け布の一枚が引きずり下ろされ、遺体のそばに落ちているのがわかった。それで、部屋の中から窓が見えたのだ。

「何もいわないで」トリートが低い声で厳命した。「送信機がつながっています。ほかの人に聞こえてしまうので」

ロードは掛け布をどけ、さらに部屋の奥へと入っていった。そこには研究装置がひしめいていた。中には異様にかさばるものもあったが、誰かが身を隠せるような場所はない。彼は一歩退いた。

「この掛け布を下ろしたいのですが」彼は小声でいった。

相手はすぐさま同意した。布を留めた針金を操るのには部屋の三カ所へ行かなくてはならなかったが、すぐに終わった。こうして、死体のほかには彼らしかいないことがはっきりした。

「元に戻してください」

トリートがいわれた通りにしている間、ロードはさらに綿密に目の前の光景を見た。すぐさま、衝撃とともに、同じ現象が繰り返されているのに気づいた。スターンからそう遠くないところに、小さなコーヒーカップの破片が散っていた。皿は奇跡的にほぼ無事で、そばに転がっていたが、その表面には一滴のコーヒーも残っていなかった。

すぐにやらなければならないことは山ほどあったが、ロードはひとつとして忘れなかった。彼はスターンの衣服を注意深く調べ、中のものをすべて回収しようとした。死んだ男の上着、ベスト、ズボンに触れ、隠しポケットがないか調べたが、ざっと探ったところでは何も見つからなかった。彼は立ち上がり、ノーマン・トリートにドアを開けるよう身振りで促した。

ふたりはドアを出て、客間に向かって立った。ドアがまた背後で閉まる。ロードから一度に全員が見えないのはあいにくだった。彼らは部屋のそこらじゅうに、ばらばらに散っていた。最善を尽くすとしよう。

「何があったの？」ボーグが訊いた。「どうして彼は演奏をしないの？」

ロードはずばりと、容赦なくいった。「ミスター・スターンは演奏しません。彼は殺されました」

彼は目の前の人々を素早く見回したが、最初のうち、彼らの顔には驚きと戸惑いと疑いしかなかった。やがて、テレンス・トリートの落ち着いた、きっぱりとした声が、沈黙を破った。「冗談じゃない。音楽室に通じるドアはあれだけだ。ぼくたちは誰も入っていないのを見ている。どうやって殺されたというんだ」

「恐らく、ブラー教授が殺されたのと同じやり方で」

ここへ来て、人々の表情が一変した。呆然とした表情に代わって感情が表れ、いくつかは心の内をありありと示していた。ボーグの顔には相反する表情がせめぎ合っていた。その顔を、次から次へと感情がよぎる。しわくちゃになったかと思えば、島での最初の夕食の間じゅう見せていたこわばった表情になり、またしわくちゃになった。マドプリッツァは椅子にぐったりともたれ、何度も嘆いた。「怖いわ。わたしにはわかっていたの。怖い」ゴムスキーが彼女のほうへ近づき、ポンズが立ち上がった。冷静だったテレンス・トリートの態度は、ぎこちなさに近くなっていた。パンテロスも立ち上がり、ロードが見たこともない奇妙なことをしていた。部屋の真ん中へ行き、何歩か前へ出ては、また戻る。それを東西南北で連続して行うのだ。そして手近な椅子に腰を下ろし、すぐまた立ち上がって、その行為を繰り返した。

「この部屋のコーヒーカップを全部集めてください」ロードはよく通る声でいった。「使ったものも、使われていないものもです。誰も手を触れないでください。コーヒーメーカーも預かります。特にポットの部分を」

銀色の容器の後ろで、マリオン・トローブリッジがわずかによろめいたように見えた。彼女はかろうじて踏みとどまり、台の後ろからふらふらと出てこようとした。背の高いコーヒーメーカーすれすれのところを通り、彼女は床にくずおれた。

フーガ

どうにか秩序は回復した。マリオンのすぐそばにいたテレンス・トリートが片膝をつき、彼女を軽々と腕に抱えた。抱き上げると、彼女の頭がテレンスの肩にがっくりともたれた。「気を失っただけだ。どこへ運べばいい、ノーマン？」

「彼女の部屋がいいだろう。メイドを呼んで服を脱がせ、ベッドに寝かせよう。今のところ、そこが一番いい」テレンスが意識のない女性を抱いたまま、兄弟は玄関ホールに消えた。それから、マイケル・ロードは台を持ち上げて音楽室へ運び、防音ドアを閉めた。ポンズは大きなトレイにコーヒーカップを集めた。それは間もなく終わり、トレイは台のそばに置かれた。

ゴムスキーはまだマドプリッツァのほうに身を乗り出していた。パンテロスもそれに加わり、両手をひらひらさせながら、マリオンのように部屋に帰すといいといっていた。ボーグは声もなくじっと座ったまま、両手を絞ることもなく、ただ握っていた。マドプリッツァは動こうとしなかった。「いいえ、いいえ！　ここには死があるわ。周りじゅうに。怖いわ。聞いたの——あの音楽の中に、死を」

ノーマンとテレンスが戻ってきた。「ところで、トリート」入ってきたふたりに、ロードはいった。「音楽室に施錠はできますか?」

「何ですって?　ああ。ええ、できます。鍵はかけられます。イェール錠です。装置をそこに移動したときに、鍵を取りつけたのです」ノーマン・トリートは入口へ向かい、客間の側では鏡板の一部となっている両開きのドアを閉めた。鍵のかかる音がはっきりと聞こえた。彼はポケットに手を入れ、鍵束を取り出すと、鍵をひとつ外して刑事に差し出した。「鍵はこれだけです。合鍵はありません。しばらくの間、あなたに預かってもらったほうがよいでしょう」

「ありがとう。もちろん、すぐに警察に知らせなくてはならないことはおわかりですね?」

「そうなるでしょうね」トリートはしぶしぶいった。

「そうしなくてはなりません。しかし、電話はわたしがしましょう」ロードは腕時計を見た。「十時だ。明日の朝まで待ってくれるよう、説得してみます」彼がそうつけ加えると、ポンスは驚いたように顔を上げた。

「人に聞かれないほうがいいですか？　研究室の電話をお使いになっても構いませんよ」

「その必要はありません。一緒に来たければどうぞ。わたしは玄関ホールの電話を使わせてもらいます」少し待たされてから、相手につながった。運よく、マントン地区検事長はホワイト・プレインズの自宅にいた。何が起きたかをロードが伝えると、数フィート離れたところにいたトリートの耳にも、受話器を通して怒鳴り声が聞こえた。「ええ、わたしの意見では間違いなく殺人です」受話器が興奮したように揺れる。今回は島の上で犯罪が行われたのだ。大騒ぎになるだろう。「どうか聞いてください、検事長」ロードは熱心にいった。「班を作ってここまで来るころには、一時を過ぎていることでしょう。明日の朝にしてほしいと、本気でお願いしているのです。それには理由があります。明日、すべて説明します。あなたが部下をよこしても、今夜は誰からも話が聞けないと請け合います。証拠は安全に保管しました。今夜は寝ずの番をして、あなたが来るまで何ひとつ手がつけられなかったことを保証します。あと数時間、わたしの裁量で行動させてください。重大なことになるかもしれません」

低くぶつぶついう声が受話器から聞こえた。

「何がいけないんです？」ロードは不愉快そうな声でいった。「新聞記者たちに、夜中の三時にここに来られて好き勝手に書かれるよりも、今すぐ朝刊の編集者をつかまえたほうがいいと思いますよ。ただし、あまり多くをしゃべらないでください。この事件は、すぐに解決するとは思いませんから……。わかりました、ありがとうございます。ええ、何でも持ってきてください。大したことはわからないと思いますが……ええ……感謝します、検事長。おやすみなさい」

ロードは受話器を置き、振り返った。「きわどいところでした。でも、うまくやれたと思います。彼はマスコミ対策に出ていきました」

ノーマン・トリートが無作法にいった。「あの男ならそうでしょう。彼にはうんざりですよ。これからは自分のやり方でやらせてもらいます。戻りましょう」

彼らは客間の入口で不意に足を止めた。鍵のかかった音楽室のドアの前で、ボーグとポンズが激しく格闘していた。彼女は左手でドアを叩き、右手を乱暴に突き出してポンズを追い払おうとしている。日ごろから力の強い女だったが、このときも間違いなく力を発揮し、体重二百ポンドの博士でも彼女に抵抗するには全力を尽くさなくてはならなかった。

「入れて！」彼女は叫んだ。「中に入れてよ！　わたしが彼を見るのを止めることはできないわ！」

「やめてください」ロードが入口から怒鳴った。「今すぐやめてください！」はっきりと威厳の感じられる声が、大きく響いた。

急にボーグがぐったりした。動きを止め、半ば振り返った彼女の喉から、低い嗚咽が洩れる。膝から力が抜け、彼女はポンズにもたれかかった。博士は彼女の肩をとらえ、すぐに長椅子のほうへ連れていくと、汗の流れる額を拭いながら戻ってきた。ボーグがすすり泣く声が、悲しげに部屋を満たした。

ロードは揉み合いのあったドアのところまで行き、不愉快な気持ちで、部屋の人々に向き直った。マリオン・トローブリッジを除けば、全員がそこにいた。彼はオペラ歌手が落ち着くのを待った。

「さて、みなさん」しばらくして、彼はいった。その声は冷静だが力強かった。「信じられないことですが、われわれが深刻な事態を迎えていることをお話ししなくてはなりません。ミスター・スターンの死はブラー教授の死とはまったく違います。教授はここへ来る前にボートの中で亡くなりました。そして、彼が殺されたというのは疑惑の域を出ません。ミスター・スターンは今夜、島の上で亡くなりました。息を引き取ったときにはひとりきりでしたが、直後にわたしが部屋に入りましたし、彼が毒を持ち込んでいなかったのは間違いありません。

ですが、わたしは彼が毒殺され、それは教授を殺したものと同じだったと考えています。両方の事件の状況が酷似していることは見過ごせません。ふたりともこの珍しいコーヒーを、しかもたったひとりで飲んでおり、またどちらの場合も、飲んだコーヒーが入っていた容器は割れていて、彼らを殺した毒は周囲から見つかっていません。これは殺人を意味します。そして、スターンが殺されたとすれば、ブラーもそうだったといえるでしょう。

すでにみなさんは警察のために不快な思いをされています。ただ、あのときは警察も確証を持っていませんでしたし、それほど深くは調べませんでした。しかし、これからはきっとそうなるでしょう。本気で職務を遂行するとなれば、彼らにどんなことができるか、あなたがたはご存じないに違いありません。この場所を引っかき回し、今夜の死に責任のある人物を見つけ出そうとするでしょう」

「失礼ながら、わたしの意見は違います」ノーマン・トリートが口を挟んだ。「彼らに引っかき回されることはないでしょう。マントンや、あのハードブロウとかいう男が、職を失いたくなければね。警察の仕事は犯罪者を見つけ、逮捕することです――法的手段によって。わたしは政治に関わったことはありませんが、すぐにもそうできます。ある目的で、ある時期政治に関わっていた人々を呼び寄せるのは、もっと早いでしょう。わたしが当局に協力するのは、彼らのやっていることが法にかなっているときだけです。彼らが一線を越えれば、相当な妨害に遭うことを思い知るでしょう。実のところ、彼らのほうがわたしたちよりも困った立場に追い込まれるに違いありません」

「それはいい、ノーマン」弟の目が冷たく光った。「やつらの下品さがましになることはないだろうからな。金にものをいわせるつもりなら、金額の大小にかかわらず、ぼくにも払わせてくれ」彼はぶらぶらと椅子に向かい、煙草を一本抜いた。「どうぞ続けて、ミスター・ロード」

「いいですか」ロードの声には、恐縮している響きはまったくなかった。「わたしがあなたがたを脅していると思ったら大間違いです。ただ、注意しているのです。平時における最も重大な犯罪が殺人だということを知らないのですか？　妨害工作などすれば、自分に疑いがかかるだけです。この犯罪を解明したいのでしょう？」

　ノーマンは静かにいった。「わたしは彼らに謎を解明してもらい、犯人に裁きを受けさせたい気持ちでいっぱいです——それを殺人と呼ぶのが正しければね。しかし、あの威張り屋の小役人たちに、それができるとは思いません」

「彼らに逆らうのは非常に愚かなことです。ここがわたしの管轄外なのはご存じでしょう。これまでわたしは、可能な限り警察とここにいる人たちとの緩衝材になっていたに過ぎません。それはブラーの死が犯罪だと確信できなかったからです。今ではそれを確信していますが、わたしは責任を持って、明日まで殺人課の刑事がここへ来ないようにしました。その間、この先に予想されるような高圧的なやり方でなく、多少の進展が見られることを期待しています。しかし、協力してもらえないようでしたら、地区検事長に電話してそう伝えるほかありません」

「いや」城主はいいわけするように手を挙げた。「誤解されているようで残念です、ミスター・ロード。わたしに限っていえば、これまでの努力に深く感謝しています。あなたがニューヨーク市警の人間でなければ、このまま力をお借りし、無条件で助言に従うでしょう。これが犯罪だとすれば、普通の犯罪ではありません。解明するには、犯罪を実行するよりも高い知性が必要になるでしょう。ここはわたしの土地で、警察が来るまではわたしが権限を持っています。その間、あなたに捜査を一任しましょう。すぐに始めてください」

「本当ですか？　わたしの指示にはすべて従ってくれるのですね？　そして、わたしの権限は、明日の朝警察が来るまで取り消されることはないのですね？」

トリートはきっぱりとうなずいた。「もちろんです」

「結構です。ポンズ博士以外は温室へ行き、わたしが呼ぶまでそこにいてください。それからセイルズに、研究室から試験管をたくさん持ってこさせてください。ところで、化学分析はできますか?……なるほど、そう複雑なものでなければできるのですね。わかりました。コーヒーメーカーのポットに残っているコーヒーを少しお渡しします――マントンのために残しておかなくてはなりませんからね――それと、カップに残っているものを」

「しかし――」

「ええ、わかっています。わたしたちはそれを飲んだけれども、害はありませんでした。コーヒーに入っていたとは思えません。それでも、ふたつの事件で、あまりにも顕著な特徴です。はっきりとした情報を得るまでは、憶測の域を出ません。まずは、コーヒーの分析をしてもらいたいのです」

ポンズ博士はぎこちない足取りで部屋を横切り、マイケル・ロードの隣に座った。玄関ホールや温室の廊下に通じるドアはなかったが、客間はとても広かったので、誰かが戻ってきて低い声の会話を聞こうとすれば、姿を見逃すことはないだろう。

「わたしがどんな助けになるのかわからないのだが、マイケル」彼は半信半疑の様子でいった。「きわめて異常な事件だ。わたしは気が動転しているといっていい。知っての通り、わたしはここにいる人たちを知っている。もちろん、ブラーとは親しいつき合いではなかったし、エリック・スターンと懇意だったともいえない。しかし、ふたりともしばらく前から知っていたし、ノーマン・トリートは旧友といっていい。ここへ来たときには、悪意のある暴力が起こるなど予想もしなかった。われわれのうちふたりが殺された。なぜだ？　背後に何があるのかまったくわからずに、こんなふうに個人的に巻き込まれるのは、はなはだ不愉快だ」

「いいですか、博士、考えてみましょう。わたしがほかの人たちに話を訊く前に、この二度目の犯罪で、明らかになっていることがあるでしょうか？」

心理学者は雄弁なしぐさで肩をすくめた。「いまいましいことだが、もしあったとしても、わたしにはまだわからない。きみはふたつの犯罪が関連しているというだろう。当然だ。きみはブラー教授とスターンのつながりを知りたいのだろうが、関連しているところは何もない。確かにブラーは伝統的音楽の権威で、スターンはそうした作品をもっぱら演奏する名ピアニストだ。しかし、動機となると――突飛すぎる！　ゴムスキーは殺人狂ではないし、テレンス・トリートもそうだ」

「ふたりの被害者に、ほかに共通点はありませんか？」

「わからない。それが問題なのだ。だが結局、ごくたまに、しかもほぼ偶然に顔を合わせる程度の知り合いに何がわかるだろう。トリート本人を除いた全員に対するわたしの立場はそんなものだ……。事件の仕組みについてはきみに任せるよ。わたしは常に動機から始める。そして、それに関して何らかの結論を出すに足る事実は揃っていない」

「でしたら、少し推測してみましょう」ロードがいった。「別に悪いことはないでしょう。ここに一団の人間がいます。そのうちひとりが殺人者に違いありません」

「ああ、推測か。推理するなら、動機は職業的なものというより個人的なものだろう。抽象的なものではなく私的なものだ。ここには三人の女性と多数の男性がいる。わたしの推測では、犯罪の裏にある対立は、複数の男とひとりの女の関係、もしくは複数の女とひとりの男の関係によるものだろう。しかし、こう推理したのは、一般的な理由にすぎない」

「ずいぶん慎重になっているのですね、博士。いずれにせよ、対立があるという博士の印象は、十分裏づけられましたよ」

「その通りだ」ポンズは熱のこもらない口調でいった。「そして今、スターンが対立する人々の一員であることがわかっている。正直いって、彼はきみやわたしと同じくらい対立とは無縁だと思っていたが」

ロードは考え込んだ。「ボーグは彼の妻で、マリオン・トローブリッジは親友です。どちらだと思います？」

「トローブリッジは青い目のブルネットで、ボーグは茶色の目のブルネットだ。概して、ふたりとも強烈な影響力を持っている——女はみんなそうだが——しかし、茶色の目のブルネットのほうが、より支配的なのは間違いない」

「では、ボーグだというのですね？」

「スターンを殺したのがか？　おいおい、マイケル、ちょっと先を急ぎすぎではないか？　わたしのいっていることは、純粋な憶測だ。ここにいる人々を、まったく見も知らぬ人間として考えようとしているのだ」

「わかっています」相手はにやりとした。「あなたを証人席に立たせようというわけではありませんよ。ただ、印象をお訊きしたかったのです。どうやら第一容疑者として、あなたはボーグに目をつけたようですね」

「そこが推理ゲームの困ったところだ。きみは、犯人は女性だというわたしの結論に飛びついたようだが、そうとは限らない。被害者とボーグ、もしくはトローブリッジとの関係が原因で、男性がやったかもしれない。あるいは別の女性か。わたしは、存在すると思われる背景について語っているだけだ。理論上は、殺人者はもちろん女性であり、トローブリッジもしくはボーグということになる」

「いずれにしても」刑事はなおもいった。「あなたはボーグに傾いているのでしょう」

「心理学的に、彼女のほうがわずかに可能性が高い。それに、彼女は被害者の妻だ。私的な関係における職業的な嫉妬は、たとえ分野は別でも、夫と妻の両方が有名人の場合には非常によくあることだ。一方トローブリッジは、明らかにスターンに好意を持っている。先日も彼女はこの部屋で彼を擁護している。彼女は長年スターンを擁護し、おおっぴらに彼の才能を主張している。しかし、どこまでが個人的な友情で、どこまでが才能に対する純粋な敬意なのか、どちらがより高いのかはわからない。その割合がどうあれ、ふたりの間に本物の友情があったことは断言できる」

「聞けば聞くほど、あなたの選択が正しく思えてきます。いわせてもらえば、今日の午後より前に、わたしはあなたの説を裏づける確証を持っていたのです」

「本当かね?」ポンズ博士は煙草に火をつけ、戸惑ったように友人を見た。「マイケル、きみはわたしに推理してみろといったね。推理しなければならないとなったら、できる限りのことをしよう。殺人が出てくる推理小説をたまに読むが、その中で発見したのは、ふたりの人物が栄誉ある殺人者の候補に挙がったとすれば、明らかな資質が少ない者のほうが、死刑囚棟行きのレースに勝つということだ。頭のいい著者がこの流儀をひっくり返すときには、たいていひとひねりではなく最後の最後にふたひねりするもので、結局もう一度、怪しくないほうが犯人ということになる……。そう、科学者としてではなくただ推理する者としては、マリオン・トローブリッジを犯人に選ぶだろう」

「ただのへそまがりですか？　反対側を指すのは、わたしが挙げる容疑者の逆を選ぶという理由に過ぎないんじゃありませんか？」

ポンズはきっぱりといった。「それは公平ではないな。きみのほのめかす〝理由〟は、本当の理由ではなく、単なる曖昧な示唆に過ぎない。それに、すべてがボーグを指しているわけでもない。犯罪の仕組みについては任せるといったのに、きみはそれを考えろと強要している。きみがわれわれにいったことから理解すれば、スターンは毒を飲んだが、自分では一切それを持ち込んでいない。わかっている限り、彼が音楽室で飲んだのはカップに入ったコーヒーだけだ。コーヒーを注いだのは、ボーグではなくトローブリッジだった」

「でも、コーヒーに毒は入っていなかったんですよ！　わたしは自分の分を飲み干しましたが、まだぴんぴんしています」

「警察は、ブラーのときもコーヒーに毒が入っていたと考えた。そして、われわれ自身が今夜それを飲んだという事実にもかかわらず、それがスターンを殺したと考えざるをえない。まるで誰かが、あの特製コーヒーを怪しく見せようとしているかのようではないか？　あれはテレンスのコーヒーだった！」博士は結んだ。「テレンスがわたしと同じくらい潔白で、無実の罪を着せられているとは思えない。断じて」

　ロードは黙って煙草を吸っていた。眉間にしわを寄せている。それから突然立ち上がった。

「最初にはっきりさせなければならないのはコーヒーです！　それがわからない限り、前には進めません。さあ、研究室にトリートの様子を見にいきましょう」

　ふたりが入っていったとき、長い実験用エプロンを着けたノーマン・トリートは、複雑に配置された管の前で身を屈めていた。セイルズはそばに立っていたが、今は何もしていない。

「音楽室に合鍵がないのは確かですか？」ロードはドアを閉めながら訊いた。

　トリートはつぶやくようにいった。「ありません。安全そのものです。ちょっと待ってください」振り返り、目の前の反応を見る。「窒素のテストをしているところです。今、ちょうど窒素計を通っていますよ」彼はすぐに装置の別の部分に目を移した。目盛り管に少し水がたまっている。

　ロードは肩越しに、トリートが目盛り管を外し、目盛りを読んで、傍らのメモ帳に計算結果を書き込むのを興味深そうに見た。

「窒素の量は一五・〇五です」城主は指摘した。

「コーヒーに含まれる窒素と同じくらいですか？」

トリートはほほえんだ。「もっと多いです。しかし、それをいったらコーヒーポットの中のほうがコーヒーよりも多いですよ。もちろん水もあります。この家の水は、城の下にある泉から汲んでおり、わたしが定期的に清潔さを確認しています。それで化学式はわかっていますので、そこから始めました。すでに炭素と水素のパーセンテージは出ています。これは有機化合物ですから、百からその合計を引くと酸素のパーセンテージが出ます。他の要素が含まれていないと考えればね。その仮定が正しければ、合理的な単位ですぐに結果が出るでしょう。さて、どんな結果が出たか見ようじゃありませんか」

ノーマン・トリートはメモ帳に屈み込み、何やら短く書きつけた。「水の化学式を抜き出します——知りたければお教えしますが、無害なものであるのは間違いありません。——結果は$C_{13}H_{14}N_8O_5$」彼は眉をひそめて体を伸ばしたが、やがてほほえんだ。「そう！　これは混合物です。いずれにせよ、これがコーヒーであることはわかっています。つまり、コーヒーポットの中にはカフェイン以外のものが入っていたということです」

「ほう」ポンズがいい、ロードは一歩前に出た。「さて」彼は穏やかにいった。「それは興味深いことです。この〝純粋な〟コーヒーに、ほかに何が入っているでしょうか？」

「カフェインは$C_8H_{10}N_4O_2$です。それを引けば、$C_5H_4N_4O_3$が残る。これは何でしょう？　ちょっとお待ちを」トリートは細長い研究室の奥へと向かい、壁の本棚から小さな本を取り出して、ページを繰り始めた。

「ああ」彼はそういって、ふたりに向き直った。「見つけましたよ。ふたつの化合物が混ざったものです。化学的にはきわめてよく似ていますが、外見は大きく違います。ふたつともプリンの派生物で、ひとつはカフェイン、もうひとつは長い名前を持っていますが一般に尿酸として知られているものです。純白の結晶で、臭いも味もありません。水にわずかに溶け、苦味を発します。挽いたコーヒー豆に、その結晶が混じっていたに違いありません」

「しかし、毒性はあるのですか？　飲むとどうなります？」

「誤解なさっているようですね。わたしたちも飲んだではありませんか。このコーヒーの特徴的な苦さのほとんどは、それが水に溶けたことに起因しているのでしょう。独特の味を生み出すために生産者が加えたに違いありません。しかし、これには毒性はありません。誰が飲んでも害にはならないでしょう。これらの原料に水を加えて熱しても、わたしがたった今分析した混合物以外のものを作り出すことはできません。どちらも安定した化合物で、コーヒーポットの中で結合してさらなる反応を生むことはありません」

「では、スターンがカップから飲んだもので中毒死したとすれば、何者かによって別のものが入れられたということですね？　それに間違いありませんか？」

「間違いありません」

「断言できますか、ミスター・トリート？　コーヒーの中に害のあるものは何も入っていなかったのですね？」

「入っていなかったと請け合います。マントンが残りを分析すれば、同じものが見つかるでしょう。最悪でも、体にわずかな尿酸過多をもたらすくらいのものです。しかし、それで死ぬことはありません。せいぜい軽い痛風になるくらいです」

トリートと船頭が分析に使った装置を洗い、拭いている間に研究室を出ようとしたポンズは、急にひどく驚いた様子で友人の腕をつかんだ。

「マイケル、客間に戻ろう。とても大事な話がある！」

ロードはポンズの切迫した声に驚いて顔を上げた。さらに驚いたことに、ポンズはそそくさと温室を過ぎ、ロードに誰とも話をさせずに先を急がせた。ふたりはかなりの速さで客間に着いた。

「何なんです？」刑事は戸惑ったように訊いた。研究室には、相手を動揺させるようなものは見当たらなかった。だが、待てよ。ポンズは分析の手順に何らかの細工がされるのに気づいたのだろうか？　それはあまりにも馬鹿げている。マントンの部下も同じことをするのだし、その分析結果が公式なものとなるのだから。

ポンズは長椅子に沈み、額を拭った。「何ということだ」悲観的に叫ぶ。「見つけた。見つけてしまった」

「何をです？」ロードは訊いた。「何の話をしているんです？」

「答えだよ。見たのだ。どうして忘れていたのかわからない。きみがトリートに、スターンのカップに別のものが入れられたのかと訊いたとき、だしぬけに思い出したのだ。彼はそうだといった……。わたしは、ある人物が彼のカップに何かを入れるのを見たのだ」

「見たですって！　何てことだ、こんな幸運が訪れるとは。しかし、誰にもできたはずがありません。彼はコーヒーが注がれたカップをすぐに受け取り、音楽室へ持っていってしまったのですから。覚えていますよ。それに何かを入れるチャンスは、誰にもありません」

「いや、ある者にはできた。わたしは見たんだ」ポンズは繰り返した。「視覚記憶が馬鹿げた間違いさえしなければ、とっくに報告できたのだが」

「しかし、誰がやったんです？」

「きみとの推理ゲームで、あれほど気のきいたことをいわなければよかったと思うよ……。やったのは、それができたるただひとりの人物だ。マリオン・トローブリッジが、コーヒーを注ぐ直前に何かを彼のカップに滑り込ませたのだよ。わたしはたまたまそれを見ていたが、あまりにもさりげない動きだったので、ほとんど気にもしなかった。だが、これは本当だ。誓ってもいい」

「それは重大なことです」ロードはいった。「とんでもなく重大です。わたしは——」

かすかな物音に、彼は言葉を切った。ふたりが玄関ホールに通じる入口を振り返ると、たった今話題にした女性が立っていた。困惑顔のメイドが後ろに控えている。

マリオンは、部屋を横切って彼らのほうへやってきた。彼女はフリルのついた青いサテンのネグリジェに身を包み、その下から、かかとの高い小さなミュールが覗いていた。彼女はよろめきながら歩いてきた。顔は死人のように青ざめ、近づくと、目の回りが泣いたように赤くなっているのがわかった。彼女が口を開くと、顎が見るからに震えた。

「テ……テレンスはどこにいるの？」

「テレンス・トリートに何の用ですか？」

「ああ、わたし――」彼女はネグリジェの裾につまずいた。ロードがぱっと立ち上がり、彼女を支えて長椅子へ連れていった。肩に手を回し、あまりのか弱さに驚いた。

「さあ」彼は尋ねた。「どうしたんです？」

女性はおおっぴらにすすり泣きはじめた。「わ、わたし、やってしまったの。わたしが――わかるでしょう――殺したの――」

ロードは心臓が止まりそうになった。犯行から一時間と経たないうちに、犯人が自白しにくるような事件を担当したことはない。

彼はいった。「わかっていますよ、ミス・トローブリッジ。コーヒーに何を入れたんです？」

「さ、さ、砂糖を」さらにすすり泣く声。

ロードはどさりと腰を下ろした。彼の顔には、ポンズと同じように呆然とした表情が浮かんでいた。「コーヒーに砂糖を入れたんですね？」

「ええ。そ、そうよ」

「わかりました、あなたはそれに砂糖を入れた。ほかに何か、エリック・スターンのカップに入れましたか、ミス・トローブリッジ？」

彼女は少し驚いたように顔を上げた。マイケル・ロードをまっすぐに見る。彼女が本当のことをいっているのがはっきりとわかった。「何も、ほかには何も。コーヒーだけ」

「しかし――」

「知りたいの」彼女は叫び、急に力を得たように立ち上がった。「こ、このまま思い悩んではいられない。エリックは死んだわ。死んだのよ。あれが彼を殺したの？」

「さあ、はっきりさせましょう」ロードはいった。「座ってください、ミス・トローブリッジ」

落ち着いた声でいう。「そもそもなぜ、ミスター・スターンのカップに砂糖を入れたのです？」

相手も少し落ち着きを取り戻した。ロードの冷静な言葉を聞き、顎の震えが止まった。「彼に頼まれたからよ。彼はあの苦いコーヒーが大嫌いだった。でも、今夜は飲まないわけにいかないから、夕食を終えて出てくるときに彼がいったの。角砂糖をひとつ、誰にも見られないように入れてくれと。それが害になるなんて思わなかった。でもテレンスはとても強く念を押したわ。ほかに砂糖を入れた人はいなかった。彼はそのせいで死んだの？」

「まさか。ミス・トローブリッジ、コーヒーに砂糖を入れると人が死ぬなら、ほとんどの人がとっくに死んでいますよ。どうしてそんなことを考えるんです？」

「わからない。ヒステリックになっているのかもしれないけれど、それを突き止めないと。お願い、テレンスに会わせて」

ロードは立ち上がった。「馬鹿げた話です」彼はきっぱりといった。「しかし、決着をつけておいたほうがよさそうですね……ミスター・トリート！」彼は反対側のドアへ声をかけた。

テレンスが部屋から出てきた。いきさつを聞いて、彼は大笑いした。それから、戸惑ったような顔でいった。「新手の冗談ですか？」

「いいえ」マリオンはいった。「本当に知りたいの。わからない？　あのコーヒーに砂糖を入れた人がいる？」

テレンスが大声で「馬鹿馬鹿しい！」といい、ロードは少しうんざりしたようにいった。「もう一度分析をやるしかないでしょう。いきさつをご存じないと思いますが、ミスター・トリート、今度はサンプルに砂糖を加えたもので。下らないことに違いありませんが、答えがほしいのです」

「おやおや、どうやら理性をなくしてしまったようですね。あのコーヒーに砂糖を入れるような悪趣味な人は見たことがない。しかし、入れたとしても味覚が壊れるくらいの害しかありませんよ。馬鹿げた話だ。分析など必要ない。ポットから少し注いでくれたら、害がないことをぼくが証明します」

「申し訳ありませんが、地区検事長のために残しておかなくてはならないので、これ以上使えません」

「いいでしょう」テレンスはあっさりいった。「自分で淹れて、お見せしますよ」彼はきびすを返し、決然とした足取りで食堂へ向かった。

「あのコーヒーのこととなると、少し神経質になるようだな」テレンスが出ていくと、ポンズがいった。「彼のしたいようにさせようじゃないか。それで害があるとは思えない」

ロードはふたたび女性のほうを向いた。「スターンのカップには、コーヒーメーカーから注いだコーヒーと角砂糖しか入れなかったといいましたね。その角砂糖はどこにあったのです、ミス・トローブリッジ？　食堂から持ってきたのですか？」

「いいえ。台の上の銀の砂糖入れに入っていたの。そこにコーヒー用具が一式揃っていたので」

「入れたのはひとつだけですか、それともいくつか？」

「砂糖入れはほぼ満杯だった。わたしは一番上のをひとつ取っただけよ。特に見もせずに」

「ここは慎重に探らなくてはなりません」ロードは説明した。「なぜなら、スターンは飲み物によって中毒死したと思われるからです。テレンス・トリートが何をしようと、今すぐ砂糖を分析しなければならないのは間違いありません」彼は音楽室のドアへ向かい、鍵を開けた。しばらくして、小さな砂糖入れを手に戻ってきた。

テレンス・トリートが湯気の立つデミタスカップを持って部屋に入ってきた。「カーターがお湯を沸かしていたので、早くできましたよ。さて、これを台無しにする砂糖はどこにありますか？」

「ご自分のコーヒーを使ったのですか、ミスター・トリート？」

「もちろん」テレンスはカップの縁から匂いを嗅いだ。「ええ、間違いありませんよ」

ロードは砂糖入れを差し出した。「ここに砂糖が入っています。完全にあなたの自発的な行為であることはわかっていますね？　わたしが要求したわけではない。何かがあったときに、念のため」

「やめたほうがいいわ」マリオンが急にいった。「やめてちょうだい、ミスター・トリート！確かめる方法はほかにあるはずよ」

テレンスは短く笑った。「馬鹿馬鹿しい！」彼は適当に角砂糖を選び、カップに落とした。小さな気泡が表面に浮かぶ。彼はゆっくりとそれをかき回して冷ました。「ちゃんと入ったのがおわかりですか？」

ほかの人々はうなずいた。彼は恐る恐る口をつけ、続いて小さなカップの中身を飲み干した。からかうように相手を見て、煙草に火をつけ、顔をしかめる。「ふん、何て味だ！　混ぜ物をした餌のようだ。もう二度とやらないが、死ななかったのはおわかりでしょう」

「死ぬとは思っていませんでしたよ」ロードはいった。

「わたしは、わからないと思ったわ」マリオンがいった。長椅子をつかんだ指の関節が白くなっている。顔も青白かったが、多少、色が戻ってきていた。「本当に平気なの？　ああ、心からほっとしたわ。じゃあ、わたしのせいじゃなかったのね？　ああ、よかった！」

「これで結論は出たようですが」ロードはいった。「いずれにせよ、砂糖は分析させます。マントンとわたしがスターンのカップの中身について分析した結果が、何もかも同じだということを知りたいのです。これから研究室に戻ります」

「わたしも行かせて。お願い、ミスター・ロード」マリオンは立ち上がり、薄っぺらなネグリジェをかき合せた。「このまま寝られないわ。今はベッドに戻りたくない。決して倒れたりしませんから」彼女は自分の姿を見下ろした。「もちろん、あまりきちんとした格好ではないけれど、この着古した青いネグリジェしか持ってこなかったの。構わないでしょう、ミスター・ロード？」

刑事はうなずいて承諾した。彼女が服装について触れたことに、彼は一瞬驚いた。場違いな言葉に思えたからだ。しかし、女性とはそういうものだし、これまでの不安のささやかな埋め合わせにも思えた。テレンスとは温室で別れ、彼らは研究室へ向かったが、急にマリオンはコンパクトを開き、小さな鏡の前でせっせと化粧を直し始めた。ノーマン・トリートとセイルズは、部屋を出ようとしているところだった。

「ちょっと失礼します」ロードはノーマンへの頼みを説明した後でいった。二度目の分析の準備をする彼らを置いて、急いで客間を抜けて玄関ホールに出たロードは、マリオン・トローブリッジにつき添っていたメイドをつかまえた。彼女は階段を上っているところだった。

「ちょっと待って」彼は呼びかけた。メイドは振り向き、階段を下りてきた。彼は警察バッジを見せ、身分を明かして、騒ぎ立てないようにいった。「きみはミス・トローブリッジが二階へ運ばれたとき、服を脱がせたメイドだね？　よろしい。彼女の部屋へ行って、ベッドに寝かせる前に今夜彼女が着ていたものを全部見せてほしいんだ。ところで、部屋に呼ばれたとき、彼女は気を失っていた？」

「いいえ、完全には。でも、ぐったりとしていて、ご自分では何もできない様子でした。着替えをさせたのはわたしです」

ふたりは二階へ行き、ロードは捜索を始めた。すぐに引き返したので、研究室を不在にしていたのは十分ほどだった。分析は本格的に進んでおり、マリオンとセイルズのふたりが手伝っていた。女性のほうは実のところ、城主の反応をこっそりうかがっていた。手助けもあって、結果は速やかに出た。ロードがそれほど待たないうちに、トリートはほかのふたりと一緒に体を起こした。

「ただのサトウキビ糖です」彼は告げた。「化学式は$C_{12}H_{22}O_{11}$。正確に出ました。ほかの成分は一切ありません。もちろん、わたしはプロの化学者ではなく、専門は物理学ですが、コーヒーの線は消えたと思います。エリックは別のものに入っていた毒で死んだのです」

「ふむ。あなたが調べたものは、すべて無害のようですね。コーヒーはポットから採取し、砂糖は砂糖入れから……。ご協力に感謝します。みなさんが起きている理由はこれ以上ありません。ひとりずつ、少しだけお話を訊きたいのですが、その後はおやすみになって構いません。ありがとうございました、ミスター・トリート」

ロードは部屋を出て、温室を横切った。残った人々はそこに座って待っていた。しゃべることなく、ほとんどが煙草を吸っていた。通りすがりに、彼はパンテロスの肩を叩いた。「ちょっと来てもらえませんか？」

客間で、ロードはいきなり尋ねた。「スターンが殺されたとわたしがみなさんにいった後、あなたは何をしていたのですか？　何やら行き来していましたね。あれはどうしてです？」

ダンサーはロードが思ったよりもぴりぴりしていないようだった。実際には少し笑顔を見せてもいた。「ぼくはショックを受けていました。一瞬、ひどいショックを受けていました。あの音楽――そして、それに続く出来事に。あれは儀式のダンスです。死者のための民族舞踊ですよ。踊り始めたのも覚えていません。不意に踊っているのに気づいたんです。ぼくにいえるのはそれだけです」

「彼を殺した犯人に心当たりはありますか？　推測できることは？」

「ありません。ひとつも」

「以上です、パンテロス。おやすみなさい」

彼は全員をひとりずつ呼び出し、それぞれにダンサーにした最後の質問をした。誰もが何かを知っていることを否定し、想像すらできないと明言した。マリオン以外は。マリオンは彼に、話す前に考えたいといった。

ボーグが最後だった。できるだけ動揺を表に出さないようにしているものの、それがおさまったわけではなかった。赤く塗った唇が白い顔の中で目立ち、年を取って、怯えているように見えた。この一夜で、十五歳は老いたかのようだ。彼女はロードの質問に答えようとしたが、しわがれる声をどうにもできないようだった。彼女は首を振って否定の意を表し、よろめきながら部屋を出て、階段へ向かった。ロードは彼女が出ていくのを見ながら、哀れな印象を否定できなかった。

彼は伸びをし、ピードモントに火をつけ、その場を行き来した。呼び鈴を押すと、すぐにカーターがやってきた。彼はいったん下がり、酒の瓶とサイフォン、グラスを運んできて、暖炉の横の小さな台の上に置いた。

「もう起きていなくていいよ、カーター。おやすみ」

相手はためらった。「恐ろしいことです」

「ああ。まったくだ。ミスター・スターンを殺したいと思うような人物に心当たりはないか、カーター？」

「とんでもない！」執事は片手を上げかけた。「わたしはほとんどの方と初対面なのです。この島で殺人が起きるなんて！」

「ところで、今夜ミス・トローブリッジの世話をしたアグネスというメイドは、信用できるかい？」

「ええ、もちろん信用できます。かれこれ五年、ここで働いています」

「わかった。ありがとう、カーター。おやすみ」

「おやすみなさいませ」

男が出ていくと、広々とした部屋は静まり返った。午前二時。ロードは嫌そうに肩をすくめ、音楽室の鍵を開けた。中を見る。すべてがそこを出たときのままだった。スターンの体は今も窓の前に投げ出され、硬直した格好で、明日の朝に殺人課の捜査班に写真を撮られるのを待っている。動かせないのは気の毒だ。動かすわけにはいかないのだから、悩んでも仕方がない。彼は部屋を出て、もう一度慎重に鍵をかけた。

ロードは客間へ行き、温室側の入口近くにあるスタンドの電球ひとつを除いて明かりを消した。広い玄関ホールの常夜灯が、部屋の反対側を照らしている。彼は酒を注ぎ、それを手に薄暗い角へ行って、くつろぎながらも注意は怠らないように座った。音楽室には、警察が到着する前に犯人が対処しなくてはならない証拠があるのかもしれない。その場合、チャンスはあと数時間だ。ロードは何としても、朝までここにいなければならなかった。

城のほかの場所からは、何の物音も聞こえなかった。あのコーヒーには普通ではないところがある。ブラーはそれを飲み、スターンも飲んだ。そして、ふたりとも直後に息を引き取った。スターンは砂糖を入れていた。ブラーも入れたかもしれないということだが、確証はない。だとしても、テレンスは砂糖を入れたのに何ともなかった。それにノーマンはコーヒーと砂糖を分析し、どちらも害がないことがわかっている。この状況で、ノーマンの分析を疑う理由もない。

事態を直視しなくては。わかっている事実から、どんなことが引き出せる？　スターンがパッセージをおさらいしていたのは聞いた通りだ（マリオンが送信機のスイッチを入れてくれと頼まなければ、そのことすらわからなかったのだ！）。それから彼は立って、コーヒーカップを窓のそばへ持っていった。彼はコーヒーを飲んだ。そして、窓のそばで死んでいた。それだけだ。

コーヒーに毒は入っておらず、砂糖にも入っていなかったとすれば、何が残る？　ほとんど信じられないような可能性がふたつだけある。ひとつ目は、コーヒーが注がれてから、何者かがカップに毒を入れたというもの。それができたのはマリオンだけだが、その説が疑わしい理由は、本人の否定だけではない。彼女は気絶し、二階へ運ばれて、信頼できるメイドが服を脱がせた。メイドがいうには、マリオンはその間何も捨てなかったし、彼自身がマリオンの服を調べ、同じく客間でコーヒーを注いだ後に彼女がいた場所も調べた。スターンがシアン化水素酸で死んだのはほぼ間違いない。マリオンが彼のカップに入れたとしたら、何かの容器に入れて台のところへ持ってこなくてはならない。だが、容器はなかった（これもボートのときと同じだ）。

ふたつ目の選択肢はさらに弱かった。つまり、スターンが自分で毒を持ち込み、もちろん飲み物に入れて、わざと飲んだというものだ。ひとことでいえば自殺である。だが、それは信じがたい。彼は仕事で偉業を達成しようというところだったのだ。そして、ロードのような素人が聴いても、それは偉業だった。最後の練習を終えてから、楽器を離れて自殺するだろうか？　いいや、そんな答えは受け入れがたい。

では、事故だろうか？　これも無理がある。ロードは、ブラーの死には事故の可能性を強く感じていた。どのような事故かは想像もつかないが。しかし、今では疑いの余地はない。スターンの死の状況とあまりにも似通っている。ふたつの〝事故〟は驚くほど似すぎているし、その細部は常軌を逸しており、とても事故とはいえなかった。どのみち、シアン化水素酸をたまたま持っていたりはしないだろう。

明日には、マントンの部下が音楽室で何か発見するかもしれない。何らかの手がかりを。最初はつまらないものに見えても、やがては何かにつながる証拠のかけらを。彼はそう願った。それが最後の頼みの綱に思えたからだ。

ロードは酒を飲み干したが、立ってもう一杯注ごうとはしなかった。そばの床にグラスを置き、広い、がらんとした部屋を見る。今は静寂の中、かすかな音が聞こえた――遠くで一瞬、風が尖塔の周りを吹き抜ける。廊下の大時計の、くぐもったボーンという音（三時十五分に違いない）。それから、さらに低い音で、壁の向こうの冷たい川の上をひっきりなしに吹く冷たい風のうなり。

今は冬で、しかも冗談事ではない寒さだった。ニューヨーク周辺では、長いことなかった厳しい冬だ。もう二週間以上寒さが続いていた。田舎道では、スリップするタイヤの下に三インチから六インチのでこぼこした氷が根を下ろし、都会の道ですら氷が覆い、日に日に硬さを増して、空気ドリルしか寄せつけないありさまだ。ハドソン川の船は今ではポキプシーまでしか行かず、ポキプシーから南は、岸沿いに氷の平野がどんどん広がっていき、川に及ぶまで分厚く広がっていた。

客間の居心地は悪くなかったが、マイケル・ロードは暖炉に積まれた薪をうらやむように見た。だが、火をつけるわけにはいかないと気づいてかぶりを振る。彼は薄暗がりの中で、殺人者が入ってくるのを待った。暗い部屋に忍び込み、今も死体が無言でじっと横たわっている部屋に通じるドアを開けようとするのを。

時間はゆっくりと過ぎた。外の風よりもずっと遅く、ドアの向こうの死体と同じくらい静かに。遠くで時計が四時を知らせ、ついに五時を打った。ロードは伸びをし、少し歩き回り、半分ほど酒を注いで飲み、また座った。少しうとうとしながら、単調な静寂の中に座り、相反する不十分な条件から方程式を導き出そうとした。もう一度考えても、進展はなかった。

それからしばらくして——この一夜で、フォンダのことを一度も思い出さなかったことに気づいたとき——初めてかすかな物音が聞こえた。彼は背筋を伸ばし、煙草をそばのグラスに捨てた。煙草は底に数滴残った酒を吸い、ほとんど聞こえないほどかすかな〝ジュッ〟という音を立てた。誰かが階段を下りてくる。今では、ほとんど下り終えようとしていた。

何かが起こるまでには、果てしない間があった。ロードは本能的にポケットに手を伸ばそうとしたが、ハウスパーティに銃を持ってこなかったのに気づいて手を止めた。ぼんやりとした人影が素早く玄関ホールからの入口を曲がり、長椅子の後ろの暗闇にまぎれた。今、相手は同じ部屋にいる。ロードは待った。

人影は音楽室のドアから離れた反対側の隅にいたが、ふたたび動くことはなかった。だが、部屋に忍び込んできた一瞬、刑事がとらえた姿は、見覚えのあるものだった。もちろん、彼にはそれが誰だかわかっていた。多かれ少なかれ明確な期待を持っていたために、その輪郭を見間違えていたのだ！

「おや、博士」ロードはいった。「かくれんぼトーナメントの練習ですか？　明かりをつけてくれませんか？」

ポンズが、明らかに動揺した声で「いやはや！」といった。椅子から立って戸口にある明かりのスイッチを入れたのはロードだった。間接照明に、黒いビロードのバスローブを着た心理学者の姿が浮かび上がる。その顔はどこか青ざめていた。

「ずいぶん驚かされたぞ、マイケル」長椅子の裏という隠れ場所から出てきた博士は文句をいった。「この暗がりで、何をしていたんだ？」

「犯人を待っていたんですよ。彼を心から歓迎しようと思って。それとも、この場合は彼女かもしれませんが」

「わたしも似たようなものだ」博士は認めた。「ただし、逆の意味だが……きみの部屋で物音がしたような気がして目が覚めたのだ。見てみたが、何もなかった。そこでドアに鍵をかけて下りてきた。きみがいれば明かりがついているだろうと思ってね。玄関ホールから見ると、この部屋はほとんど真っ暗だったので、何者かがきみに忍び寄って昏倒させたのだと早とちりしてしまった。わたしは武器を持っていなかったので、ホールで火かき棒を手に入れ、慎重に近づこうとした。あの隅からは、きみの姿はまったく見えなかった」ポンズが背中に回していた右手を出すと、まがまがしい形の尖端を持った太い鉄の火かき棒が握られていた。

「ありがとうございます」ロードはそっけなくいった。「しかし、今夜頭を殴られるのはごめんですね。わたしは用心のためにここにいたんです。あなたのおかげで待ち人を追い払うことにならなければいいのですが。でも、もうこんな時刻です。犯人がうろつき回るなら、もっと早い時間にするでしょう。どうやら音楽室には、探したり処分したりする価値のあるものはなかったと見えます」彼は言葉を切り、聞き耳を立てた。「今のが聞こえましたか？　あれは何だろう？」

何かがはじけるような音が、遠くからかすかに聞こえていた。続いて低くうなるような音。

「聞こえる」ポンズもいった。「いったい――」

「暖房用の石油ストーブではないですよね？　ここにはありますか？」

「ああ、ノーマンのものがひとつあった。しかし――」

「しまった、わかったぞ！　行きましょう！」

ロードはぱっと駆け出し、ポンズを後に従えて部屋を出た。階段を下りて玄関ホールへ向かう。ホールの向こうには巨大な玄関のドアがあった。鍵と大きな閂、チェーンまでかかっている。それで少し時間を取られた。ロードはドアを開け、桟橋に急いだ。

彼は叫んだ。「おい！　おい、待て！」

夜明けの薄暗がりの中、小さな港を抜けて〈ヴァルレ〉号の船尾がたちまち遠ざかっていった。物陰になったこの場所でも、風がポンズのバスローブをはぎ取ろうとする勢いで吹いている。ふたりが見ている間に、ボートは川へ出た。波が船尾の側面に当たり、危険な角度に持ち上げる。それはやがて、ボートハウスの塔という砦を回り込み、川下へ消えていった。

ノーマン・トリートが船頭と消えたことについては、さまざまな反応があった。

マリオン・トローブリッジはただただ驚いていた。落ち着きを取り戻したボーグは、このことと犯罪には何の関係もないといった。テレンスは、ノーマンがどこへ行こうとノーマンの勝手だという立場を取った。今のところ、最も強烈な反応を見せたのはマントン地区検事長だった。彼はかんかんに怒っていた。世間をあっといわせる事件をものにできないことを恐れ、自分の将来にとって都合が悪いと考えたのだ。

「責任を取ってもらいますよ」その日の午後遅く、彼が興奮した口調でいうのはこれで十回目だった。「あなたがやったことですから、責任を取ってもらいます」だが、それはできないことだと、彼は苦々しく思った。休暇中のニューヨーク市警の刑事を、正式にウェストチェスター郡の重要参考人にするわけにはいかない。それでなおさら腹が立つのだ。「彼が逃げたとき、ピークスキルに電話すらしてくれなかった！」彼は嚙みつくようにいった。

「でも、あなたは電話したでしょう」ロードは指摘した。「そして、ボートがそこになく、今日一日ずっとなかったことも確認しました」

「責任を取ってもらいます」これで十二回目だ。

「それなら」ロードは不機嫌に答えた。もう三十一時間寝ていない。「この事件を責任持って解決させてください。彼がどこへ行ったかわからないが、行かせたほうがいいと説明したでしょう。これがわたしの事件なら、まったく同じことをしたと思います。慌てて追いかけ、手の内を見せるような馬鹿なことをしたければ別ですが。まだ誰かに不利な証拠は見つかっていないのですから。ノーマン・トリートが逃げたとしたら――わたしにははなはだ疑問ですが――あなたがたにとって奇跡的に運がよかったというのがわたしの意見です。知っての通りニューヨークには電話しました。蒸気船、飛行場、鉄道には見張りがついています。彼が逃げる気なら、すぐにつかまるでしょう」

「ええ」マントンは苦々しげに認めた。トリートがニューヨークの埠頭で逮捕されることを想像すると、少しは慰めになった。そして、今度はしっかりつかまえておくようにという助言を暗にほのめかしながら、ホワイト・プレインズに戻ることを。

「しかし」ロードは公平を期していった。「これこそが一番の、そして事実上唯一の証拠なのは確かでしょう？　それが証拠になればの話ですが。あなたの部下は、今朝音楽室を捜索しましたが、助けになるものは何も見つけられませんでした。あなた自身ここにいる全員にもう一度質問しましたが、何も得られませんでした。収穫は何もなかったと思いますが」

検事長は相手をじっと見た。「何がおっしゃりたいんです？　そのうちひとりは、どうしてこうなったのかを知っています。誰がやったのかもね」

「それは正しいといわなくてはならないでしょうね。わたしがいいたかったのは、ほかの人たちはそれを知らないということです。ここに集められてからまだ日も浅いし、仲間のこともよく知らないのですから、質問されても状況証拠を出すことはできないでしょう」

「互いをよく知っている人たちもいますよ、警視。彼らはすっかり興奮して、まだ支離滅裂ですが、後でもう一度質問すれば何か聞けるでしょう。それに、誰よりも重要な人物に質問ができなかったことはお忘れではないでしょうね。ゆうべ、あなたが鼻先で取り逃がした男です」

ロードは肩をすくめた。

マントンは続けた。「そういえば、スターンが音楽室に入ってからあなたが彼の死体を見つけるまで、客間と音楽室で何があったのかをもう一度説明してください。あなたが見つけるまでのことを」

ロードは再度、一連の出来事を詳しく説明した。マルコ刑事が速記でメモを取った。「あなたもわたしも」彼は締めくくった。「あるいは、ほかの誰も、死体が窓の前にあったことに注目していないようです。その前には、部屋を仕切っていた布だけが、外れて落ちていました」

「それに何か意味があるとは思えませんね」地区検事長は反論した。「窓は中から施錠してあり、窓ガラスを破られてもいなかった。星を眺めたからといって死んだりはしないでしょう。それに、掛け布は彼が倒れた拍子につかんで、引きずり落としたのでしょう。たまたまあの掛け布だったんですよ。わたしが気になるのは次のことです。ノーマン・トリートが最初にひとりで音楽室に入り、少なくともしばらくは姿が見えなくなっていた。そのときにスターンが死んでいたとは限らないでしょう？　トリートが彼に毒を飲ませ、素早く部屋を出て彼が死んでいると訴えたときには、まだ死にかけていたのではありませんか？　そうでない理由がありますか？」

ロードは答えようとしたが、しばらく考えた。

「まず」彼はゆっくりといった。「時間がありません。彼は実際、中を見回して死体を見つけるくらいの時間しか部屋にいませんでした。それに、考えただけで異常な行動です。部屋に入ったとき、トリートは何も持っていませんでした。想像するなら、彼が部屋に飛び込んで何かをポケットから出し、驚くピアニストに〝さあ、これを飲め〟といい、相手はすぐにその通りにしたことになります。それから毒の入っていた容器を取り戻し、犠牲者が床に倒れようとしているうちに急いで部屋を出なければなりません。以前、いわゆる〝密室ミステリー〟でこのような話を読んだことがありますが、小説でも筋が通りませんでしたよ」

「そういってしまえば筋は通らないでしょう。しかし、一連の行動は別の描写もできます。どこに重点を置くかです。すべてをスピードの点に置くなら――」

「それを抜きにしても結構です」ロードは頑としていった。「実は、証拠があるのです。トリートがドアを開けたとき、わたしが座っていた場所からは音楽室の中が見えました。部屋にいる間、彼はドアを開けっ放しにしていたので、向こう側の掛け布まで細く見通すことができたのです。トリートはその右側に姿を消し、そこから左へ横切ることはありませんでした。ところが死体は左側にあったのです。わたしと一緒に部屋に入り、死体に近づくまで、彼はそのそばには行きませんでした……。ところで、彼の分析は正しかったのでしょう？　今日の午後早く、船でピークスキルにサンプルを送りましたよね。結果は聞きましたか?」

マントンは認めた。「三十分前に聞きましたよ。分析結果はどちらも同じでした。しかし、同じなのは当然でしょう。わたしが同じことをするとわかっていたら、細工をしようなんて思わないでしょうからね」

「逃亡よりは馬鹿なことではありませんよ。実際、同じくらい馬鹿なことともいえません。分析に単純な間違いがあることもありますから。それにトリートは、自分が専門の化学者でないことを認めていました」

「まあ、彼に間違いはありませんでした。わたしの依頼で調べた男は専門家で、結果は同じだったのですから」

しばらく間があった。

「わたしが腹立たしいのは」マントンがぼやいた。「あなたのおかげで面倒になったということですよ。わたしの船は化学者のためのサンプルを乗せてピークスキルへ行ってしまい、戻ってくることはできないでしょう。気温が上がり始め、少し雪も降ってきましたが、風は非常に強く、川もひどく荒れていて、大きな氷塊がいくつも流れています。わたしの船は小さくて、大きめの手漕ぎボートの船尾に船外モーターをつけたようなものに過ぎません。ここにトリートのボートがあると見越していたのです。一時間前から、部下に大型ボートを手配させようとしましたが、借りることも徴発することも、見つけることもできませんでした」

「あなたが戻るのに問題はないでしょう」

「もちろんです」地区検事長はぴしゃりといった。「だからどうなんです？　解剖しなくてはならない遺体がここにあるのを思い出してください。わたしの船には乗せられません。別の船も見つからない。巡査をここから連れていくために、自分の船をもう一度余計に出す危険を冒すつもりもありません。信じようと信じまいと、川は本当に危険です。トリートの大型ボートなら行けるでしょう。しかし、ここにはそれがない」

ロードは残念そうに認めた。「確かにそうです。そのことは考えてもみませんでした。トリートの船を頼りにしていたとは思わなかったので。どうしましょう？」

「ああ、もう手は打ちましたよ」検事長は苛立ったようにいった。「スターンの遺体はあなたの西隣の部屋に運びました。両方の窓を開けて。彼が死んでからもう二十四時間近くになります。ドアは封印し、今回は見張りをそこに置いて、これ以上妙なことが起こらないように監視させています。朝には、少なくとも部下をふたり送り、解剖のために死体を運ばせます。しかし、貴重な時間が大幅に奪われてしまいました」

「そのことについてはお詫びします、地区検事長。前にもいったように、わたしの印象では、スターンはシアン化水素酸によって死んだようです。しかし、確証はありません。解剖の必要はあるでしょう。のちの裁判のためだけでなく、今の捜査のためにも。しかし、少し遅れたに過ぎません。明朝には正しい結果が出るでしょう」

「まあ、わたしはその間、ほかにやることがたくさんありますからね」マントンはしぶしぶいった。「ひとつには、トリートを見つけなければ」彼はロードと話をしていた玄関ホールの隅を離れ、客間に通じるドアのほうへ大股で歩いていった。

「マルコ！」彼は叫んだ「マルコ刑事！　部下を集めてくれ、引き揚げるぞ。フィンは置いていく。さっさとしろ、ホワイト・プレインズへ戻るぞ！」

　地区検事長が去った後、ロードはオーバーを着て温室を横切り、ドアを出た。プールを過ぎ、風に震える小さな果樹園へ向かう。午後の光は決して明るくはなかったが、今はぼんやりとした黄昏に溶け込み、上流は一マイル半足らずしか目に入らない。確かに暖かくなった。かなり暖かくなっていた。気温は六度は上がっているだろう。雪が舞っていた。風がなければ吹きだまりとなっていただろう。舞い散る雪を一陣の風がとらえ、素早い渦巻にして、流れるような雪の列が北から川の上をやってくる。それはまるで、小さな天の川が間を置いていくつも連なっているかのようだった。

　強風を受けて背中を丸めていたロードは、突然風がやんだことで、危うくバランスを崩しそうになった。続いてまた突風が起こる。目の前の川はどこもかしこも白波が立ち、波は凍った岸に絶え間なく打ち寄せ、砕けては地面に降り注ぎ、それがまた凍った。巨大な氷塊が寄せる波に乗り、大きな音を立てて岩にぶつかっては、後ろから押し寄せる波に細かく削られていた。

　刑事は帽子をしっかりとかぶり、もと来た道を引き返した。二階では、彼と入れ違いにポンズが部屋を出てきた。

「ひと眠りしようと思います、博士。もうくたくたですよ。何かわたしに知らせるようなことが起こったら、呼んでもらえますか？」

ノーマン・トリートが帰ってきたのは、夕食が下げられてから、かなりの時間が経ってからのことだった。そのときにはぐっすり眠っていたロードは、約束通りポンズ博士に起こされた。

彼は顔を洗い、髪に櫛を通し、ズボンとベスト、サテンの表地のガウンを身につけた。仕上げにシルクのマフラーを切り株のように首に巻き、階段を下りて、巨大な食堂で一人、遅い夕食を楽しんでいるトリートに会いにいった。

トリートは顔を上げ、入ってきたロードを愉快そうに見た。「わたしがいなくなったので、大騒ぎだったようですね」彼はいった。

「マントンはかんかんですよ。明日、逮捕されなかったら、運がいいといえるでしょう。彼は部下に命じて、一日じゅうあなたを探していました。つかまらずに戻ってこられたのは驚きです」

「何でもないことですよ。わたしはハベストローまでボートで行き、川の西側からニューヨークへ行ったのです。帰りも同じです。マントンは恐らく、東岸一帯を見張っていたのでしょう」

「ええ」ロードは認めた。「そんなところだと思いましたよ。この段階で誰かが逃亡するなんて、あまりにも都合がよすぎる。一気に謎が解けるじゃありませんか。困ったのは、あなたのボートがなかったことです。彼は明日までにスターンの遺体を運び出さなければなりません。あの小さな船で戻るのは、さぞかし大変だったでしょう」

トリートは真顔になった。「今、川はかなり氷に覆われています。雪も多く、前も見えません。耳を澄ませてください」

静寂の中、閉じた東の窓の外でうなりが聞こえた。風のうなりではない。

「夜船か、遅れた貨物船でしょう。霧笛ですよ。ハベストローで、われわれももう少しで大型船に衝突するところでした。一瞬、島にはたどり着けないのではないかと思いましたが、セイルズはこの辺りの流れを、たなごころを指すように知っていますからね。川は荒れてもいます。風は相変わらず強い。それに氷。氷についても運がよかった。すれ違ったいくつかの氷塊は、船体に穴を開けたかもしれません」

「なぜこんなことをしたんです?」

「戻る必要があったのです。はっきりいって、この天候はよくないと思いました。明日の朝では手遅れになったかもしれません」

「どういう意味です?　島に閉じ込められるということではないでしょう?」

「もう何年もそんなことはありません。それに、少しでも明るければ、セイルズはこの条件でも問題なくピークスキルに行けます。これ以上天候が悪くならなければね。しかし一九一七年には、ほぼ二週間、ここから出られませんでした。当時は軍需品を作っていたので、もう少しで軍法会議にかけられるところでしたよ。食料も食べ尽くし、家政婦の猫にまで手を出しそうになるほどでした。しかし、今はそんな心配はありません。ハベストローを発つ前に、必要なものはすべて買いました。明日の朝〈ヴァルレ〉号から下ろすのに二時間はかかるでしょう」

「それは」とロードはいった。「この状況では嬉しい予想とはいえませんね」

「十中八九、そんなことにはなりませんよ。大事を取っているだけです。それに、今なら電話があります。以前のように、連絡が取れなくなることはありません」

「あなたが暗にほのめかしているように、わたしたちにできることは何もありません。それで」

刑事は続けた。「あなたが出かけた目的を、秘密のままにしておくつもりはないでしょう？」

「ええ、もちろん。残念ながら、マントンにはもううんざりなのです。教授の死について何も見つけられず、スターンの件でも成果を上げていません。一方わたしは、自分の城とその周辺で、友人をふたりも亡くしてしまいました……。わたしはニューヨークへ行って私立探偵会社をまるごと雇い、事件解決の手助けをさせようと思ったのです。ひとりやふたりでは足りないほど大きな事件ですし、できる限りの手を尽くすつもりです」

「なるほど。どんなことを指示したのか、お訊きしてもいいですか？」

「二、三日中に、最も腕利きの男がここに来ます。その男が西部から戻り次第ね。同時に、わたしは事件について知っていることをすべて彼らに話し、調査のために島にいる全員の名を教えました。ミスター・ロード、あなたの名前もね。それをいったらわたしの名前もですが。おわかりでしょう」ノーマン・トリートはいった。「わたしは科学者です。あらゆる要素を取り入れたいと思っています。そして、この謎を解決するつもりです」

「ミス・トローブリッジの名前も教えたのですか？」

「ええ。マリオンに何の疑いも持ってはいません。二十年前から彼女を愛しているのですから」

翌朝、目覚めたロードは真っ先に窓に向かった。両開きの窓の下にできた水たまりの間に室内履きを履いてたたずみ、空模様を見る。

雪はまだしきりに降っていたが、明るさがあるため、四分の一マイル以上は見通すことができた。気温も上がっている。しかしこの状況は、どちらかといえば不都合だった。川は今では見渡す限り氷塊が流れていて、澄んだ水はちらほらとしか見えない。気温の上昇で緩んだ氷は、川の流れと今も北から鋭く吹きつける風に乗って下流へと漂っていた。中流でこれくらい氷が厚ければ、島とピークスキルの間を流れる川の対岸はもっとひどいことになっているだろう。ここからでは見えなかったが。

何と深刻な障害だろうかと、彼は改めて思った。検死解剖をしなくてはならない。スターンの事件は、死因を正確に判定し、誰によるものかを突き止めることにかかっている。しかし、何よりもまず死因を特定し、裁判所に提出できる形にしなければならなかった。わずかな遅れはそれほど重要ではないが、昨日と同じように、今日も遺体を死体安置所へ運べなかったら？　マントンの船では、この川を渡れないのは間違いない。最初にやらなければならないのは〈ヴァルレ〉号で試してみることだ。

ロードは手早く服を着て、隣でまだまどろんでいるポンズを残し、階下で朝食をとった。続いてノーマン・トリートを探しに出た。ノーマンはすぐに見つかった。ボートハウスで前の晩に買ってきた缶詰の箱や食料品の袋を下ろすのを監督している。

セイルズは「無理です」といった。

トリートもそれを後押しした。「まだ岸まで完全に凍っていませんが、見ればわかるように、船で分け入るのは無理です。仮に渡れたとしても、対岸も同じでしょう。下流の狭くなったところに氷塊が詰まり、それが割れるまで、ここを通過するのは待たなくてはなりません。けれども、このままの暖かさが続けばじきに割れるでしょう。明日にはもっと楽に行けます」

「氷塊のことが正しかったとしても、納得できません。氷は前よりも多く、ひっきりなしに流れてきます」

「こういうことです」トリートが説明した。「気温が上がって雪が降り出せば、上流の大きな氷塊は緩み、風も手伝って多くがこちらへ流れてくるでしょう。最初の流れが一番悪いものです。それは川下の細い流れに詰まりますが、昨日よりも川に氷が多い理由を、あなたはそれがせき止められているからだと思っている。実際には、流れてくるものは減っているのです。そして、暖かさが続けば、詰まった氷はすぐに割れて圧力が減り、そこを分けて進むことができます。しかし、今はできません」

「それでも、試してみたいのです」

トリートは作業をやめて腰を伸ばし、一歩下がって刑事を見た。「ああ、ロード、あなたを責めることはできません。あのジャーナリストのマントンに対して、川を渡るのは無理だというわたしの言葉を鵜呑みにしたとはいえなかったでしょう。それに、昨日わたしが用事をこなすのを許してくれたことには感謝します。止めることもできたのに。セイルズ、ボートを出して、わたしたちが騙していないところをミスター・ロードにお見せしろ。ただし、船に穴を開けたくはないし、立ち往生させたくもない」

そこでロードは〈ヴァルレ〉号で船出した。不満に満ちた短い船旅だったのは間違いない。城の港を出ると、二百ヤードも行かないうちに止まるはめになった。セイルズはトップスピードにしていたエンジンを、さらにスピードアップしながら、メーターを示してみせた。ボートはますます激しく揺れたが、先へは進まなかった。セイルズはバックし、少し下流へ行って同じことを繰り返した。

「わかるでしょう」彼は無愛想にいった。「多少は出られますが、対岸には近づけません。これからも無理でしょう」

ロードは四方を注意深く見た。彼が判断する限り、この男のいう通りだった。陸地に近づける一番近い場所は、推測ではまだ半マイル離れたところにあった。その推測も、雪がしばらく小降りになったときにしなくてはならなかったが、ロードには小降りになった気がしなかった。

氷は決して大きな塊ではなかった。そこここで、休みなく南へ移動している。しかし、これらの移動を利用して岸に進もうとすれば、氷が背後から迫り、川の上に閉じこめられるだろう。南では、氷がますますぎっしりと詰まっているのが明らかだった。城へ戻ろうと北を向いたが、それはかなり難しくなっていた。もはや速度を落として進むことはできない。流れの力と全力で川を下ってくる氷塊に逆らって進まなくてはならなかった。最後の四分の一マイルは、衝撃や揺れの連続で、ロードは船が深刻なダメージを受けるのではないかと不安になった。上流に船をつけるのも明らかに無理だった。

一度は完全に止まってしまい、すでに声に出して悪態をついていたセイルズは、やむを得ず後退し、じわじわと進みながら別の経路を探した。だがついに、彼らは引き返すことができ、〈ヴァルレ〉号はボートハウスに戻ってきた。

ロードはデッキから桟橋に飛び下りた。「ありがとうございました、ミスター・トリート。よくわかりました。これでわれわれの立場はさらに深刻なものになります。電話をしなければ。それから、ここに残っている警察官と会いたいのですが、居場所を知っていますか?」

「わたしが通ったときには、二階の廊下に椅子を出して座っていました。エリックの遺体を置いた部屋の外です。あなたが部屋を出たときに見なかったとすれば、厨房で朝食をとっていたのでしょう」

実際には、ロードがマントンに電話をする必要はなかった。彼が城の玄関ホールに来たとき、ちょうど地区検事長から電話がかかっていて、カーターが受話器を置いて彼を探しにいこうとしていたのだ。

マントンは自分が島へ行けないことを承知していた。少し説得すると、トリートのボートでも岸にはたどり着けないというロードの言葉を受け入れさえした。彼はノーマンが帰ってきたことに驚きを隠せず、彼が説明した行動を徹底的に裏取りすると約束した。

「遺体はどうします?」ロードは尋ねた。

「さて、どうしたものでしょう? 検死解剖のためピークスキルに送ることができるのを待つしかないでしょう」

「しかし困ったことに、彼が死んでから三十六時間が経っています。島には葬儀屋もいません」

「それはまずい。この寒さなら、あと少しは大丈夫でしょう。窓を開けておいてください。もちろん、ボーグはスターンの妻、というより未亡人なのはご存じですね。しかし、彼らが一緒に暮らしていないのは知っていましたか？　怪しい状況です」

「知りませんでした。もっと詳しいことはわかっていますか？」

「ええ。彼らはウェストサイドにそれぞれ部屋を持っていました（ニューヨーク市警はマントンと協力していた）。冬の演奏会シーズンにはスターンはたびたび市内を離れ、もちろんボーグは、オペラのシーズン中は市内にいなくてはなりません。それは問題ありません。職業上の理由で説明がつきます。しかし、問題はスターンが帰ってきたとき、妻と共同生活をする部屋には戻らないということです。夫は自分のアパートメントに戻り、妻も自分のアパートメントで暮らしている。もちろん、決定的なことは何もありませんが、ふたりはうまくいっておらず、反目さえし合っているようにも見えます。これは見逃せない手がかりです。ほかの人々についてはまだ何もありませんが、捜査は続いています。ああ、そうだ、ブラーのことがありました。ブラーのポケットのことで質問したのを覚えているでしょう。顕微鏡で調べたところ、砂糖の痕跡が見つかり、捜査官の意見では、この砂糖は最近持ち歩かれたものということです。ブラーが死んだ日に持ち歩かれたとは正式に断定していませんが」

「ボーグはブラーを知っていたのでしょうか？」

「証拠はありません」

「スターンはブラーを知っていたのですか、あるいは何らかのつながりがあったのでしょうか？」

「スターン自身がハードブロウに語った、マリオン・トローブリッジのお茶会で会ったという言葉しか証拠はありません」

「わかりました。引き続き連絡を取ります。残っている警官に何か指示はありますか？」

「彼の主な仕事は、遺体に誰も近づけないようにすることです。ほかにできることがあればしてもらいたい。以上です。それでは」

ロードは受話器を置き、足早に玄関ホールの真ん中まで来た。上のバルコニーにも客間の戸口にも、立ち聞きしている人影はない。カーターはとっくに使用人部屋へ下がっていた。それでも、と刑事は思った。電話をするのにもっといい場所を見つけなければ。

階段を上り、東の廊下から寝室へ向かった。右手の短い渡り廊下を渡れば、自室のある廊下に出る。渡り廊下の突き当り近くにのっぺりとした浴室の壁が見え、右手の見えないところに自室のドアがある。スターンが横たわっている部屋のドアは左手だ。渡り廊下を渡り終えると、警察官が背もたれのまっすぐな椅子を傾け、警備しているドアに寄りかかるように座っていた。椅子の上でぐったりとし、頭を前に屈めている。口を少し開け、目は閉じていた。

恐る恐る近づいたロードは、すぐに警官が眠っているだけだと気づいた。無理もない。彼は昨日の朝早くから来て、一日じゅう仕事をした後で、寝ずの番をしていたのだから。朝食と温かいコーヒーのせいで、こうなるのも当然だ。それでも、誰かが後ろの部屋にこっそり入ろうとすれば必ず目が覚めるような体勢を取っていた。もちろん、ロードの浴室から入ることはできるが、両方のドアの前で寝ることはできない。

ロードは彼の顔を見下ろした。若々しく、今は無精ひげが生えていたが端正な顔立ちで、男らしいアイルランド人という印象だ。強面でもなければ無愛想でもない。それに制服は、二十四時間着たきりにもかかわらず、まだきちんとした感じが残っていた。ふと衝動に駆られ、ロードは彼の上に屈み込んだ。そして、その肩をそっと揺さぶった。

「フリン巡査？」ロードはいった。「ピークスキル警察から来たんだろう？　ああ、フリンじゃなくてフィンか。わかった――フィン」彼はバッジを見せ、自己紹介した。「フィン、この島は、少なくとも今のところ孤立している。ずっと任務についているわけにもいかないし、椅子ではろくに休めないだろう。すぐ隣のわたしの寝室で休みたまえ。ひげ剃りの道具も貸そう。後できみの寝床も作らなくてはならないが、今はしばらくわたしのベッドで寝るといい。ピークスキル警察の人々が戻ってくるまで、ふたりで仕事を分け合うしかないだろう」

「どうでしょうか」彼は寝ぼけ顔で疑わしそうに首を振った。「いいといわれるまで、ここにいろといわれていますから」

「わたしに資格がないというんじゃないだろうね、フィン？　わたしの身分は信じてくれるね？」

「ええ、もちろんです、警視。バッジを拝見しました。それに、昨日地区検事長と話しているのも知っています。確かに、ときどき寝なくちゃならないのは間違いありません。仮眠を取る間、ドアを見張っていてくださいますか？」

「常にパトロールするのは無理だが、できるだけのことをするよ。しかし、ドアはふたつあるし、いずれにしてもきみはそのひとつの前で寝るわけだ。ともかく、それがきみにできる一番のことだ。来なさい。いざというときに使いものになるよう、休息を取らなければ」

ロードが浴室でひげ剃り道具を並べているとき、すぐ後ろで、若いアイルランド人が悲しげな声をあげた。

「何てこった！」フィンが叫んだ。「銃がなくなっています、警視。居眠りしている間に、けしからんやつに盗まれたんです！」おろおろした口調に、ロードは笑いをこらえられなかった。もちろん、警察官の銃はバッジの次に大事な象徴だ。それがないと、無防備というより男らしさを奪われてしまったような気持ちになることは、ロードもよく知っていた。

彼は戸口に出た。「つまり、ちゃんとした寝場所が必要ということだよ、巡査。人通りのある廊下にいれば、誰だってきみに近づける。考えてみよう。ミス・トローブリッジは廊下の突き当たりの部屋にいる。ポンズ博士は別の突き当りだ。今なら隣の部屋で彼が動き回っている音が聞こえるだろう。ポンズ博士ではない。最後に銃を見たのはいつだい、フィン？」

「朝食から戻ったときには確かにありました。あなたが下りてきたときです。あなたが玄関ホールの大階段を下りてくるのを見ました。わたしは腰を下ろし、寝てしまうのを恐れて椅子を傾けたのです。盗られたのは絶対にその後です！」驚きと怒りで、フィンは目をむいた。

「ノーマン・トリートの部屋はきみの部屋の向かいだ」ロードは続けた。「彼も除外して構わない。彼はきみが戻る前から下にいたし、わたしが上がってくるときまでそこにいた。とけいえ、トローブリッジと決めつけることもできない。ほかの全員が同じ階にいたし、誰でもこっそり廊下を歩いて盗む機会はあった。もちろんトローブリッジが一番怪しいが。今すぐ調べたほうがいいかい?」

「ええ、調べなくてはなりません、警視。銃を見つけなければ!」

ロードはマリオンの部屋をノックし、入室を許可された。彼女はよく似合うベッド用の上着を羽織り、ベッドから身を起こしていた。朝食のトレイが前に置かれており、メイドのアグネスは部屋の掃除中で、塔の窓際の椅子で枕を叩いている。

「おはよう」マリオンは愛想よくほほえんだ。「こんなに朝早くからわたしにご用、ミスター・ロード?」後から制服を着たフィンが入ってくると、彼女の口調がわずかに変わった。「いったいどうしたの? 何かあったの?」

「大したことではありません」ロードは安心させるようにいった。「あるものがなくなっただけです。この部屋を探させてほしいのですが」

「でも、わたしはゆうべからずっとここにいたわ。誰も来なかった。それとも、その前にここに隠されたというの?」

「かもしれません」議論をしても仕方がない。

「わかったわ」マリオンがいった。「どこでも好きなところを見てちょうだい、ミスター・ロード。でも、わたしは何も知らないし、あなたが何を探しているかもわからないわ」彼女が快く承諾し、優雅な手振りで部屋を示してから朝食のトレイに戻るのを見て、ロードは驚いた。

「アグネス」ロードはいった。「ちょっとこっちへ来てくれないか。一周回ってみてほしい」ロードにじっと見つめられて、彼女は地味な造りの顔を赤くした。体は痩せていて、制服はどちらかといえばぴったりとしている。銃を隠し持っていればすぐにそれとわかる膨らみができるだろう。そんな膨らみはどこにもなかった。

彼らは部屋を調べた。椅子のクッションをひっくり返し、ラジエーターの裏を探し、ロードは鏡台と化粧だんすの引き出しを開けた。ふわふわしたものやフリルのついたもの、つるつるしたシルクやサテン。どれもマリオンの下着なのだろうかと、ロードは考えずにはいられなかった。アグネスがゆうべ気を失ったマリオンの体から脱がせたのも、こんな魅力的なものだったのだろうか？

そうに違いない。

ロードはときおり同室者に目をやりながら、警官と広々としたクロゼットを調べた。スーツが二着、ネグリジェが三着、イヴニングドレスが六着、たくさんの室内履きと靴、スカートが二枚ほどとポロコート。週末にふさわしい服ばかりだ。しかし、銃はなかった。

「大変申し訳ないのですが」ロードはいった。「ベッドを見せてもらわなくてはなりません」

「謝ることはないわ、ミスター・ロード」マリオンの笑顔は先ほどと同じく愛想がよかった。「何だかわくわくしてきたわ。それにもちろん、力になれることなら何でもするつもりよ。アグネス、青いネグリジェを持ってきてちょうだい」

マリオンは体をよじりながら、しなやかなしぐさでメイドが差し出した服を着てベッドを出ると、磨き上げた爪先をベッドの脇にあったかかとの高い小さなミュールに滑り込ませた。ネグリジェを体に巻きつけ、ほっそりとした優雅な様子で彼女が傍らに立っている間、彼らは成果のない捜索をした。

「スーツケースがベッドの下にあるわ」彼女は助言した。「わたしが知る限り、中は空っぽよ。いずれにしても鍵はかかっていないわ」

鍵はかかっていなかったし、中身も空だった。

共用の浴室からも銃は出てこなかった。浴室はノーマンの部屋にも通じており、ドアは開いていたが、ロードはそこで足を止めた。マリオンが銃を盗み、別の人の部屋に隠すことができたとしても、すぐ隣の部屋を選ぶはずがない。ほかに可能性のある場所を示すものがない以上、全体的な捜索が必要だ。

ロードが部屋に戻ると、女性はふたたびベッドに落ち着いていた。彼は邪魔をしたことを詫び、快く受け入れられた。フィンと外の廊下に出た彼は、しばらくこの件はおあずけにしようと主張した。城は広すぎてすぐに見つかる見込みはない。いずれにせよ、自分は捜索を続けるとロードはいった。今は睡眠をとり、後で必要になったときに備えてほしいと。寝心地のよさそうなロードのベッドと、よければ着るようにと差し出されたパジャマを前にして、警官はついに折れた。

片がつくと、ロードは朝食を少ししか食べていないのを思い出し、栄養補給が望ましいと思った。食堂にはマドプリッツァとポンズがいた。彼女が理性的に話しているのを見るのはこれが初めてだった。心から楽しそうとはいえないにしても。

「怯えない理由がある？」ポンズが何か指摘したのに反論して、彼女はいった。「みんな殺人だといってる。怯えて当然でしょう？」

「しかし、ここにはあなたの敵はいないはずだ」ポンズがいった。「襲われる心配はない」

「ミスター・スターンだってそうだったわ。彼はなぜ殺されたの？　彼は誰も傷つけなかった」

「誰かに恨まれていたのだ。正当な理由があったかどうかはわからない。それに、ブラーも誰かに恨まれていた。しかし、わたしにいわせれば」ポンズは気楽にいった。「これ以上人が襲われることがあるとは思えない。何に基づいたものかは知らないが、この憎悪にわれわれ全員が関わっているはずはないだろう。あとは、われわれの中にいる殺人者をつかまえるために、できる限りのことをするだけだ」

女性は落ち着かない様子で立ち上がった。博士の結論に安心した様子もなく、朝食の皿の横に置かれたコーヒーには口をつけてもいない。「わたしたちの中にはいないかもしれないわ」彼女は神経質そうにいった。「たぶん――ああ、わからない。こんな恐ろしいところに来なければよかった！」

ロードとポンズは食堂に残された。

「マイケル」ポンズが三杯目のコーヒーを手に、サイドボードのそばから戻ってきた。「考えていたのだが、きみはマリオン・トローブリッジだと確信しているかね？」

「確信というと言葉は強いですが、おおむねそう思いますよ。誰もが、ほかの全員を除外してもいいくらいに考えているようです。少なくともスターンの件は」

「しかも、れっきとした理由がある」ポンズはいった。「この手の犯罪の動機を、わたしがどう考えているかは知っているだろう。十件中九件は個人的な動機であり、その九件のうち八件は性的な関係が絡んでいる。今、ここでは、ふたつの殺人が間を起かずに起こった。ところでマイケル、ふたつの犯罪が起これば、大いに助けになるときみはいわなかったかな？　たとえば、ひとつひとつの犯罪では多くの容疑者が考えられるが、両方となるとその数はずっと少なくなる。特に、ふたつの犯罪が似たような手口で、同一犯を指し示しているような場合には」

　ロードは認めた。「ご指摘はもっともです。わたしもその面から考えました。しかし、今回はあまり助けになるような気がしません」

「それは、わたしと同じくきみも、ここにいる人々のことをよく知らないからだろう。わたしにはこんなふうに思えた。何人かはブラーを知っているだろうし、何人かはスターンを知っている。しかし、両方とも知っているのは、トローブリッジとノーマン・トリートのふたりだけだ。そのうち、両者と長年にわたり親しくつき合っているのは、マリオン・トローブリッジだけなのだ。顔見知り程度の間柄で、殺人のような個人的な犯罪が行われるとは、なかなか信じがたい」

「ええ」ロードはいった。「しかし、それは一般原則です。具体的にいえば、われわれはトローブリッジを現行犯でつかまえようとした。しかし、見つかったのは彼女がコーヒーに角砂糖を入れたという事実だけだった」

「確かに彼女が認めたのはそれだけだ。だが、きみもわたしと同じように、彼のコーヒーには何らかの形で毒が入れられたのに、ほかのコーヒーには入っていなかったと仮定すれば、彼のカップに細工ができた人間はトローブリッジしかいない。毒が入っていたのなら、彼女が毒を入れたのだ。角砂糖と一緒に、何か別のものを入れたに違いない」

「ずいぶんと見くびられたものですね」ロードは不満をいった。「わたしがそのことを考えなかったとお思いですか？　あの角砂糖の分析で、彼女があなたと研究室にいる間、わたしは彼女の服を脱がせたメイドをつかまえました。二階に運ばれた彼女が、半分意識を失っていたのは覚えているでしょう？　メイドが彼女の服を脱がせ、ベッドに寝かせたのです。話を聞いたメイドは信用できそうでした。彼女は服を脱がせる間、何も捨てられたものはないといいました。わたしは自分で、ミス・トローブリッジが着ていたものを調べました。それから、彼女がいた台の近辺を注意深く調べました。手のひらに毒を隠し持つことはできません。少なくとも液体の毒は。彼女は運ばれてくる間、何も捨てなかったのです。

しかも」と、彼は続けた。「たった今、彼女の部屋と持ち物をすっかり調べたところです。別の口実で調べたのですが、実は彼女がそのような物質を持っていた証拠を見つけようとしたのです。しかし、何も見つかりませんでした」

ポンズは認めた。「きみの話は、間違いなく彼女に有利だな。とはいえ、きみが目を光らせていたにもかかわらず、彼女が何かを捨てたという可能性も残っている」彼は考え込むように相手を見た。「まるで彼女をかばっているようだな、マイケル。マリオン・トローブリッジは魅力的な女性だ。わたしの知る限り、彼女は決して、きみが職務上知り合ったほかの若い女性のようには美しくない。しかし、魅力的なのは否定できない」

「それで思い出しました。今朝、ドアが開いているのを見ました。下世話な興味で訊くのではありませんが、マリオン・トローブリッジは」ロードはずばりと尋ねた。「ノーマン・トリートの愛人なのですか？」

「もちろんじゃないか……。いや、まあ」博士は自分を抑えた。「少し話を急いだようだな。実際に聞いたわけではないのだが、ずっとそうだと思っていた。そういう関係でなかったら、彼らは思ったよりも愚かな人間だな。ふたりが結婚しないのには、明らかに何か理由があるのだろうが、長い間、互いを憎からず思っているのはわかっていたし、トリートに関する限り、何らかのつき合いのあった女性は彼女だけだ。ノーマンが生まれながらの研究者なのは本当だし、人生で主に興味を持っているのは研究だ。しかし、わたしの意見では、彼は堅物ではない」

「勘ぐらずにはいられませんね。おっしゃる通り、彼女は魅力がないわけではありません。自分にぴったりの愛人にめぐり合った彼は、幸運だといえるでしょう」

「今まではな」ポンズは暗い声でいった。それからしばらく、思いにふけるように黙り込んでいた。「マリオン・トローブリッジには何の敵意もない」やがて彼はいった。「彼女と知り合ったのは最近のことではないし、常に楽しく、感じのよい女性だった。しかし、殺人となると、それらを考慮に入れるわけにはいかない。いいかね、最終的にどちらなのか、答えを出さなければならないことがひとつある。そして、われわれには答えが出せると思う。つまり、彼女はスターンのカップに、砂糖以外のものを入れたのか、入れなかったのか？」

「その問題に最終的な答えが出れば、役に立つのは間違いありません。しかし、どうやって？

つまり、これまで推測したことのほかにですが」

「嘘発見テストにかけることもできる。彼女はうんというだろうか?」

「ええ」少し考えてから、ロードはいった。「いうと思います。わたしの要求にはすべて、ためらうことなく従ってくれましたから。けれど、そんな装置は持ってきていないでしょう、博士?」

「ああ。だが今朝、鞄の底から脈圧計が出てきた。それで思いついたのだ。正確なテストにはならないが、実のところ、本当に必要な道具はそれだけなのだ。収縮期の血圧こそが、このテストで唯一重要な要素だ。いずれにせよ、参考にするだけだ。彼女がやるといえば、答えが出ると請け合おう」

「やってみる価値はありますね。あなたがミス・トローブリッジに持ちかけますか、それとも——」

「いったい何のお話ですか?」振り向いたふたりは、背後にノーマン・トリートが立っているのを見て驚いた。かすかに顔が上気している。ふたりは会話に夢中になっていて、彼が入ってきたのに気づかなかった。「マリオンに何を持ちかけるつもりです?」

ロードは城主の表情に、怒りが芽生えるのを見た気がした。彼はなだめるようにいった。「当然ながら、ミスター・トリート、ここにいる全員に疑いがかかっています。このような状況では仕方ありません。ポンズ博士は、ミス・トローブリッジが潔白なら、それを決定的なものにする手段を提案していたところです」

「潔白に決まっています」トリートは力強くいった。「この前あなたは、あの出来事に明らかに動揺している彼女を質問攻めにして困らせましたね。いっておきますが、わたしは決して許しません。この事件に彼女が関わっていると考えるのは、愚の骨頂です」

「気持ちはわかるよ、ノーマン」口を挟んだのはポンズだった。「しかし、スターンにコーヒーを渡したことで、彼女は明らかに疑わしい立場にいるのだ。もちろん、ただ運が悪かったに過ぎない。とはいえ、警察からはさらに多くの質問をされるだろう。彼らよりも温厚なロードが、彼女に有利な証拠を手に入れない限りね。彼女が疑惑から逃れられないことを理解しなければ」

「理解などできません！」

「残念ながら、ミスター・トリート」ロードがいった。「わたしは客としてここに来たので、好きでこの捜査をしているのではありません。あなたが望むなら、今からでも完全に手を引き、しかるべき捜査員に事件を委ねます。しかし個人的には、あなたはわたしに事件を解決してほしがっているのだと思っていました。仕事となれば、先入観を持つことも、他人の先入観に左右されることもありません。立場上、わたしが捜査するのは非常に難しいことです。この島で必要な人物を調べるには、あなたの威光を借りなくてはならないでしょう」

「本気でミス・トローブリッジが怪しいと思っているのですか？」トリートは信じられないといったふうに訊いた。

「残念ながら、彼女を疑うれっきとした理由があります。今のところは、彼女に不利な証拠はないといってもいいでしょう。しかし、後になって出てくるかもしれません」

「何てことだ！」ノーマンは不意に腰を下ろした。「あなたがそう考えるなら、あのマントンのような間抜けがどう思うことか」そして、意を決したようにまた立ち上がった。「まだお話しするつもりはありませんでしたが、いっておいたほうがいいでしょう。おふたりとも、音楽室に来てくれますか？」

音楽室は、ロードが最後に見たときとふたつの点だけが変わっていた。スターンの死体がないことと、引き裂かれた布が修復され、元のように吊るされて、後ろの窓が見えなくなっていることだ。

「こちらへ来ていただけますか？」ノーマン・トリートがいった。「この装置を見てもらいたいのです」

ふたりはスターンが死の直前に演奏していた装置の前に立ち、トリートが主な機能を説明するのを見た。実際それは、基本的にはピアノだった。ほぼ三角形の、大きくて頑丈な枠組の周りを、がっしりした三本の脚のついた外枠が覆っている。枠組にはさまざまな長さの弦が張られていた。白いものもあれば黒いものも、赤いものもある。そして、一定の間隔を置いて張られた四つ目の弦は自然のままの色で、馬の毛をより合わせて作られているように見えた。弦の本数は最も大きなピアノよりもはるかに多かったが、配列は似ていた。枠の端には張力を調節する器具があり、鍵盤を叩くと動いて弦を鳴らす小さなハンマーが並んでいる。

「しかし、これは」ロードはしばらくしていった。「ぴかぴかの筐体を取り去ったグランドピアノにしか見えませんが」

「完全にそうではありません。本来は、振動率を支配する法則の研究と証明に使うための装置です。完全に七オクターヴの幅があるのがおわかりでしょう。白、黒、赤の弦は、それぞれ全音、半音、四分音を出します。赤の弦はほとんどのピアノにはありませんが、過去に作られたピアノの中には、十六分音まで出せる弦を持つものもありました。しかし、わたしが知る限り、現代の楽器でこのような髪の毛の弦を持つものはありません。

髪の毛の弦は防音室での実験に不可欠で、もちろん防音室は、あらゆる実験に不可欠です。ご存じではないかもしれませんが、音を生み出す振動率は〝背景雑音〟を持たない限り、ごくわずかな幅しか放出も取込もしないのです。この〝背景雑音〟は、普通はさまざまなざわめきやささやき、破裂音などからできています。それが絶え間ない、混乱した音の背景となるのですが、通常は非常に小さな音なので気づかれません。一オクターヴの音の放出において、この背景雑音はふたつの地点で必要になります。いわゆるミとファの間、それからシとドの間です。それがなければ、これらの地点はどちらの方向にも行けない障壁となります。これらの地点では、音の伝播に騒音の助けが必要といってもよいでしょう。ご存じの通り、音はリズミカルな振動、騒音はリズミカルではなく、混沌とした振動のことです。

防音室では〝背景雑音〟は失われ、髪の毛によって与えられます。それはミとシの間に挿入され、ほかの弦が叩かれたときに共感して振動しますが、通常の振動の周期ではありません。

その他の点では、これは科学的装置です。娯楽のためのものではなく、知識を得るためのものであり、人間の手や耳の限界によって損なわれることもありません。これには〝平均律〟はありません。それぞれの弦は数学的に計算された一秒当たりの振動数を出すよう、正確に調節されています」

トリートが言葉を切り、ロードはその機をとらえて、いわねばならないと思っていたことを口にした。「興味深いお話です、ミスター・トリート。いずれ、この装置の使い方を教えていただきたいと思います。しかし正直、ミス・トローブリッジに不利な証拠とこれがどう関係するのかわかりません」

「ええ、そうでしょう。しかし、わたしの頭に浮かんだ考えをもっともなことだと思っていただくために、少し詳細をお話ししておきたいのです。裏に何があるのかをお聞かせしない限り、あなたには信じられないでしょうから。物理には詳しいですか、ミスター・ロード？」

「それほどは。ハーバード大学で講義を受けましたが、高度なものではありませんでしたし、今では相当忘れていると思います」

トリートは「ええ」といって、ため息をついた。「講義をするつもりはありませんが、物理学について少しお話ししておかないと、わたしがいおうとしていることを信じてはもらえないでしょう。あなたはポンズから、わたしが振動に関する数多くの研究をしていると聞いているかと思います。昨年、わたしはオクターヴの普遍則を一般的定式化したと発表しました。しぶしぶこの題にしたのは、一八六五年にJ・A・Rニューランズが、元素の周期性を公式化したものをオクターヴ則と呼んだからです。しかしこれも、彼の発見をあらゆる物理現象に拡張したものに過ぎませんから、妥当な名前といえるでしょう。

これが電子的なものと考えられているのはおわかりでしょう。つまり、究極的には電子の組み合わせでできており、われわれは電子が本当は何なのかについて、現行の説にわざわざ触れたりはしません。しかし、いずれにせよ、振動や〝波〟の中心には電子があるのです。それらは数マイルから何万何千分の一インチまで幅があり、その種類を表すには数兆以上の数が必要です。

その全域は、わたしが客観的にオクターヴと呼ぶものによって自然に整列します。最も長い〝波〟は長波ラジオの放送に使われ、次が短波ラジオ、その下がヘルツ波です。ここには十七オクターヴほどの振動が存在します。ヘルツ波の二オクターヴ下には熱波が現れ、九オクターヴ以上の幅があります。最も短いものは赤外線と呼ばれています。次に光波、すなわち可視スペクトルが一オクターヴあり、続いて紫外線が一オクターヴ、シューマン線が三オクターヴ、X線とガンマ線が七オクターヴあります。ひと続きの、途切れることのない列が、オクターヴ間隔で続いています。ちなみに、さまざまな長さを持つすべての〝波〟は同じ速度、つまり光速で伝わります。一秒に約十八万六千マイルです。

四十オクターヴほどに名前をつけたわたしは、あるとき、これはフルオーケストラになるのではないかと思いました。しかしそれから、いわゆる〝宇宙波〟が発見され、研究されました。それらはガンマ線よりもはるかに短く、ガンマ線の下にもこの列が続いていることを示したのです。実際、オクターヴの普遍則は、全部で四十九オクターヴ、あるいはおわかりの通り、オクターヴかけるオクターヴの数のオクターヴがあることを提示しています。この幅の中に、物理現象の客観的な基礎がすべて含まれているのです。

あらゆる振動幅を支配する法則を研究するのがわたしの仕事です。そして、あなたが今ご覧になっている装置を使えば〝粗雑な〟音場や空気振動の中で、すべてとはいえませんがきわめて多くの法則を客観的に証明することができます。それがこの装置の本来の目的なのです。ここには七オクターヴ、すなわちオクターヴの数のオクターヴがあります」

「何と」ポンズが口を挟んだ。「その考えが正しければ、ノーマン、きみは現代科学で最も広範囲の一般化を成し遂げたことになるぞ！　この装置自体、きみのいった通りのことができるなら、とんでもない偉業だ。まだほかに聞かせてもらっていない装置は？」

「あとは録音機。振動記録計。音叉、これは大事です。温度計。気圧計。その他もろもろ。しかし、わたしがこの装置を発明したわけではないので、評価されるいわれはありません。もう少し続けても構わなければ、お話ししましょう。驚くべき話だと思いますよ」

トリートはゆっくりと部屋を行き来しながら話し始めた。「わたしはたまたま、数年前に上海へ行きました。かなり大胆な研究成果を発表したもので、思ったよりも人に知られたようです。非常に古い歴史を持つ、半ば秘密めいた中国の組織があり、本部が上海の近くにあります。その組織は自らを、振動の聖なる科学なるものの守護者と称しています。彼らはわたしの噂を聞きつけ、会見がお膳立てされました。

それは不思議な体験でした。わたしは夜間、こっそり郊外へ呼び出され、彼らが迎える建物に連れていかれました。彼らがその建物を寺院と考えているか、それよりもっと神聖な場所と考えているかはわかりません。実は、そのときは彼らのことをほとんど知りませんでしたが、彼らの奇妙な話の中には、実に興味深い科学的示唆が含まれているのは間違いありませんでした。彼らの態度には、科学的な自由と、ある種の排他的な秘密主義が、ひどく奇妙に入り混じっていました。自分たちの知識について、わたしと語りたいようでしたが、公に発表してすべての人に知られるのは気が進まないようでした。わたしは、彼らの示唆から生まれた結果を公表するのは自分の義務だと指摘しました。それは構わない、と彼らはいいました。責任を取るだけの能力があると思うならと。彼らは自分たちをそう思っていないようでした。

まったくの偶然で、彼らはこんなことを口にしました。ピアノその他の楽器は、はるか昔の中国で、建国者たちが物理的実験のために作った装置が退化したものだと。彼らはその装置と実現性について詳しく説明し、今この部屋でご覧の通り、わたしはその会話からこれを作り上げました。こうした装置は自分でも考えついたかもしれませんが、実証装置全体の残り三分の二（まだあなたがたにお見せしていない部分）は、彼らの示唆がなくては作れなかったといえましょう。一時は、彼らのいうことを真面目に取ったものか疑問でした。科学とはほど遠いように見えたものですから。しかし今では、彼らが真面目だったのがわかりました。もちろん、このことは公表しません。実験の源を明かせば、同僚に頭がおかしくなったと思われるでしょうからね。

先ほどいったように、この装置で振動の法則を実証することができます。今、われわれの興味を引くのは、決定的音程の法則だけです。決定的音程は、ミとシの音符のすぐ上に存在します。ひとことでいえば、この法則は、これらの地点での放出や取込の振動には、より増大するための助けが必要で、しかもその助けは、それら本来の性質とは異なるということを表しているのです。その特別な音程は一種の障壁となり、リズミカルな振動は、それと反対のリズミカルでない振動が存在しない限り、そこを通過できません。それに関連して、髪の毛の話をしたかと思います。

しかし、髪の毛には別の要点もあります。わたしは実験中にそれらが振動する様子をスローモーションの拡大写真を使って研究し、ほかの弦と違って髪の毛の場合、張力ではなく三つの異なる要素がその振動を支配していることを、驚きとともに発見しました。一つ目の要素は隣り合った弦の振動率です。これは十分合理的です。二つ目は温度で、これも合理的です。しかし三つ目は、部屋に誰がいるかというものなのです！　中国人はそういっていましたが、自分の客観的な測定で確認するまで、わたしは迷信だと片づけていました。

こんなことをお話ししているのは、非常に大事な推論が含まれているからです。人が髪の毛に影響するだけでなく、髪の毛もまた人に影響するのです。その点だけは、この装置で妥協しなくてはなりません。四分音を出す赤い弦は、人がこの装置を操作するとき、鍵盤の下のペダルを踏むことで張ったり緩んだりするようになっています。このようにして、人の聴力によってより調和的に髪の毛の不協和音と結びつくのです。

さて、あなたがたをここへ連れてくる前にいいましたが、わたしは自分の疑惑をまだ打ち明けるつもりではありませんでした。というのも、何としてもこの装置で最後の実験をしたかったからです。しかし、警察はここから出ることはできず、実験が終わるまで居座ることを余儀なくされるでしょう。いずれマントンに話すことを、今あなたに話すことに異論はありません。特に、あなたにマントンを苛立たせる覚悟がおありなら。

中国人はわたしに、赤い弦をきちんと調節しないと、髪の毛の振動が近くにいる人間に深刻な危害を与えかねないといいました。幸い、めったにないそうですが、場合によっては命にもかかわると。わたしはそれも信じませんでしたが、実験の初期にセイルズもわたしもひどい頭痛を感じたのです。それからは赤い弦を調節する工夫をし、そのような問題はなくなりました。

しかし、ここに避けがたい問題があるのです。おわかりの通り、人が変われば髪の毛に与える影響も変わるだけでなく、その逆もあるということです。調整装置はわたしとセイルズのときにはうまく働きましたが、エリック・スターンのときはきちんと補正できなかったのかもしれません。

われわれは彼がこの部屋に入ったのを知っています。彼が演奏したのも。彼がひとりきりで死に、唯一口にした飲み物であるコーヒーに毒が入っていなかったことも知っています。わたしはとても恐ろしいのです。彼の死は、わたしの装置とわたしの過失によるものなのではないかと。ひょっとしたら、彼に演奏をさせたのは、犯罪的過失だったのではないかと！」

午後も半ばを過ぎていた。ロードはポンズ博士の部屋にある塔の窓から、気温が下がるにつれ徐々にやもうとしている雪を眺めていた。彼はポンズ博士を待っていた。それにマリオン・トローブリッジを。彼女と話をしたところ、最初は半信半疑の様子だったが、嘘発見テストの性質を説明すると受けたいといった。テストは博士の寝室で行われることになった。ほかの人々の好奇心を刺激しないためと、プライバシーを確保して彼女が興奮しないようにするためだ。約束の時間は四時だった。彼女が現れるまではまだたっぷり時間があるが、博士はどこへ行ったのだろうとロードは思った。ポンズ博士と話がしたくて仕方がない。

　廊下に面したドアに、ノックの音がした。「どうぞ」とロードはいった。ポンズではないだろう。自分の部屋をノックするはずがない。マリオンが来るにも早すぎる。ドアが開き、フィン巡査の顔と肩が現れた。続いて、均整の取れた体が入ってくる。

「銃は見つかりましたか、警視？　もちろん、わたしもこのおかしな家を隅々まで探しているところですが」若者はひげを剃ったばかりで、ロードの櫛とブラシも使ったらしく、髪もきちんと撫でつけられている。制服のしわもそう目立っていない。ハンサムな男性だったが、制帽を手にきまり悪そうに立っているのを見て、ロードはまたしても笑いをこらえるのに苦労した。

「いいや」彼は正直にいった。「きみが寝てから、銃は見ていない。よく眠れたならいいが。物騒なことは起こっていないし、ドアの封印もそのままだ。ところで、何か食べたかい？」

「ちゃんと食べました」武器がまだ見つかっていないのを知り、彼は悲しげな顔をした。しばらく黙っていたが、急に激高したように叫んだ。「ここはまったくどうかしてますよ、警視、間違いありません！　キスされたんです、確かに！」

「何だって？」今度はロードが馬鹿みたいにぽかんとする番だった。これほど驚いた話はない。あの痩せっぽちのアグネスが、厨房で食事をしているフィンを見初め、女性らしからぬ行動に出たのだろうか？「キスをされたって？　誰に？」

「わたしは結婚して、家には三人の子供がいます！　それに、誰だったのかもまったくわかりません」

「いや、わかるはずだ。どこにキスされたんだ？　うなじか？」

「いいえ、警視」フィンは真っ赤になっていった。「わたしは死人のようにぐっすり眠っていました。ベッドに入ってから二時間くらい経ったころです」（トリートとポンズと一緒に音楽室にいたときだ、とロードは思った）「女性がこっそり部屋に入ってきて、音を立ててキスをしたのです。わたしが目を覚まし、ベッドを出るころには、ドアから出ていってしまいました。わたしはズボンを穿いていなかったので、追いかけることもできませんでした。後には天使のような香りが残っていました」フィンは思い出したようにいった。「ああ！」

ポンズ博士が戸口に現れ、いきなり警察官とぶつかった。「失礼」ポンズは大声でいった。

「フィン巡査です」ロードはいった。「ピークスキル警察の。こちらはポンズ博士。博士、巡査がたった今、キスされたそうです」

「楽しい経験じゃないか」ポンズはいった。

「でも、相手が誰だかわからないと」

「ああ。それはちょっと残念だ。しかし……」

「巡査には幸せな家庭があるんですよ」

「それはよかった」博士はいった。「だが、それは今は関係ないんじゃないか？」

「しかし巡査は、その女がとてもいい匂いに包まれていたのを覚えています」

「また後で参ります、警視」フィンが叫んだ。「ちょっと見回りをしてきます――」顔も首筋も耳も真っ赤にして、彼はそそくさと部屋を出ていった。

「いったい何事だね？」ポンズが訊いた。「あの警官がキスされたというのは。彼をどぎまぎさせたかっただけなのか？」

「いえいえ」ロードは思わず笑っていた。「しかし、面白がらずにはいられません。最初に居眠りをしたとき、彼は銃を盗まれました。二度目にはキスです。彼が銃を盗まれたのも知っていますし、キスされたのも確かです。彼にとってどちらが大きい災難かわかりません」刑事は友人に詳しく話した。

ポンズはさっきよりも深刻な表情になっていた。「きみがどう思っているかは知らないが、どちらが重要な出来事かを決めるのはさほど難しいことではないだろう。銃を盗んだ人間は、それを使うつもりで盗んだと思わざるをえない」

「心配しても仕方ありません」ロードは達観したようにいった。「城にいる全員を追いかけ、銃で悪さをしないよう見張るのは、物理的に不可能です。いずれにせよ、これは毒殺事件ですし、追われていると思えば犯人は武装すると考えなくてはなりません。わたしはもうひとつの出来事のほうに興味があります。まったく筋が通らない」

「さあ、それはどうだろう。彼はがっしりして、大柄で、いい男だ。メイドのひとりがキスしたいと思うのも、驚くことではない」

「香水のことをお忘れですか、博士？　メイドとは思えません」

「ああ、そうだった。確かにその通りだ。しかし、みんなが魅惑的な香水をつけているぞ。もちろん、マドプリッツァのが一番匂いがきついが……。ああ、そうだ、マイケル！　彼はきみの部屋のベッドで寝ていた。ドアは閉められ、窓のカーテンも引かれていて、部屋は暗かった。きみがキスされるはずだったのだ！　結局、このふたつ目の出来事が一番大事だということだ」

「何てことだ」ロードはいった。「ええ、その可能性は大いにあります。いやはや！」

「またしても女だ。平たくいえば、マイケル、その女がきみを誘惑したり、危ない目に遭わせたりするつもりなら、あと一歩でつかまえられるに違いない」

「ねえ、待ってください、博士。そのいい方は少し強過ぎませんか？　ボーグが？　トローブリッジが？　マドプリッツァが？　誰ひとり、そんなことをするようには思えません」

「誰かがやったのだ。そして、誰かが銃を盗んだ。銃については、きみの話からするとノーマンは除いてもよさそうだ。彼が銃を持っているのはほぼ間違いないし、それは彼が暮らすこの城にあるだろう。盗む必要はないはずだ。しかしそうなると、いずれにしても彼は除外されるのではないか？」

「ええ、彼は銃の件とは無関係です。でも、知りたいことがあります」ロードは続けた。「今朝、お話をしてから、ふたりきりになれなかったものですから。彼がわたしたちに語ったことを、博士がどう思っているか知りたいのです」

　ポンズ博士は部屋を横切り、大きな肘掛椅子に身を沈めた。煙草に火をつけ、今ではカーターが部屋に常備している酒の瓶を示す。ロードが辞退すると、自分のグラスに適当な量を注いで、ゆっくりと話し始めた。

「実をいうと、マイケル、どう考えていいのかわからないのだ。それがわかるには、考えていたよりもずっと多くの時間が必要になりそうだ。いくつかの点は、トリートのような立場の科学者から聞くにはあまりにも驚くべきことだ。例えば謎の中国人の話だ。ノーマンは空想的な男ではないから、心底驚いたよ」

「よくある話だと思いますが。何が悪いのかわかりません」

「わたしの意見では、中国の宗教的な派閥が先端的な物理学の正確な知識を持っているとは思えない」ポンズは答えた。「それに、このオクターヴの普遍則が途方もないものだということは、一見してわかるだろう。ノーマンがそれを確立すれば、間違いなくノーベル賞ものだ。あらゆる科学の目標は一般化をすることだ。すべての主題を包含する幅広い仮説、あるいはこういいたければ理論を確立することなのだ。この法則が本当に、あらゆる物理現象と、さらには化学にも応用できるとすれば、どんな種類の科学が扱う客観的現象でも網羅できるだろう。生理心理学においても、真面目に検討しなくてはなるまい。しかし、それを別にしても、真面目に提唱されている法則の中では、今のところ最も広範囲なものだ。しかも、ノーマンが決して人騒がせをして楽しむ男でないことは念頭に置いておかなくてはならない。彼が同時代のささいな物理的概念を徹底的に解体検査してきたのは本当だ。しかし、彼は常に自分の根拠を確信しているし、常に正しい」

「そういわれると、非常に難しい仕事に思えますすね」

「プラザホテルでいったが、今回、彼は何かを隠し持っていると確信していた。だが、これほど大きいものとは思わなかった」

「理論に興味がないとはいいませんが」ロードはいった。「わたしがまず興味があるのは、この装置です。そして、このほうが差し迫った、現実的な問題です。今、大事なのは、この装置にスターンが殺せたかどうかという質問です。そんなことがありうるでしょうか?」

「全体的に知らないことが多すぎるこの状況では、何だってありうるだろう。それでも、認めなくてはならないが、わたしが真っ先に思ったのは、まだまだ改良の余地がありそうだということだ。それを除けば、完全に論理的に作られており、前提が有効であることを認めており、しかもそれを作ったのは——トリートだ。あの髪の毛が、彼がいったように明らかな物理的反応を生み出すことが示せれば、それが人を殺せるか、単に害を与えるだけかというのは、程度の問題に過ぎない」

「では、彼の考えは完全に信じられるというのですね」

「わたしは科学者だ」ポンズはいった。「信じるということはない。わかっているか、いないかだ。ノーマンの考えを否定するわけでないのは理解してもらえると思うが、今のところはわかっていないとしかいえない。科学的な命題は、さまざまな人間によって何十回となく慎重に実験を重ね、検証されるまでは確立しないのだ。検証する価値があるのは間違いない。しかし、それをここに適用するには、少なくとも奇妙に感じられる点がいくつかある。この装置がスターンを殺したとノーマンが考えているなら、なぜニューヨークの私立探偵を雇って殺人事件の調査をさせる？　科学的な事故なら、彼のほうがずっと適任だろう」

「ニューヨークに行ったときには、その考えは頭になかったのかもしれません」

「ああ、そうだな。それに、本気で事件を解明したければ、いずれにしても探偵を雇っただろうといわねばなるまい。その説が証明されるまでは、別の仮説に基づく手段を無視したりはしないだろう。同じく常識で考えて、装置説はないように思える。ブラーはどうなる？　わたしの考えでは、ふたりの死がどちらも説明されなくてはならない」

「その通りです」ロードは同意した。「トリートの装置でブラーを殺すことはできません」

「そうだ。彼はただ、この説でマリオンを守ろうとしただけだというのが一番ありそうだ。彼女が疑われていると知って、うろたえていたからな。自分がやったといい出しかねないところだが、彼はどのように殺人が起こったか知らない。彼は本当にマリオンのことが心配だったのだろう。とっさの思いつきで適当な犯罪をでっち上げるくらいが関の山だった。彼は本当にマリオンのことが心配だったのだろう……。マイケル、嘘発見テストを彼女が受けるとすれば、そこで事件が解決してもわたしはさほど驚かない。彼女が進んでテストを受けるといったのは、嘘発見器をだませると考えたからかもしれない。だが、だますことは不可能だ」

「四年前に〈メガノート〉号の上でやったのと同じテストですか？　しかし、あのときは船長室がいっぱいになるほどの機械を組み立てていたじゃありませんか。ここでどうやって、そんなことができるんです？」

ポンズは自信たっぷりにいった。「できるとも。正式なテストや、裁判所に提出するためのものなら、収縮期血圧の変化に加え、呼吸運動記録器で呼吸比率を調べ、精神電流計で汗反射を調べるだろう。ほかの検査もする。しかし、これはわれわれが参考にするためで、基本的に大事なデータは血圧だけなのだ。ほかの装置は、単に正式な確認のためだ。わたしは必要に備えて血圧計を持ってきている。どんなものかは知っているだろう。医者が血圧を測るのに使う単純な道具だ。腕か脚に巻くベルト、それを膨らませる小さなポンプ、そして膨張圧を記録するダイヤルでできている。ベルトが膨らむと、血流が止まる。それから、最初に脈動を感じるまでゆっくりと空気を抜く。それは、血管内の血液の圧力が、ベルトの中の空気圧と等しいことを意味している。その結果、ダイヤルは両方の圧力を示す。そこで、被験者が質問に答えている間にできるだけ素早くその測定値を見れば、答えに対する数値がたやすくグラフ化できるわけだ」

「続けてください」ロードはいった。「ほとんど覚えていないものですから。それでどうやって、目当てのものがわかるのでしたっけ？　ひとことでいえば」

「この方法は、嘘をつくには本当のことをいうよりもエネルギーがいるという事実に基づいている。エネルギーは中枢神経系、正確にいえば脳の運動中枢から発する。このエネルギーは、嘘をつけば必ず発生し、心拍数にも影響し、ひいては収縮期血圧が多かれ少なかれ上昇するのだ。エネルギーを増大させずに嘘をつくことはできず、エネルギーが増大すれば血圧は影響を受けざるをえない。顔の表情や声の調子がどんなに制御できても、こうした内部のメカニズムを制御することはできず、したがって嘘がうまければうまいほど馬脚を現すことになる。この方式の嘘発見テストを出し抜いた者は、今までにひとりもいない。わたしにもできないだろう」

「しかし、被験者の中には神経質になる人もいるはずです。特に女性は。テストをされるというだけで、いずれにしても血圧が上がるでしょう。だからといって、必ずしも嘘をついているとは限りません」

「いいや、そんなことはない」ポンズは辛抱強くいった。「実際のミリ単位の測定値に違いは出ない。質問をする前に、通常の血圧のレベルを測っておくのだ。そのレベルからの変化は明らかだ。もちろん、被験者は多少なりとも興奮するだろうから、そのレベルが普段よりも高いのはほぼ間違いない。だが、そのことで混乱することはない。対照標準として発見したそのレベルが参考値となり、そこからの上下を見れば、ほしい結果が得られるというわけだ」

「それは確実そうですね」

「確実なのだ。まさしく百パーセント確実だ」

ロードは腕時計を見た。「四時過ぎですが、まだ来ませんね」

「結局、テストを受けないことにしたのかもしれない。きみとの間の冗談から始まったようなものだが、今となっては、ここにいる全員の中で彼女が論理的な容疑者だという思いを追い払うことはできなくなった」心理学者はいつになく真剣な口調でいった。

「わたしにはわかりません。この二日間、わたしたちはほかの人たちなど目に入らないくらい彼女に集中してきましたが、見つかったのは彼女に有利な証拠ばかりです。もちろん、ほとんどが消極的証拠ですが」

ポンズは肩をすくめた。「スターンが毒殺されたとすれば、飲み物によって殺されたはずだ。

彼が飲んだものに毒が入っていたとすれば、毒を入れられるのは彼女だけだ」

それに対する答えは、ノックの音で中断された。マリオン・トローブリッジが人目を忍んで部屋に入ってくる。「こんにちは」彼女はそういってほほえんだ。「少し遅れてしまったわね。この部屋に入るのを見られたくなくて、誰もいなくなるのを待っていたの。わたしがしようとしていることを知ったら、ノーマンは大騒ぎするでしょうから。ときどき過保護になるの。わたしだって、自分の面倒は見られるのに」

「座ってくれたまえ」ポンズが促した。「テストを始める前に、このことはいっておきたい。ロード警視は、この事件では非常に奇妙な立場にいる。わたしはといえば、彼を助けてはいるものの、われわれがどのような立ち位置にいるのかはっきりとわかっていない。マリオン、きみとは昔からの知り合いなので、これからやってもらうことは重要な結果をもたらすとはっきりいっておきたいのだ。きみが犯罪とまったく無関係なら、テストがそれを証明してくれるはずだ。しかし、もし事件に関わっていれば、きみが何をしようとそのことが証明されるだろう。われわれはきみにテストを受けるよう持ちかけたが、強制することは一切ない。仮に受けなくても、きみに不利な法的先入観を持つこともない。自己防衛のために、このことはいっておかなければならない」

博士が額を拭う間にも、マリオンの笑みはますます広がっていた。「あらあら」彼女はいった。「わたしを怯えさせようとしても無駄よ。このテストは、わたしが本当のことをいっているかどうかを教えてくれると思っていいのね。真実をいえば、困ることはないのでしょう。さあ、始めましょう。まずは何をすればいいの？」

心の重荷が軽くなると、ポンズは難なく有能な専門家になった。血圧計を取り出し、彼女が大きな椅子にくつろいで座っているのを確かめた。「脚に巻くのがいいのだが」彼はいった。「腕のほうがよければそうしよう」

マリオンは明らかに目をきらめかせたまま、ふたりを見た。「自分の脚を恥ずかしいとは思わないわ」彼女は断言した。「どのあたりに巻けばいいの？　膝の上？　いいわ、わたしに都合のよい影響を受けないようにしたければ、あなたが巻いてちょうだい」彼女はスカートの片側をたくし上げ、腿の上をぴったりと覆った。それから靴下留めを外し、靴下を下ろした。その下からは真っ白で実に形のよい脚が現れ、スカートの裾からシルクのスリップがほんの少し覗いていた。

彼女の無実をほぼ確信しているロードは、にやりとしていった。「わたしは影響を受けましたよ。ベルトをきちんと巻くために、不器用な手が触れてしまったらご容赦ください」

「本当に、わたしが知っている中で一番好感の持てる警察官ね」マリオンがいった。「とても優しい手つきだわ」一瞬、この部屋で真面目なのはポンズ博士だけのように見えた。

しかし、博士は手早くベルトの位置を直し、ロードにどこで脈を取ればよいかを示した。

「もっと強く押して」彼女はいった。「くすぐったいわ」

ロードは強く押し、ベルトに空気を入れ、バルブを緩めて計測値を読み、そばの床に置いた紙に書きつけた。十二回ほど計測値を記したところで、ポンズはやめさせた。

「血圧レベルを知るにはこれで十分だ」彼は宣言した。「だいたい百三十というところだ。普段の血圧と比べて、そう高くはないだろう?」

「わからないわ」

「まあいい。では、これからわたしが事件についての質問を行い、ロードが計測する。きみはそこに座って、答えてくれればいい。答えが遅いか早いかは、特に重要なことではない。ただ真実を聞かせてほしい。用意はいいかね?」

「準備万端よ」

「最初に」ポンズは始めた。「ブラー教授とは長い間の知り合いかね?」

「はい」

「彼のことが好きで、亡くなったのは悲しい?」

「とても悲しいわ!」

「エリック・スターンのことは好きだった?」

マリオンはためらい、考えているようだった。「ええ、そうね、もちろん好きだったわ」

「月曜の夕食の後で、彼はコーヒーにこっそり砂糖を入れるようきみに頼んだ?」

「はい」

「きみは承知した?」

「はい」

「エリック・スターンが好きな根拠は、マリオン?」

「それは難しい質問ね。あまり考えずに答えるなら、まずは彼の音楽の才能を大いに尊敬しているからよ。わたしの知っている、数少ない偉大な芸術家のひとりだわ。加えて、男性としての魅力もあるし、とても感じのいい人だった。それらを考え合わせれば、彼が好きな理由になるでしょう」

「では、月曜の夜のことを思い出してほしい。みんなにコーヒーを注いだときのことだ。スターンのカップ以外に、砂糖を入れたかね?」

「いいえ」

「彼のカップ以外に、何かを入れた? もちろん、コーヒーは別にして」

「いいえ、入れなかったわ」

「そして、彼のカップには砂糖を入れたのだね」

「はい」

「入れるのを誰かに見られた?」

「見られていないと思うわ。誰も見ていないところで入れるつもりだったから。テレンスには知られたくなかったので」

「砂糖を入れたとき、ほかに何かスターンのカップに入れた?」

「いいえ」

「それは間違いないかね?」

「もちろん間違いないわ」

「別のときに、何かを入れた?」

だもの」

「ええ。つまり、どうすれば毒を入れられるかわからないということよ。本当に適当に取ったの

「では、砂糖はほかのいかなる方法でも、毒を入れられていなかったのだね？」

「入れないわ！　当然でしょう！」

「砂糖に毒を入れたのかね、マリオン？」

「台に置いてあった小さな砂糖入れから、適当に出したの」

「角砂糖はどこで手に入れた？」

「入れなかったわ」

「ほかに、彼のカップに何かを入れることのできた者は？」

「誰にもできなかったのは間違いないわ。わたしは砂糖を入れ、すぐその後からコーヒーを注いだ。それから彼を呼び、直接カップを手渡した。彼はそれを持ってすぐに音楽室に入っていった。彼が自分でやらない限り、誰もそれに細工ができたとは思わないわ」

「なるほど。では、マリオン、聞かせてほしい。ロードが客間に戻ってきて、スターンが殺されたと告げたとき、きみはなぜ気を失った？　単なるショックで？」

「本当に気を失うとは思わなかったの」

「どうもわからない。どういう意味だね？」ポンズが尋ねた。「〝本当に気を失うとは思わなかった〟とは？」

彼女は途方に暮れたように鼻にしわを寄せ、勤勉に血圧計に向かっているロードを一瞬見下

ろした。それから、ゆっくりといった。「何といったらいいかわからないわ。慎重に答えたいの。わかるでしょう、ときどき、急に何かが起こると、自分の一部がこう感じるべきだ、あるいは行動すべきだと告げるのが。その場にふさわしい、出来事に関連したことを。残りの部分は〝馬鹿馬鹿しい、そんなふうに感じていないくせに〟というでしょう。すると最初の部分が、少なくともふりをすればいいと主張する。そんな感じで、気絶しそうになったのだと思うわ。でも、そのさなかに、急に気づいたの。わたしはエリックが好きだった。本当に好きだった。なのに彼は死に、もうどうすることもできないのだと。そのときに、本当に気を失ったのよ」

「ふむ」ポンズはいった。「ふむ。なるほど。いいたいことはわかった」彼は身を屈め、ロードが書きつけた数字を一瞥し、すぐに体を伸ばした。

「あとひとつだけ、マリオン。きみの考えでは、いいかね、あくまできみの考えでは、誰がエリック・スターンを殺したと思う?」

「そのことをじっくりと考えていたわ」彼女は低い声で答えた。「口にするのも恐ろしいことだけれど、わたしはボーグが関わっていると思う。わたしは――ええ――それがわたしの考えよ」

心理学者は考え込むように彼女を見て、ロードをちらりと見下ろした。「これで十分だ、マイケル。もう計測しなくていい。紙を渡して、どんな数字になったか見せてくれ」彼は二枚のメモを手に立ち上がり、ゆっくりと血圧計の数値をたどって、自分の記憶とロードが殴り書きした数字を質問と照らし合わせた。一枚目が終わり、二枚目をめくる。

ロードがいった。「こんなことは初めてですよ。何かがわかるといいですが。結果を確かめている間、ミス・トローブリッジにはここにいてもらったほうがいいですか？」

「わたしはここにいるわ」マリオンが大きな声でいった。その声に張りつめたものを感じ、男たちは振り返った。「当然、ここにいるわ！　どんな結果か知りたいもの。わたし――今ではやらなきゃよかったと思ってるの」彼女が急に不安を覚えたのは間違いなかった。冗談めかしていた表情は、今では明らかな苛立ちに変わっている。

「血圧を測ってくれ、マイケル」ポンズがいった。「早く！」

ロードは膝をつき、まだ彼女の脚に巻かれたままのベルトに急いで空気を送った。

「百五十四です」彼はポンズにいった。「いや、百五十六だと思います」

「外してくれ」心理学者は指示した。「これ以上計測は必要ない」それから、女性に向かっていった。「心配しなくていい、マリオン。計測値はすべて百三十から百三十五の間だった。最後の質問のときだけ、百四十三まで上がっている。ロードが不慣れなことを考慮に入れても、驚くほど安定した血圧であり、答えが真実であることを示している。最後の計測値だけが目立った上昇を見せたが、いくつかの話題のせいで、それに間違いなくきみ自身のせいで――というのは、たった今百五十六という数値を見たものでね――緊張が高まったという見方からすれば、最後の質問での上昇は、これで終わりだという期待感が影響したものだろう。質問をする前に、これが最後だといったものだからね。わたしが主に関心があったのは、カップと砂糖の質問だったのだ。おめでとう」

「わたしは無実だとおっしゃるの？」彼女は疑うように訊いた。

「もう打ち明けてもいいと思うが、マイケルはともかく、わたしはきみを疑っていた。スターンが毒殺されたとすれば、きみ以外の誰にできたのかわからない。その点は今もわからないわけだが。しかし、きみが彼のカップに入れたのは砂糖だけだったことに疑いの余地はない。隣でじっと見張っていたのと同じくらいはっきりと確信できる。その旨を、喜んで正式に証言しよう。このことを知れば、マントンですら納得するはずだ」

「ああ」彼女は長々とため息をついた。「ほっとしたわ」

その言葉を前にどこで聞いただろうとロードは思った。ああ、そうだ。テレンスが砂糖入りのコーヒーを飲んで無事だったとき、彼女は同じ言葉を使ったのだ。マリオンが無実と知ってマイケルは嬉しかった。彼女はまぎれもなく魅力的だし、間違いなく不安な時間を過ごしただろう。ロードの男らしい部分が、マリオンのような若い女性は無実であってほしいと願っていた。特に、彼女とゴムスキーやテレンス・トリートのような男たちの間から容疑者を選ぶとすれば。しかし、彼らを疑う根拠もなかった。それにボーグも。次は、なぜマリオンが彼女を疑うのかを突き止めることだ。証拠はあるまい。あれば彼女はそれを明かしただろう。一方で、彼女の態度は、漠然とした敵意以上のものから来ているように思えた。ただの敵意なら、もっと熱心に自分の意見を主張しただろう。

マリオンはいった。「それから、わたしを信じてくれてありがとう、ミスター・ロード。感謝します」

「入りたまえ」ポンズがいった。

ノーマン・トリートが戸口に立ち、驚いた顔で彼らを見ていた。

「これは何です?」彼はいった。「何てことを、ポンズ――」

「テストを受けていたのよ」マリオンが割って入った。「嘘発見器で。脚につけるの。とても面白かった。でも、後から怖くなったわ」

「わたしは完全にけりがついたと思っていましたが――」トリートがいいかけた。

「忘れてくれ、ノーマン」心理学者はぶつぶついいながら身を屈め、血圧計の入った小さな箱をどかした。「マリオンは自分から受けるといったのだし、何の危害も加えられていない。われわれは、非常に価値のある証拠を手に入れるのに成功した。完全に彼女の有利になる証拠をね。彼女がスターンのコーヒーに、まったく無害な砂糖のほかに何も入れなかったことは、疑いの余地もなく確立された。彼女と同じく、きみも感謝したまえ」

「ああ。まあ、そういうことなら。それでも、今朝話したように、わたしはすでにこの事件の真相を看破したと思っています。これ以上、テストをしたり探ったりする理由はないでしょう」

「わたしは逆に」ロードが指摘した。「ミス・トローブリッジがなぜ、エリック・スターンの死に、直接的にせよ間接的にせよボーグが関わっていると考えたかを訊きたいと思います」

「口にした以上は、詳しく説明しなくてはならないわね」マリオンは気まずそうだったが、きっぱりといった。「それに、これから話すことに具体的な証拠は何もないわ。でも、率直に訊かれたのだから率直にお話ししましょう。ボーグと大の仲良しだというふりをするつもりはないから」

トリートはいった。「それを追究する理由がわからない。今朝、あのピアノ装置のせいだと説明したんだ。ロードとポンズの両方に、どういうことだったか教えた」

「きみは可能性を指摘した」博士はいった。「しかし、ピアノが実際に彼を殺した方法は説明していない。その根拠は、よく知らない中国人に前もって警告されたということだけだ。きみ自身とセイルズが、部分的に確認してはいるが。ああ、髪の毛のことは知っている。しかし、正確にそれが人間の体にどのような影響を及ぼすのだ？　どうやったのかという質問に、詳細に答えてもらわなければ」

「わたしはボーグのことが聞きたいのです」ロードが訴えた。

「あなたの質問にお答えできますよ、ポンズ」トリートはいった。「専門的な質問である以上、専門的な答えで構いませんね」

「専門的な答えこそが必要なのだ」ポンズはいった。

ロードは頑としていった。「一度にひとつです。ボーグのことを」

「わかったわ」マリオンがいった。「お願いだから少し黙っていて、ノーマン。このことを話して、終わりにしてしまったほうがいいの。わたしはボーグを責められる立場ではないし、責めているのではないことをわかってちょうだい。でも、ある事情があって、遅かれ早かれわかることだわ。

ボーグとエリックのことはよく知っていて、一年前までは、どちらとも親しくつき合っていたの。でも、一年ほど前に突然、ボーグがわたしに嫉妬するようになったのを感じた。エリックがわたしと親しくするのが気に入らなかったのね。当然、彼がニューヨークにいるときはたびたび会ったわ。彼はよく練習を聴かせてくれたし、演奏会の前には何度か夕食に誘ってくれた。何が悪いの？　でも、ボーグは気に入らなかったみたい。実は、彼女がそのことに怒り、不愉快に思っているのを知っているの。けれどもエリックは、わたしたちの関係を変えることを許さなかった」

「それが動機なら、彼よりもきみを狙いそうなものだ」ポンズは意見した。

トリートが「馬鹿馬鹿しい——」といいかけたが、マリオンはすかさず続けた。

「ボーグがわたしに嫉妬していたことを必要以上に強調するつもりはないわ。それが動機だといっているのではないから。そんな深刻なものじゃない。決してそんなに深刻なものではないの。ただ、彼女の性格にはそういう側面もあったというだけ。でも、エリックへの職業的嫉妬は深刻だった。状況が違えば、ただ虫の居どころが悪いのだと笑って済ませたでしょう。けれども、エリックに対する態度を見て、彼女がわたしを嫌うのと同じくらい、わたしも彼女を嫌いになった。異常な職業的嫉妬としかいいようがないわ。芸術家という、ひどく曖昧な概念を除いて、エリックは彼女の競争相手ですらないのに。ボーグはわざと彼を悩ませ、動揺させた。特に大事な仕事の直前に。この前ここで見たでしょう。芸術家が動揺すれば、最高の仕事に不可欠な、繊細な心の均衡が崩れてしまいかねない。彼女は巧みに、彼の絶頂期の偉業を台無しにしようとしていたのよ。ときどきそれが成功すると、この手で彼女を殺したいとまで思ったわ。でも、わたしにできるのは彼に妻を捨て、正式に離婚して、別れるよう説得することだけだった。しばらくは遅れを取るかもしれないけれど、自由になれば、彼はこれまでにない成功を手に入れられたでしょう。

職業的嫉妬には重大なものも些細なものもあるわ。わたしには、これは重大なものに思える。彼女は夫の仕事を台無しにしようとした。それに比べれば、死など取るに足りないことだった。でも彼の死で、彼女の仮想のライバルは完全に排除された。そして、もしエリックが殺されたのだとすれば、ボーグは悲しみに打ちひしがれているように見せてはいるものの、それとは程遠い気分に違いないというほかないわ」

ポンズは静かにいった。「それは動機になるな、マリオン」

「しかし、彼は殺されたわけじゃない」トリートがじりじりしたように叫んだ。「少なくとも、故殺ではありません。わたしは彼が殺された方法を、あなたたちの好きなだけ詳しく説明することができますし、そうしたいと思っています」

ロードは窓際の椅子に近づき、煙草に火をつけた。「本当に専門的な話をしてくれるなら」彼はほほえんだ。「聞きたいものですね」

「必要以上でも以下でもなく、専門的にね。最初に、ポンズ博士のいう、わたしの説明の弱点とは何か知りたいのですが」

「わたしの理解では」博士はいった。「きみの仮説は、この装置での髪の毛の無秩序な振動が、スターンの体に致命的な影響を及ぼしたということだろう。もちろん、それがありえないとはいわない。いうはずがない。しかし、その振動が、あるいはそれをいったらどの振動でもいいが、人間の体からどうやって命を追い出すのかが説明できるまでは信じられないといわせてもらおう」

「〝命〟とはどういう意味です、ポンズ？」

「力だ。ある種の力だ」

「まさか〝生命力〟とおっしゃるんじゃないでしょうね」

「それもひとつのいい方だ。もちろん、物理的な力をいっているのだ。たとえではなく」

「力というのは」トリートがいった。「物理学よりも工学用語としてよく使われますね。力とは、ものの動き方に対する漠然とした総称にすぎません。高等物理学では、そんな言葉を使わなくてもずっとうまく表現できます。その概念は便利ですが、証明できるものではありません。今ではそう便利でもなくなっていますし。三つが空間、三つが時間という六配位の枠組があれば、そんなものはまったく不必要です。


しかし、命に戻りましょう。わたしが子供のころ、人々はまだ〝魂〟についてあれこれ話していました。命とはこの世の外から来る神秘的なもので、人間の研究が及ばないものだと。そこで〝生命力〟なる謎めいた言葉が生まれました。そのはっきりした定義は、これも研究できないというものでした。科学的愚行といっても賛成してくれるでしょう。しかし、われわれはそれを乗り越えました。すでに発見されているのです。わたしは、命とは何かがわかっています」

ロードはつぶやいた。「ポンズとの事件に出てきそうなことだ！　続けてください、ミスター・トリート。その本質がわかったのなら、ぜひ知りたいところです。ほとんどの人にとっては、今もって謎でしょうから」

「でしょうね。クライルの研究にはお詳しいですか？【原注1】彼の実験の数々を、わたしは自分の実験室で確認しました。ひとことでいえば、命というのは電位の差なのです。命の土台は原形質で、命の単位は細胞です。明確な境界面を持つ原形質の小さなかけらです。細胞は中心核と、それを取り巻く細胞質からなります。核は主としてニトロ化合物で、細胞質は炭素化合物です。核はより活発な部分で、高い電位を持っています。細胞の命にまつわる問題の本質は、核と細胞質との相互作用であり、それは両者の電位差に左右されます。実験的に証明されていることですが、生きている細胞には電位差が常に存在し、死にかけている細胞ではそれがゼロに近づき、死んだ細胞ではゼロになります。人体にきわめて重要な数百の細胞で電位がゼロになれば、体全体が死んでしまうでしょう。これが命の化学的な起源であり、死の本質なのです」

「ふむ」ポンズは椅子から立ち、マントルピースにもたれた。「ノーマン、きみの話を受け入れたとして、それがエリック・スターンの死という特定の例にどう適用されるのか、わたしにはまだわからないのだが」

「今朝、あらゆる現象で振動率がどれほど基本的なものかをお話ししたでしょう。生体には何百万、何千万という振動率が存在しています。しかし大事なのは、その率は注意深く連動し、すべてが互いに一定の数学的な関連を持っていることです。もし、有機体に重要な細胞で、ある特定の振動率が影響を受ければ、その有機体は死にます。

あの装置に使われている髪の毛の振動は、完全に無秩序です。しかし、原形質、細胞、有機体に共通の性質は、無秩序とは反対であり、大小、また極小の部分の間で、慎重に調整された連携であり調和なのです。しかも、あの髪の毛の有機体への影響は、わたしの実験に限っていえば、きわめてはっきりとした結果をもたらしました。セイルズとわたしがあの影響にさらされ続ければ、きわめて深刻な結果になったのは間違いありません。恐らく、それは爆発的な影響を――」

トリートは言葉を切り、いぶかるように窓のほうを見た。ほかの人々も、ある者は窓を、ある者はドアを見た。はっきりと音が聞こえた。どさっという音に続き、遠くで何かが轟くような音。次の瞬間、雷鳴に似た音が彼らの耳を襲った。頑丈な枠にはまった窓が震え、閉じたドアが揺れ、部屋の床も振動した。今度は、その轟音は怒号のように聞こえた。

トリートはぱっと振り返り、廊下へ向かった。走りながら叫ぶ。「研究室で何かがあったんだ！」

彼は勢いよくドアを開け、出ていった。

【原注1】最近出版されたジョージ・クライルの『The Phenomena of Life』（W. W. Norton & Co. N. Y., 1936）の中で、トリートが提示した仮説に基づく実験が公表されている。

追迫部

ロードは階段に向かって走った。彼の長い脚は快調に廊下を走ったが、ちょうど階段の一番上が目に入ったとき、ノーマン・トリートの肩はそこから下へ消えていくところだった。ポンズ博士が少し間を置いて追いかけてきて、マリオンが最後だった。彼女は走りもせず、歩いてきた。

客間はひとけがなく、薄暗かった。ロードが駆け込むと、マドプリッツァとパンテロスが、研究室の開いたドアのそばに驚いた様子で立っていた。

中で作業場を調べていたトリートの顔も、同じく驚きの表情を浮かべていた。「何も異常はない。いったい、何が起きているんだ？」

「火器が使われたはずがない」ポンズが入ってきたとき、ロードは考えを口にした。「重い爆発音だった。金庫破りのような。ところで、ここには金庫はあるのですか？　音楽室には？」

トリートはいった。「わたしの部屋に小さな金庫があります。そこからの音ではないでしょう。音楽室には装置しかありませんし、今は鍵もかかっていません。カーターはどこだろう？」彼は、研究室の細長い棚に置かれた内線電話に向かい、ダイヤルを回した。

温室に入ったロードの顔には、戸惑ったようなしわが刻まれていた。あれは大きな爆発だった。特に二度目のは。地下室かもしれない。しかし、トリートの話とは裏腹に、それは音楽室のほうから聞こえたような気がした。彼はゆっくりと、客間のほうに歩を進めた。マドプリッツァは、この危機のさなかに警察官のそばにいようとはせず、態度を決めかねて後ろへ下がる彼をただ見ていたが、やがてパンテロスを置いて、三十フィートほど後からロードについてきた。

ロードは考えていた。こんなことをしたのは、城を混乱に陥れるためなのか？　誰もがばらばらな方向へ走っていく。この間、罪のない者もある者も、アリバイは危うくなる。いったいどんないたずらが起こっているんだ？　ほかの人々はどこにいる？　テレンス・トリートは？　ボーグは？　ゴムスキーは？　それをいったら、マリオンはどこへ行った？　彼は足を速めた。

探るように見たが、客間には誰もいなかった。それでも、部屋の真ん中まで来たとき、隣で声がした。耳障りな声は、逆上して発せられたのか、誰のものかわからなかった。

「――いいことをしてやった――尻軽女――」

ロードは驚きでその場に立ち尽くした。ポケットの中で強く手を握る。もう一度辺りを見回した。マドプリッツァが、温室に通じる背後のドアのところに立っていた。部屋の反対側では、フィンが廊下をこちらへ走ってくる。

警察官は彼の腕をつかんで叫んだ。「警視！　来てください！　一緒に来てください！　見つけたものがあるんです。なくなる前に早く！」彼は熱心にロードの肘を引っ張った。

「しかし――。ちょっと待ってくれ――」

「来てください、警視！　大事なことなんです！」若いアイルランド人の声は、明らかに不安で高ぶっていた。

「わかった」ロードは短くいった。「さっさと終わらせよう！」彼は警察官の後を追って走った。

警察官は角を曲がり、玄関ホールを目指した。

階段を上る。上に何かあるのか？　階段を駆け上がるロードの頭に、ある考えがよぎった。爆弾か何か知らないが、それは全員をわざと階下へ呼び出すためのものだったのではないか？　東の廊下を折れ、渡り廊下を走る。ロードはフィンの広い背中にいきなりぶつかった。そこはまさしく、さっき後にしたばかりの部屋の前だった！

部屋には誰もいなかったので、フィンが忍び足で歩いているのが馬鹿げて見えた。彼はこっそりと、ポンズ博士のアイリッシュウィスキーのボトルが立っている小テーブルに近づいた。まるでその家具が、一時的に綱の外れたペットか何かのように。「それで」マイケル・ロードはいった。「いったい何なんだ?」

フィンの手が、ゆっくりとボトルの下の引き出しを開けた。引き出しの中には、テーブルクロスらしき緑の布が畳まれて入っている。フィンはそれをめくり、勝ち誇ったように顔を上げた。その下からは、スミス&ウェッソンのリボルバーが現れた。

くそっ。ロードは思った。こんなことだとわかっていたら……。彼は銃に手を伸ばし、薬室を開けた。六発すべてが装塡されている。「これがどうかしたのか? きみの銃じゃないだろう」「ええ」フィンは認めた。「見つかったのはこれだけです。証人になってほしかったのです。そのうち、どこの誰が銃を持っているか知りたくなるかもしれませんからね!」

「すぐにわかるさ」ロードは苛々していった。「自分のをなくしたんだろう。ホルスターに入れておきたまえ。きみには武装しておいてもらいたいのでね。ついてきてくれ。立ち話をしている場合じゃない。ここで何が起こっているか、突き止めなくては!」

ふたりはひとけのない廊下から、ふたたび階段を下りた。ロードは、この馬鹿馬鹿しいリボルバーの一件に費やした数分間に何も起こっていないことを必死で願った。あの醜い言葉を発したのは誰なのだろう? この島にいる犯罪者は、腹話術師でもあるのだろうか? 客間の大きな椅子に隠れていたのか? 荒唐無稽な考えだ。急げ!

玄関ホールにたどり着く前に、三人の女性が客間から出てきた。消火器を抱えたノーマン・トリートが、それを追い越す。「火事です！」彼はロードに向かって叫んだ。「これを持っていってください。わたしは研究室からもうひとつ持ってきます！」

ロードはそれを手に、馬鹿みたいに突っ立っていた。どこから火が出ているのか誰にもわからない。やがてトリートが戻ってきて、出口へ向かった。ロードはそれを追って桟橋まで来た。霧が城壁の間に厚く立ち込め、小さな湾の入口がかすむほどだった。午後の光もほとんど失われていた。しかし、火の手ははっきりと見えた。霧の白い毛布の向こうで、ボートハウスの開いたドアが紅蓮の炎に包まれている。石の城壁の外では、炎の音がはっきりと聞こえた。

桟橋からボートハウスまでは細い通路が延びていた。その端より先に行くのは不可能だ。ここにいても熱さがひどく、ボートハウスの中は圧倒されるほどだろう。大量の煙が上がっていた。炎の中心は部屋の奥にあるらしかったが、今も小さな炎が入口近くを這っていた。

通路の突き当りで、トリートが膝をつき、最も赤い部分に消火器を向けていた。ロードも何とか自分の消火器のノズルを持ち、トリートの肩越しに噴射した。狙いがうまくいったしるしのシユーッという音を期待したが、聞こえるのは火の燃える音ばかりだった。

ロードが肩越しに「フィン！」と叫ぶと、後ろから「はい、警視！」という声が聞こえた。

「ここにいても何もできない。上へ行って、誰かがスターンのドアの封印を破らないよう見張っていてくれ。できれば、誰がそうしようとしているか見ておくんだ。戻ってきてほしいときには呼びにいかせる」

カーターとポンズが、大きな金属製のタンクを苦労して運びながら通路をやってきた。「お持ちしました、ミスター・トリート！」執事は興奮したように叫んだ。「どちらへ置きますか？」

「あそこに置いてくれ。セイルズは？」

「どこにもいません」

ノーマンとロードの消火器は中身を噴射し続けたが、目立った効果はなかった。城主のほうが火にさらされる場所にいたので、その顔は次第に火照ってきていた。「セイルズがあそこにいたら」彼は歯ぎしりしながらいった。「タンクは使えない。まずは彼を助け出すことだ。もっと消火器を持ってきてくれ、カーター！」

ロードの後ろから新たな声がした。ようやくテレンス・トリートが駆けつけたのだ。これまでずっとどこにいたのだろう？　彼の声は鋭かった。「これは何事だ？　セイルズが中にいるのか？　行かせてくれ。ぼくが助ける」

「馬鹿なことをいうな」ロードがいった。「火がおさまるまで、そんなことをするのは論外だ」

「頭の悪いアメリカ人め！」

水しぶきの音にロードが振り返ると、テレンスは通路から氷のように冷たい川に飛び込んでいた。びしょ濡れになったコートを脱ぎ、頭からかぶって、ふたたび水に浸かる。彼は泳いで、ボートハウスの大きな入口に向かった。

「これで助ける相手がふたりになった」刑事は絶望したようにいった。ノーマンと彼は劣勢だった。炎が勝とうとしている。ロードはさっきよりも熱さが増したように感じた。間違いなく火の手は広がっている。全焼したらどうなるのだろう？　この風では、鎮火させることができるかどうかわからない。

ノーマンがいった。「タンクを使えば三十秒で済むのに。酸素を遮断して消すのですが、それだと彼らも窒息してしまいます」

ふたりは消火器を使い続けた。ロードの消火器は空になり、カーターが次のを持ってきた。続いてノーマンの消火器がプスッと音を立てて空になり、彼も新しいのを前に向けた。彼が手にするのはこれで四本目だ。火の燃える音は、前より激しく聞こえた。あと一分もすれば、この有利な場所から退かなくてはならなくなるだろう。

そこへテレンスが戻ってきた。あえぎ、息を詰まらせながら、ゆっくりと泳いでくる。だが、彼はその後ろに何かを引っぱっていた。

ロードはポンズが叫ぶのを聞いた。「彼らはわたしに任せろ」巨体の博士が桟橋の端に膝をつき、川に手を伸ばすのが、ちらりと目に入った。ノーマンが怒鳴った。「タンクを！　早く！」

ロードは消火器を投げ捨て、背後のタンクに向かった。それは扱いにくく、苦心して押さなくてはならなかった。ノーマンは濡れたハンカチで鼻と口を覆った。それからふたりは位置についた。

ノーマンがノズルを持ち、バルブを開いた。ロードはシューッという音を聞いたが、ホースからは何も出てくる気配がなかった。急に、何が出てきているのかに気づいた。ガスだ。それは、ほぼ一瞬で効果を発揮した。ボートハウスの火は、まるでかまどの扉を閉めたかのように消え、もうもうたる黒い煙が、両側のドアから立ち上った。

「ここを離れましょう」トリートがくぐもった声でいった。

彼はタンクのノズルを消火器の上に置き、ロードの胸を押して通路を下がらせた。栈橋に着いたとき、セイルズが城の入口から中へ運ばれていくのが見えた。ノーマンはハンカチを顔から取った。

「みんな、城に入ってください」彼は指示した。「この煙の中にあと三十分もいたら危ない。その後で、どれほどの損害があったか見てみましょう。テレンスは？　彼は無事か？」

カーターがいった。「かなりのやけどを負っていますが、深刻なものではなさそうです。セイルズのほうはわかりません。ひどい様子でしたが」

ホールで、ロードは状況を振り返った。ポンズはテレンスとセイルズについていた。フィンは二階にいる。そしてここにはボーグとマリオン、マドプリッツァがいる。もちろんノーマンも。ああ、パンテロスもいた。ゴムスキーはどこへ行った？

誰も知らなかった。誰ひとり、昼食後から彼の姿を見ていないようだった。

「一緒に来てください、ミスター・トリート。彼を見つけたいのです」たぶん無事だろう。しかし、城主とともに階段を上るロードは、何か考え違いをしているような奇妙な感覚に襲われていた。彼らは真っ先に、ボートハウスの上に当たるゴムスキーの部屋へ行った。それから先は捜索する必要はなかった。

いったいここはどういう場所なんだ？　意味のない細部が、意味もなく再現されている。ゴムスキーは窓のすぐ下の床に手足を広げて倒れていた。窓はしっかりと閉ざされていた。

第三楽章　スケルツォ

主題A：精霊

水曜の夜、あれこれ深刻な考えごとをしていたマイケル・ロードは、またしても客たちの態度に驚かされた。午後の騒動の興奮が触媒効果となって、沈んでいた気持ちが目に見えて回復したようだ。彼らはエリック・スターンが死んでから初めて、驚くほど明るい顔を見せていた。ボーグだけが例外だった。彼女は取り乱し、悲しみに沈んでいる様子だった。マリオンに強調されるまでもなく、彼女が明らかにスターンに嫉妬していたことは否定できないが、ロードは自分がこんなふうに考えていることに気づいた。夫の死というあからさまな事実に直面して、彼女は良心の呵責を感じているのではないかと。おそらく心の奥底では、本当は彼が好きだったのかもしれない。あるいは、保身のために型にはまった役どころを演じているのかもしれない。

しかし、ほかの連中は？　ピアニスト殺しの無実を証明されたのはマリオンだけで、その事実を知っている者も少ない。まさにこの部屋に、笑顔の裏に殺人者の顔を隠している人間がいる可能性は高いのだ。ほぼ間違いないといってもいい。ロードは思った。たとえばパンテロスのような人間は、この状況をどう考えているのだろうか？　今はマリオンと楽しげにおしゃべりしている。にもかかわらず、パンテロスはマリオンが犯人かもしれないということを知っている。もちろん、彼が犯人を知っていれば話は別だが、その場合は彼が犯人ということになる。しかし、全員が殺人者であるはずはないのに、誰もがパンテロスとマリオンのように親しげにおしゃべりを交わしている。罪悪感では、こんな楽しい雰囲気を説明できない。

確かに、ゴムスキーがテレンスの攻撃を受けたのではないことはわかっていた。ロードはテレンスがやったことに単なる疑惑以上のものを感じていたのだが。爆発の直後、テレンスとカーターが火事を見つけ、それからずっと一緒に行動していたのだ。それに、ゴムスキーは誰かに襲われたわけでもなかった。開いた窓の前に立っていた彼は、最初の小さな爆発が起こったとき、浅はかにもそこから顔を出したのだ。外を見たとき、二度目の、もっと大きな爆発によって立ち上った蒸気をまともに顔に浴びてしまった。彼は驚いた拍子にそれを深く吸い、気を失って倒れたときに窓を閉めたのだ。今では彼はぴんぴんしていた。

ほかの被害も、心配していたよりは軽かった。蒸気と煙にやられたセイルズはボートハウスに倒れていたが、助けが来たときにはまだ炎は届いていなかった。今も明らかに容体は安定していないが、やけどは負っておらず、二、三日、あるいはもっと早くに起きられそうだった。テレンスはやけどをしていたが、痛みはあっても深刻なものではなさそうだ。顔と腕を包帯でぐるぐる巻きにしているものの、今では動き回れるまでになっていた。

そして、死者が横たわる部屋のドアに近づいたり、いたずらをしようとしたりした人間はいなかった。

それでも、心配事は山ほどあった。以前も孤立した島だったかもしれないが、今では外から完全に遮断されていた。火事の被害がなかったとはとうていいえない。モーターボートが使えなくなったばかりか、本土との電話線も焼き切れていた。さらに、城全体の電力をまかなうために最近ボートハウスに設置した発電機が、深刻な被害を受けていた。地下室にある古い発電機を調べ、緊急に接続したが、あくまで一時しのぎだ。石油式のヒーターは電気がないと使えず、厨房の電気コンロも同じだ。使えるのは照明と、電気冷蔵庫一台だけ。照明は節約し、スイッチを入れるのはできるだけ少なくした。あとは暖炉に暖かさを頼り、冷たい食べ物でしのぐしかなかった。その間、外の気温は季節にふさわしく、著しい上昇を見せた。その結果、前が見えないほどの濃い霧が立ち込めた。

以前のロードはもっと悪条件にいたはずだが、今の状況を楽しむ気持ちは少しもなかった。周囲の人々の行動に関するポンズの解釈が正しいことはよくわかっていた。事態が思いがけず悪化したときには、かりそめの明るさが表に出るものなのだと。それは本物の明るさよりもはるかにヒステリックだった。テレンスとマリオンが、マドプリッツァとパンテロスのような甲高い笑い声をあげたら要注意だ。冷静で落ち着いた犯罪者は、ほかの人間が神経過敏になっている状態を利用できると考える。一方で、犯人も同じ神経過敏な状態を装うのは間違いない。

そして、今すぐに検討しなければならない不愉快な問題があった。ロードはポンズ博士とノーマン・トリートを何とかほかの人々から引き離し、ひとけのない隅に呼んで、その問題を切り出した。

「マントンは、電話が通じないのがわかればすぐにここへ来ようとするでしょう。パラシュートをつけた部下を飛行機から落としかねない。しかし、この霧では無理でしょう。この場所が見えないでしょうし、その上、川は前にも増して氷に閉ざされています。船は進めず、さりとて歩いて渡れるほど固くない。少なくとも数日は外界から切り離されることになりそうです」

明らかな事実を指摘され、ふたりは驚いた顔でロードを見た。トリートは「当然そうでしょうね」といった。ポンズが尋ねた。「本土から人が来ない限り、電話の修理は不可能ということかね?」

「そう思います」トリートは認めた。「セイルズが回復したら確認してみますが、われわれにできることがあるとは思えません。ケーブルが何フィートも焼けていますから。もちろん、ここにある電力を利用した緊急用の装置はありますが、火災ではなく機械的な不具合のために作られたものです。緊急用の発電機はほかの装備と同じくボートハウスにあり、同じくらいの被害を受けていることでしょう」

「どうしてこんなことになったのかわからない。ボートのディーゼル燃料が燃えたり、タンクの中で爆発したりはしないだろう。それに、暖房用の石油も」

「ええ。爆発の原因が何だったかは、専門家に調べてもらわなければわからないでしょうが、セイルズは放火ではなく、自然発生的なものと考えているようです。もちろん、発電機用のガソリンタンクから火が出たのは間違いありません。ディーゼル油のタンクではなく」

「すみませんが」ロードが断固とした口調で遮った。「すぐに対策を講じなくてはならない問題があります。ミスター・スターンは日曜の夜に亡くなり、今は水曜の夜です。人間の体がいつまでも同じ状態を保っていられないのは事実ですし、気温もかなり上がっています。今でさえ、封鎖している二階の部屋がどうなっているか考えたくもありません、ミスター・トリート。しかし今夜にも、どうするかを決めなくては。できれば、全員が寝静まった後で」

　相手は「しまった、そうだった！」と短くいった後、しばらく無言でいた。彼らは思案を巡らせる表情になった。やがてポンズ博士が咳払いした。

「非常に残念だが、ノーマン」彼はいった。「残った冷蔵庫を使うしかないと思う。その冷蔵庫を使って、あとはそれが十分に冷え、壊れないことを祈るばかりだ」


　それはロードの生涯で最も身の毛のよだつ経験だった。

　幸い、まだ使える冷蔵庫は十分な大きさで、地下室にあった。巨大な冷蔵庫で、まだ新しく、機能も優れている。電気さえ通じれば、壊れる心配はまずなかった。問題は、それに電気を供給する、あの古くてつぎはぎだらけの発電機が壊れるかもしれないということだ。彼らは賭けるしかなかった。

　午前二時過ぎ、ロードは二階の部屋のドアに貼られた警察の封印を破り、フィンとノーマン・トリート、ポンズ博士とともに中へ入った。四人の顔に浮かぶ表情は、楽しい仕事をしようとしているようには見えない。ロードはもちろん、これまでに人の死を見たのは少なくない。しかし死と、葬儀屋のいないところでその後処理をすることとは、まったく別の話だ。実際に臭いがしてもしなくても、頭で想像するのは間違いないだろう。覚悟をしておいたほうがいいと、彼は強く自分にいい聞かせた。

今も正装のままベッドに横たわっている遺体は、一見安心できる眺めだった。部屋は静まり返っていて、開いた窓の前にできた水たまりは乾いていなかった。しかし、今はじめじめしていて、寒くはない。ちょうど間に合ったようだ。担架はなく、屈んで死体を持ち上げたとき、ロードは遺体の一部が膨らんでいるような気がした。

死後硬直はとうの昔に終わっていた。運び出す遺体はだらりとしていた。特に頭がそうで、ロードは何よりも不快に思った。薄暗い廊下をできるだけ静かに進み、ゆっくりと階段を下りた。長い道のりを歩き、ほとんど燃えさしになっている客間の暖炉を過ぎ、温室を抜けて、食堂の配膳用の階段から厨房へ、そして地下室へ向かった。重い足取りの憂鬱な旅路だった。

「服を脱がせたほうがいいでしょうか?」ロードはいった。

ポンズはくぐもった声でいった。「その必要はないだろう」

冷蔵庫にはぴったり収まらなかった。脚を折り、頭は前にぐっと曲げなくてはならなかった。彼らは大きな扉を閉め、ロードが慎重に封印した。それから無言で地下室を後にし、冷蔵庫から出した食料を二階へ運んだ。

ポンズの部屋で、ロードはアイリッシュウィスキーをストレートで三杯飲んだ。

そして翌朝――もう木曜の朝だ――霧はいつにも増して深く立ち込めていた。窓を開け放ったロードの部屋は、彼が目覚めたときには霧で満たされていた。冷たく、湿った、まとわりつくような湿気は、見慣れたこの部屋でも、ポンズの部屋に通じるドアがどこにあるのかわからなくなるほどだった。今日はベッドにいても落ち着かない。刑事は勢いよく起き上がり、急いで浴室へ向かった。真っ先に頭に浮かんだのは熱いシャワーを浴びることだった。

浴室も冷え冷えとしていた。彼は思い出した。お湯は出ないのだ。冷たい洗面台でそそくさとひげを剃り、服を着替え、朝食をとりに階下へ向かった。そこも寒いだろう。トーストもコーヒーもないに違いない。誰かが気をきかせて、暖炉の火を使えば別だが。

誰もそんなことはしていなかった。

彼はトマトジュースと冷たいニシンの燻製、マーマレードを塗ったロールパン、牛乳を腹に収めた。冷蔵庫がないので、牛乳も長くは持たないだろう。悪くなる前に飲んでしまったほうがいい。空腹だったので、二杯おかわりした。この日最初のピードモントを肺いっぱいに吸い込むと、ようやく人心地がついた。ボーグが向かいに座っている。ほとんど何も食べず、惨めな様子で豪華な毛皮を肩に羽織っている。彼が入ってきたときに会釈をしたが、何もいわなかった。そして今、何もいわずに席を立ち、テーブルを離れた。見るからに不幸そうで、唯一身を守るのは沈黙を保つことだという印象を受ける。

彼女が出ていって数分後、ぶらぶらと温室のほうへ向かったロードは、誰もいないのに驚いた。

何かの音——動き回るような、より聞き慣れた、知っている音——が聞こえたので、ほかの客がいるのだろうと思ってドアをくぐったのだ。彼はその場に立ち、ほとんどわからない程度に肩をすくめた。みんなは客間にいるに決まっている。大きな暖炉のそばに集まっているのだ。食堂へ行くために通り抜けたときも、ほとんどがそこにいた。見てはいないが、ポンズはまだベッドの中だろう。怠惰な男だから。しかし、起きなければいけない理由もない。急に、客間の人々に加わるのに嫌気がさした。すでに終わったレースの馬券の話のような、無駄なおしゃべりを交わすのが。彼はまた煙草に火をつけ、上着の襟を立てて、温室のドアから白い霧の中に出た。

彼はすぐさま霧に飲まれ、生まれ持った方向感覚以外、すべての感覚を失っていた。何歩か歩いただけで、背後のドアはかき消えていた。両側の壁はまったく見えない。彼は見通すことのできない白い闇に囲まれるという、奇妙な感覚を味わっていた。うっかりプールに落ちないようにしなくてはと、右に曲がった。小道に足を踏み出し、見えないながらも、それに沿って庭と小さな汀線のほうへ向かった。

小道の果ての境界に足が触れて、彼は立ち止まり、初めてここで何をしているのだろうと思った。実際には何もしていない。なぜ何もしていないんだ？　ここに来た以上は、浜に下りて川の氷の様子を調べるべきだ。見えなくても、岸そのものの状態から何らかの結論が出せるだろう。それには庭を突っ切らなくてはならない。庭の一部は果樹園だ。木にぶつからないよう気をつけなくては。

片手を前に伸ばし、見えない障害物に目を凝らしながら前へ進んだが、一歩も踏み出さないうちに、何かが目の前にぬっと現れた気がした。彼は足を止め、慎重に手探りしながらゆっくりと二歩進んだ。何もない。勘違いだったのだろう。木がよけるはずはないのだから。さらに数ヤード進んでも何もなく、彼は無意識のうちに、さっきよりもきびきび歩いていた。衝撃は突然訪れた。彼はバランスを崩し、思わず自分がぶつかったものをつかんでいた。

怯えたような悲鳴があがった。震えるうめき声。マイケル・ロードの腕の中には、ぐったりとした女性がいた。

彼は改めて霧の濃さに気づかされた。二インチ以上顔を近づけて、ようやく相手が誰だかわかった。マドプリッツァが、霧と同じくらい白い顔で目を閉じている。可愛らしい顔は、気を失ったために、つかの間安らかな表情を浮かべていた。だが、すぐにおずおずと体を動かした。やがてまぶたが震え、彼女は必死にもがき始めた。

ロードは足を踏ん張った。「マドプリッツァ！」大声でいう。「やめなさい！　わたしはロードです。痛い目に遭わせたりしません。気がつくのを待っていたんです。走り出して怪我をしたりしないのを確かめたら、すぐに手を離しますから」

抵抗が弱まり、ロードは彼女を解放した。「ああ」彼女はうめいた。「ああ。どうしてわたしを追いかけてきたの？」

「まさか！」ロードはいった。「いいですか、あなたを追いかけてきたんじゃありません。偶然ぶつかるまで、あなたやほかの人たちが外にいるとも思わなかった。どっちにしても、ここで何をしているんです？」

「もう耐えられないの！　あの城には、もう一分だっていられない！　声がするのよ！　冷蔵庫の中にいるものの！」

噂が広まるのは速い。そんな思いがロードの頭をよぎった。ゆうべ、幽霊のようにこっそり動き回らないほうがよかったかもしれない。だがもちろん、使用人に知らせないわけにはいかなかった。「われわれ全員が、非常に不愉快な状況にいることは否定しません。だけど、ヒステリーに負けてどうします？　気をしっかり持って、落ち着かなければ。これがいつまでも続くわけではないのだから」

「そんなことをいって何になるの？　わたしたち、みんな殺されるのよ。この恐ろしい声のする島からは、決して出られないのよ」

「さあ」ロードは大事な点に集中した。「話してください。あなたのいう〝声〟とは何なのです？」

マドプリッツァはうつろな声でいった。「精霊よ」

ロードは圧倒的な苛立ちに襲われた。「精霊などいません」彼はそっけなくいった。「仮に、あなたのベッドの下に千の精霊がいても、危害を加えることはできないでしょう」

「あなたは無神経なのよ。わたしは最初の夜から知っていたわ。声はしなかったけれど、それは周りじゅうにいた。声を聞いたの。昨日、声が聞こえたのよ」

「どの辺りで？」彼はうんざりして訊いた。この場は何とか切り抜け、あとはマドプリッツァの顔を見ても、挨拶以上の声はかけないようにしよう。

「客間よ」彼女は即答した。「あなたが最初にミスター・トリートを追って研究室へ行こうとした後、玄関ホールに戻ってきたでしょう。わたし、その跡をつけたのよ。客間にふたりきりでいたとき、あの恐ろしい声がいったの。『尻軽女にいいことをしてやった!』って。あなたは警官と出ていき、部屋には誰もいなくなった。わたしもそれを追って走り出そうとしたとき、声がいったの。『やめなくては! 馬鹿なことを! みんなにばれてしまう!』って。だからわたし、椅子に座って、ボーグが助けにくるまでそこにいたの。そのすぐ後に、あなたがまた下りてきたのよ」

「ボーグはどこから来たんですか? 部屋にはあなた以外誰もいなかったといったじゃありませんか」

「知らないわ。何の違いがあるというの? たぶん廊下から来たのよ。いいえ、わからないわ」

「しかし、あなたは何人かと出てきたじゃありませんか。あのとき一緒にいたのはボーグだけじゃなかった。マリオン・トローブリッジも、そう、ミスター・トリートもいた。彼らはどこにいたんです?」

「知らないっていってるでしょう。たぶん温室のほうよ。きっとそう。声がしたとき、誰も客間にはいなかった。でも――」

「聞こえたのは男の声でしたか、それとも女の声でしたか、マドプリッツァ?」

「絞り出すような声だったし、怒ってもいたわ。男でも女でもない。精霊の声よ。人間であるはずがないわ!」

「さあさあ。客間に何かいたとすれば――」

そばの霧の中から、彼女が激情にかられて叫んだ。「ああ、誰も信じてくれない、誰も。ゴムスキーでさえも。悪魔主義者だというけれど、馬鹿馬鹿しい話だわ。悪魔的な精霊というものがいて、本当に悪魔的なのは精霊なのよ。人間がそういうふりをしているんじゃない。そして、それは客間にいたんじゃないわ。客間は何の関係もない。教授は川の上で殺され、スターンも客間ではないところで殺された。わたしはたまたま、彼らがあそこで話しているのを聞いただけ。音楽には力があり、本物の力は聖霊が支配しているといったでしょう。彼らは音楽に殺されたのよ。精霊はどこにいようと、音楽で殺すことができるの！　スターンが死ぬ前に演奏したとき、精霊の音楽にあまりに近くて、わたしは怖かったわ。それが彼らを呼び、彼らはまたやってきて殺したのよ。スターンの曲で人を殺すには、とてつもない力が必要でしょう。でも、彼らはやった。それを聞く人々はごくわずかだけれど、聞けば死ぬのよ。教授はそれを聞き、スターンもそれを聞いた。そして、彼らは死んだ……わたしはそのこだまを聞いたに過ぎないから、気を失っただけで済んだの」

彼女の速い、激しい息づかいが隣から聞こえ、握った手が震えているのを感じた。この支離滅裂さに、どう対抗すればいいというんだ？　基本的な前提があまりにも違いすぎるし、現実の見方もかけ離れている。この娘は正気じゃない。

マドプリッツァがまた話し始めた。「外へ出たとき、また聞こえたの。ただのこだまだけれど、わたしの体は弱り、気分が悪くなった。精霊の音楽が川の上を流れていた。教授は川の上で死んだ。そこらじゅうにあるわ。城の中にも、川の上にも。わたしたちはみんな死ぬのよ。ひとり残らず」彼女は悲観的な口調でいった。「望みはないわ」そして、絶望したように泣き出した。

ロードは彼女の肩に腕を回し、城のほうへ促した。これ以上こんなことをしていても、何も得るものはない。彼は優しく相手を導き、よろめきながらゆっくりと霧の中を歩いた。そっとプールを避け、そっと小道を歩く。優しくすればするほど、相手の信じがたい愚かさに苛立ちが募った。泣いている娘を城に連れ戻し、彼女がよろよろと階段を上って部屋へ行くのを見送るころには、ロードは厄介払いができたのを心底喜んでいた。ノーマン・トリートが階段を下りてくるのを見ると、心から嬉しくなった。

「よかったらいらっしゃい」トリートがいった。「昨日の奮闘の後で、どれほどの損害が出たか見ませんか？　これからボートハウスへ行くところなのです」

「見たいです。ぜひ」

しばらくして、城主が警告した。「気をつけてください。壁にぴったりとついていないと、通路から落ちてしまいます。これほどひどいとは思わなかった」しかし、ふたりは無事に歩ききり、煙の充満した格納庫に入った。

「いずれにせよ、あまり見てはいられないでしょう。わたしはもう一度〈ヴァルレ〉号の様子を見ます。黒焦げになっているんじゃないかと思いますが」

中は外よりも少しはましで、彼らは厚板でできた梁から梁へと歩き、焦げた船首によじ登った。前方の操舵室は半分が焼失し、計器のほとんどが破壊されていた。しかし、そこが一番の被害で、船室は前半分の壁が内側にたわみ、ねじれ、穴が開いている程度だった。トリートがスイッチを入れると、小さな部屋を明かりが満たした。

「ああ！」彼は叫んだ。「バッテリーは無事のようです。これを運び入れて、電気コンロが使えるかどうか見てみましょう」

ロードは壁の被害を調べた。明かりがついたおかげで、前よりもっとよく見える。

「これは何です？」彼は訊いた。

トリートが近づいてきて、船室の側面がねじれて外れたためにあらわになった浅い開口部を見た。中には小さな箱があり、手前に覆いのついた円盤が付属している。「スライド式パネルに隠された小型ラジオですよ。どんなふうにドアが引きちぎられたかわかるでしょう」明らかに興味がなさそうな声だった。

「しかし、どうやって周波数を合わせるのです？　ダイヤルはなさそうですが」

「調整はできません。ひとつの短波しか受信しないのですから。常に音楽室と周波数を合わせていて、ほかの周波数には合わせられないのです。そういえば、警察は船を調べたときにこれを見落としていたようですね。別に大したことではありませんが」

「ひょっとして、ブラー教授はこのことを知っていたのではありませんか？」ロードは自分でもなぜだかわからないまま、彼に訊いていた。

「ええ、もちろん知っていました。一緒に使ったことがありますから……。何てことだ！」トリートは叫んだ。「しかも、セイルズとわたしは、ちょうど彼が船でこちらへ向かっているときに音楽室の装置を動かしていた……。教授にパネルを閉めることができなかったとしても、荒波で閉まったのでしょう」

主題B：悪魔の所業

ロードは、ちょうど音楽室のドアへ消えようとするゴムスキーをつかまえた。

「悪魔主義とはいったいどういうことです、ゴムスキー？」

「ははは！　おまえさんが何を知っている？」

「知りません。しかし、あなたが悪魔主義者だと聞いたものですから。ニューヨークで一度彼らといざこざがありましてね。確か強制捜査が――」

「ふん！」ゴムスキーは疑るようにいった。「あんたたち――何といったっけ？――お巡りが、悪魔主義者の会合を強制捜査したって？　ぷっ！」

「あなたもそのひとりなのですか？」

「いいや。だが、ゆくゆくはそうなるだろう。おれはすでに大いなる秘密を知っているからな。ひとつには黒ミサに潜入したし、ふたつ目には高位の会員がおれのアパートメントで死んだからだ。死ぬ前に彼は錯乱状態に陥っていた。それでわかったんだ。いつか入会を許されるのだろう」

「それで、大いなる秘密とは？」

「は、は！」

「それが秘密なら、わたしは併合された村だ」ロードはいった。「あなたのような人が、そんな青臭いたわごとにかぶれるとは驚きですよ、ゴムスキー」

相手は叫んだ。「たわごとだと？　おれを愚か者だと思っているのか？　愚か者などではない。見えていないのはそっちのほうだ、馬鹿め！　ふん！　大いなる秘密を教えてやろう。何の害もないからな。おまえは目が見えないから見えないのだ。耳が聞こえないから聞こえない。厳粛な物事を理解できないのだ」

「試してみましょうか」

「いいとも」ゴムスキーはいった。「知恵から何が生まれるか見るがいい……。人間はふたつの部分に分かれている。だが、それは心と体ではない。心と体はひとつだ。中が空洞になったゴムのボールのようなものだ。体が外側、心が内側だが、ひとつのボールには違いない。それがひとつ。ボールが包み込んでいるのはボールではない。しかし、ボールはそれ自身ではない何かを包まなければ存在できない。そういう性質なんだ。だから、人間の場合、その一部は心と体、外と内を持つひとつの部分だ。もうひとつの部分は〝何か〟だ。ここには現実の力がすべて含まれているが、普通の人間はその中では生きられない。高等な人間だけが生きられるのだ。かくして、彼らは好きなことができ、創造でき、破壊できる。しかし、彼らが破壊するときには、常に繊細で感覚的な手段を使う。心と体の部分のような。例えば」ゴムスキーはいたずらっぽくいった。「音楽で人を殺すこともできる」【原注1】

「まさか、精霊を信じているといいたいんじゃないでしょうね？」

「おれは大いなる秘密を明かしているんだ。まだ心と体の部分にすら来ていない。精霊なんてものはどこにもいない。あるのは高等な人間が持つ〝何か〟だ。あんたにはものが見えていないといったただろう。すでにふたつの殺人が起こり、もっと起こるかもしれない。あんたたちが毒のことでまごまごしているうちにね。ははは！　ぷっ！」

「待ってください。それと殺人がどう関係するのですか？　あなたは何を疑っているのですか？」

ゴムスキーは彼の腕をつかみ、スターンが演奏していた装置へと連れていった。そして、低い声でいった。「おれはミスター・ノーマン・トリートを、きわめて高位の悪魔主義者だとにらんでいる。この機械のことは聞いていた。中国から来たものだと。やつらはこんなふうに使っていたのだ。すでに二度使われているし、こっちが何か策を講じない限り、また使われるだろう」彼の声は徐々に高まっていった。「こんなものは壊してしまったほうがいい。やつらの目的は殺人であり、おれはその目的には賛成する。だが、それに加担するには生きていなければならない。はじめに、自殺するよう説得できない人間を殺す。それから自分の命を絶つ。そうすれば、平和が訪れる」

「おい、やめるんだ！」ゴムスキーは周囲を見回していた。トリートの装置を壊す道具を探しているに違いない。

「やらなければ」ゴムスキーは叫んだ。「あんたには見えていない。これはおれたちの安全のためだ」ちょうどそこへ、ノーマン・トリートが入ってきて、問いかけるようにふたりを見た。

「どうしてわたしが悪魔主義者だというんです、ゴムスキー？」彼は穏やかにいった。あまりに穏やかな口調だったので、ずっと後になるまでロードは彼が人の心を読んだ不思議さに気づかなかった。ゴムスキーがそう指摘したときには、ノーマンは部屋にいなかったのだから。「あれは愚かで、薄汚い教派ですよ」

「彼らは人道主義者だ」ゴムスキーは怒鳴った。彼の顔に、にわかに青筋が浮かんだ。


【原注1】著者は、ゴムスキーとよく似た意見が進化し、最近イギリスで出版されたという情報を得た。E・グラハム・ハウの『I and Me: A Study of the Self』(Faber & Faber, London, 1935)である（原書には一九三六年出版とある）。褒めるべきところは褒められるが、一方、著者は次のようなことを付記するのを避けられなかった。古代の思想は現代よりも鋭く、かつ正確であることから、ここで論じられている意見は紀元前の教養人にとっては自明の理に過ぎなかったと。

主題A：嗚呼！

その途方もない計画は、昼食のときにゴムスキーによって持ち出された。先程までの暴力的なふるまいはなりをひそめ、冷静で現実的な態度に戻っていた。彼は話のきっかけとして、ノーマン・トリートに、ボートハウスのほかの船も、モーターボートと同じく焼けてしまったのかと尋ねた。

ノーマンはいった。「いいえ。カヌーと小型ボートは、冬の間は入口に一番近いところに置いてあるので、火もそこまで届きませんでした。焦げてはいるでしょうが、深刻な被害はないと思います」

ゴムスキーはいった。「マドプリッツァはひどく怯えている。部屋に閉じこもって、昼食に出ようともしない」それは本当だった。「彼女はとても繊細なんだ。五年前に神経衰弱にやられ、もう生きられないのではないかと思ったほどだ。これ以上ここにいたら、結果に責任は持てない」

「わたしがもう一度話してみよう」ポンズ博士がいった。「彼女は非常に緊張していて、当然、異常に神経が高ぶっている。しかし、何かできるはずだ」

「無理だ。彼女のために、彼女の正気を保つためにできることはひとつしかない。この島を完全に出ることだ」

テレンス・トリートがテーブル越しにいった。「正気を保つ方法がそれしかないなら、出ていったほうがいい。どうやって出る？　ぼくは出るつもりはないが」

「小型ボートを使えばいい」ゴムスキーが、説得力のあるところを見せようとしながらいった。「気温はかなり上がっているし、氷も緩んでいるに違いない。大きな船では立ち往生するところも、軽い小型ボートなら進めるかもしれない。必要なら、固い氷盤の上を、船を引きずって渡ってもいい。もちろん、おれも彼女と一緒に行く」彼は期待するように言葉を切った。

「それは無理です、ゴムスキー」ロードはきっぱりといった。「氷に閉ざされて、今よりもっと困った事態になるだけです。それに、島を出るのは論外です。マントンがもう一度事態を把握するまでは、誰も出てはいけません。以上です」

だが、昼食のすぐ後にフィンを探し出して話をしたとき、その提案に新しい光が当たった。ロードは警官に、ゴムスキーを見張る必要があると話した。音楽室はふたたび封鎖されたので、トリートの装置は心配ないが、作曲家が小型ボートで脱出しないようボートハウスを見張らなくてはならないと。

「しかし、警視、できるはずですよ」フィンはきっぱりといった。「たくさんの氷が浮かんでいるところを、小型ボートで進むのは可能です。わたし自身、子供のころにはこの辺りで何度もやりました……。警視、わたしが同行したらどうでしょう？　上陸してもわたしからは逃げられませんし、陸に着き次第、署とホワイト・プレインズに連絡が取れます。この状況を知ったら、彼らは頭をかきむしるでしょうね」

「だが、この霧だ」ロードは反論した。「出て十分もしないうちに方向を見失うだろう。辺りをさまよい、天候が変われば全員凍死してしまうかもしれない」

「ありえませんよ、警視。二時間もすれば見通しがよくなります。川のこの辺りは、子供のころからよく知っています。それに、川は南北に流れているし、方位磁針もあります。迷いようがありますか？　海ではないんですから。あなたはそうおっしゃいますが、やろうと思えばできますよ」

ロードが考えれば考えるほど、自信に満ちたフィンの言葉が、計画を実現可能に思わせた。責任者と連絡を取る手段があるなら、それを採用するのは明らかに自分の義務だ。フィンに川を渡ることができるなら、戻ることもできるだろう。葬儀屋と警察官を連れて。検死をこれ以上遅らせるのを回避するチャンスを逃すのは、許されざる行為だ。だが、ゴムスキーとマドプリッツァは？　ゴムスキーは見かけほど馬鹿ではないし、この警官も、銃を盗られたのはいささか滑稽だったが、がっしりした若者であるのは間違いない。どんな緊急事態が起こっても対応できるだろう。彼は川を知っているし、子供のころに遊んでいたという。それに、今は武装している。陸に着いても、ふたりが彼から逃げることはできないだろう……。かくして、彼はマドプリッツァを部屋に訪ねることになった。

「おわかりでしょうが」彼はいった。「わたしがこのことを承諾すれば、あなたとゴムスキーは正式に逮捕され、フィン巡査に拘束されることになります。彼の任務は、あなたたちふたりを速やかにホワイト・プレインズにある地区検事長の執務室へ連れていくことです。その後どうなるかはわかりませんし、保証もできません。マントン次第です。このことはおわかりですね？」

「ええ、ええ！　ここから出して、ここから離れさせて！　ああ、刑務所でもどこでも行ったほうがましよ。ここにいたらみんな殺されてしまう。川の状態はよくないけれど、彼らに見つかる前に渡れる見込みはあるわ。お願い！　お願い！　ミスター・ロード、わたしを行かせて！」彼女の瞳は熱っぽく光り、その態度は、最初の夜に見せた緊張と興奮状態を示していた。

ロードは彼女を置いて階下へ行き、客間の暖炉の周囲に集まっていた人々に自分の決断を伝えた。

彼の言葉は、間違いなく驚きをもって受け入れられた。ゴムスキーですら、ほかの人々と一緒になって驚いたようだ。ロードは一瞬、彼の申し出は本気だったのか、それとも風向きを見るための投げかけだったのだろうかと思った。しばらくして、マリオンが叫んだ。「ああ、そうだわ！　何か持たせてあげなきゃ。立ち往生したときのために、サンドウィッチと熱いコーヒーを。バッテリーがあるから、電気コンロがひとつ使えるし。ちょっと見てくるわ」

コーヒーか。彼女が部屋を出てから、ロードは思った。それからノーマン・トリートにいった。「一緒に研究室へ来てほしいのですが」何を飲もうと、それに細工がされていないことを、今回は自分の目で確かめたかった。まずは検査し、それが終わったところで、自分の手で船に運ぶつもりだった。毎晩、誰も毒の心配などせずに夕食をとっていたことを考えると、やりすぎにも思える。それでも、殺人が行われるのは人の目が届かないときだった。

ノーマンも同じことを考えたようで、こういった。「あなたにこれまで、朝食や昼食や夕食を分析しろといわれなかったのが驚きですよ」そして、あきらめたように肩をすくめた。

用意した食べ物を持ってくるよういわれたマリオンは、少し腹を立てたようだった。ロードがサンドウィッチの入った小さな籠を迷うように眺めているのを見て、彼女はいった。「まだわたしを疑っているのなら、サンドウィッチをひとつ選んでちょうだい。どれでも好きなのを」ロードは、彼女が何をしようとしているのかわからないまま、最初に手が出るとおぼしき一番上のひとつを指した。彼女はそれをつまみ上げ、自分で食べた。

ノーマンは大きな魔法瓶を徹底的に振ってから、試験官に少し注いだ。すぐに仕事に取りかかった彼を、残りのふたりは少し離れて見ていた。間もなく結果が出た。

「これも」と、彼はいった。「やはりテレンスのコーヒーです。前と同じ結果が出ている。間違いなく無害です」

マリオンが叫んだ。「まったく！　どうしてコーヒーが関係あるの？　これから砂糖も入れなくてはならないのに」

「砂糖を持ってきてください」ロードがいった。「それも分析しましょう」

「じゃあ、新しいコーヒーを淹れるわ。別の種類のを。みんなが出発を待っているわ」

「それは時間の節約にはなりません」彼はいった。「新しいコーヒーも分析が必要です。砂糖を持ってきたほうが早い」

砂糖は角砂糖だったので、トリートは差し出された十個から少しずつ角を削った。もちろん、砂糖もただの砂糖だった。ロードは角砂糖を魔法瓶に入れ、しっかりと栓をして、カクテルシェーカーのように振った。それを籠に入れ、その籠をボートハウスに持っていった。

小型ボートはすでに、桟橋の脇に浮かんで待っていた。霧は少し薄らいでいた。港の出口から二十ヤードほど先までは見通せる。マドプリッツァは船首に座り、ゴムスキーとフィンは船尾近くでそれぞれオールを握っていた。フィンが船尾に最も近く、その足元に〈ヴァルレ〉号から持ち出した救命胴衣が三つ置かれているのを見て、ロードは感心した。

マドプリッツァが食べ物の入った籠を受け取り、膝に置いた。彼女は怯えた顔で、少し震えていた。警察官が「そろそろ出ましょう」といい、船は桟橋を離れた。ポンズ博士、マリオン、ノーマン、そしてテレンスまでもが桟橋に出て見送った。「ご無事で」と、誰かが叫んだ。「助けを呼んできてください」

彼らは素早く港の出口まで行き、北の上流へ向きを変えた。船はゆっくりと、動かぬ氷の中を進んだが、ゴムスキーのいったことは正しかった。氷盤は船が進むのに十分なほど緩んでいた。少なくともこの付近では。ロードの目に最後に映ったのは、フィンが力強い肩を曲げ、大きくひと漕ぎする眺めだった。やがて船尾が城の壁の向こうに消え、小さな軌跡が残ったが、それもすぐに途切れた。

玄関ホールに戻ったとき、ロードは一瞬、かすかな音楽のこだまを聞いたような気がした。馬鹿げた考えだと片づけ、ポンズの後を追った。

ポンズは自室の暖炉の前に立ち、訊いた。「ゴムスキーがフィンの頭をオールで殴りつけ、川に突き落としたりしかねないのを、どうやって止める？　彼が犯人なら、それくらいのことは軽くやるだろう。こんなふうに彼らを島から出したことに、わたしはまだ驚いているんだ」

「いくつか理由があります」ロードはその問いに答えた。「そんなことをすれば、マドプリッツァに見られないわけにはいきません。彼女も殺すというなら話は別ですが。しかし、彼はフィンを襲ったりしませんよ。第一に、川を渡るにはふたりがかりで漕がなくてはなりません。次に、川のことをわかっているのはフィンです。川を渡れるのは彼しかいません。そして最後に、船が着くころまで岸は見えないでしょう。そこでフィンは向きを変え、彼らを見張れるよう後ろから船を着けるつもりです。彼がそういっていました」

「彼らが川を渡れるとは思えない。このあたりの氷は少しは緩んでいるかもしれないが、対岸までは行けないだろう」

「たぶんね」ロードは冷静に認めた。「フィンには絶好のチャンスだと説得されましたが。ひとつには、ゴムスキーを試したい気持ちがありました。彼が本当に逃げるかどうかを。それに、島を出ることができないとわかれば、マドプリッツァも現実を知り、少しは落ち着くかもしれません。無理だとわかれば、フィンが彼らを連れて戻ってくると信じています」

「ふむ」ポンズはうめいた。「かもしれん……。とんでもないところへきみを招いてしまったな。殺人に、放火。休養にならないだろう……。この件で、何か進展はあったかね、マイケル？」彼は不意に尋ねた。

「なさそうです」彼は打ち明けた。「どうやって殺人が行われたかわかりません。誰がやったかも。マリオン・トローブリッジのほかには、容疑者から除かれる人物もいません。それも、あなたの嘘発見テストの力を借りてのことです」

「ああ、それは信用していい。絶対だ。しかし、本当に全部話してくれたのか？　どんな些細なことも？　最後にわれわれが話をしてから、何か大事なことは起こらなかったかね？　ごく小さなことが、非常に大きな光を投げかけてくれることはきみも知っているだろう、マイケル」

「まだお話ししていないことがふたつほどあると思います。しかし、大したことは導き出せないでしょう。初めてマントンがここへ来たとき――夜のことです――わたしたちは一階の玄関ホールに座っていました。ノーマン・トリートとマントンとわたしです。するとマントンが、上のバルコニーで誰かが盗み聞きしているような気がするといいました」彼はポンズに、階上での追跡とその結果を話した。「その後で客間に行くと、マリオンがあなたたちのグループを、とても真剣な、妙な感じで見ていました。たぶんノーマンを見ていたのだと思います。そのとき、立ち聞きしていたのは彼女だったのではないかと思いました。なぜそんなことをするのかは想像もつきませんが。もうひとつのささいな出来事は、日曜の夜にあなたとわたしの部屋の間のドアが閉まっていたことです。あなたも知っての通り、閉まっているはずはないのです」

「きみがいわずにいたのはそれだけかね?」ポンズは暖炉を離れ、肘掛椅子に腰を下ろした。「確かに大したことはなさそうだ。しかし、ドアのことは筋が通っている。何者かがきみの部屋を探そうとし、不必要に人に見られないようにしたのだろう。われわれに何かがわかっているとすれば、ここにいる誰かに、そのような行動をする理由があるということだ。しかし、それが誰なのかを判断する助けにはならない。指紋を採っておいたほうがよかったな」

「そうはいっても、休暇に指紋採取の道具を持ってくるはずがありません」

「それもそうだ……。さて、今度はわたしが話そう。とはいえ、あまり期待しないでくれよ。これも些細な事実でしかないのだから。きみが気づいているかどうかわからないが、われらが友人パンテロスは、いささか変わっている。いわんとしていることはわかるだろう」

「わかります、博士。ハードブロウにもわかっています。彼はそれを、非常に個人的なものと受け止めているようですが――」

「おやおや、マイケル！」ポンズが叫んだ。「もちろん、何の意味もないことかもしれん。それでも――」

「それでも、何です？　何の話をしているのですか？」

「ちょっと考えてみてくれ。それが真相だとはいわないが、可能性はある。パンテロスはダンサーで、当然、お上品な男だ。おいしいものをほんの少し食べ、間違いなく美しい脚を持っている。彼のようなダンスを踊るには、そういう脚を持っていなくてはならないだろう。隆々たる筋肉は、質素な舞台装置の前で象徴的に飛んだり跳ねたりするのには向かない。次に、彼は控えめにいっても女性的だ。あまりに女性的なので、黒いレースのネグリジェを持っていてもおかしくない。きみが追いかけたのはパンテロスだったと仮定してみたまえ。そして、何がわかるか考えようじゃないか。あまり見込みはないかもしれないが、マリオンを疑うよりはましだろう。スパイをした後で、下りてきてノーマンを見つめる理由はないのだから。わたしが間違っていなければ、あれは彼女がノーマンの部屋で過ごした夜だ。ちなみに翌朝、部屋を仕切るドアは開けっ放しになっていた。十中八九、彼女がノーマンを見つめていた理由は、その計画に関係したものに違いない」

　ロードは考えた。「マリオンをスパイから除外するとすれば――まあ、今となってはそうせざるをえませんが――残るのはマドプリッツァとパンテロスだけです。当時、ボーグにそれができたとは思えません。今となっては断言できませんが。彼女かもしれませんが、それにはかなりの巧妙さが必要です。まあ、マドプリッツァ、ボーグ、パンテロスとしておきましょう。今のところ、誰も潔白を証明されていません」

「それからもうひとつ」ポンズがいった。「誰がフィンにキスをしたか？　もちろん、あのときは女性しか思い浮かばなかった。ところで、パンテロスはきみに目をつけていなかったか？　彼がきつい香水をつけているのは信じがたいことか？　彼が眠っている警察官に、あのようなことをしたのは信じがたいことか？　どうだね？　わたしにいわせれば、いいや、信じがたいことではない」ポンズは文法を無視して結んだ。

ロードは暖炉に煙草を投げ捨て、ほほえんだ。「そんなこともあるかもしれません。ただし、パンテロスにちょっかいを出されたりはしませんでした。そのことは覚えておきますが、殺人に関して彼の不利になることとは思えません。スパイをしているのが少しばかり怪しいと認めるなら別ですし、もちろん、怪しいに違いありませんが。いずれにせよ、このことはもっとよく考えなくては。今はマリオンを見つけ、家事の手配について調べようと思います。二種類のコーヒーがこれほど頻繁に混同されるのは驚くべきことです」

しかし、このときはマリオンは見つからなかった。音楽室に彼女の姿はなく、ノーマンが自分の音楽装置に向かい、一連の音階を鳴らしているだけだった。マリオンを探して温室を突っ切ろうとしたとき、ちらりと窓を見たロードは、川の上に何かがあるかもしれないと思って外に出た。

小道に向かう階段の上でドアを閉めたとき、彼は急に足を止めた。霧を通して、間違いなく音楽が流れていた。不気味な音色は、濃い霧のはるか向こうから聞こえたようだったが、二度と繰り返されることはなかった。しばらく待ってから、彼は小道に足を踏み出した。今では突き当たりの、プールの先にある庭まで見通せる。

と、彼は走り出した。今度は不気味な音ではなく、はっきりと聞こえた。かすれた叫び声が川のほうから聞こえてくる。

川に着いた彼は、小型ボートが水上に現れるのを見た。四十ヤードほど先で、霧はまだ白いカーテンを閉ざし切ってはいなかった。叫び返すと、フィンが肩越しに振り返った。彼とゴムスキーは懸命にオールを動かしている。ロードの印象では、あっという間にボートは島に着いた。

船首にはマドプリッツァが横たわっていた。ずぶ濡れで、しずくを垂らしている。マドプリッツァは死んでいた。

この島に来て、犯罪に直面するようになってから初めて、ロードは本物の怒りに体が震えるのを感じた。やり場のない、絶望的な怒りだった。子供のころ、初めて飼った黄色い子猫が自分の手の中で痛ましい死を迎え、助けられなかった不甲斐なさに泣いたときのように。彼は心の中でマドプリッツァをあざ笑っていた。彼女の恐怖を軽蔑交じりの無関心で受け止めた。そして今、彼女は死んだ。彼女はマイケル・ロードの子供時代の子猫によく似ていた。船のへさきで、動くこともなく、濡れて横たわっている。

彼は怒りが自分の中にほとばしるのを感じた。今では無益な怒りだ。しかし本物の怒りだった。それは、彼が本気になったということだ。「そいつを地獄に落としてやる」ロードは静かに、だが軋るような声でいった。

第四楽章　ロンド

主題A：犯行の問題

マイケル・ロードには、大半の男よりも優れている点がひとつあった。彼の怒りは、熱くというより冷たく燃え上がるのだ。怒っているとき、ロードの動きは的確かつ正確になった。彼の思考も、冷静で感情に流されない厳密さを帯びた。感情の力が激しいエネルギーをもたらすこととは大いに矛盾していた。木曜の夜、自室の机に向かった彼は、ケアレス城で起こった犯罪を初めて公平に、客観的に振り返ってみた。動機はマドプリッツァの死だった。しかし、目的は疑いもなくはっきりとしていた。事件の解決だ。

いいだろう。最初から始めよう。自然死が連続して起こったということがありうるだろうか？　その可能性には、そう長くは惹きつけられなかった。まともな人間なら、一連の不幸の理由が、何の力も借りない自然なものであったと考えるのは論外だと思うだろう。

よし。では、自殺はどうだろう？　彼は紙に手を伸ばし、書いた。

ブラー：コーヒーに毒を入れ、容器を川に捨ててから飲んだ可能性。
スターン：コーヒーに毒を入れ、容器を窓から捨て、ふたたび窓に鍵をかけてから飲んだ可能性。
マドプリッツァ：

ヴァイオリニストの名前の次に何かを書く前に、彼はゴムスキーとフィンから聞いた彼女の死の状況をもう一度思い返した。

上流に向かう小型ボートの進みはひどく遅かった。マドプリッツァが文句をいい始め、続いてべそをかき始めたのがどれくらい経ってからのことだったか、ふたりともわからなかった。そう、確かに音楽のような音がしていた。しかし、男らしくオールを操っていたフィンは、それにはほとんど注意を払っていなかった。ゴムスキーは彼女をなだめようとして、もうすぐ安全な本土に着くといった。しかし、彼女の不安は増すばかりで、三度目に彼女が爆発したとき、ゴムスキーは魔法瓶のコーヒーをカップに注ぎ、温かいうちに飲むようにいった。それで少しは彼女もしゃんとするだろうと思った、と彼はいった。

フィンの感覚では、それから一分ほどは何事もなかった。ほかのふたりに背を向けていたフィンは、彼女がゴムスキーのいった通りにしたのだろうと思った。それから突然、小さなボートが激しく揺れ、水しぶきが上がった。フィンはオールを取り落とし、振り返って見ると、ちょうどマドプリッツァの体がゆっくりとそばの氷の下に沈んでいくところだった。彼女は動くことも、もがくこともなく水に沈み、幸いフィンとゴムスキーは彼女の服をつかんでボートに引き揚げることができた。こんな短時間に溺れるとは思えなかったので、フィンは島に戻ろうと主張した。彼女が持っていた食べ物の籠と魔法瓶、彼女の小さなバッグは一緒に川に落ち、取り戻すことはできなかった。

ロードはマドプリッツァが溺れたのではないと確信していた。そこで、メモを書き終えた。

マドプリッツァ：自分のコーヒーに毒を入れたとすれば、容器か小瓶を捨てなくてはならない。

自殺説の反証は、三人の異なる人物が、この奇妙なパーティで一斉に自殺をしようと考えることはありえないという事実だった——それは圧倒的なほどの強みを持っていた。それだけでも、彼らの死の物理的な状況を完全に説明できる。

今度は殺人説だ。警察はいつもこの説が好きだと、ロードは苦々しく思った。彼はまた書いた。

殺人

ブラー

【有利】

名声を確立。
息子が生きている。
熱心に島へ来たがっていた。
到着したときには死んでいた。

【不利】
犯人の不在。

スターン

【有利】
ブラーよりもさらに名声を確立。
キャリアの絶頂。
音楽への愛情。
大成功をおさめようとしていた。
新しいピアノで「ハンマークラヴィーア」を弾くことを切望していた。

【不利】

犯人の不在。

マドプリッツァ

【有利】
死への恐怖。
恐怖による自殺はありえない（個人的な知識）。
生への強い欲求。

【不利】
犯人の不在。

冷静に精査するロードの頭に、一瞬、熱い感情が流れ込んできた。最後の悲劇は自分のせいだ。くそっ！　彼は窓に近づき、開けた。冷たい夜気がそっと顔を撫でる。事件を追っていることを忘れるな。怒りに屈するのではなく、それを利用するのだ。

窓を閉め、振り返った。あとひとつ、考えなくてはならない可能性がある。事故の可能性だ。

さて——。

ポンズの部屋に通じるドアの前まで来たとき、それが乱暴に開いた！　ポンズ博士の巨体が飛び込んでくる。博士の大きな顔に浮かぶ、猛禽のような真剣な表情は、いつもの穏やかな顔つきからすると驚くべきものだった。

「ああ！」彼は叫んだ。「おお」その声が徐々にしぼんでいく。「きみだったか。今度こそ、きみの部屋を漁ろうとするやつの顔を見ようと思ったのだが」

「自分で閉めたのです」ロードはいった。「事件のことを慎重に考えたくて。実をいうと、自分でもなぜ閉めたのかわかりません。完全に無意識でした」

「なるほど。では、邪魔はしないでおこう」

「待ってください」ロードはいった。ポンズに訊きたいことがあり、今はちょうどいい機会だった。ノーマンの事故説についてだ。ポンズはその説に反対していたが、それでもロードは検討しなくてはならなかった。それに音楽室の装置は、三人が死んだときには決まって使われていたと彼は指摘した。ブラーが死んだときには、トリートとセイルズがそれを使っていた。スターンは自分で弾いたし、マドプリッツァが死んだときにもトリートはそれを使って作業をしていた。さらに、モーターボートの船室にあったラジオは、ブラーがスイッチを入れたが、その後で川が荒れたためにパネルが閉まり、またスイッチが切れたという。話を聞いた限りでは、教授は音楽室にいたも同然ということだ。

しかし、この犯罪は関連しているとポンズは主張した。すべての場合に同じ手段が使われなくてはならない。少なくともマドプリッツァには、音楽室の音が聞こえなかったはずだ。

「確かにそうです」ロードは認めた。「小型ボートにラジオはありませんでした。それでも、マドプリッツァは何かを聞いたのです。彼女自身、川の上には――そしてここにも――敵意を持った精霊がいるという馬鹿げた考えを持っていたのですから。それは死の音楽を奏でるというのです。ええ、でも、わたしはそれを考慮に入れようと思います。なぜなら、たまたまわたしも、彼女が聞いた音楽を聞いているからです」

「なあ、マイケル、本当に、最近少し働きすぎなのではないか?」

「博士」マイケルは辛抱強くいった。「精霊のことなど、あなたと同じで信じていませんよ。しかし、マドプリッツァの妄想でないのはわかっています。彼女はこの城で、二度声を聞きました。何とも説明のつかない声です。そして、信じるか信じないかはともかく、わたしも一度、同じ声を同じときに聞いたのです。音楽については、彼女は外でそれを聞いたと訴えました。わたしは小型ボートが出た直後にそれを聞き、彼らが庭のそばにボートを着ける一分ほど前にまた聞きました。フィンも聞いています。マドプリッツァと川にいるときに。彼女が殺されたときに。信じてください、博士、ラジオがあろうとなかろうと、彼女は何かを聞いたのです。わたしたち三人が、同じような音楽を聞いたのですよ」

ポンズは半信半疑の様子でいった。「まあ、きみが聞き、フィンが聞いたというなら――。それでも、音楽室から聞こえたものだとすれば、大きなスピーカーがこの辺りにあるはずだ。ノーマンに訊いてみたほうがいいんじゃないかね?」

「そうですね」ロードは同意した。しかし、その前にポンズに訊いておきたいことがあった。刑事はトリート説、つまり彼の装置の髪の毛が発する無秩序な振動が、脳の敏感な部分を実際に傷つけることができるという説に対し、合理的な反論と思われるものを打ち立てていた。彼は手短にその反論を述べた。元々の空気振動が、耳や神経幹を通じて脳に送られるとき、元の状態で直接送られるわけではない。したがって、空気中でどれほど破壊的な力を持とうと、それが脳の重要な部分に届くときにはまるで違ったものになっているはずだと。

しかし、友人はそれを保証してはくれなかった。ポンズは、最終的な脳の電気信号が、元々の空気振動と対応することはほとんどないという点には同意した。しかし、対応するものがあるかもしれないし、それが無秩序の原因になるかもしれない。言葉を換えれば、脳の中に放たれた最終的なエネルギーは、物理的にはまるで違っていても、耳の外からの無秩序な音の結果として、それ自体無秩序なものになることはありうるというのだ。「とはいえ」ポンズはそう結びながら、煙草に手を伸ばし、あくびをした。「わたしは反対だ。中枢神経系について解明されていようがいまいが、これは殺人だ」

「わたしはあらゆる可能性を検討しなくてはならないのです」ロードはいい張った。「さて、おやすみなさい、博士。朝には忙しくなりそうですからね」

ポンズが部屋を出た後、彼は煙草を二本吸いながら、だらだらと寝る支度を始めた。最後に窓を開けようとしたとき、川に光るものが見えた。晴れていれば、川の西岸の明かりだと思っただろう。しかしもちろん、晴れてはいなかった。ロードは、あの明かりは何だろうと思いながら眠りについた。

朝には爽やかな風が吹き、霧の名残はほとんど消えていた。そして、窓の向こうには、この事件の異常さの少なくともひとつを説明できそうな光景が広がっていた。下流を目指していたかなり大きな夜船が、氷盤にはまっていたのだ。船尾ではプロペラが回る音がして、少しは効果をあげているようだ。すると——。恐らく船は、二十四時間以上はそこにいたのだろう。氷に閉ざされた川では船の行き来はないため、汽笛は鳴らさなかったに違いない。しかし、閉じ込められた乗客の憂さを晴らすため、オーケストラがたびたび演奏していたということは大いにありそうだ。ロードの頭上で、雷のような音がした。驚いて顔を上げ、上を見る。拡大されてはいたが、ノーマン・トリートの声であるのはわかった。

「かがり火を使った。信号は壊れている」

続いて、船のサーチライトが光った。激しく点滅する光は、このように読めた。〝われわれの状況を伝えてくれ〟

「電話は使えない」声がいった。「脱出できたら、わたしたちのことを伝えてくれ」

ロードは窓を閉めた。

やはり、城の屋根のどこかに、スピーカーはあるのだ。

主題B：芸術の問題

金曜の朝、真っ先にロードがしたのは、コーヒーの調査だった。コーヒーはもう何度となく分析にかけられ、無害だとわかっているというマリオンの抗議にはこう答えた。今、気になるのはその構造ではなく、ふたつの銘柄のコーヒーがたやすく混ぜられたことだと。それを聞いた彼女はロードを地下室へ案内し、少なくとも、この点が謎でも何でもないことを示してみせた。食料庫の棚には〝コーヒー〟と書かれた大きな缶がふたつ置かれていた。同じ缶で、ひとつにはテレンスの特製コーヒー、もうひとつには自家用の、というより、城主と客のためのコーヒーが入っている。使用人用は別のところに保管されていた。缶を開けると、同じコーヒーに見えた。

「香りさえも同じなの」マリオンが指摘した。

ロードは香りを嗅ぎ、続いてそれぞれのコーヒーをつかみ取り、指で触った。その後で、またつかみ取り、目に近づけた。これではたやすく取り違えられるのは明らかだ。彼は両手をポケットに突っ込んだ。

「これでご満足?」彼女はいった。そして、ロードがうなずくのを見て指摘した。「慣れるまでは、この地下室ではたやすく迷ってしまうのよ。カーターがいっていたけれど、この間パンテロスがさまよっているのを見つけて、助けたんですって。玄関ホールの階段を下りてきたんでしょうね。使用人部屋のあるところからも入れるわ」

「つまり、客たちがこの辺りをよくうろついているということですか?」ロードは訊いた。

「ああ、よくあることじゃないわ。どうしてパンテロスが迷い込んだのかわからない。でも、あそこに」——彼女は細い指でガラスのドアの向こうを指した——「今、テレンスがいるわ。警察官と話をしている」本当だった。彼とフィンが、ゆっくりと食料庫にやってくるところで、間もなく中に入ってきた。

テレンスは愛想よく挨拶し、すぐにマリオンの腕を取って、階段のほうへ導いた。「みんなで温室へ行って、煙草でも吸おう」彼はマリオンの腕を取ったまま、彼女と並んで階段を上った。マリオンは抵抗するそぶりを見せなかった。

ロードは温室までついていった。刑事に促され、テレンスは、自分と兄の財産が、上海に持っている不動産から来ていることを明かした。あの街は今、この百年で例を見ないほどの不動産ブームなのだと彼はいった。八十年前には、一エーカーの土地が二百メキシカン【原注1】だったのが、今は四百万アメリカドル以上で売られているという。彼の両親は、最初は若き宣教師として上海に来て、土地が安いうちに一エーカーよりもはるかに広い土地を買った。「もちろん、ずっと前に相続税でひと財産が消えてしまいましたがね。この国にもあるようなやつです。といっても、相続税はぼくのアメリカに対する本当の不満の足元にも及ばないのですが」

ロードはマリオンを見ていた。マリオンは話し手を見ている。口を開いたのはマリオンだった。

「続けて、テレンス。本当の不満って?」

つまり、彼女は相手をテレンスと呼ぶわけだ。

「にわかには信じられないでしょうが、個人的な問題は何も関係ありません。純粋に価値の問題です。アメリカは民主的なふりをしているが、それだけじゃない。実際には暴民政治を敷いています。安っぽい雑誌や低俗なラジオ、大量〝教育〟といった混乱の中で、どうして子供を育てられるのか、理解を超えていますよ。最下層の廃石処理の子供に、這い回り方を教えるくらいにまで教育は悪化しています。多数派が標準であると認めるなら、愚か者が標準だと認めるのですか？　それが標準だと！　この国の大衆文学、大衆広告、大量生産、大衆学位、どれも知性も品位もない群衆を作るのが狙いです。そこから生まれるのは、あらゆる分野での愚劣な生産物にほかなりません。

この国の統治者は、あちこちで大多数を占めている愚か者を騙すほうが得だと考えている、ずるい連中ですよ。唯一、彼らに可能な善意らしきものは、改革というたわごとを抜かすことです。彼らは輝かしい発見をしました。何らかの形で自分より優れた人間の能力に頼って生活している無能な人間に恩恵を与えるために、有能な人間を差別するだけじゃない。彼らは、今では大量の無能者を、さらに無能な人間のために差別できることを発見したのです。それがあなたがたの輝かしい〝自由主義〟です。そして、普通の無能者にはそれがわかるほどの頭はないと請け合いますよ」

ロードは穏やかに口を挟んだ。「それに対してあなたはどうするつもりですか、ミスター・トリート？」またしても彼は、テレンスの熱心な話しぶりに疑問を感じている自分に気づいた。あるいはすべては見せかけで、何かを隠すために注意をそらせようとしているのだろうか？

テレンスはいった。「手始めに、ぼくは普通選挙権をなくすでしょう。もちろんご存じと思いますが、公務員がしょっちゅう引き合いに出す建国の父たちは、普通選挙権のことを、優れた人物がそれを見るのと同じ軽蔑の目で見ていました。そっちの方向へボールを転がしたのが、最初の厚顔な悪徳政治家で〝戦利品は勝者のもの〟といったアンドリュー・ジャクソンです。今話しているのは客観的な事実ですよ。人生のあらゆる価値が大衆の賞賛によって決まるような国に住んでいない人間の見方です。そう、芸術でさえも――」

「いったい何の話だ?」新たな声が尋ねた。顔を上げた人々は、ノーマンがすぐそばに立っているのに気づいた。「客観芸術がどうしたというんだ? 客観芸術こそ、まさしくその名にふさわしいものだ」

この些細な中断のおかげで、ロードはさらに考える機会ができた。たぶんテレンスは、刑事が職業的愛国者で、彼の指摘に賛同するあまり別のことをすっかり見落とすのを期待していたのだろう。たとえば、テレンスがさっき厨房に来たこととか? ロードは職業的愛国者でも何でもなかった……。地下二階にある冷蔵庫の封印を、すぐに確認したほうがよさそうだ。

テレンスは話を続けていた。「どこの国でも、芸術というのは貴族的な少数派の気晴らしのためのものです。彼らだけがそれを理解できる。映画や安っぽい音楽に堕落してしまえば、それはすでに芸術ではない。ただのくずだ」

「ノーマンは」マリオンがいった。「芸術に対してまったく別の見方をしているわ。どうしてあなたがそのことを心配するの?」ロードはそばの窓から外を見た。寒々としたプールと凍てついた地面、灰色の川とそれに浮かぶ氷を。そこにあるドアから、彼はほんの一日前に怯えた娘を連れてきたのだ。そのドアをくぐってマドプリッツァを連れてきた。マドプリッツァは死んだ。誰もそれに動揺してはいないようだった。それとも、ひどく当惑し、心配しているのだろうか? 藁をもつかむ気持ちで政治や芸術といった非個人的な問題について語り、自分たちが置かれている現実から一瞬でも逃げようとしているのだろうか？

ノーマンがいった。「芸術とは、感情の表現と一般に考えられているが、それはきわめて狭い意味にしか当てはまりません。つまり、芸術が感覚を通じて感情を刺激するという意味にね。しかし、そんな技巧の何が正当な目的なのでしょう？　わたしはそれ自体のための刺激という自己性愛的な白日夢を、一切却下します。それは馬鹿げた〝芸術愛好家〟の異常性だと思います。芸術の目的は、感情を通して、根本的かつ重要な真実を明確にすることです。個人の感情に重要なものは何もありません。どんなに偉大な、いわゆる〝芸術家〟による主観的な痙攣にも、崇高なものは何もない。そして事実、誰もが彼らのことを、たまたま同じ痙攣に悩まされている人々としか考えません。

わたしにいわせれば、本物の芸術家は本物の科学者と変わりありません。劣りもしないし勝ってもいないからです。科学が解明する真実をほとんど、あるいはまったく知らない人間は、芸術家にはなれません。それらはまさしく、芸術家としての彼らの仕事が光を当てる真実だからです。自分自身が真実をはっきりわかっていなかったり、実はそれにまったく気づいていなかったりしたとすれば、感情的にせよほかの形にせよ、それに光を当てることはできないでしょう。単なる個人的経験が無限の重大さを持つ信念ではなく、客観的事実の正確な知識こそが、本物の芸術家の第一の資質なのです。わたしがこの文明の歴史に本物の芸術家を見出せない理由が、少しはおわかりいただけたのではありませんか？　客観芸術については、外科手術や平手打ちと同じくらい、想像や空想の入る余地はありません。それを感じる〝べきだ〟というような道徳論的証明もない。存在すれば誰もが感じる、それだけです」

「マリオンはこのことをどう考えているんだ？」テレンスは彼女を見ながらいった。

マリオンはいった。「わたしは信じないわ」

テレンスはきっぱりといった。「ぼくもだ！」

同じく苛立ったように、ノーマンが応じた。「信じるとは思わないよ。あるいは、信じることができるとは」


【原注1】中国の通貨である元は、恐らく銀であったことから一般に〝メキシカン〟と呼ばれていた。アメリカの通貨に直せば、一元はおよそ三十四セントである。

主題A：犯人の問題

昼食を終えるとすぐに、ロードは玄関ホールの巨大な暖炉の反対側に当たる、静かな場所へ向かった。暖炉の火は今となっては必要がなかった。動けるようになったセイルズが、ふたたびストーブや電気コンロ、食料庫の冷蔵庫を使えるようにしたからだ。彼はほとんどのものを修理したが、電話だけは無理だった。

ロードは四つの可能性について、さらに考えてみた――自然死、自殺、犯罪、事故である。彼は犯罪の可能性が大きいと思った。すべての、あるいは一部の死が犯罪によるものと想定し、それぞれの客に不利な特定の証拠を考えよう。あるいは、城主に不利な証拠を。

時間があるときには、彼はぼろぼろのノートにメモを取るのが常だった。疑わしい証拠をはっきりさせ、その後で見比べたいのだ。新しいページを目の前に広げ、適当に線を引いてふたつに分けると、いつもの〝有利〟と〝不利〟とした。まずはテレンスからだ。

テレンス・トリート

【有利】

スターンとマドプリッツァには接触していない。

ブラーとの接触は、実際よりも見せかけばかりのようだ。

全員への接触はコーヒーを通じてのみ。


【不利】

兄弟間の不和（大げさなものではない）。

マリオンが原因（?）どのような?

反アメリカという目くらまし。何から注意をそらせている?（冷蔵庫は手つかずだった）

ブラーとふたりきりだった。

被害者全員が彼のコーヒーを飲んでいる。

警察への憎しみ。

無鉄砲さ（セイルズの救助）。

スターンの無作法。敵意（？）

コーヒー

ブラーの魔法瓶の残りは、警察官が飲み干したが無事だった。

スターンのコーヒーメーカーは分析された。思いがけず無害という結果。砂糖も無害。

コーヒーと砂糖を混ぜたものは分析されていない。テレンスがそれを飲んだ。

マドプリッツァのコーヒーは、彼女が飲む前に分析された。その後、細工はされていない。

ミルガ・ボーグ

【有利】

至るところに証拠があるが、ほのめかす程度に過ぎない。

ロードに気があるそぶり。嫉妬した妻？　ありそうにない。

スターンとマリオンとの間には関係はないようだ。

ブラー殺しの動機は？　マドプリッツァは？　マドプリッツァはボーグ、マリオン、スターンと何の関係もない。証拠隠しのために殺した？

しかし、ブラーはスターンが殺される前に死んだ。スターンの死に対する証拠を握れるはずがない。


【不利】

動機：職業的嫉妬（スターンの音楽的興味を批判する。しつこく悩ませる。失敗を予想する。すべてが彼の仕事を邪魔するため）。個人的嫉妬（スターンとの別居、最近、彼がマリオンと親しいこと）。

マントンは別居について裏づけを取っている。

マドプリッツァの死

ブラーともスターンとも、社会的、個人的、職業的な関連はない。

殺されたのは重要な証拠を手に入れたからに違いない。なぜ明かさなかったのか？　気づかなかった？　犯人の声を聞いても識別できなかった？

腹話術？　彼女は誰が腹話術師なのか知っていた？　やはりありそうにない。

ほかに、姿の見えない人間をどうやって識別する？
とはいえ、証拠隠滅が彼女を殺す唯一筋の通った動機である。

パンテロス

【有利】
可能性はあるが、ほかの誰よりも低い。
ブラーを知らず、会ったこともない点では、ロードと似たり寄ったりである。

【不利】
女らしさ：香水、ネグリジェ、形のよい脚など、すべてが当てはまる。
バルコニーで立ち聞きしていた可能性。
フィンにキス（？）
動機：スターンに嫌悪を感じていた（？）復讐と傷ついたプライド。
偏執狂（？）いずれにしても変わっている。

途方もない、非現実的な考えがマイケル・ロードの頭に浮かんだ。どういう理由で浮かんだのかもわからない。

マドプリッツァがブラーとスターンを殺した。その後、自責の念か、つかまるのではないかという恐怖から、彼女は自殺した。それが真相だったのだろうか？

彼は自分の知っているマドプリッツァを思い出してみた。彼女が生きていた最後の日、川のそばの庭で話したときの彼女を思い出す。そして、その説の論理的な奇怪さが、ますます彼にはっきりしてきた。痛いほどに。

彼は声に出していった。「どうやら行き詰まってしまったようだ。集中しすぎだ」彼は続ける前に肩の力を抜くことに決めた。一杯飲んでもいいだろう。

数分後、彼が隅の席に戻ってきたときも、がらんとしたホールにはまだひとけはなかった。暖炉では小さく火が燃えており、誰かが頭上のバルコニーを通り過ぎた。彼の座っているところからは、音は聞こえても姿は見えない。まあ、自分にやれることは何もない。ここの人々をずっと警護し続けているわけにはいかないのだ。彼らをひとつの部屋に集め、一日じゅう見張ってはいられない。たとえそのうちのひとりが危険な犯罪者だとしても。いずれにせよ、フィンが任務についていて、定期的に城をパトロールし、これ以上の犯罪が起きないように目を光らせている。彼は吸っていた煙草を暖炉に放り、すぐに別の煙草に火をつけた。それから、仕事に戻った。

ノーマン・トリート

【有利】

狂信者ではない。例えば〝科学の進歩〟のために人を犠牲にしたりはしない。

しかし、ブラーを殺す理由を含む、あるいはほのめかすものは何もない。


【不利】

冷静、きわめて知性的、有能。世捨て人ではない現実的な男。多くの資産。そのすべてが、犯罪を計画し遂行する能力があることを意味している。マリオンを愛している（?）。スターンとの関係を知った？（どこで私立探偵を雇えばよいか知っている）。

ブラーは彼のモーターボート、スターンは彼の音楽室、マドプリッツァは彼の小型ボートで死んでいる。

購入するという危険は冒さずに、毒を作ることができる（化学の知識）。

スターンと音楽室の戸口まで一緒に行っている。

自分の装置についての説。最初ほど信じがたくもない。それを事故ではなく、殺人に利用できるか？

アレーム・ゴムスキー

【有利】

スターンとブラーには接触していない。

【不利】

気取り屋だが馬鹿ではない。非常に現実的になれる。

知性がある。〝大いなる秘密〟からは、微妙な区別ができることがうかがえる。

マドプリッツァに接触している。

動機：テレンスよりもはっきりとしている。悪魔主義は破壊の頂点。狂信的であるが非個人的な動機は、種々雑多な被害者の理由となる（単なる偏執狂説よりもよい）。


さて、どこまで来た？ テレンス、ボーグ、パンテロス、マドプリッツァ、ノーマン、ゴムスキー。ほかには？ ああ、もちろんマリオンだ。

いいとも、もう一度マリオンについて考えてみよう。彼女についてはすでに検討しているので、その必要もないように思える。しかし、ロードは徹底的にやることにした。

マリオン・トローブリッジ

【有利】

スターンと親しく、その気になれば愛人になった可能性がある。

毒殺されたのはスターンでなくボーグだったはず。

スターンのコーヒーに毒は入れていない（証拠なし。ポンズのテストが最終的に証明）。

スターンの死後、ヒステリックになっているように見える。

スターンの練習を聴こうと主張したことで、彼の死の瞬間が明らかになった。

気絶したとき、コーヒーメーカーをひっくり返し、証拠を破壊することができた。だが、そうしなかった。

なぜブラーを襲ったのか？


【不利】

ボーグから嫉妬されたのではなく、その逆か？

スターンのコーヒーに毒を入れる機会があった。

化学の知識を得たとき、砂糖がコーヒーに毒を生じさせたのではないかという理由のない恐怖。

ネグリジェを一着しか持っていないという虚偽の供述。


あとは、ごくわずかな容疑者しかいない。

カーター？

待て待て。この家に雇われている忠実な老執事だぞ。そこにはバーレスクじみたところがあり、三流の推理劇のような強引な結末で、考えるに値しない。

セイルズ？　これもまた突拍子もない答えだ。ほかの使用人についても然りだ。いいや、犯人は客の中にいなければならない。客と城主を含めた集団の中に。

ロードはノートをめくり、疑わしい順に名前を並べてみた。最も怪しい人物から怪しくない人物まで、次のように並んだ。

ノーマン
ボーグ
ゴムスキー
テレンス
マリオン
パンテロス

結論はない。最後のほうに近い何人かは、こじつけに過ぎてひっくり返る寸前だ。彼はかぶりを振った。殺人に使われた手段を突き止めることが、事件を解決する唯一の方法だろう。あるいは、ブラーがなぜ殺されたのかという問題に答えることが。

主題C：音楽の問題

ロードがノートを閉じたのは、午後の遅い時間になってからのことだった。マリオンとテレンスは客間にいて、前のテーブルは明らかにお茶の用意を待っている様子だった。ロードは彼らの隣の椅子を引いた。ふたりは互いに興味を持ち、しばらくは気を許しているようだった。ちょっとした不注意、たまたま洩らしたひとことでも、刑事の興味を惹くのに十分だった。

しかしマリオンは、芸術家の見た目やふるまいはほかの人々と同じだと指摘しただけだった。今、極端な例の代表というだけの理由でここに集められた人々は、典型的な例とはほど遠いと。

彼女が言葉を切ると、テレンスが口を挟んだ。「芸術？　音楽？　この国では音楽は死にかけている。毎年、六大都市で開かれる数少ない演奏会やオペラは、アメリカのように大衆が動かしている国の音楽的趣味とは何の関係もない。きみたちはオペラやコンサートさえも、大衆のレベルに引き下げようとしている。実際、〝大衆《ポピュラー》〟コンサートと銘打つのには、一種の美徳があるといえよう。次の段階では、客が偉そうな不満を垂れる。彼らはたいてい入場料も払わず、頭の中ではさらなる値下げを考えている。だからもちろん、多数派に従うことでその価値はますます下がるのだ。その結果、きみたちが音楽と呼んでいるものはおしまいになるに違いない」

彼はポケットに手を入れ、小さな紙片を出した。「この前、ラジオであるオーケストラの演奏を聴いた。彼らは騒音が多ければ多いほどよい音楽だという考えに取りつかれているようだった。

無理して一時間聴いたが、アフリカの騒音と最低の感傷的なたわごとを混ぜたようなものだった。詞も音楽もね。それでも、これがアメリカの音楽的価値を代表しているのだ。ああ、それがただの大衆趣味だというのはわかっている。ぼくがいいたいのは、ただの大衆趣味がアメリカでは重視され、最終的にほかの嗜好が駆逐されるに違いないということだ。大衆は善であり、それに応じなければならないという考えなら、当然のことだ」

マリオンは弁解するようにほほえんで身を乗り出し、彼の手を片方取った。「テレンス、どうしてそんなに厳しいことをいうの？　もちろん、大半の人はよい音楽を理解できないわ。最高の音楽というのは感情の高まりを表現したもので、その感情は少数の人しか持つことができず、それを表現するのもまた、ひと握りの優れた音楽家の作品にしかできない。それは――」

「すると」と、ゴムスキーがいった。彼はお茶のテーブルの向こうにある椅子に、どさりと腰を下ろした。「あんたは音楽を、感情の表現としか思っていないわけか。そいつは間違っている。音楽からは新しい世界が生まれなければならない。あんたはそれを感情というだろう。しかし、新しい世界というのは古い感情だけでなく、新しい感情からもできているんだ。その古い感情が、どれほど素晴らしいものであろうとね。新しさ、新しさだ」ゴムスキーはいった。「そう、新しさだ」

テレンスは悪意のこもった目で彼を見た。「この世界はどうなんだ？」彼は訊いた。「きみはそれを受け入れられないのか？　どうしてそこから逃げたがる？」

「なぜ逃げるというんだ？」ゴムスキーはいい返した。「すべての改善を逃げというなら、われわれは今も洞窟住まいで、武器といえば棍棒だけということになる」

誰もがひどく恐れている、素晴らしい毒ガスの代わりにね。ロードは一瞬そう思った。顔を上げると、一方からカーターが大きなお茶のトレイを持って近づいてくるところだった。玄関ホールからは、ノーマンとポンズ博士が入ってくる。マリオンがお茶を注ぎ始めるのを見ながら、彼はぼんやりと、誰もそれにひるんだ様子がないことに気づいていた。あたかも、予定通りの食事やお茶は犯罪者の眼中にはなく、こうしたものに毒が入ることはないと確信しているかのようだ。奇妙なことだ。ボーグはいなかった。今では、ボーグはほとんどの時間を自室に引きこもって過ごしていた。それは何かを物語っているのだろうか？　ゴムスキーが横目でノーマンを見ていた。城主を信用できないかのように。しかし、食べ物をむさぼることにはゴムスキーは躊躇しなかった。


ロードは、この状況を利用する方法はないかと考えた。殺人の動機の裏にマリオンの魅力があると確信するにはほど遠い。しかし、彼女の説と、それと反対のノーマンの説をぶつけることで爆発を起こす価値はあるかもしれない。

彼はいった。「ミス・トローブリッジ、客観的音楽という説は、あなたの考えにはそぐわないようですね？」

「ええ」彼女は短くいった。「あまりにも冷血だわ。わたしは、もっと高い感情に訴える音楽のほうが好き」

ノーマンはいった。「問題は、そうはならないことだ。中国人に対するのとスペイン人に対するのではまったく異なる魅力を持つ音楽に、客観的なところはない。たぶん、ひとつには楽器のせいだろう。それらは純粋な提示よりも浮ついた娯楽のために作られているのが明らかだ」

「なぜそう真面目になるんだ?」テレンスの声には、明らかに軽蔑が感じられた。「音楽家は女教師じゃない。ときに、少しばかり高尚な娯楽にふけって何が悪い?」

ノーマンの口調はぶっきらぼうだった。「それが問題なんだ。音楽が真面目にならなければ、誰からも真面目な注意を惹くに値しない。わたしはゴルフや仮面舞踏会には反対しない。しかし、それは動物的な気晴らしで、真面目に注目しろというのは厚かましいというものだ。音楽もそのような範疇に入れられるとすれば、それについて語られることはずっと減るだろう。それだけだ」

「結局、あなたの意見は決まったの、ノーマン?」マリオンは穏やかに訊いた。

「今の音楽には、二流芸術家がいるだけだというのがわたしの意見だ。彼らの作品は、セックスが過度に盛り込まれているか、さもなければつまらない。ワーグナーでさえそうだ。われわれの文明に大音楽家がいたのは間違いない。『ハンマークラヴィーア』は一流の音楽だ。それが客観音楽の現実的な可能性として、わたしの目を開かせてくれた。だが客観的芸術家だけが本物の芸術家であり、これまで客観的芸術家というものは存在していない。しかも、音楽家は、真面目な音楽が目指す目標を理解すらしていないわけだから、仮に客観的音楽家というものが存在するなら、音楽畑以外のところから来るに違いない」

「ぼくは少しも疑っていないよ」テレンスがつけ加えた。「兄さんが自分を、その〝客観的音楽家〟だと考えていることをね」

ロードにいわせれば、事態はうまい方向へ進んでいた。本音の議論が今にも始まりそうで、そうなれば、とっさの思いつき以上の言葉が引き出せるはずだ。何でまた、ゴムスキーは自分から話に入ってきたのだろう？

というのも、ゴムスキーはノーマンにこんなことをいっていたからだ。「あんたは、音楽が感情とか精神とかそんなものに、予想通りの効果をもたらすことができると信じているようだな。だとすれば、なぜ単純な肉体的効果をもたらさない？　おれは、あんたがいったことよりもう少し多くを見通すことができる。その音楽を、人を傷つけるために作ることもできるんじゃないか？　ひょっとしたら、殺すために？」

この一週間の緊張がそういわせているのは明らかだった。礼儀正しさの権化のようなノーマンはいった。「あなたの意見はわかりますよ、ゴムスキー。あなたは、音楽室にある装置のどこかに、音楽とはまるで関係ない、人を傷つける道具が隠されているとお思いなのでしょう。途方もない話です！　髪の毛のほかに、そのような目的に使えるようなものは何もありません。ご覧に入れましょう」彼は断固とした態度で、ティーカップをマリオンの前に置き、立ち上がった。「十分ほど時間をいただければ」彼は作曲家にいった。「装置について説明し、それぞれの部分を調べてもらうことができます」

ノーマンはテーブルを離れ、音楽室のドアの鍵を開けた。彼が入口で待っているので、音楽家はついていかないわけにはいかなかった。ゴムスキーは仕方なく、のろのろとそちらへ行った。

習慣からだろうが、ほかの人々の予想に反して、ノーマンは彼が入るとドアを閉めた。

しばらくして、これも思いがけないことに、まだテーブルについている人々のすぐそばで彼の声がした。「さあ、これでおわかりでしょう。装置の中心部を作るのはただの――」「大変!」マリオンが叫んだ。「音楽室の送信機がつながったままだわ。きっとあのときから――つながりっぱなしだったんだわ」彼女はぱっと立ち上がり、裏にスイッチが隠されている壁のタペストリーに近づいた。スイッチを切ると、すぐにノーマンの声は聞こえなくなった。

マイケル・ロードはそれ以上会話に加わらなかった。客間の声の説明がついたことである可能性が開かれ、そのことで頭がいっぱいだったのだ。

主題A:殺人の技術

金曜の夜、彼らは夕食の席についていた。初めて同じテーブルに集まったのは、ちょうど一週間前のことだ。それはブラーが死んだ日の夜、マドプリッツァが空席となった彼の席を見て、悲鳴をあげた夜だった。

ボーグの姿はなかった。彼女は頑として部屋に閉じこもり、ひとりで食事をとっていた。火事の翌朝が、ロードが彼女を見た最後だった。彼女は今、何か食べているのだろうか。打ちのめされた女が、悲しみをひとり抱えている。傷ついた獣が仲間を避けるように。それとも逆に、彼女は計算高い犯罪者で、慣例を盾として冷静に利用し、これから訪れようとする危機に油断なく備えているのだろうか？　いずれにしても、ボーグを探すときだとロードは思った。

　その間、ほかの人々は、打ち解けた贅沢さにも似た異様な雰囲気で食事を楽しんでいた。パンテロスはあの奇抜な衣装を着て、テレンスはいつものように一分の隙もない服装、マリオンはポンズ博士に愛想よくほほえみ、さらにノーマンとゴムスキーも、今は楽しいひとときを過ごすごく親しい仲間に見えた。二、三日後には、彼らはどこにいるだろう？　拘束され、何人かは刑務所に入っているのは間違いない。上品にしていられるのも氷が溶けるまでのことだ。その後は、一分と続かないだろう。

　コーヒーとポートワインを飲んだ後、彼は席を立った。フィンと少し言葉を交わし、温室のドアを開けて、プールの横の小道に出る。夜は澄み、月はなかったが、川の上から星がたくさんの氷を照らしていた。その氷がどれほど早く溶けるか、彼にはわからなかった。振り返ると、城の屋根が目に入り、スピーカーのことを思い出した。

　ノーマン・トリートはそのことを訊かれても、いいわけはしなかった。これも実験装置で、音波の伝わりを高度に方向制御するために設計されたものだという。彼とセイルズは、さまざまな距離と角度からそれを〈ヴァルレ〉号に向け、何度も実験をしていた。もちろん音楽室ともつながっており、そこから音を発することもできる。しかし、ここ数カ月は接続していない。あの朝、ノーマンが城の屋根から話しかけたのは、今テレンスが使っている部屋のすぐ外からだった。

　つまり、スピーカーの話はこういうことだ。トリートはそれが接続していないといった。それが本当なら、彼はそういっただろう。そして同じく、本当でなかったとしても、彼は同じことをいっただろう。

ノーマンのふたつの説、つまり、彼の各観的音楽への意見と、スターンの死に関する最初の説を組み合わせてみれば、驚くべき一貫性が得られそうだ。この点をはっきりさせてみよう、とマイケル・ロードは思った。

ノーマンはポンズに説明した細胞代謝の生物学的な生死説に基づき、自ら死の振動を考案し、正確に弾き出した。スターンがその装置で演奏している間、そうした振動を発するように装置を調整するのは簡単なことだろう。それでスターンはおしまいだ。

同じ攻撃をマドプリッツァに与えることもできたはずだ。城外の川の上でも、屋根のスピーカーを使うことで。そこに問題があることにロードは気づいた。マドプリッツァがこの方法で襲われたとしたら、ゴムスキーとフィンは同じ結果をどうして免れたのか？　彼らはマドプリッツァと一緒にいたし、しかもすぐ近くにいたのだ。それをいったら、スターンがその方法で殺されたのなら、客間にいた人々が誰も音楽から被害を受けなかったのはなぜだ？　ノーマンが、ある特定の人物だけに影響する振動を計算したというのは、信じがたい気がする。

ブラーの場合ははるかに単純だ。ブラーはラジオを通してそれに触れた。また船室にひとりでいたわけだから、彼だけが放送されたものを聞いたことになる。ノーマンは音楽室にいなくてはならないが、とっくに何らかの防護策を考えついているのかもしれない。

ノーマンがこんな邪悪な陰謀に手を染める目的は何なのか？　スターンについては状況からわかるし、マドプリッツァは何かを知ったからかもしれない。しかし、旧友のブラーは？

突然、ありそうな理由がロードの頭に浮かんだ。トリートが長年信頼してきたブラーは彼の研究についてかなりのことを知っていたに違いないし、のちにスターンが死に、普通の殺人手段による説がすべて成立しないとわかれば、それを暴露するかもしれない。それにブラーは、どのようにして殺人が行われるかを詳しく警察に教えることのできる唯一の人物だ。だったら、なぜ教授を呼び寄せたのだろう？　第一に、明らかに教授が呼ばれることを期待していたからだ。次に、その場にいようといまいと、教授が重要な情報を握っていることに変わりはなく、マントンのような男があらゆる状況を探るうち、ついに彼にたどり着けば、それが明るみに出ることになるだろう。トリートがその研究知識を犯罪に利用すると決意したとすれば、ブラーの参加を確実なものにして、先に殺すほうがずっといい。それは教授の死の合理的な動機であるだけでなく、ロードが事件全体から考えられる唯一の合理的な動機だ。ふたりが友人であることを、これまでは障害と思っていたが、それこそが動機に不可欠な要素だった。

これは何よりも優れた証拠に思われたし、刑事はわれながら感心していた。しかし、まだそうと決まったわけではない。警察の検死解剖で、ブラーの胃からシアン化水素酸が検出されたという事実が残っているからだ。そしてシアン化水素酸は、ロードが考える音振動の結果ではない。常にコーヒーと、それが検査で無害とわかった事実に戻ってきてしまう。あるいは、それを飲んでも無害だとわかった事実に。論理的に考えれば、それに毒が入っていなければならない。そして論理的には、それに毒が入れられたはずがないことも証明されている。論理的にふたつの方向が示されている状況から、どんな結論が導き出せるだろう？

ロードは島の端まで来てしばらく立ち止まり、この矛盾に集中しようとした。立っているうち、いきなり頭の中で照明弾が爆発したかのように、さまざまな考えが照らし出され、一貫したパターンが生まれた。まるで拡散する光の下に一斉に現れたかのようだった。彼はずっと見過ごしてきた小さな点に気づいた。今ならわかる。しかし、これまで一度ならず、そのことから巧みに目をそらさせられてきたのだ。

興奮のあまり、彼は声を発していた。「そして、ポンズはいった――」そうつぶやいたとき、二度目の照明弾が爆発した。ショックのあまり体は動けなくなっていたが、頭の中はめまぐるしく回転していた。

全員に疑いの余地があり、そのうちひとりはノーマン以上とはいわないまでも彼と同じくらい疑わしい立場にあることに、彼は突然気づいた。その人物は、事件の主要な人物すべてと親交がある。そして、ブラーを招いたことで、ノーマンがある意味基礎を築いたと疑うなら、客のひとりであるその人物はどれほど入念な準備をしたことだろう。ここに、最初から刑事を欺いていたと考えてよい人物がいたのだ。必要以上に率直になり、武装していないと偽りの否認をし、他人に疑いをかけようと試み、成功した人物が。その人物は、ありもしない筋書きをほのめかすことで、間違いなくスターン殺しの土台を築き、ウェストチェスター郡当局に協力せざるをえないロードを少なからず利用した。そしてついに、ロードは鋭く洞察した。この同じ人物が、すんでのところで気づかれて失敗したものの、少なくとも一度は彼の襲撃を試みていることを。

圧倒的な唐突さで訪れたこの真相に、証拠はあるだろうか？　マドプリッツァはそれに気づくほど鋭かった。どこで気づいたのだろう？　声だ。犯罪者の無意識の叫びだ！

ボーグがマドプリッツァを椅子から立たせた。そしてマドプリッツァと一緒に、あの喉に詰まったような言葉を、少なくとも数語は聞いた可能性はある。どうしてもっと早く彼女に尋ねなかったのだろう？

ロードは身震いし、温室のドアへ引き返した。


ロードはこの新たな発見に動揺するあまり、ボーグの部屋に入ってから、それにふさわしい驚きを覚えるまでしばらくかかった。

ロードがドアをノックすると、彼女は招き入れた。緊張し、かすれた声ではなく、非常に音楽的な声だった。暖炉のかぐわしい香りと暖かさで、部屋はとても快適だった。ボーグはベッドに横になっていた。ベッドカバーはひざ下しか覆っておらず、彼女が寝るときに厚着をしないのは明らかだった。しかし、目の前にいる人物は確かに魅力的だった。夕食時のロードの憶測はまったく的外れだった。枕にもたれた彼女の顔には、良心の呵責から悲しみに暮れている表情も、犯罪者の冷静で計算高い表情もうかがえなかった。代わりに、ボーグは誘うような驚くべきほほえみで彼を迎えた。

オペラ歌手の顔は、これまでになく若く、美しく見えた。スターンが死んだ夜に見たボーグは、突然年を取ってしまったかのようだった。今ではその逆のことが起こり、実年齢は恐らく五十歳前後だろうが、三十五を超えているようには見えなかった。しかも、非常に魅力的だ。それは驚くべきことだった。ドアのそばに立ったロードの頭をこんな考えがよぎった。この歌手は嘆いたり引きこもったりしていたのではなく、せっせと顔にクリームや化粧水を塗っていたのではないかと。

「もっと近くにいらして、ミスター・ロード」彼女は笑顔を見せた。「あなたがそうして部屋の反対側にいたら、大声で話さなくてはならないわ。椅子を持っていらして。ベッドの端に座りたいなら別だけれど。こう思っていたの。ずっとここにいれば、あなたが訪ねてくるだろうと」

ロードは椅子を持ってきて、ボーグと対面するようにドアを背にして座った。そのため、彼はオペラ歌手よりもわずかに低い場所にいて、相手は伏せたまつげの下から彼を見下ろす形になった。その顔は笑みを浮かべる寸前だったが、完全に笑ってはいなかった。彼も低い声で話すほうがよかったが、ボーグが近くに来るよういった理由がそれだったというのは、正直なところ怪しいものだと思った。

犯人は女性で、ロードを誘惑しようとしている人物だというポンズ博士の意見を、思い出さずにはいられなかった。私室でのボーグの態度は、地区検事長が初めて来た日に階段を下りる彼に好意を示したときのような、それとない誘惑を超えていた。今の彼女は、フォンダが常に身にまとっていた魅惑だけでなく、目に余るほどの肉体的魅力を見せつけていた。彼女がこの部屋と彼女自身を念入りに準備したのは、ほかでもない、彼が来るのを予期してのことなのだ。ロードはそれを疑い、ボーグは必死にそう信じさせようとしていた。

「あなたに伝えたいことがあるの」彼女はいった。「エリック・スターンとわたしの関係は、とても誤解されやすいの。包み隠さず話してもいいかしら、ミスター・ロード？」返事を待たずに彼女は続けた。「あなたはいい人ね」そういって、輝くような笑顔を見せた。身を乗り出し、彼の手を包む。乱暴に振り払うことができない以上、彼にはどうすることもできなかった。彼は自分の指を、温かい、すべすべした手のひらにゆだねた。

「エリックとわたしは、もう何年も一緒に暮らしていないの」彼女はそういいながら、深い茶色の瞳で彼の目をじっと見た。「あまりうまくいっていなかったし、もちろん、お互い別の人とつき合いたいときはそうしてきたわ。でも、憎み合ってはいなかった。たびたび一緒に招待を受けたわ。今回ここへ来たように……。わたしにラテンの血が流れているのはわかるでしょう」——彼女はロードの手を少し強く握った——「わたしの人生にはたくさんの男がいたけれど、アングロサクソンの警察官の冷たい目で見れば、理解できないでしょうね。わたしには愛人がいて、エリックを憎んでいたのだと思うでしょう。ああ、もう、わたしは男の人がいなければ生きていけないのよ。男の人がいなければ、一瞬たりとも生きていけないの。それは本当よ」

「何ですって？」ロードは少なからず混乱しながら訊いた。その告白と、温かく押しつけられた手のひらと、彼女が身を乗り出した拍子に漂ってきた、欲望をかき立てる香りに。

「そうよ」ボーグは楽しそうにいった。「色情症《ニンフォマニア》。いわゆる犯罪者ではないわ。でも、そういう人間なの。パリでも、ウィーンでも、ミラノでも、女は女だとわかってもらえる。でも、ここではわかってもらえない。たぶんあなたでも、理解できるのはただ——」彼女は言葉を切り、目を上げて、意味ありげなまなざしを刑事に向けた。彼にはそれが、ひどくあからさまな誘いに思えた。

「そういう事情なら」彼は慌てて訊いた。「どうして離婚しなかったんです?」

「わたしはローマカトリック教徒よ。離婚できないのはわかるでしょう」

「ああ」ロードはいった。

「ほんの少し前」彼女はひどく狡猾な、滑らかな声で続けた。「決して離婚しないとエリックにいわせたの。シーズンが終わり次第、一緒に地中海クルーズに行くからと約束して。つらい状況だったけれど、しばらくはうまくいっていたのよ。彼は決してわたしを捨てないと約束してくれた。そして、自分は自分で女遊びをすると」彼女が肩をすくめるしぐさは、ロードが見たこともないほど説得力があった。


この辺りが潮時だ、と彼は思った。ここへ来たそもそもの目的に話を戻すときだ。これ以上彼女に告白を続けさせ、彼女が用意した親密な雰囲気の中で性的な打ち明け話をさせておけば、最後にはどうなるかわかったものではない。彼女の狙った結末を知るのは、とても怖かった。


彼はいった。「ボーグ、訊きたいことがあるのです」

彼女は急に離れた。手を引っ込め、ふたたび枕にもたれる。まるでなじっているようだったが、彼女の表情は変わらなかった。愛撫するような目でロードを見ている。

「何?」彼女はささやいた。

「火事があった日の午後のことを思い出していただけますか? あの日の午後、騒ぎが起こるまで、何をしていました?」

「ここにいたわ。自分の部屋で、本を読んでいた」彼女は躊躇なく答えた。「三時半に――ええ、三時半頃に――メイドに髪を結いに来てもらったの。爆発が起こったとき、彼女もここにいたわ」

「すぐに逃げ出したのでしょうね」

「すぐにではないわ。髪を結い終っていなかったから。何とかまとめて、階下へ急いだの。そうしたらマドプリッツァがいて――」

「ええ、そのことが知りたかったんです。彼女は誰かの声を聞いて、その言葉に動揺していました。あなたも同じ言葉を聞いたかどうか知りたいのです。何でもいい。ひとことでも聞きませんでしたか?」

「いいえ、何も。彼女は真っ青で震えていた。わたしは彼女を助けて椅子から立たせたの。でも、客間に入ったときには何も聞かなかった。誰もいなかったもの。彼女は誰の声を聞いたの?」

ロードはいった。「それを知りたいのです。しかし、直後にわたしが下りてきたときには、あなたたちふたりきりではありませんでしたね。ところで、髪を結っていたメイドはどこへ行ったんでしょう? それに、ほかの人々はどこから来たんでしょう?」

「メイドは――わからないわ」ボーグは認めた。「一緒に階段を下りて玄関ホールまで来たけれど、その先はわからない。階段の裏のドアから、使用人部屋のほうへ行ったんだと思うわ。ほかの人たちがどこから来たかもわからない。一、二分ほど、マドプリッツァを助けて、話をしようとしたけれど、彼女は何もいわなかった。それから、ドアを開けて玄関ホールへ行こうとしたとき、みんなが客間から出てついてきたの。ミスター・トリートとトローブリッジがいたわ。ほかにもいたかもしれない」

「ポンズ博士とか？」

「いいえ」彼女は曖昧にいった。「いなかったと思うわ」

ロードは「うーん」といい、ゆっくりと椅子を立った。

「出ていったりしないでしょう？」ボーグが訊いた。「楽しいの――ミスター・ロード、あなたと話していると」彼女はダイヤモンドの腕時計に目をやり、ため息をついた。「まだ早いわ。十一時になったばかり。もっとお話ししたいけれど、たぶん――ええ――後にしたほうがよさそうね」彼は差し出された手を見て、その上に屈んだ。「またいらしてくれるわね――ミスター・ロード？」彼女は優しい声でいった。

ドアへ向かいながら、ロードは最後に彼女を見た。彼女は仰向けになり、頭の下で腕を組んで、彼を見ていた。はっとするようなオダリスクのポーズだ。彼はドアを閉め、がらんとした廊下に出た。部屋を出るか出ないかは、まさに紙一重だった。あれほどの美が堂々と自分の前に差し出されたのは、これが初めてだ。

彼はふと足を止めた。ボーグに今夜はドアに鍵をするよう告げるのを忘れていた。引き返すのはやめておこう。絶対に！　ホールに下りて、メモを書こう。カーターが届けてくれるだろう。

彼はこう書いた。〝大切なことだと思って聞いてください。今夜は部屋に鍵をかけ、誰も中に入れないでいただけますか？　ロード〟

カーターは折り畳んだメモを受け取り、重い足取りで階段を上がった。ロードは煙草に火をつけ、態度を決めかねてホールを歩いていた。するとカーターが思いがけず戻ってきた。どこかぼうっとした様子で、鋭い目で見れば、今も彼の耳と首筋が目立って赤くなっているのがわかる。彼は小さな、よい香りのする封筒を差し出した。ロードは中から手紙を出した。

そこにはこう書かれていた。〝イエス、そしてノー。B〟


明かりを消し、ベッドに入ったマイケル・ロードは、最初の十分間にこの新たな展開を急いで振り返ってみた。フィンは午前四時まで、二階の廊下を定期的にパトロールすることになっている。それからロードが起きて交代する予定だ。ロードはこれ以上事件が起こることはないと思っているが、誰にわかるだろう？

ノーマンに不利な疑いはさらに強まり、別の人物への疑いは城主よりもっと強まった。そのふたりの間で、ボーグはかなり影が薄くなっていたが、寝室でのふるまいでにわかに重要になってきた。ロードには、彼女が女らしい、しかし率直なやり方で、彼を陰謀に誘い込もうとしたように思えた。彼女のメモすらも、ドアに鍵はかけるが、誰も入れるなという指示には従わないというふうに読める。つまり、彼は例外だと。一時間もしないうちに、自分がドアをそっと叩き、彼女にゆったりとした笑みで迎えられる場面が、何の前触れもなく浮かんできた。

しかし、本当にそうなのだろうか？　ボーグが浮気性なのは間違いない。だが、ロードのように刺激を受けやすい若い男が、彼女の態度を大げさにとらえ、誤解することがあるのもはっきりしていた。ノックをしても、彼女は入れないかもしれない。彼女の〝イエス、そしてノー〟というのは、彼の頼みを大切なこととは思うけれども、従う気はないという意味かもしれない。彼のことをいっているとは限らないのだ。いずれにせよ、彼女が人生でずっと演技してきたように、今も演技をしているからといって、その動機が犯罪の結末から逃れるためだと考えるのは大いに危険だ。犯罪者であろうがなかろうが、彼女は同じことをしただろう。

少なくとも彼女は、火事があった午後の行動を正直に話した。すでにロードは裏づけを取っていた。メイドの寝室を訪ねたが、入れてはもらえなかった。ドアの隙間から、メイドは震える声で、歌手が階段を駆け下り、まっすぐにマドプリッツァのところへ行ったのを認めた。彼女は自分の目でそれを見た後、使用人部屋のほうへ向かった。これは明らかにボーグに有利な証言だ。声が彼女のものであるはずがない。腹話術を使ったとすれば別だが。腹話術というのは舞台の技術で、除外される。いや、除外していいのだろうか？

技術――殺人の技術。これからはそれに注目しなくてはならない。明日の朝、天気がよければ、ノーマンはオクターヴの普遍則のきわめて重要な実験を行うといった。それには楽器以外の装置が使われる。そして、ほかの人々が参加しようがしまいが、ロードは立ち会って、じっくりと見るつもりだった。科学的な興味や好奇心ではなく、三つの殺人の手段に目を光らせるために。

もう遅い。三時間半ほどしか寝られないだろう。寝なければ。部屋のドアは閉じられていたが、ほかの人々が彼の指示に従ったとすれば、鍵のかかっていないのはこのドアだけのはずだ。実際、見回り中のフィンに何かあったときにはすぐに目が覚めるように、廊下側のドアを少し開けていた。横向きに寝ていたロードは仰向けになり、目の前の謎にこれ以上頭を使うまいと固く決意した。慎重に、少しずつ手足や体の隅々に命じて、全身の筋肉から力を抜く。ベッドが体を受け止め、下から支えているのを感じ始めた。今度は顔の筋肉。最後は首の筋肉……ロードは眠りに落ちた……。

玄関ホールの上のバルコニーで、最後のドアが閉まった。その下では、ひとつだけ点った薄暗い明かりが、真っ暗な闇の中で広々とした玄関口をぼんやり照らしていた。上の通路では、明かりはさらに暗かったが、それでも十分だった。フィンはゆっくりと廊下を歩き、また戻り、並行する廊下を通ってバルコニーの端にあるゴムスキーの部屋を過ぎ、もう一度西の廊下を引き返した。警察官が煙草に火をつける間も時が過ぎていく。彼はあくびをし、また歩き出した。別の煙草に火をつけ、見回りの合間にバルコニーの手すりで休憩をした。まだ先のことだった三時間が、過去のことになっていく。

しばらくして、ドアのひとつがわずかに、音もなく開いた。人の目が覗く程度の、ほんのわずかな隙間だ。その目は外の廊下を遠ざかっていくフィンの背中を見ていた。彼が角を曲がって姿を消すと、ドアが大きく開き、人影が素早く出てきた。そしてドアを閉め、足早に別の角を曲がった。

ぐっすりと寝ていたロードは、内側に向かって開いた自室のドアが実際より大きな音を立てたとしても、気づかなかったに違いない。このとき、フィンはまたしてもバルコニーの手すりに座っていた。侵入者はロードの部屋のドアを開けたまま、ベッドに忍び寄った。静かに、慎重に近づき、足を止める。

一分が過ぎた。部屋にいるふたりのどちらも動かない一分間というのは、長い時間だ。やがて侵入者の目は暗闇に完全に慣れた。侵入者はベッドの上に屈んだ。寝ている人物に間違いはない。いったん確信すると、その動きは素早く、確実なものになった。

ロードは驚くべき夢を見ていた。彼は庭にいて、その庭は一種の工場だった。なぜか高いところにあって、下には工場のひとつがある。それがどこなのか、今ではわかった。リヴィエラを見下ろす高台にあるグラースだ。庭には大きなミツバチが二匹いて、それが彼の唇に止まった。しかし、軽く止まったのではなく圧迫感があり、庭師らしき男が、彼の鼻をつまもうと躍起になっていた。息苦しい感覚に、彼は少し身をよじってもがいた。

その動きが激しくなった。半分目を覚ました彼は片肘をつき、少し身を起した。腕が肩に巻きついており、息苦しさが増した。彼は唇をゆがめた。笑いとため息の中間のような音がして、ヒュッという音も聞こえた。黒っぽい紗のようなものを着た人影が、一目散にドアを出ていくのが目に映った。同時にポンズの部屋との境のドアが開き、光が流れ込んできた。

ロードの心臓は激しく打ち、自分がキスで起こされたことがぼんやりとわかってきた。ポンズが飛び込んできたのもこの前と同じだ。しかし、どうして自分は今のような状況にいるのだろう？　ポンズは起きて待ち構えていたに違いない。隣の部屋の人間を起こすほどの音はしなかったからだ。なぜ彼は起きていたのだろう？　何を待っていたのだろう？

それを訊く時間はなかった。ポンズが興奮して叫んだからだ。「見たぞ、マイケル。彼女がきみのドアを出ていくのがはっきり見えた。あれはボーグだ！　彼女は何をしようとしていたんだ？」

ベッドを出て、室内履きを履いたロードは、必要以上に厳しい声でいった。「ボーグなのはわかっていました。あのはっきりとした香水の香りで。彼女は自分のいったことが本気だと告げにきただけです。しかし、今夜はこのまま起きていたほうがよさそうですね」

主題Ｄ：実験の技術

土曜日の朝が来ると、マイケル・ロードは全員がノーマン・トリートの実験に参加すると知って、驚くと同時に喜んだ。彼らは束の間でもこの災難から目をそらしていたいだけなのだろう。というのも、ほとんどが科学の徒とはいいがたかったからだ。しかし、動機はともかく、彼らの意図は刑事の計画にうまくはまっていた。フィンは寝ているし、彼自身はノーマンの実験からできるだけのものを引き出そうと考えていたので、音楽室に来ない人間に目を光らせる者が誰もいなかったからだ。それが、今では全員がロードの監視下にいることになる。

ボーグが朝食をとりに食堂に姿を現したことにロードは驚いた。ここ数日で初めてのことだ。彼女は決してマリオンに話しかけなかったし、マリオンも彼女に話しかけなかった。昨日の夕方と夜の出来事からすれば、ロードに対するボーグの態度は、たとえどのようなものだったとしても彼を驚かせただろう。実際には、彼女はさりげなく、自然で、明らかにいつもと変わらない態度だった。ただ、部屋を出る直前に長々と彼に流し目を送った大きな黒い瞳には、はっきりと責めるような笑いがうかんでいた。

ほかの人々は、今朝は早く下りてきていて、ロードがテーブルについたときにはほとんどがそこにいた。加えて、長時間起きていた彼はいつもより食欲があった。その結果、部屋を出たのは彼が最後で、音楽室に来たときにはほかの全員が揃っていた。ノーマンが装置の最終調整をしながら、そのさまざまな目的を手短に説明していた。

声の調子も、動きも、全体のものごしも、今の彼が科学者にほかならないことを明らかに物語っていた。殺人のことが頭にあり、自分が提示した問題への集中力を妨げられることもない。外の氷が溶ければマントンと部下たちが戻ってくるのは避けられず、彼らがごたごたを起こして、仕事を先送りにさせられるだろうということも考えていない。彼はプロの研究者らしく、正確に話していた。

「オクターヴの普遍則は、説明できるだけでなく実践できる法則です。宇宙の振動率はオクターヴの原理に従って互いに影響し合います。化学物質、光、音は、三つのまったく異なる領域の現象です。この三つはどれも互いに関連し、その中でオクターヴの普遍則に反応します」

彼が言葉を切ると、ロードが口を挟んだ。「楽器を使おうとしているのはわかりますが、ほかの装置は何なのです？　たとえばあの円錐は？」

「ええ」トリートは歩いていき、掛け布を開けながらいった。「窓の一部は取り外し、じかに外につながるようにしています。そこから日光が差し込み、プリズムに当たると、光は七つの色に分かれます。それがこの小さなプラットフォームに落ちると、そこからどのような光でも、これから説明する第二の器機に当てることができるのです。

ふたつ目の装置には、たくさんの仕切りがあるのがおわかりでしょう。そのいくつかにはある化学物質が入っており、色光線や音の振動の通り道になっています。ほかはこのように空になっていて、音と光の振動がぶつかり合うようになっています。間もなく、オクターヴ比にして振動率の高い物質が、別の物質にぶつかったときに必ず生じる変質をお見せできると期待しています」

ロードは数歩歩き、ほかの人々が準備を見守っているところへ行った。何人かはすでにそわそわしていた。間違いなく、ノーマンの講義するような口調のせいだろう。テレンスは掛け布で仕切られた狭い部屋の一角を何気なく眺め、ポンズ博士は興味津々の様子で、城主が投射プラットフォームに色光線の焦点を合わせているのをじっと見ていた。

納得のいく形になると、ノーマンは先ほど説明した仕切りのひとつを開け、茶色っぽい物質が入った小瓶を見せた。

「これは」彼はいった。「阿片の能動素子のひとつです。オクターヴの原則で完全に実証できる有機物です。これを要素三と呼ぶことにしましょう。それは、それ自身のオクターヴでのポジションを表しています。純粋な全音階の中の、ミのポジションです。これからセイルズに、第五オクターヴのミの振動をそれに直接与えてもらいます。それは何の変化ももたらさないはずです。

続いて、同じサンプルにソの音の振動を与えてもらいます。この第二の例では、要素三はそれ自身のオクターヴの要素五に変化するという結果になるはずです……いいぞ、セイルズ」

セイルズは力強く鍵盤を叩いた。一瞬、澄んだ音を響かせた後、音を消す。トリートは小瓶を取り出し、〝A〟というラベルを貼って下に置いた。続いて別の小瓶を仕切りに入れ、いった。「今度はソの音です。第五オクターヴの五番目の音階です」助手はその音を叩いた。

「これで〝A〟はそのままの要素三、〝B〟は」（トリートはふたつ目の小瓶を持ち上げた）「要素五に変わったはずです。事前検証として、用意した音階に対して簡単な分光分析をしてみましょう」

彼はテーブルの前に座り、小瓶を順ぐりに簡易加熱器に置き、その後ろから分光器の小さな線を見た。人々が黙って見守る中、彼はまた立ち上がった。その声には興奮が混じっていた。「やはり思った通りだ！　化学的分析は後でやるとしても、結果ははっきりしています。化学物質は変化している。音だけで。この実験が成功したのは、この数百年で初めてでしょう！」

ポンズがうめくようにいった。「本当か？　それは革命的だ」そしてロードは、自分が途方もない仮説を立てているのに気づいた。それが本当で、実際に音が化学物質を変化させるとすれば、まったく新しい視野が開けてくる。コーヒーは化学物質だ。コーヒーが、あるいはたぶん、砂糖だけを入れたコーヒーが、そのような方法でHCNに変わることがあるだろうか？　何てことだ。それなら、音で直接人を殺す技術と、シアン化水素酸という証拠との間の矛盾はなくなる。音が人間に作用するのではなく、その人間が飲もうとしたものだけに作用するなら、この方法は事実に即している。

ロードはそのことを考えるあまり、その後の手順をかなり見落としてしまった。しばらく沈黙していた楽器に注意を戻した彼は、実験が光の振動を応用したものへと変わり、何か手違いがあったらしいと気づいた。意外にも、光線は別の現象に影響を与えなかったようだ。

トリートが語っていた。「何が問題なのかわかりません。音と化学物質は、予想通りの相互変換を実現したのに、光の振動は駄目でした。ひとつだけ思い当たることは、一般的な言葉で簡単に説明できます。わたしは長い間こう考えていました。白色光がプリズムを通ることで得られる色は、白色光の基本的な構成要素ではなく、その要素の元の順序を逆にした、あるいは恐らく完全に違ったものを再現しているのではないかと。そのため、プリズム光を使った場合には本物の構成要素を使うことにはならず、本物の作用による現象を期待できないということです。わたしの実験は三分の二は成功したものの、まだ完全な実証に至っていません。実証された法則を発表できるのは一年後、いや数年後になるかもしれません」

これは逃げ口上だろうか？　ロードは強い疑惑が湧き起こってくるのを感じた。ノーマンは、最後の最後になってこの実演が間違いだと気づき、失敗に見せかけたのではないか？　音の振動の証拠を法廷に持っていく絶好のチャンスに、それをよく知る唯一の人物による実験が、一部失敗に終わったのを見せられるとは。

しかし、その考えこそが、ノーマンに不利なことを示していた。決着をつける方法がひとつある。今、この場で。トリートは拒むこともできるし、おそらくそうするだろう。そうなれば、ますます彼が怪しい。ロードは咳払いした。

「ミスター・トリート、ひとつ提案があります。重大な問題を調べる何よりもいい機会です。ある配合のコーヒーを、この音振動の対象にしてみたいのです。この案に異議はありますか?」

ノーマンはいった。「何ですって? コーヒー? しかし、いったい何のことだか――ああ、そう……そうか」

彼はテーブルに背を向け、寄りかかった。片手を顎に当て、上目づかいに鋭くマイケルを見る。あたかも殺人のことなどすっかり忘れていて、今になってようやく注意を向けたかのようだ。しばらくして、彼はいった。「やってみる価値はないと思います。あなたは混ぜ物をしたものを使おうとしているし、たとえコーヒーだけでも、オクターヴの影響は受けないでしょう。阿片はきわめて複雑な化合物ですが、オクターヴ的には単純な構造です。しかしコーヒーと水は違います。その化学式はよく知られていますが、オクターヴ式はまったく知られていません。何が予想されるかも、何を調べればいいかもわかりません」

「だからこそ」ロードは指摘した。「試してみるべきです。おわかりだと思いますが、この頼みは、単なる無意味な好奇心から出たものではないのです」

「ああ」ノーマンはようやく、客の考えを完全に把握したようだった。彼は驚き、やがて納得した顔をした。「わかりました。喜んでやりましょう。心から喜んで。しかし、何も出てこないのは間違いないでしょうね。それでもやりたいというなら……。では、ええと、何が必要ですか?」

ロードはその質問を待っていた。「コーヒーです」彼はいった。「沸騰したお湯で淹れたものです。そのコーヒーに、角砂糖と尿酸を入れてもらいたい。その混合物を容器に入れ、阿片に使った仕切りに置いて、音波を当ててほしいのです」

「聞いたか、セイルズ？　それを用意してくれ」

「かしこまりました」

「尿酸の結晶はあるのですか？」ロードが訊いた。

「ああ、あると思います」トリートは答えた。「研究室ではありふれた物質です。セイルズなら見つけられるでしょう」

円錐の後ろのプリズムを観察しているポンズ博士を除いて、人々はその場に立ったまま、このやり取りを聞いていた。ここでテレンスが何気なくいった。「いったいぜんたい、何でまた尿酸なんかをコーヒーに入れたいんです？　そんな組み合わせは聞いたことがない」

「わたしが教えよう」ノーマンは、どこか悪意のこもった表情で弟を見た。「教授もエリックもおまえのコーヒーを飲んで死んだ。そしてテレンス、おまえのコーヒーには、尿酸の結晶がたっぷり入っていたんだ」

「何だって？　何をいってるんだ？　あれは世界一純粋なコーヒーだぞ。純粋そのものだ！」

「きっとそうだろう。結晶を別にすればね。だが、あの独特の味は、コーヒーそのものというよりも結晶から来ているんだ」

「馬鹿馬鹿しい！　頭がいかれちまったのか？」テレンスの顔は真っ赤になり、どんな形であれ、自分のコーヒーが非難されたと感じたときの例に洩れず、たちまち喧嘩腰になった。ロードもほかの人々も、興味を募らせながら成り行きを見ていた。ポンズさえも、徐々に高まる大声に振り返った。

ノーマンは、無知な学生を相手にするように大げさに肩をすくめた。「おまえが知っているかどうかはともかく、実際そうなんだ。ふたつの別個の分析で、多量の尿酸が含まれていることがわかっている」

テレンスはいいかけた。「こんちくしょうめ――」

それを遮ったのはマリオンだった。「いい加減にして、テレンス」彼女はそういって、ほっそりした手を彼の腕に置いた。「わたしは見たのよ。分析するのを見たの。ノーマンのいう通りなの」

テレンスは彼女の手を苛立ったように見て、声を張りあげた。「馬鹿をいうな。いいか、見せてやる！　おまえらみんなに！」ロードを含め、誰もがその意図をつかみかねているうちに、彼は大股に部屋を出て、ドアを開け放ったまま去っていった。

セイルズがそのドアをくぐり、ノーマンに近づいた。「おっしゃる通りご用意しました」彼は小さな研究用のトレイを持っていた。そこには湯気の立つコーヒーが入ったフラスコと皿が置かれていた。皿には角砂糖と、半透明の細かい結晶の小さな山が載っている。「小瓶はすべて使用中でした。このフラスコなら仕切りに合うと思いまして。共栓もお持ちしました」

ロードは彼らの後について、分光器の置かれているテーブルに近づいた。仕切りのある装置の隣だ。セイルズがトレイを置き、トリートは問いかけるように刑事を見た。

「どんなふうに準備しましょう?」

「これはミスター・テレンス・トリートの特製コーヒーですか?」ロードはセイルズに尋ねた。

「いいえ。これは普通のコーヒーです。厨房からお持ちしました」

「しかし」ノーマンがいった。「結晶を入れればテレンスのものと同じになります。カフェインは、化学的にはどのコーヒーも同じですから。砂糖はどれくらい入れますか、ロード?」

「この量なら、四分の一で十分でしょう」

「わかりました」ノーマンはいわれた量に砂糖を割り、コーヒーに落とした。「結晶は好きなだけ入れてください。終わったら、すぐにこの栓で密封します」彼は片手に小さなフラスコを、もう片方の手に栓を持って、テーブルに身を乗り出した。

ロードは親指と人差し指でたっぷりと結晶をつまんだが、いったんそれを落とし、さらに多くの結晶をつまんだ。同じく身を乗り出し、フラスコの首を持つ。それから、結晶をコーヒーに入れた。

素早く、器用な手つきで、ノーマンはフラスコを密閉した。そして、それをテーブルから仕切りへと移した。

「待ってください」ロードが叫んだ。「それを戻して、もう一度蓋を開けてください。何かが臭った気がするのです」

「え? どういうことです? これは開けられません。何の臭いですか?」ノーマンは相手を振り返ったが、フラスコを動かそうとはしなかった。

ロードはいった。「わかりません。あまりにかすかだったし、短い時間だったので、はっきりとは。しかし、ビターアーモンドの臭いでなかったともいいきれない。フラスコの栓を取ったほうがいいと思います」

「しかし、それは無理です」ノーマンは指摘した。「一度準備をすると、変更はできません。でないと実験が無効になってしまいます。振動を当てる前にフラスコを開ければ変更になります。きっと思い違いでしょう。そうに違いありません。すでにこの混合物は二度分析しましたし、そのような臭いもしなかったのはご存じでしょう」

そう、たしかにその通りだ。ノーマンの意見は的を射ている。ロードはいった。「わかりました。続けてください」

ノーマンはうなずき、端に寄った。「準備は整いました。セイルズが別の装置のところにいます。今度はどの音で試しますか？　ひと続きの音階で、それとも一音で？　あなたにお任せします。どの振動なら結果が出るのか、正直なところわたしにはわかりません」

もちろん、それが問題だった。ロードにもわからなかった。ノーマンがどの振動率を選ぶか、興味を持って待ち構えていたのだ。自分に任された以上、できるだけのことをしなくては。

彼は抜け目なくいった。「あなたのお気に入りので試してみたいと思います。セイルズ、第五オクターヴの五番目の音をお願いします」

ノーマンはまたうなずいた。「きっかり六十秒間だ、セイルズ」

助手はその音を叩いた。

その音は延々と続いた。仕切りの中のフラスコははっきりと見え、ロードはじっと目を凝らしていたが、静かな液体は、色も何も変化しなかった。今も同じ澄んだ音が部屋に響き渡っている。彼はほかの人々に目をやった。すでに同じ場所ではなく、思い思いの場所に立っている。どの顔にも、不安そうな表情もなければ、取り立てて知的な表情もなかった。彼らはちゃんと成り行きについてきているのだろうかと、ロードはいぶかしく思った。音は続いている……。

突然、音がやんだ。セイルズの時計が一分を過ぎたところで完全に静まった。ロードはノーマンに続いてテーブルに向かった。ノーマンはフラスコを仕切りから出した。少し手間取った後で、密封栓を抜く。

フラスコの口から、ビターアーモンドの刺激臭がふたりの鼻に漂ってきた。あまりにも強い臭いに、ノーマンはとっさに栓を戻した。

「深く吸いこまないように」彼は叫んだ。

その顔には完全な、嘘偽りのない驚きが浮かんでいた。

主題A：逮捕の技術

ノーマン・トリートとマイケル・ロードは、互いに顔を見合わせた。ノーマンが何かいおうと口を開いたとき、テレンスがよろめきながら部屋に入ってきた。長身のたくましい男だったが、袋を運んでいるために疲れ、息切れしていた。

彼は袋を床に落とし、あえぎながらいった。「倉庫から持ってきて、封を切っていないものだ。自分の目で見るがいい」

ノーマンはその中断を喜んだかもしれない。彼はロードから弟に向き直り、いった。「それはもう見た。二度も。たった今、違ったものも見たが、それをどう解釈していいかわからない」

「袋を開けろというんだ！」テレンスは耳障りな声で命令した。「何のために、ここまで持ってきたと思ってるんだ？」

「証拠として提出しようというのですか？」ロードは穏やかに訊いた。

「このコーヒーに混ぜ物がしてあるというなら、ぼくのコーヒーをよくわかっていないという証拠としてね」テレンスの呼吸は完全に元に戻り、声は嚙みつくように鋭くなっていた。

するとマリオンが、楽器のそばから彼のほうへ進み出た。「ああ、テレンス。わたしたちにはわかっているのよ。何が問題なの？　どうしてこのことでそんなに大騒ぎするの？」

彼女には見向きもせず、テレンスは兄のほうへ近づいて長い脚を広げ、手を腰に当てた。「教えてくれ」彼はいった。「どういうつもりで、ぼくのコーヒーは純粋でないといったのか」

部屋の緊張は徐々に高まった。ロードは昔からの習慣で素早く辺りを見回し、人々の位置を確かめた。パンテロスとゴムスキーは、掛け布を背に後方にいて、入ってきたときからずっと同じ場所で同じ沈黙を守っていた。今では興奮の兆しに顔を震わせている。ロードには二匹の猫が、戦う寸前のもう二匹の猫を見守っているように思えた。ポンズ博士は、光の装置の近くから成り行きを子細に、だが冷静に見ており、セイルズは鍵盤の前に座ったままだった。ゴムスキーからそう遠くないところに優雅に立っているボーグは、テレンスではなくロードを見ていた。

マリオンが兄弟に駆け寄り、ふたりの間に割って入った。「ノーマン！　馬鹿なことはやめて。分析の結果はわかっているでしょう。袋を開けないで。冷静になって、お願い、わたしを愛しているなら——」

「黙れ！」テレンスがいった。

彼女はノーマンから、もうひとりの男に向かった。しばらく正面から彼を見た後、非難するようにいう。「あなたもわたしを愛しているといったでしょう。約束まで——」

「ほう、そんなことがあったのか？」ノーマンの頰が弟と同じくらい赤くなった。彼は不意に、マリオンを飛び越えてテレンスに襲いかかろうとした。

ロードも同じくらい素早く動いた。とうの昔に睡眠中のフィンから手に入れた銃がポケットを飛び出し、右手に収まる間にも、彼は叫んでいた、「そこまでだ！　下がれ。ふたりともだ。本気でいってるんだぞ！」

突然の、はっきりした声に、ノーマンははっとした。飛びかかる途中で動きを止め、驚いた顔でロードを見る。ほかの人々も彼を見ていた。フィンの銃をしっかりと、だが軽々と構えた彼は、掛け布を背に立っており、部屋にいる全員をすぐに視界に収めることができた。

「それでいい」ロードはいった。「テーブルに戻ってください、ミスター・トリート。もといたところへ。そうです。ほかのみなさんも、その場にいてください。個人的な喧嘩がしたければ、後でやってもらって結構。しかし、今はもっと大事な問題があります。わたしはコーヒーの袋を開けるつもりです。その間、みなさんはその場を動かないでください」

ロードは掛け布を離れ、テレンスが楽器のそばに放った袋に近づいた。

彼が屈んで、開けていない口を確かめようとしたとき、ノーマンが飛びかかろうと身構えた。

ポンズがその体をつかんだ。

ボーグが鋭い声で叫んだ。「マイケル、気をつけて！」

ロードが思わず彼女のほうを向いたのと同時に、こだまする大音響とともに闇が訪れた。うなりを発する空白がそれに続いた。


見守っている人々からすれば、彼はすぐに意識を取り戻したようだったが、ロード自身は時間の感覚がかなり異なり、とても長く苦痛な時間を過ごしたように思えた。最初にうなりがやみ、鋭く騒々しい、痛いほどの音の断片となった。それはあちこちで破裂し、最後には大爆発になるかと思われた。しかしそれは免れ、ふたたび、今度は低いうなりが戻ってきた。

ついに彼のまぶたが震え、ぼんやりと青い布地が目に入った。彼はがんがんする頭をそれに載せていた。誰かが彼の口を開かせ、水を注いだ。彼はむせながら飲んだ。「ブランデーは駄目だ」まったく聞き覚えのない声が近くでした。「もっと水を」

彼はまたまぶたを震わせ、目を開けた。青い膝に頭を置いている。普通じゃない。青いズボンを穿いているなんて何者だ？　ああ、あの変な名前の男なら穿くだろう。パンカー？　パンスター？　パンテロスだ。しかし、そうではなかった。彼は起き上がろうともがいたが、無駄だった。二本の手が彼の肩を支え、半身を起こさせた。さらに水を飲まされる。

突然思い出した。殴られた瞬間までに起こったすべてを。しかし今、目を開けて、次々に水を飲むことに集中し出すと、まだ混乱した夢から覚めた気がしなかった。

彼を支えているのはパンテロスではなかった。ひどく醜い顔をした、青い制服の警察官だった。ロードはまだ音楽室にいたが、掛け布はすべて開けられ、テーブルやその他の実験装置が、床のあちこちに小島のようにそびえていた。部屋の片隅にはノーマン・トリートとその弟、客たちが固まっており、オートマチックを握った鋭い目の私服警官に監視されていた。部屋にはほかに三人の警官がいた。そして、数フィート離れたところから、地区検事長のマントンが彼を見下ろしていた。

「何てことだ」マイケル・ロードは弱々しく笑った。「アメリカ海軍のお出ましか。ちょうど間に合いましたね。ふうっ、何て頭痛だ！」彼はまだ、軽いめまいでは済まない状況だった。

「まったくです」マントンは険しい声でいった。「ここへは遺体の引き取りと逮捕のために来たのです。ところが着いてみると、急を要することが起こっているじゃありませんか。誰かがあなたの頭を殴ったのでしょう。誰です？」

「わかりません」ロードは目を閉じて、痛いほどの光を遮った。

「誰もいおうとしないのです」検事長は続けた。「知らぬ存ぜぬを通そうとしているんですよ」短く鼻を鳴らす。「あなたが告発すれば、すぐに聞き出してみせます」

もちろんロードは殴った人物を知っていた。部屋にいた人々の位置関係は、今も写真のようにはっきりと思い出せる。殴れるほど近くにいたのはひとりだけだ。そして、背後から頭を殴れたのも。そこにできたたんこぶは、まだ膨らみつづけていた。主人に忠実なセイルズは、楽器のそばにあったコーヒーの袋の近くにいた。セイルズは、島の城主が自分の土地にいられるよう、ロードを排除しようとしたのだ。事件そのものとは何の関係もない。ロードはかすかに首を振った。

「誰がやったかはわかっています。一日も経てばよくなります。告発はしません」

「何ですって?」

「告発はしません」ロードは繰り返した。「いずれにせよ、大したことではありません。忘れてください。ここへ来たのは逮捕のためとおっしゃいましたか?　一連の殺人の?」

「エリック・スターンのです」マントンは堅苦しくいった。「令状もあり、ただちに執行するつもりです」

「確実な証拠はあるのですか?　わたしたちが孤立している間に、いろいろなことがあったのです。確証はありますか?」

「明々白々ですよ」地区検事長はロードのそばに片膝をついた。「お教えしましょう、警視、わたしは懸命に捜査し、あなたがたの部署にも応援してもらいました。動機については山ほど証拠があります。それよりも確実なのは、脅しの手紙を手に入れたことです。明白かつ決定的な証拠です。逮捕状を取るには十分すぎます。明後日には起訴する予定です」

「性急すぎませんか?」ロードはつぶやいた。

「これまでの遅れを取り戻すために、早く動かなければならないのです。批判はもううんざりです。手段についての証拠はまだありませんが、裁判が始まるまでには十分間に合うでしょう。殺したのが誰かがわかった以上、間違いなく訊き出してみせますよ」

ロードはいった。「その点は心配ありません。どうやったかわかったのです。シアン化水素酸です。証明できます。ほかのふたつの殺人はどうなんです？　逮捕状はスターンの殺人だけですか？」

「ふたつ？　ひとつでしょう」

「いいえ、もうひとつ起こったのです。フィンに聞きませんでしたか？　しかし、これらの殺人は互いに結びついているとわたしは思います」

「間違いないでしょう。わたしがスターン殺しを扱っているのは、明々白々な事件だからです」

マントンはまたいった。「ほかの事件のために、時間を無駄にしてどうなります？　一度死刑が宣告されれば、二度も三度も同じでしょう」

「確信があるようですね」

「もちろんです。これを」地区検事長は右手に持った薄紙を差し出した、「見てください。ある人物のアパートメントで見つかった手紙の写しです。その人物はこの中にいて、手紙はこの中の別の人物に宛てたものです。書きかけで、実際には投函されないまま捨てられていました。管理人のごみ入れを徹底的に調べて見つけたのです。署名はありませんが、三人の異なる専門家が、アパートメントの持ち主の筆跡であると断定しました。運がよかった。ほかにもたくさんありますが、これが決定的な証拠です。読んでみてください……ああ、読めるはずがありませんね。返してください。私が読み上げます」

マントンは紙を取り戻し、低い声で読み始めた。「生意気なお嬢さん。わたしと張り合えると思う？　あなたには勝てっこない——勝負はついているわ。彼があなたに目を向けるほど愚かなら、遊ぶのは構わない——でも、あなたは彼と結婚できないわ。絶対に！　あなたにいいことをしてやったわ、尻軽女。彼は約束した。あなたが彼をそそのかし、約束を忘れさせようとしても、生きている限り彼は決して裏切らないでしょう。あなたには何も——」

「手紙はここまでです」マントンはいった、「彼女はこれを破いて捨てました。しかし、すでに封筒に宛名が書かれていました。〝ミス・マリオン・トローブリッジ〟と。彼女はおじけづいたのでしょう。だが、手紙を燃やすほどの頭はなかった。しかも証人がいます。スターンのアパートメントのメイドが、彼とその女性が結婚の話をしているのを耳に挟んでいるのです！　この紙屑が、電気椅子への一等車の片道切符なのです」

ロードはこのときも、自分の知っていることに照らし合わせて考えていた。〝尻軽女〟〝いいことをしてやった〟という、非難の言葉の再現を。そのとき、テレンスの大きな声が、冷たく部屋に響き渡った。

「おい、ぼくたちをここに足止めさせているのはどういうわけだ？　ぼくたちは逮捕されたと考えていいのか？」

マントンは立ち上がり、皆に向き直った。「ノーマン・トリート、テレンス・トリート、マリオン・トローブリッジ、トーマス・クロック――きみだ（と、パンテロスを指す）――それからアレーム・ゴムスキー、L・リース・ポンズ博士、あなたがたを、エリック・スターン殺人事件の重要参考人として正式に拘束します。人によっては、のちにホワイト・プレインズで仮釈放や保釈の手続きを取ることができるでしょう。前に出なさい、ミルガ・ボーグ！」

彼女がそれに従う間も与えず、彼は続けた。「第一級謀殺の容疑で、あなたに逮捕状が出ています。二月十一日の夜、この城でエリック・スターンをシアン化合物によって殺した疑いで、あなたを正式に告発します。……彼女を連れていけ、スタインバーグ刑事」

ボーグは呆然としているようだった。顔は紙のように白く、よろめいて、後ろにいた人物に倒れかかった。その人物はマリオンだった。マリオンは彼女を乱暴に突き飛ばした。

「わたしはやってない――」ボーグがあえぎながらいった。

もうひとりの女は、それをかき消し、遮るように叫んだ。マリオンの声は甲高くヒステリックだった。「この――この――尻軽女！　あなたが彼を殺したのね？　彼をわたしのものにさせないために」言葉は震えるような笑い声に変わったが、楽しそうな響きはかけらもなかった。「彼は死んだ――殺された！　あなたが殺したのよ。もう彼をわたしのものにできない。でも、あなたのものにもならないのよ！　あはは――ははは――は！」ノーマンが彼女の体をつかんだ。すすり泣き、マラリアにかかったように震える彼女を抱き、その顔を肩に押しつけた。

ボーグは警官の手をすり抜け、ロードのそばに身を投げ出した。

「教えて」彼女は叫んだ。「わたしの気持ちはわかっているでしょう。あなたを助けようとしたのよ。ああ、どうしてゆうべ来てくれなかったの？　教えて、わたしはどうすればいいの？」

ロードはいった。「本当にわたしの助言を聞きたいなら、あなたの知っている一番いい弁護士を雇うことです」

ここへ来て、長い訓練を受け、長年舞台を経験してきたことが、ボーグの役に立った。彼らはボーグに、最後のカーテンコールの機会を与えたのだ。彼女は立ち上がり、ある種の威厳とともにロードを見下ろした。辛辣な非難を込めた目で彼の目をまっすぐに見て、唇には苦笑いを浮かべている。

彼女はよく通る声で、ゆっくりと、芝居がかった抑えた調子でいった。「自分が何を捨てたか、あなたには決してわからないでしょうね。もう手遅れよ」それからきびすを返し、悠然と、堂々とした足取りでドアに近づいた。スタインバーグ刑事が彼女の手首をつかんだ。

マントンは平然とした顔で、横たわるロードの上に屈みこんだ。ロードはばつの悪い思いで落ち着かず、猛烈な痛みを感じていた。マントンが訊いた。「もう起き上がれそうですか？　ボートが外にあります。大型ボートです。それに、医者が頭を手当てしてくれるでしょう」

「まだ駄目です」ロードはいった。「あのコーヒーの袋が見たい。どこにありますか？」

マントンは信じられないという顔をしたが、数フィート先から袋を引きずってきた。ロードは縫いつけられた口を開けようとしたがうまくいかず、地区検事長がポケットナイフを出して袋の口を大きく切り裂いた。ロードは片手を伸ばし、ひとつかみのコーヒーを手のひらに乗せた。

それはただのコーヒーだった。結晶も、それらしきものも混ざっていない。純粋なコーヒーだ。

ロードは膝に顔をうずめ、静かに笑った。「すぐに行きますよ」彼はマントンにいった。「あと少し、このままでいさせてください」

コーダ：話末《テール・エンド》

ミスター・ウィリアム・ホーナーの家は、日陰になった広い通りからかなり奥まったところにあった。ホワイト・プレインズの中心的なビジネス街から一・八マイルほど離れたところだ。白い家で、玄関には円柱が立ち、よく手入れが行き届いている。非常に古風な建物だが、老木の中のたたずまいには静かで落ち着いた威厳が感じられた。

マイケル・ロードが、ホワイト・プレインズ駅からタクシーで連れてこられたのがその家だった。マントン地区検事長がスターーン事件の起訴を行う日の前夜、十時ごろのことだ。

ミスター・ウィリアム・ホーナーはこのとき、ウェストチェスター郡大陪審の陪審員長という、うらやましくもあり、うらやましくもない立場にいた。

ロードは三十分以上、彼とひとつの部屋に閉じこもった後、外に出て高い円柱の間のポーチに立った。後から出てきたミスター・ホーナーは、心を込めて彼と握手をし、愛想よくおやすみの挨拶をした。ロードはタクシーを止め、乗り込むと、駅に戻った。

アメリカの郡大陪審のシステムは、多少なりとも時代遅れだった。あらゆる犯罪事件は、最初に彼らの前に提示される。検事によって彼らの前に出された〝一応の証拠〟を審査し、起訴するかしないかを決めるのは陪審員だ【原注1】。彼らは弁護側の証言を聞くことができず、彼らの前で証言する者は、自分が証言するどのような事柄についても自動的に刑事免責を受けることになる。ただし、事前に免責の権利放棄証書に署名をしていれば別だが、この手続きが取られることはめったにない。

大陪審の陪審員の人選には——きわめて違法な——習慣がある。それは当該の自治体で影響力を持つ人物や要人、あるいは尊敬されている市民のリストから選ぶというものだ。そして、この奇妙な状況からは、彼らが責務を果たすのにほとんどの人よりはるかに高い資質を持っているという結果が生じる。もちろん、政治家はリストを調整し、自分たちの事件が揺らぎそうなときには細心の注意を払って選択する。しかし、通常は大陪審があらゆる政治的な影響力を上回ることが往々にしてあった。

というのも、彼らには途方もない権力が与えられるからだ。起訴するかしないかは彼らにかかっている。彼らが一緒に働いているとされる検事にも法廷にも頼ることはない。それらは単なる補佐に過ぎないのだ。実際彼らは、それが妥当と思えば、地区検事長や裁判官をも起訴することができる。同じことは、郡の中で不正を行ったほかの当局者にもいえる。あるいは、どの階級の誰にでも。最終的には、異例のことだが、州の上級大陪審がその地区全体に主権を行使することも起こりうる。大陪審は、この国の基礎をなす分権化の原理の最後の名残りなのだ。その審理は非公開で、きわめて強力な本体を持っていた。

ウェストチェスター郡大陪審が集まる部屋は、実用よりも威厳のほうに重きが置かれていた。天井は二階分の高さがあり、少々派手な金めっきがほどこされていたが、壁は簡素な黒っぽいマホガニー張りで、美しく磨き上げられ、硬材の床、マホガニーのテーブル、革張りの深い椅子が、贅沢さと節度を表していた。

主テーブルは、部屋の幅をほとんど占めるほど長く、ぴかぴかに光っていた。中央に置かれたそのテーブルには、陪審員長を中心に、両側に陪審員が並んでいた。ただし、陪審員長の左隣の席には陪審員団の事務官が、右隣には検事か検事補佐が座り、討議に参加する。長いテーブルの両端には、それよりも小さなテーブルがL字形に配置されている。そこにはほかの陪審員が座っている。人数は陪審員長を含め二十三人で、陪審員長は同じ票数になったときだけに投票する。多数決で可決し、十二票が必要である。事務官の前にはこの日の午後に検討される三十の起訴状が積まれ、テーブルには陪審員が吸うための葉巻と煙草の箱が置かれている。陪審員長の後ろには、絹でできたアメリカ国旗が掲げられている。

マイケル・ロードはミスター・ホーナーを訪ねた翌日の午後、その部屋がある建物に向かっていた。まだ包帯が巻かれた頭の下の顔には、深いしわが刻まれている。ゆっくりと歩く歩調は、よろめいているといってもよかった。どこか別のところへ行きたくてたまらないかのように見える。

実際には、彼は数々の不愉快な証言をしようとしているところだった。多大な貢献をしながら、それに対して自分はそれ以上何もできないのだ。腹立たしいことに、これは自分の事件ではない！　だがもちろん、逃げることはできない。召喚令状が届いていたし、彼は州が必要としている重大な証拠を握っていた。

それは本当だ。それでも自分が握っている証拠は、起訴したくない人物に不利なものであるという事実は変えられない。そう、どれほど法に関する標語を耳にささやかれても、結局はそういうことなのだ。彼にとってすべてが、控えめにいってもきわめて矛盾したものになっていた。彼の証言に最も影響を受ける人物のために。その人物は、初めて会ったときからずっと、彼に親切だったとしかいえないのに。

それから、彼はマドプリッツァのことを思い出した。生きたいと願い、誰も傷つけていない彼女は、犯罪者の冷酷で非人間的な用心深さのために、情け容赦なく殺されたのだ。マドプリッツァは彼の助けを求めていた。自分の不安を真面目に受け取ってほしいと、殺されるほんの数時間前に彼に訴えていた。彼は犯罪者と同じくらい非情に、彼女を死に追いやったのだ。自分でなくて誰が犯罪者にその機会を与えたというのだ？　風変わりで、愚かで、罪のないマドプリッツァ。彼女の顔が、不意に目の前に浮かんできた。そして、まったく思いがけず――というのも、彼は自分からそんな感傷を呼び起こしたりはしないからだ――黄色い猫の、ぐったりした姿が。

法廷の石段の一段目に足をかけたとき、彼のしかめ面は深い渋面へと変わった。彼はロビーの奥にいたエレベーター係に、ぶっきらぼうに「大陪審の証人だ」と告げた。


【原注1】連邦大陪審もこのシステムであり、連邦犯罪を同じようなやり方で裁く。郡大陪審は、それ

ぞれの郡の管轄内で起こった犯罪を扱う。

陪審員室には、全陪審員が揃っていた。事務官が事前に、本日は地区検事長がスターン殺害事件について訴追するため出席すると知らせていたからだ。この四週間、ひと続きのレリーフのように、暴行脅迫事件や車両窃盗事件のことばかり聞かされてきた陪審員たちは、この悪名高い、だが本土の新聞では今もって謎のままの事件の内情を聞くのを、当然の好奇心をもって楽しみにしていた。マントン地区検事長本人は、陪審員長の隣に座っていた。

事務官はリストを見て、正式な起訴のために書類を入れ替えた。彼は読み上げた。「ミルガ・ボーグに対する申し立て。第一級謀殺罪。彼女は本年二月十一日、予謀の殺意をもってエリック・スターンを殺害した。すなわち、コーヒーにシアン化水素酸を混入せしめたことによる。

最初の証人を呼んでください」事務官は陪審員の呼び出し係に一枚の書類を差し出した。

「お待ちください」陪審員長がいった。「最初の証人は誰です、検事長?」

「L・リース・ポンズ博士です。教授だったか心理学者か、そのような人物です」事務官が答え、マントンがつけ加えた。「みなさん、彼は最も重要な証人ではありません。しかし、犯罪を取り巻く全体的な状況、起こった場所と時間を説明してくれることと思います。概していえば、みなさんに事情を教えてくれることを期待しています。たくさんの証人を呼びますので、ぐずぐずしてはいられません。ポンズ博士を最初にお願いします」

紙を手に、早くも部屋を出ていこうとしていた陪審員は、またしても呼び止められた。「お待ちください、ミスター・ジョーンズ」陪審員長が繰り返した。「たまたま、この事件についてある情報を得たものですから。わたしの提案は、最初に別の証人を呼ぶことです」――彼はポケットから名刺を出し、ちらりと見た――「名前はロード警視」

「しかし、それはわたしの告発を邪魔することになります」マントンは抗議した。「証人はすでに、しかるべき順に並べられています」

ホーナーはいった。「恐らく、この証人を最初に呼ぶことには、あなたの知らない理由があると思います」

「あなたはご存じなのですか?」

「いいえ、知りません。しかし同時に、その重要性も確信しています」

「これはわたしの事件です」マントンが嚙みついた。

陪審員長は答えた。「検事長、あなたと検事局は、本件でのわれわれの責務を大いに補佐してくださっています。あなたがたの協力に感謝していることをご理解いただきたいと思います。なぜなら、わたしは提案といったのを撤回するからです。これを依頼に変えます。それに従っていただけない場合には、要求とします」

事務官は仰天したような顔をし、陪審員席では驚きの声がいくつか上がった。マントンは、自分自身でも驚いたことに、めったにないミスを犯してしまった。

「これは陪審員の決定なのですか?」

「いいえ」ホーナーは冷たくいった。「わたしが陪審員に理由を説明し、票決を行うまで、下がっていていただけますか」

マントンは無言で立ち上がった。首の後ろを真っ赤にした彼がドアに向かう足音が、静まり返った部屋に響いた。ドアは彼の後ろで、ゆっくりと閉まった。


ロードが座っている部屋――〝大陪審証人、男性控室〟――は息詰まるようで、自分が証言する事件を待つたくさんの警察官を除いて、周囲の人々は、当局者にはいい顔を見せるが近くにいる人々にはまるで逆の態度を取っていた。

彼は制服警官が入ってくるのを見てほっとした。手には一番上を白く塗った黒い竿のようなものを持っている。ほとんどの人には謎だろうが、ロードはこの竿が、古代の束桿《ファスケス》を象徴していることを知っていた。警察官に名前を呼ばれ、彼について廊下に出たロードは、陪審員の呼び出し係に迎えられた。

「ロード警視ですか?」男は尋ねた。

「はい」

「ついてきてください」

ロードは陪審員室に連れていかれ、男がドアを開け、彼を入れた。陪審員は彼に続いて部屋に入り、ドアを閉めると、仲間にいった。「ニューヨーク市警のロード警視です」

陪審員長の正面には小さなテーブルがあり、その前には主テーブルと向かい合うように証人席が設けられていた。そこで、別の陪審員が、よれよれに見える聖書を差し出して彼を待っていた。

ロードは右手を聖書に置き、左手を上げて、陪審員長に向き直った。

すでに何百回となくこの決まり文句を繰り返してきた陪審員長は、今回もそれを繰り返した。

「あなたはこれから、ウェストチェスター郡で開かれるこの大陪審で行う証言が真実であり、真実以外の何物でもないと誓いますか?」

「誓います」

「どうぞおかけください。あなたはニューヨーク市警察のマイケル・ロード警視ですね?」

「はい」

「そしてあなたは、ミルガ・ボーグへの申し立てに関する、ある情報をお持ちなのですね?」

「はい」ロードはいった。

陪審員長はつけ加えた。「検事長、あなたは証人に質問したいのではないかと思いますが」それから椅子に深く腰かけ、事務官から渡された起訴状に素早く目を通した。

先にロードに質問するという陪審員長の動議が速やかに可決された後、ふたたび入室を許されたマントンは、しぐさにも顔にも一切の動揺を見せずに元の席についていた。彼は大陪審に逆らうほど馬鹿ではない。しかし内心、自分の計画に邪魔が入ったことに不快さと怒りを感じていた。ロードの差し金ではないかと半分以上疑っていたからだ。彼は素早く、新たな形に告発を組み直していた。この事件は個人的にきわめて重要であり、自分が影響力を持つことしか頭になかった。

彼は部屋を見回し、愛想よくいった。「ではみなさん、わたしはこの証人に、毒物が入手された手段と、それが与えられた方法について説明してもらいます。そのほかの状況については間もなくお知らせしますが、今はスターンを殺害した手段についての説明のみということでご理解ください。

検死解剖では、スターンはコーヒーに入っていた多量のシアン化水素酸を飲んだことにより死亡しました。その効果については、間もなく郡の医師から証言してもらいます。

さて、警視」――彼はロードのほうを向いた――「あなたはこの事件を目撃していますね？ 陪審員に、何があったかを説明していただけますか？」

「全員が客間にいました――」ロードは説明を始めた。

「ちょっと待ってください」ホーナーが口を挟んだ。「どの客間ですか、警視？」

「われわれ十人は、ミスター・ノーマン・トリートによって彼の自宅であるケアレス城に招かれました。ハドソン川に浮かぶ小島にある城です。二月八日月曜日の夜、夕食後に全員が客間に集まり、コーヒーがふるまわれました。ミスター・スターンは、隣の音楽室で演奏するといいました。そこは防音室で、ドアが閉まっている間は、客間とは送信機でつながっています。ミスター・スターンは自分のコーヒーを持って音楽室に入り、ドアを閉めました。コーヒーは、われわれのものと同じく、注がれたばかりでした。彼はすぐに飲むには熱過ぎるといい、冷めるまで何分かパッセージを練習しました。それから、毒がたっぷり入ったコーヒーを飲みました。ミスター・トリートとわたしは約十分後、演奏が始まらないわけを知るために部屋に入り、彼が床に倒れて死んでいるのを発見しました」

「その間」陪審員長が尋ねた。「ほかのみなさんはそのコーヒーを飲まなかったのですか？ わたしには、あまりにも運がよかったように思えますが」

「いいえ。全員が飲みました」

「理解できませんね、警視。あなたがたが同じコーヒーを飲み、何の被害も受けなかったとすれば、なぜそのコーヒーでミスター・スターンが死んだといえるのです？　つまり誰かが、恐らくここで告発されている人物が、彼のカップにこっそり毒をいれたということですか？」

「いいえ。ミルガ・ボーグもほかの誰も、そのカップにいかなる毒物も入れていません」

「ああ——失礼ながら、警視、頭が鈍いと思われたくないのですが、あなたがおっしゃっていることは矛盾しています。わたしが間違っていなければ、そのコーヒーは全員に配られ、ミスター・スターンを除いて、飲んでも何ともなかったのですね。あなたはその特定のカップに毒が入っていたといいながら、誰も毒を入れなかったと証言しました。それで間違いありませんか？」

「間違いありません」ロードは自分がこの点で混乱したことをまざまざと思い出し、陪審員席の戸惑った顔を見るのを楽しんだ。「しかし、このことを話していませんでした。ほかの全員は、コーヒーに何も入れないようにいわれ、何も入っていないコーヒーを飲みました。しかしミスター・スターンは、コーヒーを注いだ女性に、角砂糖をコーヒーに入れるよう頼んでいました。その砂糖は、直後に化学分析にかけられたことを申し上げておきます。砂糖には何の問題もありませんでした」

マントンがいった。「みなさん、警視はみなさんを煙に巻こうとしているのではありません。彼はコーヒーに毒が入れられた方法を説明しようとしているのです。続けてください、ロード警視。コーヒーのことをお話しください」

「このコーヒーは」証人は続けた。「個人向けにブレンドしたもので、元から非常に苦みがありました。それにはかなりの量のカルバミン酸の微細な結晶が混ぜられていたのです。尿酸といえばおわかりになるでしょう。有害な影響はほとんど与えずに苦みを増す効果があります。ほかに何も加わらなければ。しかし、砂糖を入れると、シアン化水素酸が大量に沈殿します。この方法により、ミスター・スターンのカップだけに毒が生じたのです。もちろん犯人は、彼が砂糖をほしがるよう取り計らいました。このことは説明しておかなくてはならないと思いますが、コーヒーの持ち主であるミスター・トリートの弟はブラックで飲むよう主張し、砂糖はこっそり入れられなくてはなりませんでした。しかし犯人は、砂糖が入れられることを知っていたはずです」

マントンが説明した。「この部分は少々込み入っていますので、もう一度ご説明します。飲まれたのは個人向けのブレンドに、多少の水溶性を持つ尿酸の結晶を混ぜたものです。砂糖が入れられるまでは無害なものです。砂糖を入れると、致死性の毒物であるシアン化水素酸が発生します。その女性、ボーグは、スターンのものだけに確実に砂糖が入れられるよう、入念に準備したわけです」

ホーナーは「なるほど」といい、さらに何かいおうとしたところで、テーブルの端に座っていた陪審員が声をあげた。「陪審員長！」

「はい、ミスター・ミッチェル」

「みなさん、わたしは化学者です。このような供述は、わたしには信じられません」

「化学式を用意しました、陪審員長」ロードがいった。

「素晴らしい、警視」ホーナーは答えた。「全員に見えるよう、後ろの黒板に大きな文字で書いていただけますか？」

マイケル・ロードは席を立ち、黒板に向かった。書くことはたくさんあったので、黒板が大きいのが幸いした。彼はチョークを取り、書き始めた。

続いて、黒板の下にあった長い指示棒を取り、自分が書いたものを順に説明した。

「尿酸の混じったカフェイン（トリメチルキサンチン）に水を加えて加熱するとメチルが生じ、テオブロミン（ジメチルキサンチン）になります。尿酸の混じったサトウキビ糖（二糖類）に熱を加えると、水（H_2O）の分子が一つと、ブドウ糖（単糖類）の分子が二つでき、一酸化炭素（CO）の分子が二つとシアン化水素酸（HCN）の分子が四つ残ります。

さて、みなさん、全体としては非常に複雑に見えるかもしれませんが、結果として出てくるのは単純な事実です。挽いたコーヒーに尿酸の結晶を加え、抽出したときには、安定した無害な混合物が得られます。しかし、その後で砂糖が加えられると化学反応が起こり、死に至る毒が作られるのです。

このような方法で、エリック・スターンは殺されました。ほかにもふたり、この方法で殺されています。ブラー教授は、魔法瓶に入っていたこの混合物に、自分のポケットから砂糖を入れました。そして、マドプリッツァという若い女性は、魔法瓶からあらかじめ砂糖を入れてあった――」

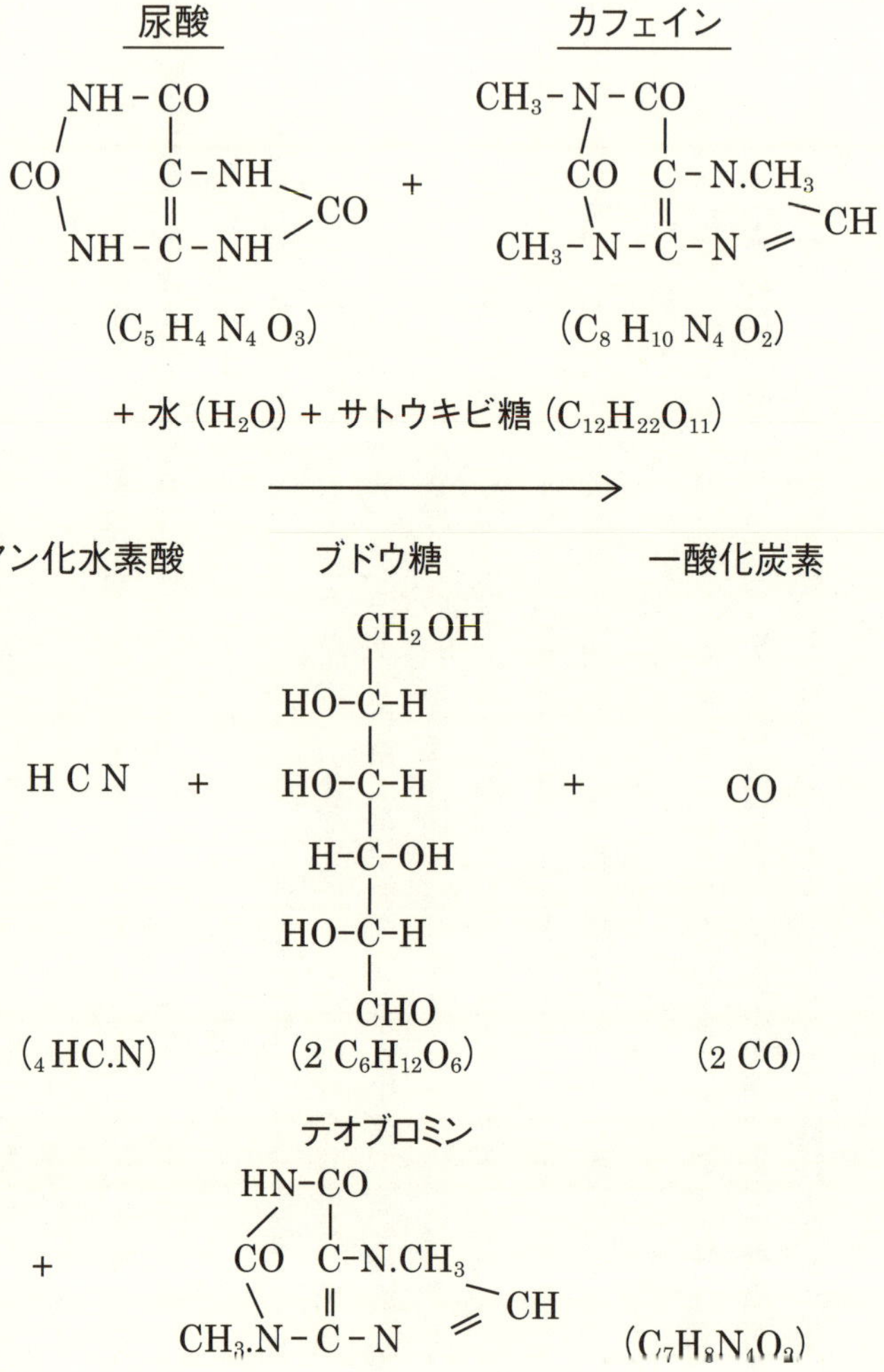
尿酸
カフェイン
(C5 H4 N4 O3)
(C8 H10 N4 O2)
+ 水 (H2O) + サトウキビ糖 (C12H22O11)
シアン化水素酸
ブドウ糖
一酸化炭素
HCN
CO
(4 HC.N)
(2 C6H12O6)
(2 CO)
テオブロミン
(C7H8N4O2)

ロードの説明に真剣に耳を傾けていた陪審員長は、ここで遮った。「われわれが検討している事件は、教授にもミス・マドプリッツァにも関係のないことです」彼はいった。「われわれは、ミスター・スターンの死だけを論じなければなりません……。あなたはこの説明で納得しましたか、ミスター・ミッチェル？」彼は化学者である陪審員にいった。

「すぐには何ともいえません。反応を試してみなくては。しかし、化学式には問題ないようです。これを受け入れてもよいと思います」

マントンがいった。「化学の専門家を呼んで、この化学式が正しいかどうかを検証してもらおうと思います。今のところは、これが正しいと思っていただきたい。みなさんの時間を無駄にするつもりはありませんが、これに関連して警視にいくつか質問したいことがあります。わたしはみなさんに、この殺人者の冷酷な巧妙さをお知らせしたいのです。警視、この方々に、さまざまな検証が行われたこと、それが失敗に終わった理由、また真実が発見されたいきさつについて説明していただけますか？　毒入りコーヒーについて」

刑事はすでに小さなテーブルのところに戻り、席についていた。肘をついて身を乗り出し、陪審員長にじかに説明する。「最初に、川の凍結とその後に起こったぼやのせいで、われわれは一時本土と断絶し、そのためわたしがこの事件を非公式に調査しなくてはならなかったことをご説明しておきます。

さて、コーヒーの件です。最初にそれを飲んで死んだのは、ブラー教授です――この件はここに提出されていませんが、問題を完全に明らかにするために、そのコーヒーが飲まれたさまざまな場面について言及しなくてはなりません。教授はミスター・トリートのモーターボートの上で、魔法瓶からコーヒーを飲みました。彼はそれをカップに注ぎ、自分のポケットに入っていた砂糖を入れました。魔法瓶には、ほぼ満杯のコーヒーが残っていて、その晩ピークスキルから来た警察官が飲みましたが、何ともありませんでした。そのため、コーヒーが教授の死因とは考えられませんでした。しかしもちろん、その警察官は夜中に砂糖を入手することはできず、何も入れずに飲んだのです。

二番目に起こったのがミスター・スターンの事件でした。いずれも、使ったカップは割れ、分析できるものは何も残っていませんでした。わたしは、スターンのカップに注いだコーヒーのコーヒーメーカーに残ったものを分析しました。ここで、そのコーヒーにカルバミン酸が混ぜられていたのがわかりました。不自然に思われましたが、分析をしたミスター・トリートは、この混合物は確実に無害で、尿酸の結晶は、独特の苦みをつけるために混ぜられたのだというもっともな説明をしました。その直後、わたしはスターンの飲み物に砂糖が入っていたのを知り、これも分析しましたが、もちろんただの砂糖で、解決の糸口にはなりませんでした。

三度目の事件はマドプリッツァです。彼女はこのコーヒーの入った魔法瓶を持ち、川を渡って本土へ行こうとしていました。このときわたしは、魔法瓶に注ぐ前にあらかじめ成分を分析しようと主張しました。コーヒーは前と同じように無害という分析結果が出て、砂糖も同様でした。その後で、それらは魔法瓶に入れて混ぜられ、その結果、飲んだ女性は死んだのです。

そのほかにも、ミスター・スターンの死の直後、わたしは別の検証を行いました。コーヒーに砂糖を入れたものが危険なのではないかという話になったとき、コーヒーの持ち主であるミスター・テレンス・トリートが、それに砂糖を入れて飲もうと志願したのです。わたしはそれを許可し、彼はコーヒーに砂糖を入れて混ぜ、飲みましたが、何事もありませんでした。このときは、元々コーヒーメーカーに入っていたものは使えず、ミスター・トリートが自分の特製コーヒーを新たに淹れ、それが使われたのです。

おわかりでしょう、みなさん。一見、これらの数多くの検証は、コーヒーが無害だと信じる強い理由になっています。しかし、これらの被害者は毒によって死に、スターンの場合は彼が飲んだのがコーヒーだけであることが確実だという事実が残されています。論理的には、コーヒーが原因に違いありません。すると、検証で違う結果が出たように見えたとき、何が見過ごされたのかという論理の問題になります。

見過ごされたのは、次のことです。

教授の死後に残されていた魔法瓶の中身は、砂糖が加えられていないため無害だった。

スターンの死後に残されていたコーヒーメーカーの中身は、砂糖が加えられていないため無害だった。砂糖そのものは、最初から最後まで無害だった。

マドプリッツァの魔法瓶の中身の成分は無害だった。なぜなら、分析されたときには混ぜられていなかったためだ。

そして、ミスター・テレンス・トリートが飲んだ砂糖入りのコーヒーは無害だった。なぜなら、それは彼の個人的なブレンドではあったが、尿酸の結晶が入っていなかったためだ。結晶はコーヒーの生産者ではなく、犯罪者によって、犯罪をもくろんだときだけに加えられたのだ。

陪審員長、わたしがはっきりさせたいのは、正しい結論に至るのにこれほど時間がかかった理由は、この謎が単なる論理の問題だったからだということです。化学の知識は少しも必要ではありません。彼らはコーヒーを飲んで死んだ。もし、このコーヒーに尿酸と砂糖を混ぜたもの（彼らが飲んだもの）が死に至る毒であり、もし、テレンス・トリートが同じものを混ぜたコーヒーを飲んでも無事だったとすれば、そのコーヒーは見かけは同じだが本当は別のものだったということになります。しかし、確かに彼のカップにはそのコーヒーが注がれており、わたし自身が砂糖を入れました。したがって、合理的な説明はこれしかありません――それに尿酸の結晶は混ざっていなかったということです。しかし、そのときに結晶が混ざっていなければ、普段は混ざっていないということになります。そして、もしそうなら、結晶は特定の場合に故意に入れられたということになります。

例外的に尿酸が存在することで、コーヒーは後から砂糖を入れたときだけに毒性を持つことになります。これが、コーヒーにまつわるあらゆる状況に見られる事実です。それがどのような化学式に当てはまるのかは見当もつきませんでしたが、事実がそうなら、ここに書いたものがその化学式に違いないと思います。テレンス・トリートの特製コーヒーと、食料庫にある普通のコーヒーを調べたときに、わたしは真相を見抜く寸前まで来ていたのです。見た目に違いはありませんでした。どちらにも結晶は含まれていなかったのです。そして、後になって封を切っていない特製コーヒーを調べたとき、答えがわかりました。

詳しくいえば、これが三つの殺人すべてに使われた方法だったのです。今、検討しているミスター・スターンの殺人を含めて」

ロードは言葉を切り、椅子にもたれた。マントンが厳かにいった。「陪審員のみなさん、わたしの経験でも、このように巧みな殺害方法にはお目にかかったことがありません。悪魔のように賢い女性なのです。悪魔のように賢い。冷たく計算高い犯罪者、良心の呵責もためらいもない、正義の顔をした蛇なのです」

彼は急にわれに返った。まだ裁判の陪審員を前にしているわけではないと気づいたのだ。裁判では、はるかに知的に劣った人々が構成する陪審団が、最終的な、より重要な決断を任される。大陪審の前で派手に誇張した台詞をいうのは、目的を後押しするというより邪魔することになると、彼は心得ていた。

彼は穏やかな口調になって続けた。「ではこれより、みなさんに事件のあらましと、被疑者ボーグの動機についてお話ししたいと思います。そして、今の証人をこのまま残すことをお許しいただきたいと思います。というのは、まだひとつふたつ、彼に証言してもらいたい点があるからです」

ホーナーは辺りを見回し、問いかけた。「異議のある方は？」

声が上がらなかったので、彼はロードに向かってうなずいた。「証人席にお残りください、警視」

「この集まりは」マントンがいった。「主に著名な音楽家が、ミスター・ノーマン・トリートによって、ケアレス城と呼ばれる彼の屋敷に招待されたというものです」彼は手短に、城主とその弟、その場にいたさまざまな客の名前を挙げ、それぞれの特徴を短く紹介した。

「この人々のうちふたりが」と、彼は続けた。「事件に関わっています。被害者である、高名なピアニストのエリック・スターンと、その妻のミルガ・ボーグです。ボーグはニューヨークのメトロポリタン歌劇場に何千回と出演している有名人です。情緒不安定で、天才かもしれませんが、並外れた才能を持つ多くの人がそうであるように、彼女も生命力にあふれ、神経質で、過剰なほど自分本位です。しかも傲慢なまでに嫉妬深く、その嫉妬こそが、この許しがたい罪へと彼女を駆り立てたのです。つまり、殺人という罪に。

しばらく前から、彼女は夫に職業的な嫉妬心を募らせていました。別々の分野でありながらも、夫が彼女と張り合うのを許さないという、異常ともいえる欲望を。彼女は何としても、夫より優位にいたいと考えていました。優れたピアニストとして、オペラ歌手の彼女をしのぐ名声を得ようとしていた夫は、その優位性を脅かしたのです。裁判では、彼女が家庭内で夫に反発し、ほかの人々に彼への偏見を植えつけ、あらゆる手を尽くして彼の成功を阻み、損なおうとしていたことを証言してくれる人物を十人以上呼ぶことができます。しかしここでは、最も重要な証人、マリオン・トローブリッジを紹介すれば事足りるでしょう。

ミス・トローブリッジは、ニューヨークの著名な音楽評論家です。さらに、長年スターン夫婦と親交があります。彼女はこの女性、ボーグが、夫のやる気をくじき、彼の名声を台無しにし、汚そうとしたことについて、信じられないほど多くの証言をしてくれるでしょう。

しかし、これはミルガ・ボーグの動機の半分でしかありません。それも、いってみれば弱い半分です。職業的な嫉妬に加え、彼女は最近、夫に対してきわめて悪意に満ちた個人的な嫉妬を募らせていました。というのもここ数年、夫婦仲は同居がかなわぬまでに悪化していたのです。ミスター・スターンは家を出て、別にアパートメントを構えました。彼が別の女性を求めたのも、こうした状況では自然なことです。そして、それがかつての夫婦の友人、ミス・トローブリッジであったのも自然なことでしょう。音楽評論家と有名なピアニストが互いに惹かれ合うのを、不自然という人がいるでしょうか?

ミルガ・ボーグは夫との離婚を拒みました。彼女は結婚生活を維持するためにはどんな手段も使うだろうといいました。さらに彼女は、ミスター・スターンからそのような手続きを取らないという約束を取りつけさえしたと主張しています。後者の主張については、われわれは少々怪しいと思っていますが。しかし彼女が、別居中のこの男性が平凡な人生をやり直すのを邪魔するためにあらゆる手段に訴え、あらゆる脅しを使ったことは間違いありません。

一方、彼はマリオン・トローブリッジと恋に落ち、相手も彼と恋に落ちました。それは、決してこそこそと隠れた関係ではありませんでした。彼らが結婚の可能性と困難を一度ならず話し合っていたという、信頼できる証人を呼ぶことができます。そして、まさにそのことが、どういうわけかミルガ・ボーグの耳に入り、彼女は嫉妬による憎悪を燃やすことになりました。相手の女性への、しかし何より、夫のエリック・スターンへの憎悪を。

ケアレス城へ向かうほんの一日前、ミルガ・ボーグはマリオン・トローブリッジへの手紙を書きました。罵倒と怒りにあふれた手紙です。彼女はそれを破り、出すことはありませんでしたが、われわれは管理人の集めたごみの中からそれを見つけ出しました。日付は彼がごみを集めるスケジュールから割り出しました……。事務官、陪審員のみなさんに、ミルガ・ボーグからマリオン・トローブリッジへの手紙を見せてください」

事務官は丁寧に糊づけされ、復元された手紙を出した。それはゆっくりと陪審員のテーブルを回り、各自が目を通した。ロードは腕組みをし、漠然とピードモントを吸いたいと思っていた。手紙が一周すると、地区検事長は続けた。

「みなさん、特に注目していただきたいのは、この手紙の最後の文です。〝彼は（あなたとは結婚しないと）約束した。あなたが彼をそそのかし、約束を忘れさせようとしても、生きている限りは決して裏切らないでしょう〟これは殺すという脅しを書いたもので、ミルガ・ボーグの筆跡であることは証明できます。これはエリック・スターンに対するものです。書いたのは職業的嫉妬に燃え、個人的嫉妬にさらに激しく燃えた女性です。この脅しを、ミルガ・ボーグは数日後にケアレス城で実行したのです」

検事長は劇的な効果を狙って言葉を切り、部屋を見回した。しかしその効果はあまり上がらなかった。なぜならここは、ヒステリックな傍聴人がひしめく法廷ではなかったからだ。ここにいるのは二十名ほどの人物に過ぎず、ほとんどが静かに煙草を吸いながら、彼の言葉におとなしく耳を傾けていた。

マントンはあまり沈黙を長引かせてもいられなかった。誰かが口を挟み、考えていたのとは違う方向へ話題が変わってはまずい。法廷よりは短く切り上げ、彼は続けた。

「陪審員のみなさんは、決してケアレス城に頻繁に出入りしているわけではないこの女性が、どうやって犯罪の目的を達成するのに必要な込み入った準備をしたのか、お知りになりたいでしょう。そもそも、その準備は、考えているほど複雑なものではなかったといっておきます。彼女は尿酸の結晶を手に入れる必要があり、三度にわたって、用意される直前のコーヒーにその結晶を混ぜる必要がありました。実のところ、彼女は自分で結晶を持ち込む必要すらなかったのです。それはすでに、ミスター・ノーマン・トリートが実験のために保管している研究室の備品の中にありました。

これが、ここにいる証人を残しておいてほしい理由のひとつです。ロード警視、陪審人にミスター・トリートの研究室についてお話ししていただけますか？」

ロードは背筋を伸ばし、彼らに話した。「研究室とその備品は、城の一階にあります。研究室の鍵は常に開いており、誰でも出入りできました。今回はミスター・トリートが、少し離れた音楽室で実験をしていたため、なおさら出入りしやすかったでしょう。

城のコーヒーとミスター・テレンス・トリートが持ってきた特製コーヒーは、同じブリキ缶に入れて食料庫に置かれていました。どちらも、研究室の化学物質と同じように、家にいる者なら誰でも近づけました。現に、少なくとも客のひとりが、あるとき食料庫に通じる地下一階に迷い込んでいるのが見つかっています。それからわたし自身、別の機会にテレンス・トリートとミス・トローブリッジがその辺りに来たのを見ています。執事はほとんど食料庫にいませんが、そのときなら、誰でも人に見られずにコーヒーに細工できるでしょう。しかも、わたしの考えでは、仮に執事がいたとしても、邪魔もせず、何とも思わなかったでしょう。ある点では、この家の管理はずさんで、ミスター・トリートの客が辺りをうろついていても、何かを訊かれることは決してありません」

「おわかりでしょう」地区検事長がいった。「ミルガ・ボーグのように、一度心を決めた犯罪者にとっては、何も難しいことはなかったと。彼女は普段通りに用心しながら、機会をとらえるだけでよかったのです。彼女がそうしたのは疑問の余地がありません。三人もの死者が、彼女の狡猾さと憎しみを声もなく訴えています……。さて、もうひとつ質問します、警視。これであなたの証言は終わりとさせていただきます」

刑事がさらに背筋を伸ばしたところへ、マントンがいった。「島にいる間、あなたはこの女性と知り合い、何度となく見ていますね」彼は陪審員に向き直り、説明した。「起訴を急ぐために、わたしは警視とほとんど話し合うことができませんでした」元に戻り、彼に尋ねる。「警視、あなたの知っていることで、ミルガ・ボーグが犯罪を行ったさらなる証拠がありますか?」

マントンはどこまで図太い神経をしているのだろうと感じながらも、今がチャンスだとマイケル・ロードは思った。さあ、始めるぞ。

彼は落ち着いていった。「わたしの知っていることで、ミルガ・ボーグが犯罪を行った証拠は一切ありません。それどころか、彼女はこれらの殺人には関係ないと証明できます。なぜなら、わたしは犯人を知っているからです。それを証明することもできます。したがって、犯人はミルガ・ボーグではないと断言します」

最初の数秒間、陪審員室を満たした沈黙は、耐え難いものになっていた。数人の陪審員が座ったまま身じろぎし、くつろいでいた姿勢から背筋を伸ばした。ほかの陪審員は素直に身を乗り出し、ひどく驚いた顔で証人を見ていた。陪審員長は何かいいかけてやめ、それからゆっくりといった。「もう一度おっしゃってください、警視。われわれははっきりと理解したいのです」

「いけません！」マントンが抗議した。「彼はわたしの証人であり、これはわたしの事件です。ミルガ・ボーグを第一級謀殺罪で告発しているのです。これ以上、無関係な証言は聞いていられません。証人は、被疑者に不利なさらなる証拠はないといいました。速やかにお引き取り願いたいと思います」

「こういった場合、陪審員長」ロードは相変わらず強調することなく指摘した。「被疑者を弁護する証言にも耳を傾けるはずだったと思います。というのも、ミルガ・ボーグが法廷に引き出されれば、わたしは弁護側の証人になるに違いないからです」

「証人を下がらせてください」マントンがいう間にも、数人の陪審員が叫んだ。「陪審員長！」――「われわれは聞きたい」――「陪審員長！」ホーナーは小槌を取り、目の前のテーブルを何度か叩いた。

声がやむと、彼はゆっくりと、明快な口調でいった。「先に進む前に、立ち止まって少し考えましょう。本件の提出には、奇妙な状況が数多くあるように見受けられます。そしてわれわれには、この証人から話を聞く権利があると思います。警視、ゆうべあなたはわたしの家に来て、最初の証人として呼んでほしいとわたしを説得しましたね。地区検事長は、証人の順番について別の手配をしていました。そんな要求をした理由をわたしに、そして陪審員に聞かせてください」

「ごく単純なことです。わたしは地区検事長に、この告発をあと二、三日待ってほしいと頼みました。彼は聞いてくれませんでした。証拠を見せても、陪審員に提出するには不十分との一点張りでした。それは正しいのですが、わたしに与えられた時間は一日しかなかったので、彼との議論で潰すわけにはいかなかったのです。殺人が起こってから、ようやく一日だけ本土に来ることができた昨日、わたしはさらなる証拠を集めていました。彼が聞く耳を持たないので、あなたのところに行きました。最初に証言させてほしいと頼んだ理由は明らかです。わたしの前に呼ばれる証人の中に、まさしくこれらの殺人の犯人がいるからです。殺人に関する証言を行うことで、犯人は刑事免責を得るでしょう。後からわたしが真実を明かしても、手遅れということになります」

ホーナーはいった。「異例の事態ですな。しばらく考えたほうがよいでしょう」

「わたしは」マントンは主張した。「この証人を下がらせてほしい。通常の手続きに必要なことです。ふたつの事件をいっぺんに審理することはできません」

「われわれは聞きたい」――「質問を！」――「陪審員長！」またしても小槌が鋭く鳴らされた。

続いてホーナーがいった。「最後のお言葉には同意しかねます、検事長。われわれは通常の手続きに従いながらも、それに縛られてはいません。ここは法廷ではなく大陪審であり、独自のルールを作ることができます。確かに、われわれの関心を正式にスターン事件に向けたのはあなたですが、それをやったのはあなただけではありません。マスコミは、わが郡で起こったこの犯罪を、全国に報道しています。あなたがふさわしいと思う方法にとどまらず、自由にそれを調査するのがわれわれの務めです。本陪審団の権限と能力に疑いはありません。それに疑問を持つことは無意味です」

「質問を！」——「陪審員長！」——「聞くことを提案します——」

「証人が退席し次第」陪審員長は宣言した。「動議を受け入れます。警視、動議を検討する間、外でお待ちいただけますか？　ご存じのように、審議は公開しないもので」

ロードの後ろでドアが閉まると、すぐに動議が提出された。「陪審員長、わたしはこの証人による、ケアレス城の事件に関する証言すべてを聞くべきだという動議を提出します」

「賛成！——賛成！」誰ともつかない賛成の唱和があがった。地区検事長は顔をしかめ、下唇を嚙んでいた。法律家になって初めて、彼はどうすればよいかわからない状況に直面していた。昨日の朝、マイケル・ロードをけんもほろろに追い返したことを後悔し始めていた。

ロードが呼び戻され、もう一度証人席に座った。陪審員長は穏やかな目で彼を見て、こういった。「警視、あなたはすでに宣誓をしています。本陪審団は、ミスター・エリック・スターンの殺人に関するあなたの証言を聞くことにしました。ご自分の言葉で、事件について知っていることをお話しください。しかし、あなたはすでに、ミルガ・ボーグを被疑者とした地区検事長の申し立てで宣誓を行っていることを肝に銘じておいてください。あなたがこの申し立てに異議を唱えるのであれば、あなたがすでに行った証言と、これから話すことが一致する必要があるといっておきます」

「それは難しいことではありません」ロードは明らかな自信とともにいった。「わたしが証言したのは、殺人が行われた手段と、研究所の結晶と食料庫のコーヒーには誰もが近づけたという事実です。その中には、ミルガ・ボーグを示す証拠は一切ありません。誰を示す証拠でもないのですから。島にいた誰でも――つまり、ミスター・ノーマン・トリートと客たちの誰でも――その手段を自由に使えたはずです。

しかし、誰もが等しくその手段を使う可能性があったという意味ではありません。そして、何よりもまず、いかなる目的にせよ、オペラ歌手がこのように複雑な化学式を使うことはありえないと指摘しておきましょう。確かに、被害者のカップだけに毒を生じさせるために研究室の化学物質を使えば、通常の経路で毒を入手しなくて済み、犯人の安全性は大幅に増します。しかし、オペラのプリマドンナが、そんな策略に必要な知識を持っているものでしょうか？　わたしはそうは思いません。少なくとも、非常にありそうもないことだと思います。この点では、島にはボーグよりもはるかに知識や技術を持った人々がいます。

さて、みなさんの許可を得たので、自分のやり方で話をしたいと思います。実は、ミスター・スターンの件だけではなく、ほかの殺人にも触れたいのです。というのも、三つの殺人はすべて関連しており、同じ犯人によって行われたと確信しているからです。さらに、このことについては地区検事長も同意してくれるものと思います。

最初に死んだのはブラー教授です。彼は島に着く前、ノーマン・トリートのモーターボートでピークスキルから城へ向かう間に亡くなっています。彼の死に方は、事件に大いに光を当てるものです。彼は特別に用意されたコーヒーを飲んで亡くなっており、魔法瓶に入っていたそのコーヒーは、彼が乗り込む何時間も前から船に置いてありました。その前にはノーマン・トリートがニューヨークから三人の客を連れて、昼前に島に来ています。三人というのはミルガ・ボーグ、マリオン・トローブリッジ、エリック・スターンです。そのときに、トリートは次の旅に備えてコーヒーを置いておこうと考え、島に着くとただちに用意しました。

結論は決まっています。結晶を手に入れ、それを特製コーヒーに入れる時間はありません。ですからその一回分は、いずれにしても、ボーグがノーマン・トリートの島の桟橋に足を下ろしたときには、すでに用意されていたということです。また、ボーグがそれ以前に島に来たことがあったとしても、最近のことではないのがわかっています。したがって、ボーグはブラーを殺したコーヒーを用意することはできませんでした。だとすれば、その後のコーヒーも彼女が用意したものではないとわたしは主張します。

これは犯罪捜査の格言といってもよいですが、犯罪者は少なくとも必ずひとつは大きなミスを犯すものです。今回の事件では、わたしが今まで経験したこともない、不注意なミスがありました。わたしが手に入れたあらゆる証拠が、ブラー教授を殺す意図がなかったことを示しています。彼は事故死だったのです。そうはいっても、もちろんこれは殺人です。法律では、犯罪の中で人を殺した場合は謀殺ということになっています。本来はエリック・スターンを殺すために準備したコーヒーは、犯罪の第一段階です。しかし、ブラー教授は、不注意な死体《ケアレス・コープス》というものがあるとすれば、まさにそれになったのです！

教授の死にまつわる事実は、わたしには明白に思えますが、法廷で証明するのはおそらく不可能でしょう。最初から、わたしはこれが事故であるという印象を拭えませんでしたが、その通りであったと思われます。そのコーヒーは、金曜の午前中、ノーマン・トリートが客とともに島に着く前に、エリックに飲ませるために用意されたのです。そのときには、島にはテレンス・トリート以外誰もいませんでした。用意したコーヒーが、彼の特製コーヒーの容器に入れられていたとしても、何の危険もなかったでしょう。テレンスは飲むかもしれませんが、彼が決して砂糖を入れないことはよく知られていました。別の容器に入っていたとしても、誰もそれを飲むことはありません。テレンスは普通のコーヒーを飲まないし、使用人の分は別のところにしまってありました。最初のメンバーが到着したとき、船が待っている間に急いでコーヒーが淹れられ、船に乗せられました。急いだために、誤った容器のコーヒーが使われたのです。それがどちらの容器だったかはわかりません。普通のコーヒーでも、結晶を入れればテレンスのコーヒーと同じくらい苦くなるからです。いずれにせよ、ボートにあったコーヒーで教授が死んだのは、完全なミスだったと信じています。ふたつのブリキ缶が容易に取り違えられることは、この目で見ていますから」

ロードが息継ぎをすると、消えていた葉巻にふたたび火をつけようとしていたホーナーが、その手を止めていった。「非常に興味深いお話です、警視。それに、事件全体を完成させるにも必要に思えます。しかし、証拠は何もないのでしょう?」

「ありません」ロードは認めた。「そして、教授の死についてあとひとつだけ指摘しておきます。なぜ犯人は、ボートに乗せた魔法瓶について何らかの対処をしなかったのでしょうか? 何かが起こる前に、時間はたっぷりあったのに。ひとつ目の可能性としては、犯人がミスに気づかないうちに手遅れになってしまったということです。しかし、ミスに気づいていながら何もしなかったという可能性もあります。犯人は、ボートのどこにも砂糖がないことを知っていたからです。後者の場合もちろん、犯人はボートのことをよく知っていたという根拠になるでしょう。

ここで、別の問題に移ります。地区検事長はみなさんに、エリック・スターンとマリオン・トロープリッジが結婚について話し合っているのを、信頼できる証人が耳にしたとおっしゃいました。この証人は、ニューヨーク市内にあるスターンのアパートメントのメイドで、話し合いはそのアパートメントで行われています。わたしは昨日、その証人を突き止め、彼女の証言を精査しました。地区検事長は当然、彼女が、そこで語られていた結婚話は困難を乗り越えられれば実現する見込みがあったことを証明できるとお考えのようです。それを非難はしません。わたしも最初はそういう印象を受けたのですから。しかし、別の視点から見たとき、メイドに何を訊くべきかがわかりました。彼女はこのような証言をするでしょう。エリック・スターンは、ボーグと離婚しないと約束したことから、その結婚について考えるのを拒否したと。結婚について話し合われたのは間違いありませんが、思っていたのとは違う結果に終わったのです。この事実が何を意味しているか、すぐにおわかりになると思います。

では、これから明確な証拠について話をしたいと思います。ケアレス城の音楽室は、送信機によって客間とつながっていたことは説明しました。音楽室のドアを閉めたときに、音が外にも聞こえるためにです。あるとき、ミスター・ノーマン・トリートがこれを通じて、離れたところから客のひとりがいったことを聞いています。しかし、何があったかをわたしが知ったのは後になってのことです。エリック・スターンが殺された混乱の中、送信機のスイッチが入れっぱなしになっていたのです。

スターンの死の数日後、犯人は音楽室に入り、無意識のうちに興奮して叫んでいたのです。ドアを閉め、隔離されていると信じていたからです。その一部を、わたしは客間で聞きました。そして三番目の被害者であるマドプリッツァは、さらに多くを聞いていたのです。そのときは、まったく謎めいた現象でした。マドプリッツァは、少し変わったところのある女性で、わたしたちが聞いた声を自分が信じる精霊のものだと思い込んでいました。そしてわたしは、どう説明していいのかわかりませんでした。

その言葉は、明らかに犯人の不利になるものです。それは『尻軽女』にいいことをしてやったといっていました。エリック・スターンを殺したことを指しているのは明白です。そして最後は、こうした大声をあげる危険性に気づき、自分に警告しています。『やめなくては。ばれてしまう』と。

やがて、その声が音楽室からのものだとわかったとき、マドプリッツァが死んだ理由がはっきりしました。彼女が精霊を信じているうちは、誰が話したかわからなかったでしょう。その声は誰ものともつかなかったからです。しかし、同時に火事騒ぎがあり、犯人が出てきたのです。火事のとき、マドプリッツァは客間にいました。そのときは興奮していて、特に印象に残ることはなかったでしょう。しかし、彼女がこのまま生きていれば質問を受けるのは明白で、精霊がいようといまいと、音楽室から出てきたのが誰だかわかってしまいます。彼女が〝誰々です〟といえば、事件は終結したかもしれません。

さて、マドプリッツァ本人が殺されても、音楽室を出てきた人物を特定することができるでしょうか？　幸い、できるのです。わたしはそれが誰かを証明できますし、そのためにもう一度黒板を使いたいと思います」

ロードが立ち上がると、陪審員のひとりが黒板消しを取り、黒板をきれいにした。刑事はチョークを手に、ケアレス城の客間とその周辺の見取り図を簡単に描いた。傍らに下がり、長い指示棒で各所を指しながら人々の注意を促す。

「これが」と、彼はいった。「わたしが音楽室からの声を聞いたときの状況です。その直前、わたしはミスター・ノーマン・トリートに続いて研究室へ走りました。彼はそこにポンズ博士と残りました。パンテロスは研究室のすぐ外に、マドプリッツァはそのときには客間の南の入口に立っていました。したがって、この人たちは音楽室にはいなかったわけです。警察官のフィンは、反対側から客間に入ってきました。もうひとりの客のゴムスキーは、当時は二階の自室で意識を失っていました。火事を引き起こした爆発のガスにやられたのです。テレンス・トリートは執事

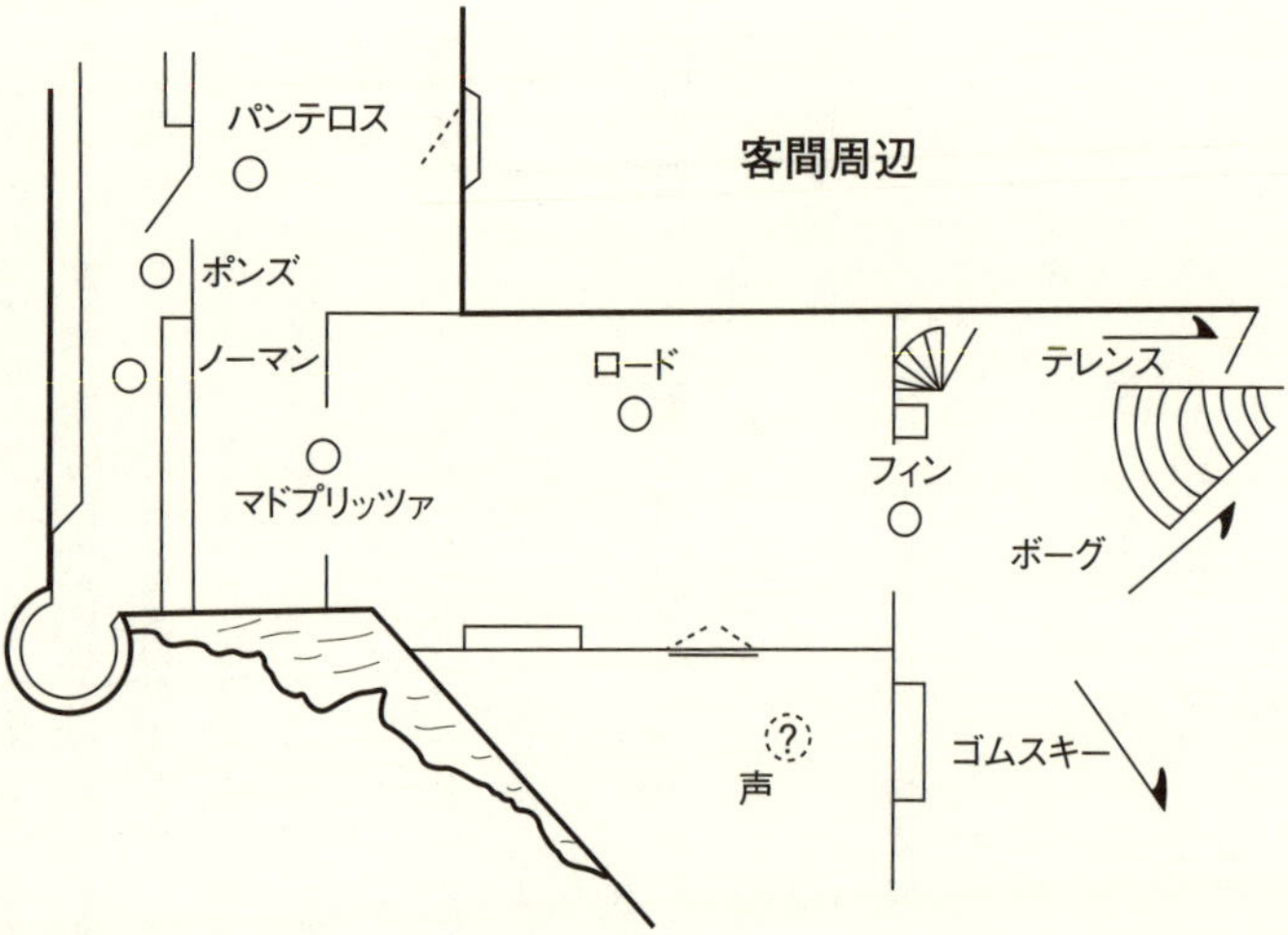
客間周辺
パンテロス
ポンズ
ノーマン
ロード
マドプリッツァ
テレンス
フィン
ボーグ
ゴムスキー
声

のカーターと一緒にいました。彼らが火事を発見し、助けを呼びにきたのです。ボーグは二階の自室に、メイドと一緒にいました。彼女にはアリバイがあるばかりでなく、しばらくして、音楽室からでなく玄関ホールから客間に入ってくるのを同じメイドに見られています。

では、犯人の役割は誰に残されているでしょう？　そのとき島にいた人物は、あとひとりしかいません。マリオン・トローブリッジこそ、ブラー、スターン、マドプリッツァを殺した犯人です。

彼女には動機がありました。機会も、手段もありました。彼女がエリック・スターンと恋に落ちたのはごく自然なことだとわたしも思います。以前から彼を知り、彼の才能に常に敬意を払っていたのですから。彼女自身、われわれに彼の肉体的な魅力を語っています。ノーマン・トリートの愛人であり、おそらくこれからもそうであり続けながら、彼女はスターンとの結婚を望みました。結局、それはかなわず、彼が別居してもなおボーグを捨てることはないと知ると、彼女の愛は憎しみへと変わり、自分との結婚を拒んだ男を殺害する計画を立てたのです。

ハウスパーティが開かれる前、水曜日にノーマン・トリートとケアレス城を後にしたときには、彼女はコーヒーを用意していました。最後の頼みが聞き入れられなければ、スターンを殺そうとして。それは聞き入れられませんでした。しかし、ブラーが自分の砂糖を入れてコーヒーを死に至るものにしたというミスがあり、スターン殺しは次のコーヒーを用意するまで先延ばしにされました。その機会は、テレンス・トリートとスターン本人によって作られましたが、それがなくても簡単に機会は見つかったと思います。

マリオン・トローブリッジは化学の専門家ではありませんが、殺人に利用した程度の化学的な知識は十分に持っていたでしょう。その知識があれば、ほかには何もいりませんでした。コーヒーの準備は、挽いた豆に結晶を混ぜるだけでよいのですから。ちなみに彼女は、必要とあれば化学分析をさせるだけの才覚を持っていました。

しかも、マリオン・トローブリッジは、家事の切り盛りを任せられていました。彼女はこの計画に必要な家庭内の事情を、ミスター・トリート本人よりもよく知っていたでしょう。

あとひとつだけ、島にいなかったみなさんには補足が必要と思われる点があります。この女性は、たとえ聞かれることがないとわかっていても、なぜ音楽室で正体を暴露するような告白をしたのでしょう?

それは、彼女が耐えがたいほど動揺していたからです。過度の緊張を強いられ、一瞬でも本心を吐露しかったのでしょう。彼女は最初に目に入った安全な場所、つまり防音された音楽室に入り、ドアを閉めました。

彼女が何度も恐ろしい賭けをしてきたことは、みなさんにもおわかりでしょう。彼女が自分からわたしのところへ来て、スターンのコーヒーカップに砂糖を入れたと告白したときもそうでした。彼女は、後からわかるよりも本人が告白すれば、この事実には何の意味もないと受け取られ、完全に見過ごされるだろうというほうに賭けたのです。もうひとつの賭けは、テレンス・トリートが砂糖入りのコーヒーを飲むのを止めなかったことです。そのときの彼女は目に見えて不安そうだったので、頭の中では、そのコーヒーに結晶が入っているかどうかわからなかったのではないかと思います。もちろん、それには入っていませんでした。

しかし、彼女が——しかも自分から——挑戦した最大の賭けは、ポンズ博士の嘘発見テストを受けるのを承諾したことです。いずれにせよ、ポンズが自分をかなり疑っていることに気づいていた彼女は、この機会に、自分に不利な証拠を徹底的に潰そうとしたのです。覚えておいででしょうが、彼女はトリートの愛人であり、トリートは幅広い関心を持つ科学者です。彼女はわれわれが思ったよりも、テストのことをよく知っていたのでしょう。しかし、冷酷な神経と向こう見ずな度胸を持つ彼女は、それを受けました。

それは予想以上の結果となりました。彼女はどれが重要な質問なのかを多少なりとも心得ており、正直に答えられる自信がありました。最も重要だったのは、彼女がスターンのカップに毒を入れたかという質問でした。これに対して、彼女は正直に、否定の返事をすることができました。ボーグの罪をほのめかそうとした試みは嘘であるという結果が出ましたが、たまたま最後の質問だったので、血圧上昇はその影響とされました。

しかし、テストには合格したものの、彼女は極端な反応を見せました。終わったとたん、彼女の血圧は驚くほど上昇したのです。それは法廷で無罪を宣告されたようなものだったに違いなく、彼女は自分がどれほど恐ろしい賭けをしたかに気づき始めました。過度な負担を強いられ、時間が経つにつれて、すっかり自制心を失ってしまったのです。理性を総動員して、彼女は何とかそれから少し会話をしましたが、その後は階下に逃げ場を求めました。そして皮肉なことに、そこで自分に不利となる決定的な証拠を残してしまったのです。その証拠は、のちにマドプリッツァを殺したことで、事実上裏づけられました。彼女は、わたしもそれを聞いていたとは知らなかったのです。

みなさん、これがわたしの証言です。ひとりの人間に対する、三つの殺人すべてについての申し立てです……。これ以上何もいう必要はないでしょう」

ロードは話を終え、マントンを見た。彼もロードを見ていた。

数分で自分の主張がつぶされ、別の主張が出されたことを知った地区検事長は、落ち着きと威厳をよく保っていた。彼は簡潔にいった。「陪審員長、この件に関する審理は、明日まで延期してくださるよう要求します」

陪審員長のホーナーは、ゆっくりといった。「ありがとうございました、ロード警視。これで終わりです。陪審団があなたの証言に感謝していることを伝えさせてください」

戸口でロードはいった。「ありがとうございます、みなさん。ごきげんよう」

最後《ファイナル・ノート》のメモ

読者のみなさまへ。著者はコーヒーに尿酸を加えることで、本書に書かれているような物質を作ることができないことを重々承知しています。自分のコーヒーの好み、特に美味しい食事の後に飲むコーヒーの好みを踏まえ、また多くの方々が自分と同じ好みであるかもしれないことを考えて、著者はこのような効果をもたらす入手可能な化学物質の名を広く知らしめないほうがよいと判断しました。そしてみなさまが、次のことについて同意してくださることを心より信じています。ここで語られている殺人法を解決するには、化学に通じていたり、その知識を持っていたりすることは必要ないのだと。

訳者あとがき

本書『いい加減な遺骸』は、C・デイリー・キングのABC三部作の第一作*Careless Corpse*の全訳です。ABC三部作といわれるのは、それぞれタイトルがA、B、Cから始まっているためで、ほかに“Arrogant Alibi”“Bermuda Burial”と、タイトルが韻を踏んでいる点も特徴的です(そのため本書の邦題も『いい加減な遺骸』と韻を踏んだものになっています)。

C・デイリー・キングといえば、本邦ではすでに『海のオベリスト』『鉄路のオベリスト』『空のオベリスト』のオベリスト三部作が翻訳刊行されています。本書は『空のオベリスト』の続編であり、オベリスト三部作の主人公でもある心理学者ポンズ博士とニューヨーク市警のマイケル・ロード警部(本書では警視に昇進)が引き続き登場します。物語は『空のオベリスト』からまだ一年と経過していないという設定であり、冒頭『空のオベリスト』の内容に触れている部分がありますので、未読の方はぜひオベリスト三部作からお読みになることをお勧めします。

オベリスト三部作ではそれぞれ船、鉄道、飛行機が謎の舞台となったわけですが、本書はニューヨークのハドソン川に浮かぶ小島にそびえる、その名も〝ケアレス城〟が舞台となります。城主である物理学者ノーマン・トリートは、ピアノに似た装置で新しい法則の実験を行おうとしており、立ち会いのために風変わりな音楽関係者が招かれます。ポンズ博士の縁でそのパーティに加わることになったロード警視は、またしても不可能犯罪に巻き込まれます。毒物による連続死、しかし肝心の毒物がどこからもたらされたかわからないという謎をめぐり、ロード警視とポンズが推理を展開しますが、今回は物理学、音楽、化学、そしてもちろん心理学もからみ、一筋縄ではいかない謎解きとなっています。『海のオベリスト』のような推理合戦はありませんが、中には珍説も飛び出し、読者は煙に巻かれることでしょう。とりわけ、作者のキング自身も心理学者であることから、ポンズ博士の心理面からの推理は読みどころであり、得意の（?）嘘発見テストも登場します。

謎解きのほかにも、ケアレス城に集められた個性的な面々や本土から捜査に来る警察官、この事件をきっかけに出世をもくろむ地区検事長などのキャラクターも立っており、彼らのやり取りも読んでいて楽しいものになっています。特に、蠱惑的なオペラ歌手ボーグ、半公認の女主人役を務める音楽評論家マリオン、抜群の美貌を持ちながらエキセントリックなふるまいが目立つヴァイオリニストのマドプリッツァという三人の女性と、ロードとの関係も気になるところでしょう。作中、ロードがオベリスト三部作で出会った女性たちを回想するシーンも興味深いです。

さて、オベリスト（Obelist）という言葉を造ったキングですが、本書でもThanatophonyという言葉を用いています。死（Thanatos）と交響曲（Symphony）を組み合わせたものと思われますが、楽章を模した章題、演奏者と題した登場人物表など、全体に遊び心が感じられます。読者はキングの指揮する壮大な交響曲に身をゆだね、最後の一音（Final Note）できっと驚かされることでしょう。

最後になりましたが、本書の訳出に当たっては論創社編集部の林威一郎氏、黒田明氏に大変お世話になりました。この場を借りて御礼申し上げます。また、本書の翻訳の機会を与えてくださった今井佑氏にも厚く御礼申し上げます。

名探偵の再生の物語

森　英俊（ミステリ評論家）

一、女王がライバル？

関東地方で毎週、木曜深夜の一時から三時にかけて放送されている某アイドルグループのラジオ番組があって、出演者たち（三人のことが多いが、たまに二人や四人の時も）の意外な共通点がなんなのか、出演者たち自身や聴取者があれこれ推理するのが名物になっている。その顰《ひそ》みにならっていうと、本書の作者チャールズ・デイリー・キングと〈ミステリの女王〉アガサ・クリスティにもある重要な共通点がある。

正解は……すぐさま思い浮かぶ（？）、ABCではない。たしかに、デイリー・キングには原題がアルファベットのABCそれぞれで始まる長編があり（本書もそのひとつだ）、クリスティにも被害者がアルファベット順に殺害されていくかの有名な『ABC殺人事件』があるが、その共通点はこじつけにすぎるというもの。国籍も性別も知名度も活動期間もまるで異なるが、この両作家は陸海空の殺人を描いた長編を黄金時代のまっただなかにものしているのである。実際、筆者の知る限りでは、長編で陸海空の殺人を描ききった海外作家はこのふたりしかいない。

事件の起きるのが陸海空の乗り物内で、物語がある程度そのなかで進行するか、中心となる謎がそれらの乗り物にまつわるもの、というのが判断基準で、そうした点からすると、エラリー・クイーンには『Xの悲劇』（陸）『ハートの4』（空）といった作例はあるものの、海の殺人に該当するものはない（船やボートの出てくる作品はあるが）。

ディクスン・カーはどうかというと、クイーンとは逆に、海の殺人は『盲目の理髪師』とカーター・ディクスン名義の『九人と死で十人だ』でクリアー。陸の殺人もちょっと微妙だが、ジョン・ロードとの合作『エレヴェーター殺人事件』がある。一方、空の殺人は残念ながら該当例が見当たらない。

この両巨匠をのぞくともっとも可能性のありそうなのが、トラベル・ミステリの第一人者というべきF・W・クロフツ。元鉄道技師という経歴からして、陸の殺人を扱ったもの（鉄道ミステリ）が多そうだが、意外や意外、海洋ミステリ長編（『海の秘密』『英仏海峡の謎』『サウサンプトンの殺人』『ヴォスパー号の遭難』『船から消えた男』『フレンチ警部と漂う死体』『シグニット号の死』『フレンチ警部の多忙な休暇』『関税品はありませんか?』）のほうがはるかに多い。かたや空の殺人に該当するものを見渡してみると、『クロイドン発12時30分』という候補作が浮かぶ。たしかに機内で乗客のひとりが死亡するのが発端ではあるものの、物語もフレンチ警部の捜査もそれ以降は陸上で展開するし、そもそも犯人自身も機内での殺人を意図していたわけではない。そういった点から鑑《かんが》みて、同作を空の殺人ミステリと呼ぶには躊躇せざるをえない。

それでは、米国の鬼才デイリー・キングと英国の〈ミステリの女王〉クリスティとが黄金時代にものした陸海空の殺人を見ていくことにしよう（デイリー・キングの作品の発表順に合わせるため、ここでは便宜上、海陸空の順に並べてある）。

（一）海の殺人

キング『海のオベリスト』（一九三二）

［舞台］北大西洋を横断する豪華客船〈メガノート号〉内。

［事件］満員のサロンでのオークションのさなかにふいに明かりが消え、リボルバーの銃声が響き渡る。ほどなくして非常灯が点灯すると、著名な資産家が胸を朱に染めてテーブルに突っ伏しており、かたわらにいた娘のほうも意識を失っていた。検死の結果、資産家は銃撃の直前に毒死していたことが判明し、謎は深まる。

［ミステリ的な面白味］四人のまったく異なる学派の心理学者たちがそれぞれ推理を披露し、犯人を指摘するという、多重解決の趣向。そのため、最終的にだれが事件を解決するのか、読んでいる者には最後の最後までわからない。盲点をついた意外な犯人（ただし、その正体を知る者が恐怖のあまり口をつぐんでいるという僥倖《ぎょうこう》に恵まれる）。手がかりのあった本文の箇所を巻末に示した〈手がかり索引〉の導入（米版のみで、英版にはない。邦訳は米版に準拠）による、フェアプレーと遊び心。

クリスティ『ナイルに死す』（一九三七）

［舞台］ナイル河をさかのぼる豪華客船〈カルナク号〉内。

［事件］英国一の資産家女性リネットと結婚したサイモンはハネムーンにエジプトへとやってくる。そのふたりをサイモンの元恋人ジャクリーンがさんざんつけまわし、〈カルナク号〉にも乗りこんでくる。やがてこじれた三角関係による緊張状態は限界に達し、サイモンが酒を飲んで我を忘れたジャクリーンにピストルで膝を撃たれるという事態が出来する。

［ミステリ的な面白味］ミステリとメロドラマとトラベローグが渾然一体となっているうえ、あとのふたつがミステリのコアな部分を補強する役割をも担っている。通常のクリスティ作品とは一線を画す、濃密な人物描写。巧妙なミス・ディレクションと盲点をついた意外な犯人（これらは作者のもっとも得意とするところでもある）。

クリスティの長編がだれもが楽しめる円熟期の傑作に仕上がっているのに対し、キングの処女作は四人の心理学者たちが披露する学説にかなりの頁が割かれており、心理学に疎い読者（筆者もそのひとり）には読んでいて辛いものがある。彼ら（オベリストたち＝疑問を抱く人々）の推論にもう少し切れ味があれば、多重解決物として楽しめるのだが……。

（二）陸の殺人

キング『鉄路のオベリスト』（一九三四）

［舞台］ニューヨーク発サンフランシスコ行の大陸横断特急〈トランスコンチネンタル号〉内。
［事件］プール車に設えられた水槽の底から銀行頭取の変死体が発見される。当初は溺死と思われたものの、検死の結果、肺のなかからは一滴の水も検出されない。
［ミステリ的な面白味］被害者の死因をめぐる謎。前作同様、四人のまったく異なる学派の心理学者たちがそれぞれ推理を披露し、犯人を指摘するという、多重解決の趣向。最後に明かされる意外な犯人。巻末に付された〈手がかり索引〉による、フェアプレーと遊び心。

クリスティ『青列車の謎』（一九二八）
［舞台］ロンドン発リヴィエラ行の特急〈青列車〉内。
［事件］米国の億万長者の娘がコンパートメントで絞殺され、世界最大のルビー〈焰の心臓〉が持ち去られる。死体の顔は無惨にも死後にめった打ちにされていた。車内から姿の消えていた小間使は、パリのホテルにいるのを発見される。
［ミステリ的な面白味］短編「プリマス急行」で用いたプロットを長編化したもの。長編化にあたってスリラー的な要素が盛り込まれている。

『オリエント急行の殺人』（一九三四）
［舞台］スタンブール・トリエスト・カレー行の〈オリエント急行〉内。
［事件］積雪によってバルカン半島に立ち往生している列車の寝台で、米国人乗客が殺害されているのが発見される。被害者は十二箇所も刺されており、米国で起きた幼児誘拐事件の首謀者であったことも判明。

［ミステリ的な面白味］事件の起きたオリエント急行にたまたま乗り合わせていたポアロが、車内で国籍もばらばらな乗客たちを順々に聴取し、そのひとりひとりにアリバイが成立していくという展開。事件の背景として、発表当時だれもが知っていたであろう実在の犯罪事件を巧みに採り入れている。なんといっても、二度と繰り返せないであろう、意外な犯人をめぐる大技のインパクトが大。

『青列車の謎』はスリラー要素を盛りこんだことが仇になって、いまとなっては古くさい感じは否めない。それに対し、『鉄路のオベリスト』はプール車という死体発見現場がなによりユニークで、被害者の死因をめぐる興味も終盤まで維持されている。ただし、四人の心理学者たちが披露する学説部分の冗長さは相変わらずで、そのため、カッパ・ノベルズ版ではその一部が割愛されている。事件の舞台の華麗さという点では『オリエント急行の殺人』ともいい勝負だが、意外な犯人のインパクト、プロットの根幹をなすアイディアの秀逸さという点では、どうしても見劣りする。

(三) 空の殺人

キング『空のオベリスト』(一九三五)

［舞台］ニューヨーク発リノ行の旅客機内。

［事件］国務長官である兄の緊急手術のため、著名な外科医のカッター博士が飛行機でリノに向

かうことになる。博士宛に脅迫状が送りつけられており、その身辺警護のためにニューヨーク市警のロード警部が同乗することになったが、オハイオ州の西を飛行中にロード自身が手渡した酔いどめカプセルの中身（ガス状）を吸いこんだ途端、博士はロードの足元に倒れこむ。

［ミステリ的な面白味］ロード警部が撃たれるという衝撃的なエピローグを巻頭に配することによって、読者の好奇心をそそり、さらにプロローグを巻末に配することで、事件の誘因になったものを描くという、凝りに凝った構成。なおかつそれが単なる趣向にとどまらず、物語の根幹と有機的に結びついている。巻末に付された〈手がかり索引〉による、フェアプレーと遊び心（本書ではこの〈手がかり索引〉の存在が不可欠）。

クリスティ『大空の死』（一九三五）

［舞台］パリ発クロイドン行の旅客機〈プロミシューズ号〉内。

［事件］旅客機が英仏海峡にさしかかったころ、黄蜂が機内をぶんぶん飛び回り、それからほどなくして、金貸しのマダム・ジゼルが座席で死亡しているところを発見される。首にはくだんの蜂に刺されたような傷跡があり、当初はショック死を遂げたものと思われたが、床の上から南アメリカの毒を塗った矢針が見つかり、他殺の疑いが濃厚に。

［ミステリ的な面白味］検死法廷での予想外の判決（思わずにやり）。クリスティ作品を読み慣れた読者の裏をついた、意外な犯人。

かたや数あるポアロ物の長編のなかでも出来の悪い部類に入る作品、かたやキングの最高傑作とくれば、軍配のゆくえはおのずと明らかだろう。『空のオベリスト』の凝りに凝った構成は、〈ゲーム派〉パズラーのひとつの到達点を示すもので、さまざまな予防措置を講じたロードがまんまと裏をかかれるドラマティックな展開もすばらしい。

＊　＊　＊　＊

ここで最終的な勝敗をまとめておくと、『青列車の謎』と『大空の死』には勝ち、『オリエント急行の殺人』と『ナイルに死す』には負け、結果は二勝二敗で引き分け——といいたいところだが、映画化もされている『オリエント急行の殺人』と『ナイルに死す』の知名度にはやはりどうやってもかなわない。クリスティの流れるようなストーリーテリングに比べると、キングのそれはややぎこちなく（そこが魅力でもあるのだが）、そのあたりがマニア受けはしても広く大衆に受け入れられなかったゆえんだろうか。

それからいささか蛇足めくが、興味深いのは、『鉄路のオベリスト』と『オリエント急行の殺人』、『空のオベリスト』と『大空の死』とが、英国では同じ年に同じ版元（コリンズ社の〈クライム・クラブ〉）から刊行されている点だ。そのため、読者も作者自身も否応なしに相手の作品を意識せざるをえなかったろう。書店の平台や棚にカラフルなカバーの付いたそれらが同時期に並んでいる光景を想像してみると、なんだか楽しくなってくるではないか。

二、本書について（作品の内容にふれている部分がありますので、本文を通読後にお読みください）

本シリーズの読者にはすでにおなじみの統合心理学者のポンズがニューヨーク市警のロードから「あなたの助けが必要なのです」という伝言を受け取り、一月の吹雪のなか、一路プラザホテルへと向かうというのが、物語の発端。ロードは前の事件をめぐって深刻な悩みを抱いており（犯人の名前こそ明かしてはいないものの、『空のオベリスト』事件の一部ネタばらしがあるので、未読のかたは要注意）、警視への昇進を断るべきか否か、決断しかねていた。それを聞いたポンズは、ハーバード大の同窓生である億万長者のノーマン・トリートの元でいっしょに休暇を過ごすよう助言する。大学院で物理学の博士号を取得したトリートは、ハドソン川の上流に浮かぶ島にそびえ立つ封建時代の城に模したケアレスを買いとり、そこに研究所を建てて、必要な設備を整えていた。そしてそこでいろいろな実験を行ない、発明品を完成させてきた。この週末にはさまざまな音楽関係者がケアレスに招かれているという。ポンズの説得を受け、ロードはポンズと共にくだんの城へと向かうが、「とんでもないところへきみを招いてしまったな。殺人に、放火。休養にならないだろう……」とあとからポンズが述懐したように、そこにはさらなる難事件が待ち受けていた……。

＊　＊　＊　＊

本文を通読されたかたの多くは、正直なところ、ある種のとまどいを覚えられたのではないかと思う(原書で初めて本書を読んだときの筆者もまさにそうだった)。無害なはずのコーヒーを飲んだ者たちが次々と命を失っていく——ある者はボートの上で、またある者はケアレス城の密室内で——という、本書の中心をなす謎はすばらしく魅力的だが、最後に明かされる真相、それに関わるトリックは、どう考えても推理しえるものではなく、実効性という点でも疑問が残るからだ。そのあたりは作者自身も感じていたようで、巻末に付した「最後のメモ」のなかでいささか苦しい弁明をしている(作者があえて名前を記さなかったある科学物質を用いれば可能なのかどうか、くだんの分野に疎い筆者には判断しようがないことは、おことわりしておく)。

作中に登場するトリートの発明した楽器にも唖然とさせられたに違いない。科学的根拠があればまだしも、人間の髪の毛に特定の作用があるといわれても、にわかには信じがたいし、作中である人物が口にする、くだんの楽器が殺人に一役買っているかもしれないという珍説も、どちらかといえばバカミス系統に属するものだからだ。とはいえ、楽器のイメージとしては音を創り出すことのできるシンセサイザーに近い感じで、その点では、時代を先取りしていたといえるかもしれない。

このようにパズラーとしてはさまざまな欠点を有する長編ではあるが、ロード・シリーズのターニングポイントになった作品なのはまちがいない。本書でのロードは前の事件での失敗に端を発した大いなる苦悩を抱えており、『十日間の不思議』事件を終えたあとの『九尾の猫』でのエラリーがそうであったように、悩みながらも事件を解決していくことで、名探偵としての再生が成し遂げられていくのである。〈オベリスト・シリーズ〉の海陸空の殺人で、ゲーム性の高いパズラーをやりつくしてしまったあとの作者自身の迷いが、このロードの探偵としての悩みとシンクロしており、本書はロードの再生の物語であると同時に、作者の新たな分野への第一歩でもあった。そのため、前書まで付してあった〈手がかり索引〉の趣向はばっさりと切り捨てられている。

作者が本書において意図したものは、「作品番号四 第四番 死響曲《タナトフォニー》」と題された交響曲であり、それはいくつもの死の奏でられる音楽づくしのミステリでもあった。このあと、作者の新たな第一歩は翌年に発表された *Arrogant Alibi* で満開の花を咲かせることになるが、そちらも引き続き翻訳が予定されているそうなので、どうかご期待いただきたい。

〔訳者〕
白須清美（しらす・きよみ）
1969年山梨県生まれ。英米文学翻訳家。訳書にV.L.ホワイトチャーチ『ソープ・ヘイズルの事件簿』（論創社、共訳）、アントニイ・バークリー『服用禁止』（原書房）、パトリック・クェンティン『女郎蜘蛛』（東京創元社）など。

いい加減《かげん》な遺骸《いがい》
——論創海外ミステリ 141

2015年2月25日　初版第1刷印刷
2015年2月28日　初版第1刷発行

著　者　C・デイリー・キング
訳　者　白須清美
装　画　佐久間真人
装　丁　宗利淳一
発行所　論 創 社
〒101-0051 東京都千代田区神田神保町2-23 北井ビル
電話 03-3264-5254 振替口座 00160-1-155266

印刷・製本　中央精版印刷
組版　フレックスアート

ISBN978-4-8460-1396-7